教育的时代性镜像
——近年教育文艺作品评价

詹艾斌 等 著

科学出版社

北京

内 容 简 介

　　本书以近年来的中外重要教育文艺作品为关注对象。这些作品在总体上具有颇为浓郁的现实主义品格，或者说，大多表现出一种颇具批判品格的现实主义精神，可以称之为"教育的时代性镜像"。它是教育的一面"镜子"，从中可以洞察当下教育在取得重大发展成就的同时也存在着的一些问题，当然也可以洞察时代性教育的某些内在肌理，从而能够为新时代教育的变革与创新提供参考。全书分为六章，以专题的形式加以呈现。应该说，这一研究问题意识明确，是作者教育"初心"的某种呈现。

　　需要特别说明的是，本书也是作者近年来推进卓越文学专业人才培养的阶段性成果。其可供广大的教育工作者、教育关注者及颇有成就的文艺批评实践者、在校相关专业研究生与本科生阅读。

图书在版编目（CIP）数据

教育的时代性镜像：近年教育文艺作品评价 / 詹艾斌等著. —北京：科学出版社，2019.3

ISBN 978-7-03-058898-2

Ⅰ. ①教… Ⅱ. ①詹… Ⅲ. ①文艺评论-世界-文集 Ⅳ. ①I106-53

中国版本图书馆 CIP 数据核字（2018）第 217998 号

责任编辑：杨　英／责任校对：李　影
责任印制：徐晓晨／封面设计：铭轩堂

科学出版社 出版

北京东黄城根北街 16 号
邮政编码：100717
http://www.sciencep.com

北京建宏印刷有限公司 印刷

科学出版社发行　各地新华书店经销

*

2019 年 3 月第 一 版　开本：720×1000　B5
2019 年 3 月第一次印刷　印张：16 1/2
字数：330 000

定价：98.00 元

（如有印装质量问题，我社负责调换）

目　　录

绪言　教育的“初心”

一

教书育人是一项具有圣洁色彩的工作，它事关立德树人这一时代性教育的根本任务。在人的成长的初步阶段，生命之花需要浇灌，生命之花渴望绽放，其必须有赖于教育，而教育的长效、深度推进是需要实践者拥有教育的“初心”的。实践者必须明白：教育是做什么的？教育是为了什么？教育能够做什么？今天的教育应该怎么做？理想的教育是一个怎样的形态？我能够为教育做些什么？我怎么参与并积极推进今天的教育？视推动教育的理想化发展为个人的一种使命是自己的当然诉求吗？怀着美好的教育“初心”，自觉思考和探讨这些问题，我们自然也就能够有效明确自己的教育教学立场与育人方向。

经过一段时间的教育教学研究和实践探索，我明确树立了卓越教育理念，并能够基于明朗的卓越文学专业人才培养目标推进日常的教育教学活动，也取得了一些成绩和效果。从特定的意义上说，本书就是近两年来我践行卓越教育理念、开展卓越文学专业人才培养的阶段性成果的体现。

在高师院校推行卓越教育、培养卓越文学专业人才无疑是一种时代性要求。那么，什么样的人方能称得上是卓越文学专业人才呢？这就需要找到和确认衡量卓越文学专业人才的基本尺度。我想，在这个问题上，尺度、标准肯定很多——在此我不赘述，但对于高等师范院校培养卓越文学专业人才而言，有三点是必不可少的：一是师范性要求。学生必须对教育形成足够的深度理解，这里的一个前提是学生得“进入”教育场域，尤其是需要与今天的教育一道“前行”，同频共振。二是学科性要求。学生通过对文学专业的集中修习和研讨对文学产生“入乎其中”式的深层次认知，并在其身上凝练、积淀而成鲜明的专业特质。三是社会性要求。"卓越"的指向，不能仅仅只是学科专业知识结构，人的一个重要维度是其社会性，在其现实性上人是一切社会关系的总和，卓越文学专业人才必须力求对社会形成通透式理解和认识，并由此铸造必要的批判社会现实的能力，修习和研讨文学与文艺可以也必须适度达到这一目标。基于这一考量和认识，我的工作抓手的一个方面①就慢慢地聚焦了。当然，这一聚焦的实现与我个人对于文学教育的具体认识、对于文学教育空间拓展的诉求与实践等方面也是紧密相关的。

二

2011 年，在时隔几年之后，我重新承担江西师范大学文学院学生工作内部刊物《文学苑》编辑、出版的指导工作，为此，我还写了一篇短文留作纪念，当然更是一种希望，文章题名为"文学教育的空间拓展"，其中的一个根本意思是，编辑、出版学生刊物是个人推进文学教育实践以形成和确立更为明确、合理的文学教育理念——其终极指向当然是育人及其实践——的重要方式和途径，它表现为基于相对明确的教育理念下的个人践行的文学教育的一种空间上的拓展。当然，现在看来，其中的一些认识不一定很深入，但毕竟也是一种成长的记录。

21 世纪伊始，我曾是《文学苑》的参与者和推动者之一。其时，我个人的目的不能说很明确、很合理，但参与的热情和期待无疑是真诚而高涨的。11 年之后，再次介入《文学苑》的工作，其实理由很简单，和很多老师一样，我也愿意见证并参与学生的成长。

教育的发展对国家形象的当代建构影响深远。教育在根本上是育人的，教育的本质性理解在于让每一个人成为他想成为而且应该成为的自己。这其中蕴含着一种强大的塑造性——自塑与他塑——而且尤为鲜活的充满生机和力量。然而，在今天的文学教育中，这种力量却鲜有呈现。应该说，这是毋庸置疑的基本事实和现实。与之相对应的是，不少富于远见卓识的教育者、文学研究者不无忧患地提出：文学

---

① 指下文所说的引导和带领学生开展教育文艺作品评价工作。培养卓越文学专业人才的工作抓手是多方面的，其确立也更需要基于科学、合理的顶层设计，限于本书旨趣，为集中论述，在这里不多作讨论。

教育亟待改革！

　　很显然，当下的文学教育存在着某种程度上的误区。明确地说，我个人很是担心在文学教育中至少三种状况的出现：其一，受教育者不知文学与文学教育的真义，也缺乏探究文学与文学教育真义的勇气和能力，从而也就有可能丧失创造性想象与愿望；其二，面对种种矛盾与冲突，教育者放弃文学教育的理想和信念，放弃文学教育的公共性与教育中对人的公共情怀、公共理性和公共精神的培育；其三，文学教育被平面化甚至是庸俗化理解，倾向于割裂它与塑造现代国家公民之间的关联，也倾向于阻滞文学教育作为一种文化政治实践的可能性。

　　文学是人学，是社会现实中从事实际生活活动的人的"精神分析"学，是人类艺术地掌握世界的精神方式，它形塑着我们的生活。铁凝曾经指出，文学可能并不承担审判人类的义务，也不具备指点江山的威力，但它始终承载理解世界和人类的责任，对人类精神的深层的关怀。它的魅力在于我们必须有能力不断表达对世界的看法和对生命新的追问；必须有勇气反省内心以获得灵魂的提升。其实，这可以理解为一种关于文学的身份政治学言说。文学如是，文学教育的根本显然也就并不在于简单性的知识的积累与灌输，而更应该表现出对于建立在知识基础之上、在知识之内而又超越于知识之外、比知识更为重要的情感、道德、精神、历史性、思想、价值、信仰、自由等核心问题的深度关注。这样做的终极目的无疑是人的自由而全面的发展，也是文学教育力量的真正灌注与营构的基本方式。这是一种应然的、具有合理目的性的教育，是责任教育、幸福教育、灯火式的教育，是跳跃着的有生命的教育，也是有信仰的教育。

　　我在师大的 20 年里，中华人民共和国开启了一个新的时代。在当下的生活与文学教育中，我们需要的显然不是对于社会民主与公正的拒绝、侵犯甚至是践踏，不是过多的对于他人的漠然与俯视，而更应该表现出对于正义、人的主体性、平等、自由、尊严等现代性价值的容纳、诉求、亲昵、尊崇和仰望。

出版文学刊物，作为文学教育的一种途径，是文学教育空间的延伸与拓展。《文学苑》作为文学教育空间拓展的一方阵地，期望能够由此在一定程度上推动、促进并深化文学教育新理念的形成和文学教育改革的实行。在改革的道路上，我们首先需要摒弃的是独断论式的、"暴力"的、封闭的本质主义思维，而向往、追问和体味生命、心灵的敞亮与澄明。我想，这是一种平静的期许；当然，它也是一种理想。

美国当代著名教育思想家、文化研究学者、批判教育学代表人物亨利·A.吉鲁教授把学校理解为民主的公共领域，他认为，教师应该成为转化性知识分子、成为公共知识分子，与学生一道为了社会的民主与公正而重构教育生活。显然，吉鲁教授的观点与主张颇具启发意义和参考价值。在这个问题上，尽管我们还需要进行多维度的探索，但也许，真的已经到了应该以文学教育新理念重构文学教育生活的时候了……

文学教育需要一种文化精神与魂魄！这样，丰沛、充盈的是文学，富饶、提振的是文学教育，涅槃、解放的是我们自己！

三

事情过去几年了，《文学苑》也一直处于发展的过程之中，我的期望与希冀仍在，初心未改，而且应该说，经过持续的实践和观念调整，个人关于文学教育乃至在一定意义上更为广泛的语文教育的理念更加明确也更加合理了。2015 年 5 月，根据学院工作安排，我介入《读写月报》杂志社的工作，任总编辑。同时，学院研究决定，自 2016 年起，在"高中版"和"初中版"的基础上，创设《读写月报》（语文教育版），我兼任该版主编。无可置疑，对于学院来说，办好刊物，从一个特定的意义上说，也是一种重要的育人方式。从那时开始，我就综合考量并付诸实践，期待学院和个人的育人工作能够有一个新的发展的可能。渐渐地，我笃实确定，创设并办好《读写月报》（语文教育版），如同当年创办《文学苑》一样，其在某种角度上也是学院文学教育的——我的一个理解是，语文教育的最高阶段是文学教育，文学教育的理想形态是生命教育——一种空间拓展。当然，相较于之前，我需要合理确立更为明朗的育人目的。于是，为了更具针对性地开展育人工作，在愈发明确和聚焦的教育理念的驱动之下，结合自身的研究领域与方向，我在《读写月报》（语文教育版）特别开设了一个栏目"教育文艺作品评价"，预设在"语文教育版"创设之后的几年内——作为一个衔接阶段——主要由学院的学生基于统筹安排、整体设计来参与和推进这项工作。这样，两年过去后，就有了现在这本小小的集子——《教育的时代性镜像》。很显然，它是教育"初心"的产物，是对于文学教育新生活的有规划的积极营构，是我个人推进文学理论课程群建设、改进相关课程教学、明确和强化教学立场——教学是手段，育人是目的——的重要抓手；在这个过程中，伴随学生的是鲜活而切实的生命成长，在我看来，这是也必须是卓越文学专业人才的根本性表征之一。

当然，这样来思考问题并一以贯之地加以实践，是与我个人对于语文教育的基本理解尤其是对于语文教育研究的根本目的的明确界定存在密切的内在勾连的。那么，对于我来说，语文教育研究的根本目的到底是什么呢？换言之，当前，我们究竟应该基于怎样的目的性思考来开展具体的语文教育研究呢？为此，在《读写月报》（语文教育版）发刊之际，我又写了一篇较短的文章，相对集中地谈了谈我在一个阶段内的对于语文教育研究的认识和考量。文章题目是《深化语文教育研究正当其时》，为了说明问题，现将全文第一部分辑录在此，供大家批评与指正。

历史地看，新时期以来中国的语文教育研究以及在此基础上逐步展开的语文教育教学实践取得了很大的成绩。也正是在这个过程中，几代语文人得以成长、发展和进步，他们共同在语文教育领域孜孜不倦地进行思想探索和改革实践。张蕾、林雨风先生主编，首都师范大学出版社 2010 年出版的两卷本的《中国语文人》就是对这一当代语文教育发展的形象记录和真实写照。这部著作在根本上是以实录的方式记载和展现了新时期三十余年来曾经活跃和今天仍然活跃在语文教育大舞台上的 21 位语文名家的教育思想及其教学实践。毋庸置疑，他们是新时期以来中国语文教学改革的坚定的实践者、语文教育思想的执着的探求者。他们是当代中国语文教育的楷模。这确实如同一些评论者和研究者所持论的，从他们身上，我们可以读出今天和明天的自己。

我们明白，观念往往是实践的先导性力量。在中国语文教育界，当代语文教学改革实践的持续进行是以对语文教育研究的深入推进为前提的，换句话说，后者是对前者的根本性支撑。在全面深化教育改革的当下语境中，继续有效推进语文教育研究的深入是一项具有重大现实意义和理论价值的工作。我们需要认识到，深化语文教育研究是时代性文化创新的需要，也是广大一线语文教师和语文教育教学研究者乃至当前中国教育改革发展的密切关注者和积极推动者的一项重要使命。

《国家中长期教育改革和发展规划纲要（2010-2020 年）》指出：百年大计，教育为本。教育是民族振兴、社会进步的基石，是提高国民素质、促进人的全面发展的根本途径。当今世界正处在大发展大变革大调整时期，中国的未来发展、中华民族的伟大复兴，关键靠人才，基础在教育。因此，把教育摆在优先发展的战略地位就成了我们的重要选择。而教育要发展，根本是靠改革，要把改革创新作为教育发展的强大动力。党的十八届五中全会审议通过的《中共中央关于制定国民经济和社会发展第十三个五年规划的建议》是指导当前我国改革发展的纲领性文件。它提出，实现"十三五"时期发展目标，破解发展难题，厚植发展优势，必须牢固树立并切实贯彻"创新、协调、绿色、开放、共享"的发展理念。创新是这个时代的主题词，创新是当代社会的根本性要求，创新是发展的灵魂。当前语文教育实践的深层次推进也需要依靠语文教育研究的理论创新来引导，我们必须有力地因应这一语文教育发展的时代要求，深化语文教育研究。

深化语文教育研究的途径和方式无疑是多样的，它在根本上有赖于研究者的问题意识、语文教育理念以及与此相关的价值立场的明确确立。我们认为，在当前，深化语文教育研究至少存在以下三个基本维度，换句话说，这三个基本方面在当前的语文教育的深入研究中是必不可少的。其一，基于语文教育教学经验的实证研究。很显然，这首先内在地彰显出语文教育研究的现实性维度。事物的合乎必然的现实性发展是以其原有情形和现存状况为基本前提的。因而，对于语文教育教学经验的关注与探讨也就成为语文教育研究的基本内容。我们明白,在日常教学过程中,过于依赖经验,唯经验为上,或者只依照经验从事教育教学实践,那么,我们的工作势必会滑入惯性的泥淖之中,从而走向单一和僵化。然而,对教学经验的明确的价值确认却又是不可回避的。同样的道理,在语文教育研究中,对语文教育教学经验的实证性探讨也是极为重要的。只是,我们需要明确,这种实证研究,并不是静态的,不是简单的课例教学经验的堆积和聚集。其真正的目的表现在,在实证性探讨中概括、抽象语文教育的规律,在规律的总结中确认语文教育的常识。从语文教育的常识出发,深化语文教育研究,开展语文教育教学改革实践,是语文教育发展的一条基本道路。然而,我们不能不面对的一个基本问题是,当前,部分语文人可能偏离了语文教育的常识。对此,我们或许可以从近些年出现的语文的"工具性"与"人文性"以及"真""假"语文等二元之争现象中寻觅出一些端倪。或者换句话说,这些现象中可能就暗含着我们如上所说的由于有悖于常识而带来的语文教育发展中的"危险"。很显然,这是必须引起高度重视的,也需要我们在对语文教育的深入研究中予以解决,在解决中更为明朗基于常识的当代语文教育发展的方向。其二,中国语文教育传统的当代探讨与中外语文教育的比较研究。在新的社会文化境况下,我们需要高度关注、深入研究中国语文教育的优秀传统,充分吸纳外国语文教育的智慧,在比较研究中凝聚语文教育的共识,并把这种共识自觉地贯彻到具体的语文教育教学实践之中去。中国的语文教育存在一个历史性的发展进程,也正是在这一发展进程中,它塑造着传统,也引致传统的更替。有研究者把中国的语文教育区分为经学时代的语文教育与文学时代的语文教育两种类型,并尝试着进行比较研究,以揭示出两个不同时期的中国语文教育的传统及其特质。无疑,这是颇有见地的,或许也代表着当下语文教育研究的一条新路向。与此同时,我们需要深刻地认识到,中国语文教育的传统是与中华优秀传统文化一脉相承的,而后者对于今天的社会主义核心价值观的凝练与生成意义重大。这样进行关联性理解,我们自然也就明白中国语文教育传统研究所具有的显豁的当代价值。全球化时代，催生并不断壮大"包容"这一可贵的品质。"海纳百川，有容乃大"。在强化中国语文教育传统研究的同时，我们还需要深入了解和把握外国语文教育的精髓，以反观自身在发展中可能存在的问题。正所谓"他山之石，可以攻玉"。其实，"美人之美"，也是一种文化气度，更是一种文化创新的必要的价值选择。如是，我们才能在比较与批判式剖析中不断深化期待中的语文教育研究。其三，建立在当代语文教育教学经验的实证性研究基础之上的，诉诸中外语文教育历史发展的比较视野，在根本上着眼于语文教育理想性发展的探索性研究，即可能中的语文教育研究。无疑，这种语文教育研究路向与当前教育改革发展的核心即培养什么人以及怎样培养人这一重大现实性的而又有待于在发展中逐步明晰和加以解决的问题存在密切的内在勾连，因而，其价值也就更为突显。语文教育是多样的，其形态也是多向度的，我们不否认多样形态的语文教育具有其各自存在的价值，但是，我们必须在语文教育的现实语境中寻求其基于深厚的学理基础并勃发出合理期待的理想性发展的可能。鉴于一段时期以来语文教育教学问题的事实性存在，换言之，当前语文教育教学存在严重的问题是一个不争的事实，我们以为，如上所论的具有鲜明价值倾向的针对语文教育教学经验的真正的或者说科学、深入的语文教育实证性研究无疑是相当重要的，但相较而言，更为重要的显然是确立在这一前提之下的具有基本的历史主义态度和价值立场的致力于语文教育理想性发展的探索性研究。因为，这一研究及其成果的确立意味着对固有的语文教育观念的"突围"，体现出语文教育新方向的自觉探求，其着力建构的是一种语文教育的新生活，在这种新生活的建构中确证和实现当代语文教育的主体性。一句话，它是对语文教育原有状态的自觉突破，而力图构造和展现语文教育的新的格局、质地与韵致，构建语文教育的新常态和语文教育研究的新范式。

在当下，深化语文教育研究，其价值功能是显著的。首先，它直接服务于当代语文教育教学实践，推动语文教育教学"深水区"改革的实质性生成。语文教育教学改革不可能一蹴而就，它不是浮光掠影的，也不是可以随意为之的，它需要在深层次上确认语文与语文教育的本质并基于这种本质的确认寻求和确立改革的根本理念与方式，而这就必须通过深化语文教育研究才有可能得以实现。其次，深化语文教育研究，能够深度汇聚教育改革的各方力量，积极参与改革中的中国教育事业的发展。教育发展是最大的民生，也是中国国民经济和社会发展的根本保障。我们需要通过深化语文教育研究和相关教育研究的基本途径有效推进中国教育的发展。最后，也是最为内在的表现为，深化语文教育研究是促成人的合理的、与时俱进的培育和塑造的需要，是寻求人的自由全面发展的必然。教育研究、语文教育研究的出发点是人，其最终的落脚点无疑也是人，是人的发展的可能。当前，世界各国间经济的竞争，究其本质，其实是生活在不同文化和制度之下的人的竞争。语文教育在人的培育和塑造过程中必须发挥其特殊且具有根本性的影响和作用，以最大限度实现其当代价值。

从这样的意义上，并基于唯物史观视野，我们说，致力于人的发展的可能的语文教育研究还在路上。在全面深化教育改革的当下，推动语文教育研究的深入进行，正当其时！

四

如上所述，我的一个基本判断是，在全面深化教育改革的当下，推动语文教育研究的深入进行，从根本上看，是致力于人的发展的可能的需要。其实，这一需要也表现为我在《读写月报》（语文教育版）开设"教育文艺作品评价"栏目，带领学生从事教育文艺作品解读的目的性考量。必须说明的是，这一目的性考量是建立在我个人对于包括文学教育、语文教育在内的人文学教育的根本指向的明确确立这一前提之下的。

在我的认识中，人文学教育必须深度契合人文学特质，坚持并深化践行人文主义教育路向。如此理解，它至少存在以下几个根本性的维度：其一，诉求思维尤其是批判性思维的合理确立与适时转换；其二，指向人的合理价值观念的明确确立；其三，贯彻和实施情感教育、审美教育、德性教育、生命教育与公民教育；其四，致力于实现人的自由全面发展的可能。

很显然，这样来开展和推进工作，需要教师笃实其教学育人立场，确立明确的公共情怀、公共理性和公共精神，做一个万家灯火的积极的关注者，做一个某种意义上如同在前文已经提及的亨利·A.吉鲁教授所称谓的与时俱进的批判性的知识分子。在其代表性著作《教师作为知识分子——迈向批判教育学》一书中，吉鲁把教育完全视为一种伦理和政治实践，并在该书的中文版序言中对中国的教育者提出了号召和期待。他说，基于近些年来新自由主义的宗教激进主义出现逐渐上升的趋势和潮流，中国的教育者必须做出努力，把学习与社会变革联系起来，建构批判的教育得以产生的多种多样的场所，并批判地参与其中。这充分地体现出了吉鲁的批判教育学理念以及在这一理念之下的他对于学校、学校教育、教师以及学生培养与塑造的根本方向的理解和界定。总体来看，《教师作为知识分子——迈向批判教育学》在讨论广泛的议题的同时也无可否认地存在其核心主题，即把学校理解为民主的公共领域，将教师定义为转化性知识分子。吉鲁教授说得明白，他是在其理论视野中试图建构和提供一种批判的和可能性的语言，积极地把学校教育与更广阔的公共考量和社会生活联系起来，以努力深化和拓展民主的公共生活的现实性和可能性。吉鲁强调，作为知识分子的教师，需要把理论反思和具体的实践行动进行有效的结合，他不应只是关心、期待和谋求如何获得个人的成就，也不应只是推动学生沿着职业的阶梯、道路发展和进步，而更要关心、思考和尝试如何赋予学生以权能，从而使他们在学校教育中能够学会批判性地观察社会，并逐渐养成具有变革社会的行动能力。①吉鲁教授的这些教育观念尤其是其明确而坚定的育人理念无疑为我们在当下确立学校教育的人才培养目标和方向——包括我已经实践并将持续实践且在实践中不断优化调整的卓越文学专业人才培养——提供了建设性的思考，也为我引导和带领学生开展具体的教育文艺作品评价工作确立了一些必要的行动准则。

总之，今天的教育需要如上所说的知识者，由是，我们也就可以期待有更多的知识者不忘初心、牢记使命、勇于做新时代教师的脊梁。

最后，需要特别说明的是，我的学生赖欢、戴宵尤其是杨舒晴协助我在教育文艺作品评价篇目的确定以及相应的初期立论引导乃至文稿的初步修订

---

① 参见〔美〕亨利·A.吉鲁：《教师作为知识分子——迈向批判教育学》，朱红文译，教育科学出版社，2008年。

等方面做了大量的工作①，孙瑾协助我整理了大部分页下注，谨致谢忱！②

詹艾斌

2018 年 2 月 15 日（农历 2017 年除夕夜）

---

① 2012 年起，为有效推进卓越文学专业人才培养实践，有选择地组织、引导、规范学生创造性地开展年度中篇小说评价是我的一项常态性工作。先期阅读、篇目选择、组织课堂讨论、拟写论证设计文稿、基本观点确立、初稿撰写任务落实、文稿修改审定等构成了我开展这一工作的基本环节。实践表明，这样做，有利于敦促学生面对当前纷繁复杂的文学现象积极建构其核心文学观念，包括主导性文学价值观与文学批评价值观的明确而有效的确立；当然，它首先还直接表现为对学生的文学批评创新能力的有目的的培养。而且，我还观察到，在此过程中，学生的学术视野得以拓展，其学术立场与学术价值观也趋于明确。相比之下，在近两年来的教育文艺作品评价实践中，受制于日常事务，我的介入总体上并没有像开展中篇小说评价工作那样深入和细致，尽管也存在一些针对性指导，如在著作中我选录了本人指导的学位论文等，但更多的还是表现在以下两个方面。其一是宏观引领，确立根本性工作方向，并将之阶段性地落实到具体的文字表述之中，以之持续作为参与者——在此需要说明的一点是，部分参与者撰写评价文章时已经从江西师范大学毕业——的借鉴和参照。从这个意义上说，杨舒晴、赖欢、戴宵是总体工作的具体执行者和有效实施者，当然，其中也必然存在他们自己的能动的选择性和创造性——无疑，这也是我希望并愿意看到的，他们在实践中日益成熟起来。其二是文稿的最终修改与审定。换句话说，我是文责的当然承担者，包括个人观点在最终文稿中也有不少的直接体现。综观整个工作的推动进程，我个人有大投入，也有大收获。大投入，指的是时间与精力的大量倾注；大收获，指的是从学生的文字中学到了很多，更欣慰的是他们的成长与发展。与此同时，在这一过程中，受教育初心的感召，我更加坚定了自身的育人理念与卓越文学专业人才培养实践方向。

② 在本书的最后，我增列了几篇相关文章，作为全书的"附论"部分，从中可大致了解我对本"绪言"中提及而不便展开的一些问题的点滴思考与探索。

第一章　当代教育生态概说及其反思

　　教育是一个大话题，也是一个人们普遍关注的话题，正因为受到社会的极大关注，也就在一定程度上成就了教育之"大"。确实，教育是最大的民生。社会生活是文学的源泉，近些年来，随着教育问题的持续"升温"，摹写当代教育状况、关注当代教育生态的作品日益增多。当然，这种关注与书写不是静态的，其中有反思，有批判，亦存在温暖而有光亮的期待。

第一节　当下教育生活的一种文学记录①
——温新阶的中篇小说《铁猫子》解读

一、引语：教育小说作为文学书写的"新"领域

　　在文学中，小说作为一种发展极为充分且备受关注的文体，其领域涉猎日益呈现出多元化的面貌，深则触及客观性、哲学性的人类母题，显则传达出主观化、具象化的主题，题材遍布政治、经济、科技、文化、社会等诸多领域。毋庸置疑，小说凭其特质最大限度地接近生活、观察生活、展现生活。当下，经济指标成为社会发展的首要因素，作家们也敏锐地将目光投向于此，探讨社会的巨变及其对人的深刻影响。

　　"教育"也是小说关注的维度之一，小说中的教育题材并不新颖，它有着较为悠长的历史。"教育"一直都是人类的母题，自人类文明产生之始便

　　① 本节初稿撰写人林娜，原载于《读写月报》（语文教育版）2016 年第 3 期。

已存在，中国的教育体系自孔子而愈发成形，孟子也在《孟子·尽心上》中提出"得天下英才而教育之"的观念，可见教育理念在中国古代社会及其文学领域中就一直沿存着。然而，教育小说的真正源头却是在18世纪晚期的德国，其由德语"bildungsroman"（"成长小说""性格发展小说"）翻译而来，其中歌德的《威廉·迈斯特的学习时代》是德国教育小说的奠基之作。随后，凯勒、戈特赫尔夫、拉贝等著名小说家对其进一步展开创作，"德语语系的教育小说由此而成为一种小说文体而为世界其他国家的作家接受并广泛传播开来"[①]。现代中国著名教育家叶圣陶也借鉴这一文体形式，并结合中国的教育现实创作出了《稻草人》《低能儿》《校长》《倪焕之》等一系列具有重要意义的文学作品。但是，中西方关于教育小说的内涵却有着不同的指向，中国的现代教育小说是"通过塑造教育界的人物（含学生）形象、运用现代白话文的语言形式叙述故事，反映教育界的问题，表达一定教育思想、理念、模式等内容的一种文学体裁"[②]；而西方则应更恰当地称之为个体的"成长小说"，常以个体的青春成长为其主要内容。中国的教育小说发展至今，依然保持着自身的特质，不断追随着教育事业的发展轨迹。教育小说虽在文学世界中只占据着一隅之地，但也凭其一定的历史积淀与价值指向为当下纷繁芜杂的小说局面输送着新鲜的血液。在文学旨趣、题材繁复乃至芜杂的当下，小说中的教育生活读来依然有着一种颇为新鲜的感受。温新阶的中篇小说《铁猫子》就是照应当下教育生活的一种文学记录。

二、"管中窥豹"：从竹园到当下教育生活

小说以新教师欧阳向东进入竹园中学前后所发生的一系列事件为主要内容，较为广泛地展现出竹园这一地区的教育环境及人情世故。与城区的中学相比，竹园中学与许多偏远地区的学校一样，处于一种半封闭的状态，规模小且资源不足。所幸的是，李中奎校长以其独特的人文教育观念充分调动起现有的资源，为竹园中学塑造了一个乐教乐学、衣食无忧的校园环境。正如其名称所显示的，"竹"常生长在荒山野岭，这在表层上构造出学校所处的环境，简陋却自然；同时，"竹"自古以来隶属于"岁寒三友""花中四君

---

① 王兆璟：《教育小说：流变及省察》，《教育理论与实践》，2003年第9期，第11页。

② 欧阳芬：《中国教育小说的内涵及其特质》，《现代语文》，2010年第12期，第28页。

子"，其常被视为美德的载体、君子的象征，意为坚贞、高风亮节而朴实无华。这似乎就是对这一地区默默奉献着的教师们的写照，"竹园"更趋近于超乎尘外、自给自足的桃源式的教育理想世界。但随着功利社会的发展变迁，现在的竹园再也不是过去的竹园了。

竹园中学的主要矛盾纠集于名与利，既来自内部矛盾的集聚，也来自外部环境的挤压。竹园中学的内部矛盾以教师为主体展开，小说一开始就描写了竹园中学老教师群体对新教师"三万五"——欧阳向东的敌意与排挤，原因在于新教师的工资竟比老教师的工资还高一些，劳动报酬分配不均的局面必然会导致教师群体内部的分裂。当欧阳向东凭借其能力逐渐为大家所接受之时，教师之间的矛盾又转向声望颇高的高级教师张文光。张文光作为始终呕心沥血为教育的资深教师，在竹园地区颇受师生的爱戴，他的甘之如饴、洁身自好却受到个别教师暗地里的嫉妒，如号称"小诸葛"的教师何明亮对张文光的名望心存芥蒂，"纠风办"的人也借助于张母去世的礼金之事对张文光展开了严苛的调查，致使竹园中学的处境一再恶化。并且，教师们纷纷私下开设第二副业互相竞争，如张满的"金饭碗"饭店与马尚高的"极品竹园"饭店之间的竞争。此时，教师的形象已不再似"竹"一般高风亮节，个人操守与德育的缺失换来的是对世俗利益的趋之若鹜。然而，教师之间的矛盾以及教师群体本位的缺失固然与教师自身的原因无法脱离，但是环境塑造着人，教育生活现有的环境在一定程度上就预示着这等局面产生的必然。其一，教育资源分配不均可谓是症结所在，城乡之间的教育资源是无法同等而论的，这包括学校设备、教育资金、信息资源、教师力量、教师待遇等诸多方面。在小说中，教师的待遇问题是一个极为突出的问题，社会经济急速发展，物价的攀升导致生活成本的增加，而乡村中学教师的月薪仅2 600多元，远不及社会发展的快速步伐。教师为解决生活的拮据问题便逐渐转向开设补习班、开酒馆、写碑文、做保险代理等第二副业。教师这种"身在学校心在外"的现象必将造成教师的"隐形流失"，学校教育也随之会坠入教师不务正业、教育质量无法保证的恶性循环之中。同时，这也导致教师稳定来源的一个极其尴尬的局面：优秀的高中毕业生都不考虑师范院校，师范院校的学生又想方设法脱离教师职业，最后只能以"高薪"来聘请无处可去的高校毕业生。其二，教育制度的疏漏会导致教育体制内的个体在现有的规章制度中钻营取巧，如小说中学校保送名额的分配过程、教师"先进个人"评比过程中的暗中走访等。教育制度的疏漏虽给予了竹园中学一个存在与发展的契机，李中奎校长也借助于自身的人脉关系及竹园的地理自然资源来留住为数不多的教师，并营造出竹园中学"乐教乐学"的良好氛围，但也预示着竹园中学"自给自足"的教育环境即将破产。因为外在环境是无法包容竹园中学"特殊待遇"的存在的，而制度也终究是要在查处的过程中不断得到完善的，李中奎校长在石瑞事件之后被贬职，张文光被调离，欧阳向东被撤职，原来的竹园中学已不复存在。

当然，竹园中学绝不是简单的个体，它处于当下的教育环境之中，投射出的是教育生态的一隅，但事实上也集中体现了这个时代的教育生态。也就是说，通过"竹园"，我们可以"管中窥豹"看见当下的一部分教育生活景象，并且其下更有如同水下冰山般巨大而冰冷的整体现实。

三、铁猫子——历史文化遗存与教育生活的多重钳制

"铁猫子"，原本是山区中人们用来困住野兽的一种较为原始的铁制器具，由两个可以夹拢来的半圆、一段弹簧、一个插销组成，当野兽触碰到这一机关时，其肢体便会立刻被夹住而难以逃脱。作者以这样一个凶残的器具名称作为小说的题目，其寓意指向是显而易见的，这在小说的教育生活与各个小人物的命运中有诸多的体现。

从个体发展的历史文化维度而言，"铁猫子"意味着父辈对子辈的一种强权与钳制，小说中体现此思想的典型人物便是欧阳向东与其父亲、石瑞与石先刚这两对父子。在传统儒家文化中，父权是指封建家族的家长对其家族中一切人和物的最高支配权，"父为子纲"在中国古代社会中是无可辩驳的铁定原则。即便是文明更为开化的现代社会，如此理念依然潜藏在中国人的血液之中，更何况是竹园这样一个较为封闭、落后的乡村。欧阳向东出生于县城，家中殷实而人脉甚广，但他却一心要逃离父亲的"关系网"，放弃诸多现成的收入可观的工作岗位，怀抱着一腔热血前往竹园中学以实现自己的崇高理想——教书育人。而石瑞作为一个尚为年幼的初中生，尽管他拥有一定的自我决断意识，私下放弃保送名额并让给其他同学，但依然无法完全脱离父亲的掌控。石瑞的放弃无疑是挑战了父辈不可抗拒的权威，石先刚先使用极为粗暴的手段教训儿子、威吓学校，后将儿子关在家中不让其上山写文章，而石瑞正是因为上山行走匆忙而踩中了石先刚预先设置的用来捕捉野兽的铁猫子，受伤的他中考无法正常发挥实力而少了八分，只能多花三万元去

一中就读。这样的结局无疑是极具讽刺意味的，石瑞试图挣脱父亲的钳制却依旧落入其中，石先刚正是因为自己"良好愿望"下的钳制而致使儿子考试受挫。在子辈与父辈的斗争之中，欧阳向东明显拥有更大的自由权利，而石瑞的情况则更为激化，这无疑与各自的家庭环境、社会环境、文化程度有着密切的联系。随着社会文明程度的不断提升，父辈的权威将在一定程度上被削弱，父与子的斗争关系更趋于缓和。

就个体发展的现实教育生活维度而言，每个人的发展都不同程度地受到当下教育环境的钳制。无论是一校之长李中奎，还是张文光、欧阳向东等优秀教师，或者是石瑞所代表的学生群体，都身处于当下的教育生活之中，努力挣扎却得不到解脱。首先，李中奎、张文光、欧阳向东是颇具教育理念与教育责任感的教师，虽深处理想与现实的桎梏之中，却仍能保持初心、恪守师德底线。李中奎作为一校之长，收拾起前校长留下的烂摊子，支撑起竹园中学这样一个在财政、生源、教师等多方面都有问题而摇摇欲坠的中学，并在教育领导层面、外部资助商之间周旋，终在多方的钳制之中求得一线生机。而张文光是一个拥有 20 多年工龄的高级教师，他家中贫寒，自己需要请假处理农务，母亲甚至为了不连累他而服安眠药自杀以获得高额保险赔偿金。然而，他依然保持气节，恪守教师职责，决不私下从事第二副业，他深处于道义、忠孝的精神追求与拮据的物质现实的对垒之中。欧阳向东是热血青年的典型代表，他挣脱父亲的安排而自主自立，也有足够的家庭经济实力去追求崇高的教师理想，同时也懂得人际关系的调停，有相当扎实的教育实力，却一再被世俗群体、教育体系所排斥。如此，理想教育生活所需要的这些追寻教育本位的教育者却在现实的教育生活中一再受挫，可见教育生活本身问题的复杂性。

"百年大计，教育为本"。当教育一味地单向度发展，追求短期内的效应时，其本位势必会缺失，教育体系的建构不可避免地会走向失衡状态，教师的发展也必然会出现更加艰难的境况。小说中石瑞已然身处高中"择校"所带来的压力之中，他必须通过如上所说的缴纳三万元来获得进入一中就读的资格。我们明白，教育是否实现均衡发展是教育出现诸多问题的症结所在。那么，究竟何为教育的均衡发展呢？教育均衡发展指在一定的资源条件下，"教育的发展与社会经济发展相协调，在各级教育之间、地区之间、城乡之间、学校之间、人群之间相对均等地配置教育资源，为每一位受教育者尽可能提供相对均等的教育机会和教育条件，使其平等的受教育权利得到充分的保障"①。然而，教育的发展却存在失衡现象。普通高中择校制度自 20世纪 90 年代以来便一直存在着，并且日渐成为一种普遍性的现象。一方面，在教育供给无法满足教育需求、优质民办高中发展相对滞后、重点学校制度的实行、教育产业化的形成与地方政府利益的考量等复杂的背景之下，"择校"制度的主要目的是提高配置的效率②，在一定程度上对"扩大优质教育的供给""改善办学条件""促进投资多元化"③有着积极意义；但在另一方面，却也因此会导致部分家长对优质教育资源的不良竞争与争夺现象的出现。这是我们必须注意到的复杂问题。小说中作为学生代表的石瑞，他一方面深受父亲过度重视教育的压力，另一方面又受到现有教育升学体系的钳制，我们深知石瑞是具备进入一中学习的能力与资格的，但教育现实却对其进一步提出了不菲的经济要求。

由此可见，小说中的"铁猫子"不仅仅是导致石瑞受伤的冰冷铁具，更是对外在强有力的钳制作用的象征，无论是教师、学生、家长等个体，还是教育整体的大环境，都无一幸免地深处时代发展潮流所带来的多重钳制之中。

四、余论：教育战线的文学纪实

温新阶秉承现实主义的美学原则，认为"文学要反映现实生活"，他曾指出："我反映的都是教育战线真实的生活，甚至真实到肤浅的程度。我用写实的方法呈现出教育战线各种小人物的命运……"④可见，其教育小说的最大特点便是真实、通俗，文学与现实社会生活的密切联系需要文学着眼于现实、提炼于现实而又高于现实。同时，其自身也是一名阅历丰富的教师，对当下教育生活有着独特而深刻的体认与反思，因此为教育生活进行文学记录的探索便成为他最为熟稔、也最为有力的传声筒。他不仅用记录性的笔触真实地再现了当下教育生活的一隅，更赋予其文学性的梳理与展望，那就是一个现代教育者应持有的现实关怀与远瞻。

除此之外，作者强调关注社会中的小人物，"一个世界，一个时代，主

---

① 姚继军、张新平：《新中国教育均衡发展的测度》，《华东师范大学学报》（教育科学版），2010年第 6 期，第 33 页。

② 杨钋：《"三限"政策对公立高中择校的影响》，《教育发展研究》，2009 年第 19 期，第 36 页。

③ 罗高峰：《我国普通高中择校问题研究》，2009 年华中师范大学硕士学位论文，第 10-11 页。

④ 温新阶：《创作谈：关注小人物的命运》，《北京文学·中篇小说月报》，2014 年第 7 期，第 117 页。

要是由小人物组成的，他们的喜怒哀乐，他们的成败得失，才是一个时代真正的晴雨表，他们的生活才折射了一个时代的本真"①。从古至今，历史的横向轴素来以叱咤风云的人物为显著坐标点，而真正构成历史动态演进的却是数以万计的平凡的小人物。小说中的教师、学生、家长正是这样的小人物，但他们却无不体现着作者对现实的强烈寄托。形如王蒙的《组织部新来的青年人》中的林震形象，新教师欧阳向东是一个怀揣理想的热血青年，涉世未深而坎坷不断；而校长李中奎与教师张文光则更具有现实意义，他们对现实的体认使得原本过于完美的理想更为切实，在岗位中坚守着教育者的道德底线，颇带有"知其不可而为之"的悲壮感。小说结尾石瑞的表现也颇具意味，石瑞在欧阳向东的指引下坚定地朝着教师之路走去，继承这崇高而又艰巨的教书育人的衣钵，这在一定程度上是作者对当下现实的一种希冀：新教育的探索之路将由新的一代承接起来。无论是残酷而令人刺痛的教育现实，还是结尾微弱的希望所带来的一抹亮色，这都是小说家站在教育战线上，满怀着赤诚之心对最真实的教育生态所进行的一种文学记录。

第二节　教育异化的挚诚书写及其批判②
——俞莉的中篇小说《潮湿的春天》解读

在中篇小说《潮湿的春天》中，主人公刘诗诗与一些已出现在我们视野中的成绩优异的孩子一样"突然"脱离了原有的学习和发展轨道，并在后来被送往精神疾病防治中心。但当我们试图追问这样一种现象产生的原因的时候，会发现这其实是"流水线"教育"产业"上出现的一种"必然"。一方面，作为教师的俞莉，尊重且热爱着自己的岗位，她正是当下许多教育奉献者的见证人；但另一方面，作为作家的俞莉，又以敏锐的感知清楚意识到这之间的伤害、压抑与痛楚，并无法做到坐视不管，她尊重每个生命个体，正如尊重生命本身。也许，正是基于这一双重身份体验间的张力，她秉怀着挚诚进行书写与呈现，并将这一中篇小说命名为"潮湿的春天"——一种漉湿、凝重但生长欲求遍布的所在。

---

① 温新阶：《创作谈：关注小人物的命运》，《北京文学·中篇小说月报》，2014年第7期，第117页。
② 本节初稿撰写人杨舒晴，原载于《读写月报》（语文教育版）2016年第1期。

　　《潮湿的春天》原载于 2015 年第 5 期《清明》杂志上，随后被《北京文学·中篇小说月报》2015 年第 6 期转载。我们注意到，《北京文学·中篇小说月报》在 2015 年度将较多篇幅投向了当下的教育小说。教育是当前一个显豁而急迫的问题，虽然其在一定程度上由国家整体考量与主导，但也需要教育者与被教育者对此抱以应有的关注，同时更应该有包括小说家、批评家在内的社会个体以批判的立场介入对其的思考。

一、"流水线"教育异化的当下呈现

　　在《1844 年经济学哲学手稿》中，马克思站在劳动、生产实践这一历史和现实的基点上，对异化劳动和人的异化进行了深入探讨。他指出：异化是指主体在一定的发展阶段，由于自己的活动而产生出自己的对立面，而这个对立面又变成外在的、异己的力量，并转过来反对主体本身，即人被自己的创造物所支配和奴役。我们可以分析到，这之中有两个层次的含义：其一，事物在发展过程中违背了其价值预设中的本真意义；其二，这种自身活动及其产物成为统治、支配、奴役自身的异己力量的变化过程是在不自由的状态中发生的。正如我们前述所提及的"价值预设"，即存在一个人们对该事物"应然"面貌的预设。马克思这一关于人的本质的异化理论，其实就是首先认为人应该是完整的、全面发展的。"人以一种全面的方式，也就是说，作为一个完整的人，占有自己的全面的本质。"[1]我们对于教育问题的认识，显然也需要我们对"人"及"人的发展"问题有这一根本性的理解。同时，我们需要合理认识到的是，作为"异化"下属概念的"教育异化"一定程度上也正是社会"发展"的必然产物。并且，在具体回顾中，我们可以认识到，诞生于工业革命之后的现代教育，其重视的是如何在一定的时间内训练大量的专业人才，在本质上，它是一种培养工匠的教育，走的是一条职业化的道路。因此，大学以前的教育环境，习惯强调所有事物都有标准答案，而考试的目的通常就是写出标准答案。那么，"现代教育在一定意义上说就是应试教育"[2]这一观点就不得不引起我们的重视了。在前述的一个价值预设的认同

---

　　① 马克思、恩格斯：《马克思恩格斯全集》（第 42 卷），中共中央马克思恩格斯列宁斯大林著作编译局编译，人民出版社，1979 年，第 123 页。
　　② 陈爱民：《现代教育的异化及其哲学思考》，《攀登》，2005 年第 4 期，第 141 页。

基础上，我们则可以说现代教育的此般面貌正是其中一种"教育异化"的表现。事实上，正如 21 世纪教育研究院副院长熊丙奇在 2015 年 3 月所指出的：学生成为流水线上的标准化"产品"，这个问题早已不再新鲜。然而，当下社会生活中的个体是否对这一虽不新鲜却依旧紧迫的问题有正视、持续关注乃至寻求改变的勇气，却是值得关注和探讨的。在中篇小说《潮湿的春天》的《创作谈：教育之殇》中，作家俞莉写道："功利化的教育模式下，我们失去了本真。教育已变成了和生产工业产品一样的流水线。每个活生生的孩子，他们必须要适应这条流水线。这种'流水线'异化了人，也异化了教育。"①这表达着俞莉本人对教育生态的一个基本判断，也正是俞莉笔下的受教育者刘诗诗在教育体系中的现实处境。我们需要指出，这一认识是准确而到位的。并且，通过俞莉的书写，我们可以看到"流水线"教育异化在鲜活的当下所呈现的一些面貌。

俞莉将笔触聚焦于高二年级中"最拔尖"的班级——火箭班。"火箭班是动态的，实行末位淘汰制，每次大考之后，成绩落在后面的同学就要进到下一阶梯'实验班'，若实验班还不行，再下到普通班。相反，考得好的也可成功晋级。"②可以看到，在这个班级，衡量学生是否有资格存在的唯一标准即"考试成绩"，也即班主任冯老师所说的"一切按分数来"，所谓的"拔尖"实际上即与"分数高"等同。并且，在这里一切也都"围着"分数转，为此，学校规定学生不允许带手机，各个年级的领导也都想尽办法让学生在周末到学校"补课"，以集中管理而提高效率和成绩。正如有论者所指出的："追求学业的成功本来并不是所有人的生活方式，但教育把这种生活价值制度化之后，学业的成功就成为一种权威性的生活原则，它借助于制度化的力量统治着每一个人的生活选择。"③在这种单一的、权威性的评判标准之下，尤其是在火箭班，"你见不到交头接耳，见不到躲在抽屉里偷偷读小说、玩手机的现象，也不会有不学习、眼睛痴傻地盯着窗外的景象"。甚至作为唯一的与刘诗诗有相同气息的曾逸凡也已经下意识地以"分数高"作为评判"好学生"的单一标准。"曾逸凡轻蔑地'嘘'了一声，谁以为你是好学生？自我感觉良好吧？成绩在班上倒数，上学期期末考跌出前四十。"对学生的评判以分数论，学校对

---

① 俞莉：《创作谈：教育之殇》，《北京文学·中篇小说月报》，2015 年第 6 期，第 135 页。

② 俞莉：《潮湿的春天》，《清明》，2015 年第 5 期，第 58 页。该作品引文具体出处以下行文不再一一标示。

③ 甘剑梅：《论新时代的教育异化》，《宁波大学学报》（教育科学版），2003 年第 1 期，第 34 页。

教师的考核标准也无不同，"能冒出一个全市前列，木棉中学大大红了一把，冯老师因而也荣获当年的高考先进个人"。可以说，教师"名""利"的获得，与其"业绩"即学生分数直接挂钩，也就是说教育评价已经是"定量化"的。那么，不仅学生处于一种"不自由的状态"，教师也在一定程度上被钳制与支配。而有些反转意味之处又在于，当教师认同并顺应于这样一种评价机制之时，其自身的方向性努力又会进一步将学生规导于这种被异化、被统治的状态之中。由是，我们可以认同这一观点："现代教育陷入了功利主义，这是可悲的事情。这种风气带来了两个弊端，一个是学问成了政治和经济的工具，失掉了本来应有的主动性，因而也失去了尊严性。另一个是以为唯有实利的知识和技术才有价值，所以做这种学问的人都成了知识和技术的奴隶。因此产生的结果是人类尊严的丧失。"[①]

并且，正如拉普曾向我们昭示的："当人们宣布现代技术的积极成就时，就必定会失去一种易于理解的、具有直接意义的生活方式。由技术所引起的异化，就是为肉体上的舒适和增强利用物质世界的能力必须付出的代价。为了能够实际利用机械过程所增加的效率，人们必须屈从于它们的内在逻辑。"[②]当下，技术已越来越广泛而深入地渗透进我们的日常生活，甚至已然成为一种我们并不会醒觉的生活方式。在小说中，我们注意到为利于班级的管理工作，冯老师"办公室前方有个黑色监控头，一打开，就可以看见她的班级。这是上学期末才装的，学校采买了一批新的监控头，多出的就给领导和名师办公室装上了"。并且，这位木棉中学的"老"教师，也需要"进到校门，在门口的手模仪上，按一下手印，这是木棉中学的考勤方式"。显然，深圳这个以现代工业文明著称的城市，把工厂管理模式也运用到学校了。事实上，我们也可以注意到，摄像头与手模仪，在中国当下的学校尤其是城市学校的管理中，已经较为普遍地存在着。而就异化作为一种体验方式来说，个人事实上会感觉到一种显明的"疏离感"。当知晓小工正在办公室安装"监控头"的时候，刘诗诗愣了，接着"身体好像被谁猛推了一下，朝后仰了仰，眼神复杂"。

---

① 〔英〕汤因比、〔日〕迟田大作：《展望 21 世纪——汤因比与迟田大作对话录》，国际文化出版公司，1985 年，第 61 页。

② 〔德〕弗里德里希·拉普：《技术哲学导论》，刘武等译，辽宁科学技术出版社，1986 年，第 126 页。

二、"共犯"——一种庸碌的教师面貌存在

教育是多维度的,而"生命"无疑是其中最为核心的一维。"教育是一种帮助人们寻求生命的答案,最终导向人的灵魂觉醒的活动。为了达到这个目的,教育当本着生命的原则,尽可能多地关注人本身,在促进生命与生活发展的基础上完成人自身的进化的升华。一句话,教育的目的在于扫清人自由发展的所有障碍,尽可能多地提供给人以各种可能,从而促进人的真正全面发展。"①作家俞莉也认识到:"教育的本质应该是促进生命个体的健康成长,是唤醒人的内在生命意识,'教育即生长',生长就是目的,在生长之外别无目的。"②教师作为教学活动中的重要组成部分,尤其需要有这样一种认识与意识,且应该积极将之投入自己的日常教学轨道之中。我们可以认识到,马克思在对蕴含于现代社会和现代性中的异化现象的普遍性及严重性进行充分论述的同时,实际上也坚持认为异化现象是可以被扬弃的。那么,我们明白教育异化是发展的一个必然过程,但也该意识到其也只是一个过程而可以寻求更为合理、更有韵致的面貌。在这之中的教师,就不应该仅仅屈从并服务于现有的"分数就是一切"这一"信条",当下的教师依然需要执着追求上述教育应有的"生命"这一重要维度。并且,我们甚至可以说,以分数为唯一导向的教师只是一种庸碌的存在,实际上其正是导致当下教育中一部分学生事故的"共犯"。

无疑,《潮湿的春天》中不乏所谓的"好"老师。正如俞莉所写的"我身边的老师大都非常敬业,令人敬佩。作为一名教员,我尊重这个岗位,也尊重我的教师同行"②。然而,作为当下的教育工作者,就只是应该尽力在现有的教育评价与价值体系里带领学生追求发展,同时也获得"利益"与"名利"吗?火箭班的班主任冯贞屏老师,"是木棉中学出了名的拼命三郎,她40岁从湖南到深圳,之前已经成绩卓著,是学科带头人,全国教育系统劳模,职务上做到校党委书记。一年就解决了户口。第一届高考,她带的班级出现了全市最高分,数学平均成绩跃居全市第二,这在木棉中学历史上是绝无仅有的"。为此,她起早贪黑,"一天到晚做题、钻研,一丝不苟,给学生的作业从来都是精挑细选,绝不是网上随便找来下载粘贴拼凑而成",

---

① 安琪、吴原:《教育的异化与人的全面发展》,《天水师范学院学报》,2008年第6期,第137页。
② 俞莉:《创作谈:教育之殇》,《北京文学·中篇小说月报》,2015年第6期,第135页。

"每天除了几小时睡眠，其余大部分时间都泡在学校，泡在班级，乐此不疲地给孩子们辅导讲解，处理他们遇到的各种问题"。正如小说中给冯老师的这句描述，她"百炼钢化成绕指柔，真心实意地爱这个职业，爱她的学生"。作为读者的我们甚至可以说，在该小说的阅读过程中，不仅有一份痛楚，也有一份情感的温醇，而那正是通过班主任冯老师对学生们的爱而生发出来的。但是，刘诗诗被送往精神疾病防治中心这一后续结局，难道就没有冯老师及与之相似的"教育奉献者"身上的催生因素吗？

我们明白，未成年的学生，其价值观与人生观尚处于形成阶段，在这一过程中，师者的价值观对学生的价值观显然具有较为深刻的影响作用。我们可以对刘诗诗的行为心理轨迹做这样的一个爬梳，刘诗诗曾是冯老师相中的"能人"，"冯老师欣赏她，因为刘诗诗身上有跟她一样铁面无私的敬业精神，刘诗诗不怕得罪人，也敢管"。"她是一个女生，一个一直优秀的女生，是班主任的得力助手、左膀右臂。"在这样一个辅助班主任进行班级管理工作的过程中，冯老师将"规训"曾逸凡的一部分任务交给了"冯二"——刘诗诗。比起火箭班里其他同学的"整齐划一"，曾逸凡聪明、有潜力的同时，还调皮、会玩、点子多，他在课堂上偷吃泡面、不交作业、善于和老师"斗智斗勇"……在冯老师目所不及之处，有被他称为"刘狗"的刘诗诗盯着并进而打报告，他才终于"老实"了许多。然而后来，刘诗诗却比曾逸凡显得更"特别"。首先是在化学课上的展示，她开口道："你们以为我是好学生，乖学生，NO！其实，你们都错了，我骨子里不是好孩子，我很坏，你们被我骗到了。"并由此发表了自己的系列看法，让科任教师不知如何是好，这事实上直指一部分身处教育系统中的人能体会到的痛楚。接着，她在某个晚自习离开座位，并引起全班的寻找，后来"刘诗诗在宿舍里得意扬扬地说，她混进高一家长会会场，在里面一个劲地打手机，周围的家长都看着她，好过瘾"。然后，"第二周的升旗礼，刘诗诗穿了件宽大的黑风衣，很扎眼地站在清一色的校服队伍里，像一只不协调的大黑色垃圾袋。从来都是对老冯服服帖帖的刘诗诗，在办公室跟班主任争辩起来，她说她没错，没有哪一条法律规定她不能穿风衣"。在宿舍，"午睡的时候，刘诗诗一个人不睡，把窗帘拉得开开的，借着外面的阳光看书"。并由此引起了同宿舍同学的不满与争吵。除此之外，她还"代表全班"劝退年轻的杨老师，在政治课、语文课上打岔发表意见，在一次迎接仪式之后主动辞退班长职务……在刘诗诗的这一系列略带反抗性质的行为中，我们看到班主任冯老师的多次劝服、批评及联系家长协商。而且在课堂上，在刘诗诗的反问中，"政治老师给问住了，干咳了一声，敲敲桌子说，大家看题目，不要扯没边的东西，我们搞清楚问题要问的是什么，这里讲的是税收和公民依法纳税的义务……"，"语文老师说，你们可以有不同观点，但注意了，高考作文题，你们在考试的时候千万不可造次，不要乱质疑，要按照规范去写，尽量正面"。在一次成绩进步的月考后，刘诗诗在晚自习时却在偷掉眼泪，她说是因为曾逸凡"嘲笑我，看不起我，他恨我……我可是为他……"。由此可见，诗诗是想和那个与大家"不一样"的曾逸凡靠近一些，那个被她参与"规训"的调皮的同学身上有吸引她的东西，大概那就是"生气"——一种并不是死气沉沉的存在。而曾逸凡那边，对这个他口中的"刘狗"的靠近仍然是避之不及。

诗诗本质上一直都是一个向上的寻求发展的孩子，正如其父亲叙述的"她自己以前想上中大，最近又改变主意了，想出国，去国外念书"。同时她也眼见并心疼父母的辛劳，"诗诗也很体贴家人，说出国的事等以后再说，等将来上了大学，争取拿奖学金出去"。但及至小说最末，她已然有了一系列精神异常的行为，"刘诗诗在学校整夜整夜不睡觉，总是精神百倍地在宿舍里忙活，一会儿把所有人的水桶接满，说学校要停水；一会儿又在前门和后门挂满不知哪里弄来的水果刀，还有一把随身别在自己腰间，说，有坏蛋要来搞恐怖活动，她是要保护大家。她在宿舍来回走动，听到远处的青蛙鸣叫，就大喊'坏蛋来了'……"而后，其被送往精神疾病防治中心。

当刘诗诗在异化体验中感受到伤痛和困惑的时候，没有一个教师真正切中或者解开她的心结，依然是以"考试分数"的达成为导向展开具体行为或言语行动，"教育"更多地成为一种"产业"。有论者分析道："现代教育异化的一个根本原因就是生活价值的异化。以世俗幸福为旨归的现代教育致力于人们的种种功利需求，致力于解放人的物质欲望，教育只是为了满足生存的需要，成为单纯的谋生手段。实用与效率成为近现代教育追求的理想，知识、技能、工艺成为教育者和受教育者追求的唯一目标。教育开始真正的堕落，开始滑向反精神、反道德、反心灵的深渊，放弃'育人'这一根本目的。"[①] 然而于此，人取得的成就，已经远远比不上人自我的创造力、他的生命以及生存的艺术，后者实际上才是其所向往的教育指向。正如我们在前文指出的，这一"突

---

① 甘剑梅：《论新时代的教育异化》，《宁波大学学报》（教育科学版），2003年第1期，第33页。

然"事件，其实是"流水线"教育"产业"上出现的一种"必然"。并且，在这个意义上，这种面貌的教师其实都是当下应试教育制度的"共犯"，都在加深对"刘诗诗们"的伤害，都是促成其后续结果的"推动力"。小说描写到，深圳的春天带着蚀骨的寒意，而那里的木棉却开得鲜红耀眼。木棉花，别名"英雄花"，在料峭寒风里，没有树叶的环绕而独自开满于黑黢黢的枝头。当我们意识到庸碌的、对教育缺少宏大关怀而只是执着于"分数"的教师，是教育异化的"共犯"之时，更渴望其能拥有如木棉花一般在"寒冷"里屹立开放的坚守、倔强与勇毅。小说最后冯老师梦见刘诗诗的求救呼喊"冯老师救我——"，她失声痛哭，切身意识到了这之中的伤害："哦，诗诗，亲爱的孩子。我会的，我一定会的。"一代教育家蔡元培先生曾对教育做出臻于理想境的展望："教育是帮助受教育的人，给他能发展终极的能力，完成他的人格，于人类文化上能尽一分子的责任；不是把教育的人造成一种特别的器具，给抱有他种目的的人去应用。"①于是，蔡元培时代的北大也就尤为强调终极价值体系的世界观教育。

三、社会个体的批判性认识：教育生机呈现的可能

通过上述相关论证，我们可以形成这样的一个基本共识：教育在发展，但也无可置疑存在着问题。那么，如何推进问题的解决呢？对此，国家需要积极应对，社会个体亦需保持必要的批判性认识并在此基础上诉诸合理的行动，如是，教育生机的呈现也就多了一种可能。

教育者与被教育者显然是教育活动中最为关键的两维，尤为需要对教育问题有清晰的认识。并且，受教育者由于自身经验及认识的贫乏，其对事物的认识尤其需要教育者的引领。在上述的第二部分内容中我们已经提及教育者对被教育者价值观形成的重要影响，并且，教育者需要拥有一种超越现有体制和体系的整体性眼光和终极性价值观，对"教育""教育何为""人的培育"问题有一个根本性的认识及系统实践教学的规划。我们并不否定教育的功利目的，当下的教师们当然需要拥有外在的世俗幸福生活，我们更强调的是在这一基础之上的对人的内在生命的生长及精神之幸福的追求。而今，一个普遍的状况是教育和生命之间有了更多"疏离"，"教师在教育中没有真真实实地存在着，

---

① 陈平原、谢泳：《民国大学：遥想大学当年》，东方出版社，2013年，第303页。

他扮演着一个角色，完成责任，遵从指示；教育既与自身疏离，也与教材和学生疏离。同时，学生与教师、教材和他自身也是疏离的，这种疏离使教育中的人日益成为客体中的客体，物件中的物件"①。也正如华东师范大学的李政涛教授所指出的，"如今的教育并不缺少先进的教学方法和教学设备，并不缺少教育思想和教育著作，也不缺少教育学的教授和博导，但唯独缺少有灵魂的教育"②。在这种教育状态下成长起来的人的发展前景究竟是怎样的呢？答案其实是不言自明的，然而，他们却正是我们民族的未来。当更多的教育从业者能深刻意识到这一点，也许就能更有力量地超越我们前述的那种"唯分数论"的庸碌教学，更能体会到作为教师需要对学生有一个合理明确的价值观、世界观乃至负载人类终极关怀的信仰的引导，而追求教育应该有的生命维度。并且，生命是流动变化的，而不是静止单一的，教师自身的生命及教学行为也需要不断地发现、更新和重建，当教师和学生的生命之间能在彼此交融中实现相互的转化和创生时，教师所经历的教育时光也许就不会再是"琐碎""平庸""烦扰""平面"的代名词。同时，我们也需要指出，这对教育从业者个人的认识、素养及德行无疑都提出了挑战。

正如小说中同时也呈现的，教育环节里还有关键的一环——家长。曾逸凡的母亲，在儿子的狡辩撒谎中，竟然选择娇惯，"冯老师打电话向他妈妈求证，他妈妈电话里先是一愣，然后就说，确实是撞车了，耽搁了一些时间，责任在我"。刘诗诗的父亲、母亲，在女儿一些情绪与行为反常的体现时，也表现出一种显明的无力感，"我跟孩子她妈说，诗诗现在有点不正常，她妈反怪我，说，刘诗诗只是上次没考好，学习压力大，如果她不正常，那不正常的也太多了"。"他不相信，这个一直斯文懂事优秀的女儿，会变成……一个疯子？"对于一个孩子的成长，学校教育之外毋庸置疑最重要的就是家庭教育。在这个层面上，我们需要提出，家长在何种程度上认识教育及相关问题，对孩子的发展亦起着不容忽视的重要作用。

在《北京文学·中篇小说月报》转载小说《潮湿的春天》的卷首语中，有这样一句话，"全社会应当反省：我们如何把变态的欲望强加到孩子身上，无情地摧残下一代的成长"③。俞莉说："作为一名写作者，我不由自主

① 刘铁芳：《现代教育的反思》，《教育理论与实践》，1998年第6期，第21页。
② 李政涛：《没有灵魂的教育》，《新课程》（综合版），2014年第1期，第1页。
③ 俞莉：《潮湿的春天》，《北京文学·中篇小说月报》，2015年第6期，第122页。

地要批判、要怀疑。毕飞宇说，写小说的人本质上是弱者，他有悲观的倾向，对伤害有一种职业性的关注。"①可以看到，这是一个作家自觉拥有的一种对社会良知的担待，基于此，她进行书写，将当下教育中的这一份凝重及其底下涌动的生机欲求呈现给我们。俞莉的成名作《遍地杜鹃》是反映深圳代课教师题材的作品。对自己熟悉的生活领域进行书写呈现，发表系列的教育小说，强调文学与社会生活的内在勾连，这正是俞莉的一种自觉选择。对这样一种以现实主义为根本美学原则的作品无疑是需要给予肯定的，而我们也的确在作品之中感受到了作家的挚诚。同时，需要指出的是，正如在前述第二部分所评价的以及俞莉在《创作谈：教育之殇》中提到的，"是的。在这里我看到了伤害，看到了扭曲，看到了痛苦。我无法做什么，只能拿笔把它们呈现出来"②。俞莉这篇中篇小说在批判的力度方面是缺乏的，其本人也更多地选择最终顺应现有的这一体系，而没有更多地体现出个体可以从自身开始去寻求的价值坚守与现状突围，其笔下的冯老师及至小说末尾才有伤痛与寻求改变的意识的显露，更多的也只是一种"可能"。

教育问题，可以说是一个"牵一发而动全身"的复杂问题，涉及经济、政治、文化等众多领域。它直接影响到个人、群体，同时也是影响社会进步及发展的原动力和催化剂。政府需要在这之中承担重责，而我们社会个体也应该以思考与行动去自觉有效地介入。我们的教育，不仅该有其应具备的庄重，也必须同时蕴含"春天"般的轻灵、律动与生机盎然。

第三节　当下教育症结的洞悉及其隐忧的书写②
——毕飞宇的短篇小说《大雨如注》解读

毕飞宇的短篇小说《大雨如注》原载于《人民文学》2013年第1期。作品中，处于社会底层的大姚夫妇努力想把女儿姚子涵培养成超越其出身的"上等人"，为此，他们殚精竭虑，从女儿四岁开始，就带着她奔走于各种各样的"班"，忙得不亦乐乎。女儿也争气，学习成绩名列前茅，才艺样样拿得出手，她既是大姚夫妇的骄傲，也是学校师生的"偶像"。为

①　俞莉：《创作谈：教育之殇》，《北京文学·中篇小说月报》，2015年第6期，第135页。
②　本节初稿撰写人虞小萌，原载于《读写月报》（语文教育版）2017年第4期。

了女儿学习英语，大姚请美国少女米歇尔担任她的口语家教，米歇尔的闯入带来了一场如注暴雨，激发出女儿淋漓的情感宣泄，而大雨过后，女儿突然病倒，醒来后便开始用英语表达，一会儿问候，一会儿感谢，只是问候"莫名其妙"，感谢也"匪夷所思"。那是精神错乱的征兆，是典型的自恋幻想。大姚夫妇"望女成凤"的愿望化成泡影，留下的是破碎的家庭和沉甸甸的现实。

《大雨如注》在 2014 年 12 月 7 日获得第三届郁达夫小说奖短篇小说奖。评委会授奖词这样写道："小说不仅叩问着中国教育现状，更在雨水的冲刷下撕开人性内部的痛楚，挖掘出触目惊心的成长危险，进而指向生命的自由天性。小说灵动其表，深沉其里，在幽默中沉淀着苦涩，在流畅中保持着锋利，显示了让人赞服的叙事张力。这篇作品的问世，再次证明了毕飞宇逼近生活的尖锐意识和机智从容的艺术风度。在这个思想误区密布的年代，《大雨如注》带着可贵的精神品格，抵达了小说希望抵达的地方。"①我们注意到，同期获得第三届郁达夫小说奖中篇小说奖的作品为邓一光的《你可以让百合生长》，这两部获奖作品都不约而同地把目光聚焦于教育。的确，"教育是一个显豁而急迫的问题，虽然其在一定程度上由国家整体考量与主导，但也需要教育者与被教育者对此抱以充分的关注，同时更应该有包括小说家、批评家在内的社会个体以批判的立场介入对其的思考"②。

一、"狠"与"弱"：当下教育之思

《大雨如注》是当代中国中小学教育现状的缩影，当下教育是"狠"的教育。如前所述，大姚夫妇在女儿姚子涵四岁时便开始让其上"班"——第一个班就是舞蹈班，学民族舞。"她下过四年围棋，有段位。写一手明媚的欧体。素描造型准确。会剪纸。'奥数'竞赛得过市级二等奖。擅长演讲与主持。能编程。古筝独奏上过省台的春晚。英语还特别棒，美国腔。"③作品

---

① 郁达夫小说组织委员会、评选委员会.《第三届郁达夫小说奖短篇小说奖获奖作品〈大雨如注〉授奖词》，《江南》，2015 年第 2 期，第 11 页。

② 杨舒晴：《教育异化的挚诚书写及其批判——论俞莉的中篇小说〈潮湿的春天〉》，《读写月报》（语文教育版），2016 年第 1 期，第 67 页。

③ 毕飞宇：《大雨如注》，《人民文学》，2013 年第 1 期，第 5 页。该作品引文具体出处以下行文不再一一标示。

还交代了一点："公主（即主人公姚子涵）在小学毕业的那个暑假接受过很好的礼仪训练，她的举止相当好，得体，高贵，只是面无表情……""姚子涵这样的复合型人才哪里还是'琴棋书画'能够概括得了的呢？最能体现姚子涵实力的还要数学业：她的成绩始终稳定在班级前三、年级前十。"毕飞宇所创造的这一人物形象不是特例，姚子涵的人生经历也并不是典型，像姚子涵这样每天都有大量的学科作业，空余时间被安排各种无休止的课外培训的学生不计其数。这还不够，比典狱长还狠的父母突然意识到应该给女儿找一个地道的美国人培训口语。而这个英语口语培训，成为压死骆驼的最后一根稻草。姚子涵与口语老师米歇尔在一场如注大雨中狂欢，疯狂发泄，结果得了脑炎，昏迷醒来后，竟忘记了母语，她用三段非常流利的美式英语一会儿问候父亲，一会儿感谢老板，最后感谢评委，教人莫名其妙，匪夷所思。姚子涵的精神失常，吓坏了大姚夫妇，作者在此高潮处收笔，直面当下"狠"的教育及其酿成的悲剧。

学者刘铁芳指出，现代教育"忽视了人的内在向度，忽视了人的心灵完美与精神的完整建构，现代教育所关注的人是不完整的人，学生心理疾病的大量蔓延是这种不完整性教育的必然结果与典型表现"[1]。不容置疑，姚子涵是优秀的，是同龄人中的翘楚。但我们必须看到，她身上那些耀眼的光环，对她来说却没有什么终极意义，那是以她父母为代表的成人世界里的光环，而她自己另有一套和时代同步的价值谱系。在她看来，自己练的民族舞，在"国标"面前显得"过于柔美、过于抒情了，是小家碧玉的款"，她弹奏古筝"既不颓废，又不牛掰""视觉上不帅"。这些在成人眼里都不算作问题，但是在"好孩子"姚子涵这里，却"感觉自己委琐了，上不了台面"。这是典型的孩子心理，他们评价事物的标准不是美不美，而是时尚不时尚、酷不酷。所以，拥有那样多让人羡慕的才华的姚子涵并没有骨子里的骄傲与自信，虽然她表面上高傲、冷峻，但内心却有一种无法排遣、无处倾诉的自卑。不仅仅因为自己远郊农民的出身，更是由于家庭经济条件下的人生选择。在姚子涵幼小的心里，父母卑微的出身限制了他们的眼界，而这种眼界又进一步阻碍了自身的发展，这是一条无法逾越的鸿沟。"姚子涵就觉得自己亏大发了。她的人生要是能够从头再来多好啊，她自己做主，她自己设定。现在倒好，姚子涵的人生道路明明走岔了，还不能踩刹车，也不能松油

---

① 刘铁芳：《现代教育的反思》，《教育理论与实践》，1998年第6期，第18页。

门。飙吧。人生的凄凉莫过于此。姚子涵一下子就觉得老了，凭空给自己的眼角想象出一大堆鱼尾纹。"谁又能否认这种超越年龄的沧桑不是孩子的真实感受呢？

在姚子涵的内心深处，缺少真正的皈依与寄托，这恰恰是我们教育的症结所在——接受着强势的"狠"的教育，却无法在其中把握安身立命之感，教育像失却了灵魂。李政涛教授提出："有灵魂的教育意味着追求无限广阔的精神生活，追求人类永恒的终极价值：智慧、美、真、公正、自由、希望和爱，以及建立与此有关的信仰。真正的教育理应成为负载人类终极关怀的有信仰的教育，它的使命是给予并塑造学生的终极价值，使他们成为有灵魂有信仰的人，而不只是热爱学习和具有特长的准职业者。"①姚子涵成绩优异，多才多艺，接受着"精英教育"，可是这些耀眼的光环对她来说却没有什么终极意义，我们悲哀地发现，教育在一定程度上变得如此疲软，它无法给予受教育者劝慰性的温暖，"姚子涵们"也难以形成积极向上的价值追求。

二、价值混沌：缺位的教育责任者

小说《大雨如注》中隐含了一个非常凝重的话题：谁是教育的第一责任人？一般来说，教育的主阵地是学校，这似乎是大众都能接受的一个判断，说到教育，人们的第一印象也是校园。但这实在是对教育的一种误解。事实上，教育理应拥有三个维度：家庭、学校与社会。一个孩子的成长，自然离不开学校，但更离不开家庭和社会。父母是孩子的第一任教师，孩子的习惯、教养等诸多品性基本都是受父母的影响。而社会这个大环境，也从价值观、文化、审美等方方面面为孩子提供了多元的坐标。然而，当孩子进入学校之后，一旦出现问题，人们首先想到的是学校和老师，而不是家庭和社会。小说《大雨如注》中，毕飞宇回避了我们习惯的学校教育，把问题关注的焦点集中在家庭和社会层面上。

姚子涵的悲剧之所以发生，是因为父母与孩子价值观的错位。父母的期待与孩子的期待不同，所以孩子的内心深处才会有执拗的抵触和叛逆。正如同一舞蹈班的学员"爱妃"对姚子涵所说的话："他最大的愿望就是发明一种时空

---

① 李政涛：《没有灵魂的教育》，《新课程》（综合版），2014年第1期，第1页。

机器，在他的时空机器里，所有的孩子都不是他们父母的；相反，孩子拥有了自主权，可以随意选择他们的爹妈。"选择的背后，是理想的对峙，是价值的冲突。大姚们的理想是传统意义上的，而孩子们的理想则附上了社会的潮流元素。小说中，在米歇尔第一次家教课后，大姚夫妇觉得自己"吃亏"而生闷气，姚子涵却摆弄起了录像和电视。这是一个不可忽略的细节，电视作为当下社会信息最普及、最强势的平台之一，从某种程度上已经影响了大众的视听口味与价值判断。在小说中，大姚对女儿英语口语的要求其实也是为了迎合世俗的文化。"作为资深的电视观众，大姚、韩月娇和全国人民一样，都喜欢一件事，这件事叫'PK'。"他们看到唱歌要 PK，跳舞要 PK，连相亲都要 PK，说英语当然也要 PK。所以，大姚才会聘请时薪一百元的家教，他的女儿在英语口语 PK 上不能输。这显然是一个错觉，信息源便是以电视为代表的媒体。当下时代，在青少年那里，娱乐文化颇有蔓延之势，超男超女审美趣味盛行，某种程度上的喧嚣、无序已成为事实上的大众文化表征的一部分。而一个在电视文化中浸淫的孩子，他们的选择和理想自然易受到这些声音的引导或扭曲。姚子涵的自卑，在很大程度上是由于父辈们的选择和时代的诱惑之间所产生的严重错位。在这个意义上，"毕飞宇的《大雨如注》几乎是对教育反思最成功的范例，因为，它规避了那些想当然的猜想，而直抵教育的核心地带。孩子们没有选择，他们的人生早已被父母设计好，他们能做的只能是顺着这条前途未卜的道路踽踽独行。如果他们想改变自己，则代价无法估计"①。而在这种两代人并不平行的人生定位中，作为孩子成长大环境的社会，并没有做出科学有效的规范和引导，相反，那种混乱无序的价值状态促生了孩子们心灵的枝丫，并进一步推波助澜，将他们自身的价值谱系完全扭曲，在时尚的潮流里迷失自我、无所适从。而现在的教育者，却也不能以真正的价值诉求来引导"姚子涵们"，这是矛盾的根源。姚子涵那种"明明走岔了，还不能踩刹车，也不能松油门"的人生状态，其实也隐喻中国当代教育本身。这是毕飞宇对当下教育现状的洞察，对教育症结的揭示："教育第一责任者"的缺失，或"教育第一责任者"的负面影响，使当下社会孩子的成长缺乏正确的价值观的引导，所以在混乱无序的价值状态中，在爱的名义和自由的旗帜下，花朵一样的生命被摧残得体无完肤。

---

① 辛泊平：《轻松而又沉重的阅读——毕飞宇〈大雨如注〉阅读札记》，天涯网，http://bbs.tianya.cn/post-books-178238-1.shtml，2013 年 3 月 7 日。

同时，我们又不得不注意到，姚子涵悲剧的发生与其自身也有密不可分的关联。诚然，成人社会所持的价值坐标产生了歪斜，但在这样歪斜的价值坐标体系中成长起来的"王子"和"公主"，他们的欲望也被一步步点燃，并且非常享受这扭曲的价值体系所带来的快感。姚子涵就非常享受自己的"气质好"，享受这种当"画皮"的感觉。而且，她还十分配合父母对自己的教育。"姚子涵对自己非常狠，从懂事的那一天起，几乎没有浪费过一天的光阴。和所有的孩子一样，这个狠一开始也是父母逼出来的。"没有坚韧的毅力和耐力，绝大部分的孩子都会半途而废，"姚子涵却不一样，她的耐受力就像被鲁迅的铁掌挤干了的那块海绵，再一挤，还能出水"。大姚在家长会上曾经这样控诉："我们也经常提醒姚子涵注意休息，她不肯啊！"姚子涵本人呢，"一般的头疼脑热她哪里肯休息，她一节课都不愿意耽搁。'别人都进步啦！'这是姚子涵最喜欢挂在嘴边的一句话，通常是跺着脚说"。寥寥几笔，写出了姚子涵的要强，更点出了姚子涵甘于配合的心态。小说中还有一个非常重要的细节，大姚夫妇原想留英语教师米歇尔"吃一顿"，以此换得女儿多一小时的练习时间，没曾想米歇尔让姚子涵陪她练汉语，不只是免费，还让大姚夫妇"贴出去一顿饺子"。正当大姚夫妇深感吃亏时，刻苦好学的姚子涵却告诉他们自己已经把她和米歇尔的会话全部录了下来，任何时候都可以拿出来模仿和练习。其实，姚子涵是多么懂事、多么甘心地配合着"苦大仇深"的父母，来完成她自身的文化学习的过程。既然如此甘于付出，乐于配合，当然也必须对最后的悲剧负责，即使这悲剧恰恰发生在自己身上。由此，《大雨如注》还从教育常识角度揭示了另一个问题：教育的第一责任人是父母，另一个重要的责任人，正是"姚子涵们"自己。"将这样的教育责任同样放在姚子涵们的身上，虽然有点近于残酷，却是一种残酷的真实：姚子涵们担当了制造姚子涵悲剧的'配角'。"①

三、当下教育生态：需要"大雨"的浸润

沉重的压抑带来的必然是爆发，何况对象是处于青春勃发时期的少女。作者毕飞宇几乎是顺理成章地安排了一个小小的高潮：一场生命宣泄

---

① 姜广平：《一场怎样的豪雨才能滋润我们和我们的教育》，《江苏教育》，2013年第7期，第35页。

的春雨适时地落了下来，它积攒得太久，威力过猛，只得以暴雨的形式选择了这个夏天。可以说，这场如注大雨是整篇小说中最令人动容的一幕，它如此迅猛而又强悍，如此及时而又善解人意，转瞬融化了堆积在姚子涵心底的冰层，她终于可以抬头喘口气，将自己最天然纯真的一面袒露给整个大自然，交付于整个天空。"两个人笑了，都笑得停不下来了，暴雨哗哗的，两个小女人也笑得哗哗的，差一点都缺了氧。"可是这雨太美了，美得不真实，美得如同一场幻梦，"姚子涵多么希望这一场大雨就这么下下去啊，一直下下去"。她终归拉不住它，幻梦消失了，重新回到现实中的她，目之所及都是触目惊心的"假"。令人钦羡的姚子涵表面上高傲、冷峻，却没有骨子里的骄傲与自信，内心深处是无法排遣、无处倾诉的自卑。从另一角度看，我们的教育未能从根本上像这场大雨一样让姚子涵体认到中国文化与血脉对一个中国未来的优秀公民的意义。小说中的"棋琴书画"是传统国货，奥数和编程是考验智力，最后小说的旨归落在学英语上面，小说布局是极有计划性的，作者毕飞宇在建立参照系和坐标。说到底，姚子涵的卑抑与脆弱里，是一种文化的自卑或因本土文化缺位而引起的卑抑。而这恰恰是我们当下教育失却灵魂的根本原因，我们当下的教育生态，也需要这样一场"大雨"的浸润。

　　米歇尔作为"教育田园的闯入者或异质文化代码"[1]，真实、性感、大胆、叛逆，而这些品质，正是姚子涵这些"中国式好孩子"被刻意压制的。她"甚至都没有来得及过脑子，脱口就喊了一声脏话"她已经被自己吓住了。如果是汉语，打死她也说不出那样的话的。外语就是奇怪，说了也就说了。然而，姚子涵内心的'翻译'却让她不安了，她都说了些什么哟！或许是为了寻找平衡，姚子涵握紧了两只拳头，仰起脸，对着天空又喊出了一句这一情节，与其说是一场语言施暴，一次释放，毋宁说是一次无法躲避的洗礼与脱胎换骨。但十多年培育出来的"好孩子"，怎么会轻易丢失可能已经溶入血液的温驯、上进与"中国式好孩子"的情结呢？所以，最后她必须回到英语的体面上，必须在英语里再做一次好孩子。因而，结尾处的"神来之笔"出现了，煞是精彩，但也让人煞是心痛。

　　显然，这是一篇文风幽默但亦反思深沉的小说，在叩问当下教育现状的同时指向个体生命自由。中国当下的教育状态，一方面家长对孩子的期待和

---

[1] 姜广平：《一场怎样的豪雨才能滋润我们和我们的教育》，《江苏教育》，2013年第7期，第35页。

栽培使孩子饱受压力，另一方面中国的淘汰式教育又使那些在压力中长成的"精英"获得肯定，孩子们不得不承认家长施加压力是对的。干涸的教育生态需要一场"大雨"，即在教育过程中让学生充分体会到生命的重要与光辉、爱的温暖与温情，鼓励儿童自由自觉地发现自己的天性与天赋，发展自己的特长，学会积极地做快乐的事情，以成就健康的人格和快乐的人生。而在全球化日益明显的当下，面对异质文化的侵入，"为保持差异确立独特存在，也不能就此故步自封"①。小说中看起来有些喜剧化的"脑炎"，如果由沉重、淤积的"大雨"引发，那么也需要由一场鲜活、自由的"大雨"浸润，本土文化教育"需要急救，需要输血"的危亡之时已然抵临。

四、结语：写作，在理解生活中抵达现实深处

毕飞宇是敏锐而深刻的，在似乎不经意的写作中，抵达现实深处。他掀开了被遮蔽许久的教育之痛：缺少理解和交流的家庭教育，缺乏理性的社会潮流，这些都是恶化我们教育现状的罪魁祸首。然而，毕飞宇又是克制的，他没有因为洞见时代的秘密而采用正襟危坐的训诫，而是不动声色，以轻松诙谐的笔触挖掘出让人触目惊心的成长之险。在遇到米歇尔之前，姚子涵一切都很"正常"。但是，这种正常只限于表象，在心理层面，姚子涵"早已经历了痛苦的现实观照和精神裂变"②，她的"正常"不过是一种孩子式的自尊与伪装。米歇尔的出现，是她回归真实的一个契机和理由。毕飞宇作为一个作家的责任感与良知，也在此得到了充分体现。

然而，一场汉语的狂欢，却是以最终让汉语悬置的方式来收场，"毕飞宇说，小说题材化自于自己在南京听到的一则真实病例，一直想把它写出来，历经两年才得以完稿"③。作家有责任把偶发的事实化为最有必然性的现象，而小主人公"只会说英语"的结尾，则寄托了毕飞宇对汉语教学"失语"的忧虑。可以说，《大雨如注》虽然是短制，却碰触了当下社会急需正视的热点，这是一名作家的责任，也是作家良知的充分体现。

---

① 李昌鹏：《持续的撞击——评毕飞宇的〈大雨如注〉》，《文学教育》，2013年第4期，第17页。

② 辛泊平：《轻松而又沉重的阅读——毕飞宇〈大雨如注〉阅读札记》，天涯网，http://bbs.tianya.cn/post-books-178238-1.shtml，2013年3月7日。

③ 冯源：《第三届郁达夫小说奖颁奖 邓一光、毕飞宇折桂》，人民网，http://politics.people.com.cn/n/2014/1208/c70731-26167579.html，2014年12月8日。

第四节 高考之殇与教育之思①
——以探析长篇小说《磨尖掐尖》为中心

  高考，即普通高等学校招生全国统一考试，自 1977 年恢复高考以来，它始终是中国各类考试中普及性最广、参与度最高、社会反响最强烈的考试。在过去的 40 多年里，高考影响着两代中国人的命运，牵绊着无数家庭的心。中国是一个考试古国、考试大国，是考试制度的发源地。考试的根本目的在于选拔人才、社会分工。就其作为一种社会现象而言，高考不过是普通高等院校选拔新生的一种手段，是有目的性地对考生进行一定的筛选的过程。但高考的功能却不限于此，对于很多人而言，这不仅是一场考试，更是一场仪式、一个成人礼、一种象征、一场决定命运的战斗。市场经济条件下，高等教育的学历文凭相当于职场的"门票"，高考俨然是一场"选拔赛"。诸如"一考定终身""千军万马过独木桥""考场如战场"等关于高考的说辞无不体现着高考的畸形发展。然而，我们需要看到，目前文学界直接描写高考的小说尤其是反思高考畸变的小说其实并不多见。

  学者陈平原先生曾指出："文学生产与教育制度，二者的关系极为密切，这一点，谁也不会否认。"②确实如此，文学与教育休戚相关，教育思想影响文学创作，文学也热切关注教育。在二者双向互动的发展过程中，关注教育的文学作品应运而生。罗伟章的长篇小说《磨尖掐尖》（人民文学出版社，2007 年）被誉为"中国第一部揭秘高考状元制造内幕的小说"③，他本人也堪称"中国教育小说第一人"①。从事中学教育工作多年，在他的作品序列中，《我们的成长》《最后一课》《奸细》《水往高处流》《我们能够拯救谁》等中篇小说以及长篇小说《磨尖掐尖》等都是教育类的小说。在小说《磨尖掐尖》中，作者带着深切的生命体验将笔触伸向了高考，真诚而执念，以反思与批判的书写态度把一个重要的社会问题展现得多维而立体。高考竞争的激烈程度越来越接近于战争状态，小说

---

  ① 本节初稿撰写人查书雨，原载于《读写月报》（语文教育版）2017 年第 7 期。

  ② 陈平原：《文学史视野中的"大学叙事"》，《北京大学学报》（哲学社会科学版），2006 年第 2 期，第 67 页。

  ③ 人民文学出版社：《〈磨尖掐尖〉：中国第一部揭密高考状元制造内幕的小说出版》，新浪博客，http://blog.sina.com.cn/s/blog_4cee78b1010009wx.html，2007 年 7 月 5 日。

从师生、学校环境、社会环境等各方面全方位地呈现了高考前夕备考阶段的真实面貌。罗伟章以幽深的笔尖探入重点中学最隐晦的地方，学校竞争的"潜规则"、教育资源分配的不公平、教师的"生财之道"、尖子生的"心理疾病"，这些高考制度下催生的社会变种往往又正是现实生活的本来面目。事实上，无论是受益者还是受损者，都默认这些事实的存在，不反抗也无力抗争。罗伟章本着作家的责任，以现实主义的创作态度为教育发声，印证着一个道理："当一个事实，人所共知却集体沉默的时候，往往是文学作品发言最有意义和最有效的时候。"①

一、公平与不公

原本，高考所建立起的竞争模式是目前为止最为公平的竞争制度，与以往建立在血统上的、以家庭出身为基础的教育制度相比更显公平。高考是唯一一个纯粹以学习能力为评价标准，依靠自身努力和勤奋就可以改变命运的机会。但是，高等院校被分为一类本科大学、二类本科大学等，一块"蛋糕"被众人瓜分，于是这一选拔性的考试制度本身也带来了许多社会问题。"教育作为社会分层的工具，呈现出凝固和制造社会差距的功能。"②高考是大多数孩子人生中必须跨越的一道分水岭，甚至成为千军万马争抢通过的独木桥。高考在为学校、家庭、考生本人带来荣耀的同时，也日渐显露出它残酷的一面。毕竟，一分之差可能就是千差万别。弊端的根源正在于此，高考各方始终在"拼尽全力"，却酿造了一场又一场悲剧。

小说《磨尖掐尖》的故事发生在与渝、陕、鄂三省市接壤的巴州——一条巴河将城市分为南、北两大城区，锦华中学、德门中学、清辉中学等五所重点中学是巴州高考主力军。重点中学的一切行为都围绕高考进行，终极目标是为高考制造最尖锐的武器即"高考状元"。高考状元的制造有两种方式，一是"磨"，即培养；二是"掐"，将外校的尖子"掐"来据为己有。最终的目的是产生巨大的社会效应与经济效应。商品经济时代，媒体成为呐

---

① 付艳霞：《状元制造：高考生态的文学书写——长篇小说〈磨尖掐尖〉的编辑和思考》，《当代文坛》，2007年第5期，第124页。

② 杨东平：《从权利平等到机会均等——新中国教育公平的轨迹》，《北京大学教育评论》，2006年第2期，第7页。

喊造势的第一线，只要某所学校出了高考状元，高考状元就是活广告，新闻媒体"连篇累牍地进行报道"[①]，学校一夜之间成为焦点，生源不断，"生源就是财源"，学校因此名利双收。小说中的汉垣中学就是最好的范例，去年突然打了个"翻身仗"，"弄了个全省文科状元出来"，从此声名鹊起。锦华中学看到了希望，效法汉垣中学，成立专门的高三领导小组，校长亲自指挥，实行一系列针对高考的特殊措施。在这里，学生的唯一价值在于考高分。众所周知，高考录取以总分为准，基础教育实际上早已畸变为面向少数优秀学生、重知识积累轻德体美、学生学习负担过重的应试教育。高三所有学生都按照分数分成三六九等——"火箭班""重点班""普通班"。重点班又分成快、中、慢班。学校的教学资源按此分配，最好的师资集中在"火箭班"。当前功利化的教育体制下所导致的教育不公现象由此凸显。尖子生是学校的"发财树"，学校对他们百依百顺。在学校，尖子生的权力甚至大于教师的利益和尊严——钱丽老师被尖子生张永亮当堂辱骂与殴打，最后只能委曲求全，后来张永亮被德门中学"掐"走后，她更是自责懊悔，几近崩溃；孙志刚老师因得罪了尖子生而被贬为初中教师；莫凡宗老师被尖子生结结实实地打了一拳，痛了几天便也忍过去了。为了留住尖子生，老师更是嘘寒问暖，亲自喂药，而学生心无感激，认为理所应当。尖子生的家长也是学校的贵宾，可以向学校提任何要求。那些非尖子生，考试成绩不够突出的学生，他们从小体验"丛林法则"所导致的等级差异下的世态炎凉……他们乖巧而懂事，面对的却是冷漠、歧视，没有师生之情、没有友情、没有同情，更没有公正与公平，甚至连费远钟这样受学生喜爱的教师，面对学生所遭遇的不公，也是诸般无奈。状元种子于文帆转到锦华中学"火箭班"挑中了胡昌杰的座位，胡昌杰只能一言不发地收拾好书柜让开，即使费远钟让他自己选个位置，他想坐哪就坐哪，也是因为费远钟知道胡昌杰不会提任何要求。

作者罗伟章在描述这些现实的时候，也渗入了他作为一位教育工作者对当下教育现状的隐忧。在旨向公平的高考制度中，过于放纵尖子生为所欲为，一方面会导致学生的发展受阻，不论是尖子生自身还是其他学生都会造成对自我认知失调的后果；另一方面则会扼制教师的职业热情，束缚教师的教学思维，从而导致更为深重的教育不公现象。多年来，国家教育部门对此十分重视，为

[①] 罗伟章：《磨尖掐尖》，《小说月报》（长篇小说），2007年第3期，第5页。该作品引文具体出处以下行文不再一一标示。

了促进中学生德智体美劳全面发展，力图实施"素质教育"，甚至有人提出，应取消高考实施素质教育。但遗憾的是，这些措施或流于形式只是空喊"口号"，或以竞赛的形式取代，在某种意义上又无异于是另一种考试，并没有起到实质性作用。竞争是无法避免的，考试仍是迄今为止最为科学的方法，考生的个人努力是决定性因素，其他客观因素的作用较弱。随着国家对素质教育的重视，应试教育逐步转型，家长、教师、学校乃至全社会都在不断反思，高考制度也将随着新的社会环境的变化做出相应的调整。

二、状元种子与畸形生长

随着高等院校扩招，高等教育逐渐转向"大众化"发展阶段，高考的竞争激烈程度似乎减轻，然而中学却将目标转向对高考状元的选拔。高考状元的学习能力在这场考试中是被检验过的，同时还是体力和心理素质上的双重考验的胜出者。他们从千万考生中脱颖而出，在"高考状元"这一桂冠下被赋予了独特甚至神圣的光环——高考状元具有独特的商业价值和社会影响力，媒体迎合大众的猎奇心理，利用高考状元的热度吸引眼球，为学校提高知名度、扩大生源。"名利"双收中，实际上就是一种商业手段。正是学校与媒体协同合作掀起的"高考状元热"，引发了社会各界人士开始反思其可能带来的消极影响。"尖子生是折磨出来的，状元是掐来的"，这就是小说的题旨——更具体地来说，"磨尖"既是打磨也是折磨，是尖子生不断被培养、被训练的过程；"掐尖"则是一种行话，指学校之间对状元种子的争夺。《磨尖掐尖》中尖子生们参加高考之前就已经作为种子选手，被"关"起来保护，成为学校争相抢夺的物件，成为教师赚钱的工具，成为家长牟利或者炫耀的工具。这种"前状元阶段"的生活，鲜有人关注，罗伟章抓住了这个点，以状元种子作为一个原点，进行圆形的扩散式的展开，关注学生的心理发展、教师群体的人格异变、家长与教师的关系异化，通过小说深刻地反思当前的高考教育生态。

作为尖子生中的尖子生——状元种子对学校的未来发展起着关键性作用。状元的出现能够体现某所学校的教学质量，与学校的生源、财源有着直接联系。学校为了保护自己的尖子生，必须格外细心地保管花名册，小说中校长不断强调"学生花名册比你家的存折还重要""名册暴露了，尖儿被人掐了，你找谁去？你只有喊天！"与此同时，他们还要不择手段地打探他校的尖子生的信息，企图"掐"过来。于文帆就是锦华中学从德门中学"掐"来的尖子生，前提是为她的母亲安排好工作，减免学费，并承诺如若于文帆考上省状元，学校奖励十万元，考上市状元，奖励五万元，省市状元都没达到，但只要被北京大学录取，奖励三万元。学校为其母亲安排的图书管理员的工作是连优秀教师费远钟的老婆想也不敢想的岗位。德门中学给出的条件更为诱人，只要给德门中学提供某尖子生的电话号码，就有不少的信息费，凡是上了德门中学重点班的后墙的名字，一个信息费就是六千，要是名字下面画了红杠，至少八千。"掐尖"是个诱惑力极大却不断拷问教师职业素质和内心道德的挑战。双方教师都陷入"掐尖"与"反掐尖"的泥潭中，持有核心"机密"的班主任，成为对方学校企图拉拢、策反的对象，教师本身也被怀疑，教师之间互相猜忌，本来因按等级分班形成的教师队伍已经裂痕累累，"奸细"再一搅和，更是乌烟瘴气。这一场不见硝烟的战争中尖子生们成了重要筹码。他们在这样的机制下被"生产"，进而被"毁灭"。郑胜是全市的明星，是被学校寄予厚望的天才，喜欢思考、善于思考。他的课堂发言不着边际，老师认为他在故意捣乱，大家都不理他，希望他从此"改邪归正"。高中的课堂，但凡言语超出考试轨道都会被认为是异端，老师和学生长久地陷入应试教育的强大"漩涡"之中以至思想麻木，长此以往，或许正如小说中莫凡宗老师所言："最多二十年，甚至不需二十年，整个中国就会消失最后一个创新的头脑。"学校的职能是教书育人，在高考的指挥棒下，大多数中学只注重前者——教书，完全无视育人的目标。"把育人为本作为教育工作的根本要求"[1]是我国教育事业发展的重要工作方针。育人应以德育为先，立德才能树人。《磨尖掐尖》中，"德育"是被放弃的。郑胜出身寒门，从小被母亲抛弃，与父亲相依为命，过早地品尝到生命的苦涩，内心亟须温暖，班主任费远钟稍微一句生活的关怀就让他鼻子发酸，但费远钟承担不起责任，几次他都试图走进郑胜的生活，抚慰他的心灵，却在教务主任张成林的警告下止步。"这种人你不能去碰他的痛处，碰他痛处就等于碰到了一块脓疮，会溃烂得稀里糊涂，当然可以治疗，但那过程相当漫长，已经是火烧眉毛了，我们不可能等到那个过程。"学校以"精神病"为由勒令郑胜退学，"天才"沦落为"精神有病、内心荒芜"的拾荒匠。锦华中学引以为

---

[1] 《国家中长期教育改革和发展规划纲要（2010-2020 年）》，中华人民共和国教育部门户网，http://www.moe.edu.cn/publicfiles/business/htmlfiles/moe/moe_838/201008/93704.html，2010 年 7 月 29 日。

傲的优秀典范——梁波，就读于上海某名牌大学，高中就获得国家专利，心
理却极不健康，高中时期和同学一起暴打出租车司机，打完爽快地丢给司机
一堆钱。大学时期在超市偷东西，在公交车上抢劫，最后只能被学校开除。
他的初衷纯粹是为了好玩。费远钟眼睁睁地看着一个又一个教育的牺牲品的
产出，对待自己儿子费小含的教育也没有逃离出尖子生的教育模板。费小含
从小学开始就被作为未来的高考尖子生培养。即使是除夕夜，也被关在房间
里学习。小含在手风琴方面很有天赋，老师给他提供了各种表演机会，要替
他办专场音乐会，小含的内心是极不情愿的，家长和老师过多的期望让他恐
惧与不安，他体会不到艺术带给他的心灵愉悦。最终他错失了去俄罗斯演出
的机会。"师者，所以传道授业解惑也。""传道"合乎今日所谈的"德
育"，引导学生确立科学的人生观和世界观，培养学生良好的道德品质始终
是教育的首要任务。在应试教育的压制下，部分家庭、学校重智轻德，分数
为尚的教学宗旨泯灭学生天性，高考演变为生产考试机器的工厂，正如张成
林所言："我们的任务，是让他把高三余下的时间度过去，让他在高考中大
显身手。至于以后，也就是他考上大学、走向社会之后会变成怎样的人，我
们想管也管不了。"此一语，苍凉而无奈。

三、抵达现实与催生改革

小说涉及学校教育、家庭教育、社会教育三方面，在显性层面，高考制
度是教师、学生、家长及学校四种力量的合力推动。在罗伟章的笔下，这四
者已经构成一个利益集体，教育完全发展成为一种经济产业，商品伦理取代
了教育伦理、道德伦理。教育产业化形态下教师不再是"人类灵魂的工程
师"。教师开家庭食店，向学生收取伙食费，甚至是在班费里强制性扣除收
取。某些教师上课讲得含糊不清，下课要求学生有偿补课。教师靠出卖学生
的信息获得钱财，只要向别的学校提供尖子生的电话号码或者其他个人信
息，教师就可以静悄悄地挣上一笔。费远钟作为锦华中学"火箭班"的班主
任，手中掌握了大量的尖子生的个人信息，德门中学的洪强主任花重金专门
请他吃饭，意图不言自明。费老师经历了内心的煎熬，尽管最终没有妥协，
但他还是曾经动摇，甚至已经手握某尖子生的电话号码拨打了洪强的电话。
费远钟所坚守的那份精神家园被撞开一个缺口，根本无法修好如初，但他最
终的恪守师德让我们看到了曙光。学校是一个工厂，家长是客户，学生是产

品，学校与家长互惠互利，以学生为纽带各取所需。更为甚者，学校为了保证名牌大学的录取率，制定各种政策让尖子生们无法满足保送资格，特别是那些极有可能成为状元的学生，如郑胜、于文帆。试想下，如果郑胜早就确认被保送了，或许他不会成为"精神病"，不会沦为"拾荒匠"。如果状元种子早早被学校推荐出去，确定保送资格，或许高考的烽烟战火会消散。

　　"产业"指各种生产行业[①]，不同的产业具有不同的运行规律。教育产业化把教育当作一种纯粹的产业，忽略了教育的特殊规律。产业是营利的，教育的"利"在于育人的非功利性使命，二者相互矛盾。在这个层面上，"教育是一种社会公益事业"的说法也许更为合理。教育产业产出的是知识、文化、精神等无形产品，教育目标是培养人的素质、传承人类文明、推动社会进步。教育产业化更为追求教育的经济功能，而相对忽视教育的政治、文化、育人功能。从这个逻辑上讲，教育产业化势必会对教育的均衡发展目标产生不小的冲击。对此，罗伟章进行了自觉的反思，并对教育产业化现状下应试教育体制和中国基础教育面临的多种现实问题予以积极关注。"《磨尖掐尖》提出了这些疑惑，但无意回答。我也无法回答。"[②]事实上，现实具有不可辩驳的力量，现实的过程本身让我们不得不正视问题。罗伟章在书写教育问题的同时，也对困顿中的人性和命运不断反思和追问，显现出巨大的现实主义能量，使文本更具有社会意义与价值。虽然罗伟章无意于直接回答种种教育问题，但其以文学叙述的方式完成了对社会问题的关注与表达，在触动我们的情感之时，也实现了作品的现实价值。应该说，长篇小说《磨尖掐尖》是用良知与勇气凝成的文字，是沉默中的爆发，是平静湖面上投入的石子，微起波澜，久久回荡，提醒我们"救救孩子，救救教育"。整个文本完成了它的使命，我们看到了文学担当社会责任的影子，也看到了文学带给公众认知的变化。文学理应对社会问题做出警示。多年来高考为国家输送了无数人才，这是毋庸置疑的，但不容忽视的是，我们的教育在高考的指引下已经过分功利化，过分注重学习成绩这些已经量化的东西，忽视了孩子们的精神压力和对他们人格的培养，一定程度上也抑制了孩子丰富的想象力和强烈的求知欲。

　　20世纪90年代中期，全国发生了一场关于素质教育的大讨论。正是由于

---

① 《汉语大词典》编辑委员会：《汉语大词典》，商务印书馆国际有限公司，2003年，第121页。

② 罗伟章：《关于〈磨尖掐尖〉》，《当代》（长篇小说选刊），2007年第4期，第233页。

学者们的关注，才有了全国上下对莘莘学子心理健康的重视，才有了关于高考招生制度和基础教育的多方面改革。1999 年，在招生规模上，高等院校实现超常规扩招；2001 年，取消考生的年龄限制，部分院校开始自主招生，高考彻底开放；2004 年开始，部分省市区实现全科自主命题；2009 年，浙江省对英语听力等科目实施一年两考的方式。在报考志愿的设置上，也由传统的单一志愿变为平行志愿。可见，高考制度一直在动态完善发展之中，教育部一直在探索更为科学、更为有效的高考招生制度。《关于基础教育改革和发展的决定》《基础教育课程改革纲要（试行）》《国家中长期教育改革和发展规划纲要（2010-2020 年）》等都是全社会努力成果的体现。这一切不得不说有作家的表达之功。

第五节　现代教育在功利路上还要走多远？①
——以卢岚岚的中篇小说《公开课》《在导师身边》而论

　　卢岚岚的中篇小说《公开课》以杨林生为中心，以其学校工作和家庭生活为两条主线相互交织，表现杨林生作为当代教育者的老练世故和家庭支撑者的情感淡漠。除了当下学校公开课评比存在的虚伪性和功利性之外，在小说中杨林生与其子杨智轩身上所体现的两代人的教育循环承接，杨林生与其侄杨博飞的教育观念反差也得以体现。其另一中篇小说《在导师身边》则以第一人称的叙事视角，讲述"我"从争取成为刘得宝导师的研究生到"我"中途放弃研究生之路回到家乡的历程，揭示大学导师空洞的学术研究背后的虚伪与功利。通过"我"的情感变化历程表现了新教育中的新学生在人生旅途中的苟安和无奈的功利选择。两篇小说都流露出作者对于现代教育走向功利异化的深切关注与无所适从的教育悲哀。

一、亦空亦幻"公开课"

　　当今社会，人所追求的生活价值日趋表面化和物质化，在此影响下的当

---

① 本节初稿撰写人吴依欣，原载于《读写月报》（语文教育版）2017 年第 5 期。

代教育的最终目的更多指向世俗欲望，而非作为个体人本身的个性解放。教育者也出于生存的需要，把教育作为一种单纯的谋生手段，而长期的机械式工作必然使教育者距真正的灵魂教育旨归越来越远。《公开课》中的主人公杨林生便是"教育生产线"上一只"出色"的蝼蚁。有 15 年教学经验的他用自己多年研磨出的"教学法"糊弄课堂竟反称"完美"，丧失教育情怀的工作机器却因哗众取宠的教学效果而被选去参加公开课比赛；利用代表学校参赛的压力而谋取优先评选副教授、不写期末论文的私利。

诚然，把批判的角度局限于个人，一味指责杨林生的世俗功利习气是片面的，更重要的是，我们需要关注个人得以生长的社会环境与现实土壤。杨林生在此被磨去的不仅仅是教育的激情，还有生活的意趣。以黄院长为代表的领导人物就印证了学校教育的功利性。他在以领导身份"命令"杨林生参赛时说道："去年我们学院的吕晓敏得了第一名，很振奋精神哪！不过，这不是给你压力哦。是给你减负，说明我们学院的教学质量是过硬的，是无可置疑的。我们的老师拿出来个个一流！"[1]最后几句话被作者说成"拿鞭子抽"这些老师们，杨林生的心理活动也揭露了这几句话的内在实质："我们是人啊，不是农产品，摆在展台上由你们捏啊掐啊，找个疤找个斑的，得奖了，你们领导有方，不得奖，也不扣你们的钱。"杨林生深知公开课的真正意义并不在于提升教学水平，而是学校为了所谓的奖励和夸耀做出的由上至下的善意"威逼"。

小说中主管教学的副院长余珍英和教研室主任庞小鹏等身处高层的人物一味附和着更高层，教研室大大小小的老师连声应和着上级的功利性指示。教育变成赚取功利的机器，老师们也变成这架庞大机器边的操作员，公开课便成了他们精打细磨出的"新产品"。而公开课本身，又是一个形式色彩更为浓厚的空架子。在准备公开课的过程中，教研室的所有老师、学院的领导都在认真研磨着公开课的每一个小细节，考虑影响公开课质量的因素：课型、教材、具体比赛时间和班级学生组成等，可谓是"无微不至"。备课阵势有如"聚义起事"，备课实质好比"当堂公审"，一举一动都是做给评委看，一言一语都是说给评委听，一切以评委为中心，如此公开课与真实教学课堂相去甚远。公开课的实质意义何在？

---

[1] 卢岚岚：《公开课》，《当代》，2014年第6期，第138页。该作品引文具体出处以下行文不再一一标示。

在政治改革如火如荼，打假整改的呼声一浪高过一浪的当下，与个人成长切身相关的教育却被搁置。原本期求通过优质教师之间的切磋来提高教育水平的公开课走向了学校之间变相夺利之路。李政涛教授把我们现今的一些教育现象称为"没有灵魂的教育"，我们的教育流淌出来的是知识而并非智慧，"知识并不等于智慧。知识关乎事物，智慧关乎人生；知识是理念的外化，智慧是人生的反观；知识只能看到一块石头就是一块石头，一粒沙子就是一粒沙子，智慧却能在一块石头里看到风景，在一粒沙子里发现灵魂"①。在教育各个阶段中的老师热忱于自己获得的"教学成绩"，学校也成为一个个相互竞争的集体，"教育开始真正的堕落，开始滑向反精神、反道德、反心灵的深渊，放弃'育人'这一根本目的"②。教育丧失了最重要的育人灵魂。

二、亦虚亦假"庸导师"

《在导师身边》的大学教授刘得宝上课让学生"痛感百无聊赖"，倍感无趣，却在大学课堂中混迹多年，由于没什么人报考、录取率最高而被像"我"一样拙于就业却想在北京扎下根的学生钻了读研究生的空子。刘得宝对出国讲学与评一级教授这两块"肥肉"紧咬牙不松口，作为一名大学教师却为个人私利而与同事争辩不休，喷出的唾沫把报纸溅得星星点点。同事老汪气愤不已："你以为你能出国凭的是实力啊？别把好事都占了！也给别人留点儿。"③这句话中隐藏着刘得宝因非正当原因而获取名利的事实，他与贾主任之间似乎有比一般人更为密切的关系。而刘得宝让"我"和杨存林帮他在出国期间争取一级教授的名号一事则最具讽刺意味。我和杨存林原本想去安慰刘得宝因被同事嘲笑而"受了伤的苍老的心"，但他却表现得毫不在意，让"我们"误以为他也有大度的一面。然而在为刘得宝出国讲学送行之时，他却掏出一份以学生口吻写好的"求情信"，以图在他出国之时帮他争取一级教授的名号。从刘得宝的所作所为中，也不难理解为何其教授的哲学课总是似是而非了。他"平庸的脸"上的"红色的面部沟纹即使大笑也是那

---

① 李政涛：《没有灵魂的教育》，《新课程》（综合版），2014 年第 1 期，第 1 页。
② 甘剑梅：《论新时代的教育异化》，《宁波大学学报》（教育科学版），2003 年第 1 期，第 32 页。
③ 卢岚岚：《在导师身边》，《青年文学》，2003 年第 7 期，第 48 页。该作品引文具体出处以下行文不再一一标示。

么拘谨"，教学毫无实效却被派遣去出国讲学，评得一级教授。大学课堂因"刘得宝"式导师的存在增添了功利的气息，学术研究也变得不再纯粹。

"我"选择刘得宝做"我"的导师也并非为了学术上的深造，而是因为系里报考刘得宝的研究生最少，他的录取率最高的"优势"，有利于实现"我"成为京官的目标。人们在教育中所追求的并非真知，而是一纸文凭。社会遴选人才只看文凭和成绩而忽视人的各方面发展的能力，让越来越多在大学毕业这一岔路口上倍感迷茫的大学生对考研趋之若鹜。然而"我"在庸导师刘得宝的带领之下，在哲学研究上并没有取得高深的造诣，想要跟着他出一本简明哲学史，别出心裁地炒哲学史这碗冷饭，但由于在刘得宝征求意见之时嘴动得比杨存林慢了些，错过了这个在哲学书上署名的大好机会。哲学的教育并没有使"我"得到解放，获得更多的幸福，而使"我停止了从前热衷的对未来无休止的描画和梦想"，提前进入了人生的冬眠期。

刘得宝也并不是大学教育中唯一的特例，他只是功利教育中的一个象征人。他原本也有着和妈妈在中秋节吃月饼的纯真童年，也有着在青年时代对身材姣好的异性的爱慕，但在岁月的淘洗后，在现实的社会中离生命的本真愈显疏离，在世俗的浸染之后，成了名利的平庸追随者。"当工业社会用它的技术武器突进人文的半壁河山而沓然而至的时候，教育就伴随着'功利'和'人性'的你争我夺"[1]，在刘得宝自我意识的争夺中，追求世俗幸福的"功利"压倒了天生自然的"人性"，而在"科学主义的飙升导致技术和工具理性的膨胀"的趋势之下，社会便衍生了更多的"刘得宝"式庸导师。

三、有益无益"新教育"

"从教育的产生来看，教育本是为了发展人的智慧和潜能，使人过更美好和更幸福的生活，为人的生活创造更多的可能性。但现代教育却背离了教育的初始目的，它不仅没有解放人，使人获得更多的幸福，反而使人受到了更多的压迫。"[2]《公开课》中曾身为北京大学研究生的杨林生是否生活幸福、人生美满？《在导师身边》中的"我"为何最终要终止研究生的学习而回到父亲身边？

---

[1] 张宏喜、徐士强：《跨越功利主义复归人性关怀》，《当代教育论坛》，2003年第3期，第40页。
[2] 甘剑梅：《论新时代的教育异化》，《宁波大学学报》（教育科学版），2003年第1期，第32页。

"杨林生是他们村第一个考上北大的，二十二年过去了，他仍是村里唯一考上北大的。他更是村里唯一的北大研究生。"杨林生的学历为中国所有在高考战线上奋斗的莘莘学子而羡慕不已，也为中国所有"望子成龙，望女成凤"的父母而渴求不止。杨林生"驼背的父亲，时常心绞痛的母亲，这二十几年就是靠老大杨林生的辉煌活下来的"。这一表述虽然有些许夸大的成分，但充分展示了中国家长对于教育的狭隘理解，他们把教育的成功归结为能否考上北京大学这样声名远扬的好学校，尽管杨林生在北京过着平凡至极的生活，拿着有限的收入，却依然难以动摇他在父母心中的光辉形象。

他这样一个教育机器下的高质量产品给当下教育体制一个最强烈的反讽。新教育给予他的耀眼光环并没有掩盖他生命力的萎缩，其妻邱梅愤懑地说："就是没意思，没意思，没意思透了，跟你。"杨林生的生活是没有人性色彩的，他在生活的轴带上循环奔跑，一日一日，一圈一圈，从起点到终点，而正是因为现实生活的单调乏味，为金钱奔波和竞争力大的现状，逼迫他磨去诗意而去过一种平庸的生活。

《在导师身边》中的每一个教育环节都在知识的外衣下裹着功利的核心。"我"因当京官的梦想也不得不功利地追随功利的刘得宝导师，探索研究老生常谈而又虚弱无力的"哲学"，真正的哲学意义在此成了一个最大的问号；"我"因讨导师的欢心而佯装热衷哲学的模样，尽管"我丝毫未把研究生当作前进的步伐"，我仍然把这当作拖延面对惨淡人生的手段；"我"因缺乏勇气拒绝刘得宝的"求情信"，而不得不以"优良弟子"的姿态向学院为他争取一级教授……"我觉得自己活像是一只披着人皮的羊了"，被功利驱赶着前进。最终"我"还是放弃了"羊"一般被功利挟制的生活，离开了刘小茹，当京官的理想不再是"我"的哲学，"我现在的哲学是：在父亲身边"。

设想一下，假如"我"留在导师身边，生活将会怎样？诚然，"我"会成为万千京官中的一根牛毛，"我"也会娶刘小茹为妻，"我"甚至会在导师价值观的引导下变成第二个"刘得宝"，"我"这样一个新时代的受教育者，又走上了教育功利的循环之路。

现代教育并没有因为杨林生与刘得宝这样一代人的失败而走向真正意义上的育人之路。反之，在以杨林生的儿子杨智轩和以"我"为代表的新一代身上所体现的现代教育的重压越来越明显，教育也离解放人性、实现自由全面发展的目的越来越远。《公开课》中的杨智轩不断被迫上着补习班来维持着在班级中不上不下的中等成绩，困在电梯中仍能够平静地做作业，被压抑着作为孩子的天性。当他听到爸爸说带他下楼玩会儿，去踢球，打羽毛球，拔草，揪树叶或者踩蚂蚁玩的时候，"哇哇"兴奋地丢下笔飞快地跑到了门口。这样短暂的原始的"放养"，孩子们在内心早已渴望了无数次，却不得已被严严实实地压制在了学习之下。《在导师身边》中的"我"在考上大学混学分毕业之后因找不到工作而被迫考研。接受严酷的基础教育之后的相当一部分中国学生在大学生活中放纵自我，最终在走向社会时遇到瓶颈。纵然在《公开课》中可以察觉出受过教育的杨林生与无意于读书的杨博飞在对现实的认识上更为清醒，从《在导师身边》中也可感受到"我"与平常认真学习的同学在毕业的分岔口上的不同境遇，但新教育在灌输知识提高素质上的有益也难以抹除其在于人性的深掘上的无益。

四、可叹可恨"苦家长"

在《公开课》杨林生与邱梅的离婚争执中，当今家长普遍的烦恼也得以揭露："离，没问题，轩轩归你啊。从此我不用辅导功课了，不用开家长会了，不用在作业本考试卷上签字了，不用给老师送礼了，不用去跳小升初的火坑了，不用跟别人攀比了……"而杨智轩在听说妈妈要再给他报一个补习班的时候"呜呜"地哭起来，本来十分心疼儿子的杨林生也被不报这个补习班就考不上附中这一说法震慑，只能好生劝导孩子。正是因为"教育的高选拔性直接导致了家长们陷入了对'教育落后'的恐慌"[1]。现代教育中家长对于教育"过度焦虑"无疑是教育越趋功利化的助推力，在家长把考试分数放置于最高位时，把孩子拴在各种补习班之中，唯恐他们在幼儿园、小学、初中、高中、大学的车轮战中败下阵来，教育在功利的泥淖中也随之越陷越深。

而这些中国家长所理解的教育，能有益于教育的最终目的——人的发展吗？答案必然是否定的。"杨林生这边挣的钱，儿子那边交出去，不但没有盈余，也非收支相抵，相反，是入不敷出！"上一代辛苦培养出的优秀人才用自己获得的高学历来赚取金钱，然后用赚取的金钱继续来培养下一代，让下一代同样成为高学历的优秀人才。而自己的高学历并不能填补下一代成为

---

[1] 陈华仔、肖维：《中国家长"教育焦虑症"现象解读》，《国家教育行政学院学报》，2014 年第 2 期，第 18 页。

人才所需的巨大成本，这仿佛又是一个恶性循环，新教育的意义便成了荒唐的笑话。

《在导师身边》中的"我"和杨林生一样，被父母给予了高度的期待。从小到大，父亲就"在我这匹小马驹眼前挂了一串又一串的胡萝卜：考上威名赫赫的县一中，考全校第一，考全县第一，年年都考第一，考到北京去，最后，在京城里头当个耀武扬威的京官"，"京官"在父亲眼中是终极目标，人生顶峰。"我"不辜负父亲的期望来到北京，离成为京官的目标剩下了最后一步，于是打听哪个导师的研究生好考，然后对其变相地百般吹捧讨好。在父亲眼中了不起的京官其实多如牛毛，我渴慕着能成为其中的一根并且随之左摆右荡。不难看出，在中国的家长和孩子中对于"北上广"这样特大城市的强烈向往随着时代的跃进而根深蒂固，在繁华煊赫的城市站稳脚跟也是一种家庭荣耀。而时代的物化把人心也物化了，现代人慢慢地忽视、遗忘了淳朴的梦想，以利益驱动着人生前进的每一步。像"我"父亲这种"不合理的教育期望"主要源于家长对于受教育目的的错误认知，他们所认为的"受教育的目的是'为富且贵'，教育需要满足既得利益的维护、生活条件的改良和社会地位的升迁等外在目标，否则教育投入会被认为是一种'得不偿失'的举动"[1]。部分中国家长在教育上的错误观念使其操劳于培养子女的同时忽视了道德上的缺失，其为子女付出却未得到回报不禁令人叹惜，其滋长的功利教育心态助推教育滑向功利的深渊也让人深感恨恼。

总而言之，杨林生与刘得宝虽然都是接受过高等教育的社会人才，实质上却是围绕功利教育运作的机器，在这样一个以经济为轴心运作的新社会，暂且不论他们的存在价值，但在卢岚岚的笔下，是极富讽刺意味的。作者在关注现代人的琐碎的生活时，在平庸的日常中把观照点辐射至社会的每一个角落，对于现代教育的功利性的批判蕴藏于《公开课》和《在导师身边》中的每一文句深处。随着对教育现状研究的深入，人们对于教育功利的优缺各执一词，但不论新教育为提高人的素质和精神修养做出了多大贡献，应试教育与实现教育公平之间有着多么紧密互助的联系，教育必然要从功利之路上拉回到实现人的发展的轨道上来。

杨智轩和"我"两个教育下的新生品，背负着比上一代人更大的压力，

---

① 陈华仔、肖维：《中国家长"教育焦虑症"现象解读》，《国家教育行政学院学报》，2014 年第 2 期，第 20 页。

如果说上一代的成功是因为自身在艰苦环境中的奋斗，而新一代的成功则是在千军万马中奋勇争先，强大的竞争力使他们即使拿到了高等教育的文凭却仍然困于生活，被迫在功利的世界中复制着成为新一代的世俗者。从近代中国反思教育现代性的思想先驱辜鸿铭先生起，教育界对中国"不完善的半教育"①的忧虑，对人格教育复归的呼唤和道德教育的人文化的渴求一直有增无减。而教育在功利之路上还要走多远，何时才能将其拉回到实现人的发展的轨道上来？这个疑问，依然难以得到确切的答案。

① 吴争春：《论辜鸿铭对教育现代性的批判与反思》，《大学教育科学》，2013 年第 5 期，第 90 页。

第二章　教育观念的文艺阐释与批判

　　观念是行动的先导，有什么样的教育观念相应地就有什么样的教育实践行为的产生。对当代教育观念进行形象化的艺术表现是教育文艺作品的一项重要使命，或者说，从具体的教育案例和事例的艺术表现出发，也可以直抵对作品中的教育观念的揭示与提炼。自然地，这一艺术表现既体现为一种基于现实的观念的阐释，更在阐释中彰显艺术性批判的力量。本章，我们选取几部教育电影谈谈这一问题。

第一节　用生命影响生命①
——电影《可爱的你》中的教育观

　　2015 年 3 月，由关信辉导演，杨千嬅、古天乐主演的教育题材电影《可爱的你》（原名《五个孩子的校长》）因其朴素简单而又熨帖人心的情境而突破了众多商业大片的冰冷重围，使观影者如春风拂面，感受到了明朗的暖意。该片由香港元朗村元岗幼儿园的"4500 块"校长吕丽红的真实故事改编而来。影片中，原本在重点幼儿园工作的校长吕慧红由于任教学校唯利是图的教学原则与她的教育观念相违背，无奈之下，她选择辞职，决定与同样辞职的丈夫一起环游世界。然而，通过电视新闻，她发现了受"杀校潮"威胁而濒临倒闭的元田幼儿园和幼儿园中五个无人看管的孩子。为了让这五个孩子得到应有的教育，她毅然放弃了与丈夫环游世界的决定，带着满腔的热情和寻回自己本心的坚决，在灰尘满布、残破不堪的元田幼儿园开始了新的教

---

　　① 本节初稿撰写人侯潇，原载于《读写月报》（语文教育版）2016 年第 4 期。

学生涯。然而，除了教学环境的简陋与教学资源的匮乏，更让吕慧红头疼的是五个孩子的情况，吕慧红所面对的，已经不仅是单纯的教学问题，更是这五个家庭的问题。《可爱的你》正是依托学生与家庭、学生与学校之间的关系，剑指整个社会生态的各种弊病，以小见大，试图用温暖与爱感动更多人，从而换取大众对教育、对底层民众的关注的一部影片。

其实，有关教育题材的电影尽管颇显小众，但也不乏佳作。师生之间的交流，可以幻化出千万种可能，外国影片如《死亡诗社》《面对巨人》《放牛班的春天》，中国影片如《一个都不能少》《凤凰琴》等，都令人记忆深刻。如今看来，这些电影与《可爱的你》有异曲同工之妙，都是以极其淳朴的写实路线来传达关于爱与奉献、坚守与追求的教育观。而相较于以往的教育电影对学校教育的单一展示，《可爱的你》的最大特色在于其试图从家庭教育、学校教育、社会教育三个层面全方位地唤起大众对教育的关注。

教育绝不是孤立的，它与每一个社会个体息息相关。电影《可爱的你》中反映出来的教育观对我们教育工作者有很大的借鉴作用。本节在此基础上，从家庭教育强调关爱与陪伴，学校教育标榜师生心灵沟通，社会教育需要维护教育公平、保护大众梦想三个方面来分析这部电影中的教育观。

一、家庭教育强调关爱与陪伴

托尔斯泰曾说："幸福的家庭是相似的，不幸的家庭却各有各的不幸。"[①]电影《可爱的你》中的五个面临无学可上境遇的孩子无不遭受着来自原生家庭带来的巨大压力。谭美珠——因为雷电天气发生车祸而父母双亡，在酒楼洗碗的表姑娴姨出于同情将她带在身边，但由于工作繁忙，娴姨并没有太多的时间、精力去与突然失去双亲的珠珠进行她亟须的情感交流。珠珠因此变得内向、敏感，不愿与人沟通。与此同时，她对吃了爸爸妈妈的"响雷怪兽"忌惮不已，常常在听到打雷声后便惊慌不已。卢嘉嘉，她那由于工作原因失去了一条腿的父亲在失业后变得脾气暴躁、不可理喻，经常与妻子争吵。不仅如此，原本经济困窘的他们还面临着祖屋被强制拆迁的威胁，嘉嘉害怕父母打架，宁愿守在父母身边而不愿上学。南亚裔姊妹 Kitty Fathima 和 Jennie Fathima，家境困难，父母是棚户区的芽菜工人，由于学校离家太远又

---

① 〔俄〕列夫·托尔斯泰：《安娜·卡列宁娜》，周扬、谢素台译，人民文学出版社，1989 年，第 5 页。

负担不起搭车的费用，她们的父母出于无奈只得让姐妹二人辍学在家帮忙。何小雪——从小就离开母亲与靠捡废铜烂铁生存的父亲生活，她那经常被外人认作是她的爷爷的父亲年老多病，于是小小的她不得不独自一人承担起照顾父亲的责任。我们不难看出，对于校长吕慧红面对的这五个戴着口罩害怕陌生人的孩子而言，"失学"并不是她们最大的危机，小小的她们并未意识到自己即将无书可读，她们更多的是被家庭与情感困境所"压迫"，被动地接受着、等待着。原本作为"爱的港湾"的家带给她们的没有安慰，只有压力。"穷人家的孩子早当家"，影片中，五个孩子不经意间流露出的超乎年龄的成熟让观众心疼不已。

"家庭"作为社会最基本的单位，是一个人最先接受教育的地方。良好的家庭环境对孩子的健康成长起着至关重要的作用。尽管影片内没有明言，但毫无疑问，《可爱的你》标榜的是片中小雪父亲的家庭教育观——让孩子在家人的关爱与陪伴中成长。影片最初，通过校长吕慧红的视角，我们可以看到，只有在小雪家才充满温情与欢声笑语。小雪的父亲尽管衰老、多病却从未吝啬自己对孩子的爱与鼓励。尽管缺少了母爱的呵护，但在父亲的爱与鼓励下，小雪成长为一名乐观、懂事、乖巧的孩子。小小的她，从未因为家里的贫穷而对父亲有所抱怨，还能在父亲接到为幼儿园安装新校门的工作时发出"爸爸你真棒，爸爸加油！"这样贴心的鼓励。不仅如此，她还能在父亲生病时主动帮父亲卖废铁。从她穿着摇摇晃晃的"增高鞋"在父亲生病时熟练地做饭择菜的行动中，我们也不难推测出她对家务的主动承担。

除了贯穿全篇的对香港底层家庭教育的讨论，影片开头实际也涉及了对某些城市精英家庭教育的批判。可以说，这也是影片中一种家庭教育的对比视角。受传统儒家父权制观念影响，中国部分家长喜欢依据自己的经验，理性地为下一代规划好人生的方向，对于孩子在实现人生幸福过程中的体验和情感却极为漠视。说这是理性，是因为这些方向的确是家长依据自己丰富的人生阅历和社会经验，经过认真理性的思考而做出的抉择。①例如，《可爱的你》中的精英父母们为了让孩子能赢在起跑线上，并没有花太多时间与精力陪伴孩子，而是选择在孩子的课余时间逼迫他们参加各式补习班。父母们这种"望子成龙，望女成凤"的心态本无可厚非，我们也必须承认，这些家

---

① 高政：《论家庭教育中的教育理性——兼评电影〈小孩不笨〉》，《读书》，2011年第11期，第78页。

长的动机无疑是好的。然而，重压下的结局往往不那么令人满意。正如在影片中，"唯分数论"的精英家长不仅将自己的孩子逼出了抑郁症，还让孩子发出"可不可以用 100 块买 100 分"这样既荒唐可笑又心酸无奈的请求。真正好的教育是让每个孩子都有选择自己人生、选择自己成为怎样的人的权利，而不是在父母的安排下变成所谓的千篇一律的"社会精英"。

总的来说，电影《可爱的你》是从社会底层与精英阶层两个层面来表达良好的家庭教育应该更强调父母对孩子情感上的关爱与陪伴。

二、学校教育标榜师生心灵沟通

除了家庭教育，电影《可爱的你》更多关涉的是学校教育。对于五个胆怯的孩子来说，校长吕慧红无疑是以突兀的"闯入者"形象进入她们的视线的。与张英子（《凤凰琴》）、路菲（《爱在塬上的日子》）、许多多（《请你留下来》）这些教育题材影片中外来的 "闯入者"一样，吕慧红在以教师的身份与孩子们的接触过程中也经历了一个从充满敌意到十分熟悉，从冷漠抗拒到握手言欢，从拘谨排斥到信任交心的过程。这是一个心灵的撞击与情感的交流的过程。不同于简单的拉手、拥抱，这样的心灵走近与走进的难度，不亚于重建和管理一个小的王国。"教育最需要的不是技术、方法和手段，也不是分数和奖章，而是能促进孩子成为'人'的真爱，教育的全部责任就是彰显人性的光辉。"①的确，衡量一种教育质量的标准不应该只看教学资源的优劣和考试分数的高低，能走进孩子的心里才是最重要的。吕慧红用亲身经验告诉我们，教师（特别是幼儿教师）的职责不应该仅仅停留在传统的"传道授业解惑"上，教育是一种"用生命影响生命"的艺术，也即"最好的教育不是看设施有多好，最重要的是看老师的那颗心"。

学校教育简单来说就是师生之间的对话与沟通为主脉的教育方式。"教育的过程其实是'教育者'和'受教育者'的知识能力、情感和他们的道德以及其他心理素质共同发展和完善的过程，是彼此间的相互激励和启发以及平等的对话和交流的过程。"②概言之，在教学过程中，教师和学生之间应是一种平等的关系。教师在与学生的沟通交流中，应该将自己与学生放置到同样的高

---

① 〔苏〕马卡连柯：《论共产主义教育》，陈昌浩译，人民教育出版社，1979 年，第 355 页。
② 王伟：《〈放牛班的春天〉用爱诠释教育的真谛》，《电影文学》，2011 年第 23 期，第 166-167 页。

度，把学生看成是平等的交往者，"把爱融进教育情境、教育过程、教育智慧、教育技艺中，使学生发生认知、情感和行为的积极变化"[①]。电影《可爱的你》中有大量富有张力、情感细腻的师生对话场景——都是为了达到与孩子交流沟通的目的，但面对五个畏缩在钢琴架后充满抗拒的孩子，吕慧红并没有像媒体记者那样强势攻击，而是从孩子的心理出发用几个童稚的问题逐渐打开孩子们紧闭的心门，让她们勇敢地迈出了走出黑暗角落的第一步；在元田幼儿园的第一堂课上，面对戴着口罩自卑而又敏感的孩子，吕慧红并没有直接用自己的权威命令五个孩子摘下口罩，而是微笑着告诉敏感的孩子们："其实呢，校长也怕被人认出来，怕被人取笑，笑话我来一间快要停办的幼儿园教书。但是我仔细一想，我每天都可以见到五个这么乖，这么可爱的小朋友。我知道我不用自卑，不怕被人认出来，我不需要戴口罩上课。你们也跟我一样，你们不要怕，你们不需要戴口罩上课。"吕慧红将自己放在和孩子同样的高度，用心对心的交流，成功让孩子们摘下了口罩，打开了心门……这样暖心的对话不仅熨帖人心，也特别发人深省。师生间还有这样的问答：

> 校长，你的梦想是什么？
>
> 做一名永不放弃的好老师。

电影《可爱的你》中，"用生命影响生命"的学校教育观想要表达的正是这种师生之间心灵的沟通与对话对孩子成长的重要作用。

值得一提的是，不同于许多内地农村教育题材的闯入者的"闯入—离去"模式，《可爱的你》最令人感动的地方在于，校长吕慧红从未放弃，不论是面对外界的讽刺、家人的不理解、疾病的折磨还是经济的压力，她直到最后一刻也始终坚持着，以孩子们守护者的姿态。

著名教育家夏丏尊先生曾说过："教育没有了情爱，就成了无水的池，任你四方形也罢，圆形也罢，总逃不了一个虚空。"[②]正是吕慧红校长充满爱的对话与以身作则的贴心举动，解开了紧紧束缚孩子们心灵的枷锁，消解了孩子们的自卑与心理阴影，给予了她们积极的价值观、人生观的教育，激起一颗颗幼小心灵对未来美好生活的憧憬与向往。

---

① 彭钢：《讲述：困境中的教育美丽——法国电影〈放牛班的春天〉的教育叙事研究》，《教育学报》，2008 年第 4 期，第 16 页。

② 龙红霞：《夏丏尊爱的教育思想探析》，2009 年湖南师范大学硕士学位论文，第 1 页。

三、社会教育需要维护教育公平，保护大众梦想

　　电影《可爱的你》对于内地观影者而言注定是与众不同的。这不仅是因为原本搞怪的杨千嬅与古天乐一改以往幽默的荧屏形象献出了严肃认真的荧屏首秀，更重要的是它让我们看到了与想象中完全不一样的香港——没有摩天大楼，没有灯红酒绿，没有商铺林立。在影片中，五位小朋友都来自困难家庭，她们身处的家庭环境有的是破败的拆迁区，有的是脏乱的棚户区，她们的家庭都面临着经济窘迫甚至生活难以为继的困境。因此，在《可爱的你》中，对于五个孩子而言，原本有着名校校长身份的吕慧红作为一名不折不扣的"闯入者"，除了具有一般意义上的戏剧性动机，更含有一种隐喻的意味——难以持续经营的元田幼儿园和幼儿园中始终处于社会最下层的孩子，自然没有为自己发声的话语权，而在香港"杀校潮"背景下，越来越多贫困地区的孩子面临着失学的危险。由于话语权的缺失，这些地区的人们对此除了默默承受，几乎无计可施。不容忽视的教育不公问题以及教育在实际社会生活中事实上的边缘地位，对于底层大众而言，是个难堪的矛盾。于是外来"闯入者"的形象成为开启故事的叙事策略，它的闯入正是叙事的起点，让深埋土壤的边缘教育浮出地表，有了发声的可能。这样的叙事策略反映在电影《可爱的你》中表现为，正是所谓的精英学校的唯利是图与校长吕慧红的教育初衷相违背，才有了让她放弃优越的工作闯入这个破败不堪、濒临关闭的学校的机缘，而社会大众会自然而然地将对她的关注转向对五个孩子的关注，而这恰恰成为影片的叙事起点。

　　难能可贵的是，电影《可爱的你》不同于传统教育片，并没有过多地聚焦于贫富差别。尽管它也提及了物质、经济层面上的匮乏给五个孩子带来的负面影响，但这不是主要的。影片更主要的目的在于把社会教育回归到影响每个社会个体身心发展，强调社会教育公平的道路上，从而试图对甚嚣尘上的物质化、唯金钱论的功利主义社会教育观进行批判。我们知道，自春秋时期孔子接收学生以来，就强调教育的"有教无类"。然而，在当下教育中，有些功利主义倾向，"有教无类"的理念难以真正得以践行。与此同时，教育资源的配置也更多地流于惯性，教育的不公平现象也就有了一定的滋生空间。这一点在电影中也有反映，如影片中市区名校的孩子不仅享受着高科技教育设备、多语言教学环境，同时强劲的经济优势也让他们能随心所欲地进出各种天价的教育机构。而大名鼎鼎的教育专家 Bowie 开设的以营利为目的

的教育机构就是以提高学生考试成绩为旨归，相较于为五个孩子申请微薄的教育经费的吕慧红，他可谓是名利双收。不过最终，在吕慧红难得严肃的质问下，他也哑口无言。而无论是从始至终坚持着的吕慧红，对她无条件支持与鼓励的丈夫，还是电影结尾，在吕慧红无私的大爱感动下选择来元田幼儿园上学的家庭和对幼儿园进行经济援助的社会大众，都一再地印证了《可爱的你》中的教育观——"小孩子一定要上学读书，不管什么原因，都应该受到好的教育"。教育从来不分高低贵贱、贫富悬殊，每个孩子都应该有获得教育的权利。与功利主义教育观相反，好的教育是言传身教，是用生命影响生命，是把学生看作有血有肉的人，而不是没有生命、没有灵魂的物品，更不是他人借以追逐功利的工具。因而，在某种程度上来说，《可爱的你》是对当下社会功利主义教育观的一次拨乱反正。

除此之外，《可爱的你》中更伟大的社会教育理念在于，强调社会应该保护每一个普通个体拥有梦想的权利。电影《可爱的你》多次提及梦想——校长吕慧红告诉孩子们，整天被人嘲笑的小黑豆从不自卑，因为"它有梦想，最后梦想成真，变成保护森林的大树"。然而，社会教育"不仅面对学校，面对青少年，更面对社会的成人劳动者"。电影中，这群孩子背后的家长作为社会被侮辱被欺凌的底层民众，梦想于他们似乎有些遥不可及，影片借嘉嘉父亲之口说出大部分底层民众麻木的心声："梦想就是做梦，你校长怎么教的？教你做梦吗？"美国当代著名哲学家理查德·罗蒂曾说："现代社会中，影响和反映大众道德价值观念最深刻的已不再是传统的文本作品，而是大众传媒。"[1]因此，占据主流消费人群的教育题材电影对大众教育观念带来的影响或者说反映的教育现状可能比文本作品要深刻得多。这也是导演关信辉拍摄电影《可爱的你》的原因之一，他觉得电影可以给社会底层"被侮辱的与被欺凌的"人们以梦想的机会，能在精神层面上激励他们、鼓舞他们。影片中，孩子们的期盼与鼓励唤醒了家长们沉睡了多年的儿时梦想，家长们带着羞怯又激动的心情勇敢地和孩子分享了自己尘封多年的儿时梦想，他们似乎又回到了年轻的时候——梦开始的地方。在意识滑动之间，他们幻变成勇往直前的消防员、优雅美丽的香港小姐、速度惊人的长跑冠军和帅气逼人的飞行员。今耶？昔耶？在一种精神的滑动和意识的错落中，似乎难分彼此。尽管是虚幻的，但无论是电影中的

---

[1] 肖丹：《反讽精神与人的"自我教化"——透析理查德·罗蒂的教育观》，《外国教育研究》，2011年第11期，第84页。

家长还是电影外的观影者，都获得了某种心理满足。每个人都有梦想，没有哪一个人的梦想是应该被嘲笑的，不管将来实现与否，社会都应该保护每个人梦想的自由。

值得一提的是，电影《可爱的你》中对两位主人公的设置颇有些意味深长，在历史博物馆工作的丈夫谢永东与在幼儿园工作的妻子吕慧红，一个暗指过去，一个面向未来。而两人对各自最初的梦想的坚守恰恰暗合了电影"不忘初心，方得始终"的主题。

四、结语

和所有教育电影一样，《可爱的你》的主旨同样也是唤起全社会对教育的关心。人的一生需要接受三种教育：家庭教育、学校教育与社会教育。三种教育互相渗透、缺一不可。教育不单单只是老师的事，而是与每个家庭、每个社会成员都息息相关的。正如一棵树撼动另一棵树，一朵云推动另一朵云，教育的本质是用一个灵魂唤醒另一个灵魂。《可爱的你》中，无论是父母对孩子始终如一的关切与陪伴、老师与学生的心灵沟通与对话，还是社会对大众的保护与支持，所诠释的都是"用生命影响生命"的教育观。

然而，不得不指出的是，《可爱的你》更多的在于表达爱与梦想的主题，对激烈的社会矛盾则基本上采取回避的姿态。例如，原本该发生激烈碰撞的祖屋拆迁事件，似乎只靠吕慧红只言片语就轻易解决；而面对可以操控元田幼儿园生死存亡的村委会主任的挑衅与嘲讽，吕慧红也只是置之不理，以沉默待之……可以说，电影《可爱的你》对尖锐的社会矛盾尽管有所表现，但这样不痛不痒的触及只能说是隔靴搔痒，始终未触到根本。但瑕不掩瑜，相较于普通商业片，题材冷门的电影《可爱的你》有更多温暖人心的正能量。可以说，正是这种朴素与温暖的表现，构成了《可爱的你》独特的艺术魅力。无论从家庭教育、学校教育还是社会教育，电影《可爱的你》都让我们在观赏和感动、惊叹和思索之余，得到许多关于教育的启示。

第二节 "他者"群体的出路①
——纪录片《村小的孩子》中的教育理念

《村小的孩子》是蒋能杰拍摄的一部反映留守儿童生活的纪录片，与《路》和《初三》一同构成了蒋能杰的"留守儿童纪录片三部曲"。《村小的孩子》在进入大众视野后受到了社会的极大关注，一举斩获了第三届凤凰纪录片大奖最佳长片奖、法兰克福中国电影节一等奖等多项大奖，好评如潮。

影片主要以湖南省新宁县一渡水镇光安村光明小学里的学生为对象，通过自2009年至2014年春对范魏媛、范魏煜（哈宝）、蒋云洁、蒋恒、蒋鑫五位留守儿童的跟拍，高度还原了光安村留守儿童的生存状态。《村小的孩子》基本可以归入尼科尔斯所划分的纪录片的四种类型之一的"互动型纪录片"，即"影片创作者作为社会角色之一，主动地介入事件，展开采访或搜集信息，与其他社会角色互动。它采用和观察纪录片相类似的技术手段，如同期声、长镜头等，完整捕捉镜头前影片创作者与他人的互动过程"②。与绝对的、未受干扰的真实不同，《村小的孩子》最大的特点就在于其创作者主体介入事件后所带来的"撞击产生的真实"，即创作者蒋能杰秉持着"不逃避，也不美化"的拍摄原则，通过捕捉生活画面、采访人物与字幕叙述的方式介入留守儿童的日常生活而传递出自己对于农村教育、留守儿童、农村生活独特的感受与思考。在饱含深情与关怀的镜头下，蒋能杰记录了留守儿童上学的艰难、代课老师的辛酸、学校设施的破旧、孩子的无聊与孤单、孩子知识的匮乏与渴望打工的唯一梦想、父母打工的辛苦与无奈、祖孙相依的凄凉与温馨、孩子辍学打工的选择等生活内容，深刻反思了留守儿童教育的问题、危害及原因。不可否认，时代在留守儿童与非留守儿童、农村留守儿童与城市儿童之间划出了幽深的鸿沟，在打工热潮的影响之下，农村留守儿童已经成为当今时代的"他者"群体。

教育的发展离不开对当下教育现状的正确认识、深刻反思，更离不开新

---

① 本节初稿撰写人胡晓，原载于《读写月报》（语文教育版）2017年第2期。

② 王迟：《纪录片究竟是什么？——后直接电影时期纪录片理论发展述评》，《当代电影》，2013年第7期，第81页。

时代中教育理念的积极探索。对于社会大众及教育研究者而言，《村小的孩子》中针对留守儿童教育问题而探索的教育理念有较高的借鉴价值。本节在此基础上，从学校教育、家庭教育、社会教育三个层面来分析这一纪录片中的教育理念。

一、学校教育：应确保资源充足且使学生获取便利

在传统教育观念中，对教育资源的重要性已有较多的关注与强调。陶行知在谈及"地方教育与乡村改造"时便指出"教师得人，则学校活，学校活，则社会活"[①]，高度强调了好教师对学校教育的重要性；李少元指出"音乐、美术教学能充分发挥美育的力量，陶冶学生的情操，培养学生活泼开朗的性格和审美、爱美情趣，而且有助于开发智力，对于促进学生全面发展具有不可替代的作用"[②]，指明了具体的教学活动对学生教育的重要意义。那么，是不是具备了好的老师以及足够开展各种教育活动的教育资源后就能办好学校教育呢？

许多人都把我国教育的现状归咎于教育资源的不足，所以纷纷主张推进教育资源的建设工作。进入 21 世纪以来，我国大力增加了对于教育的投入，尤其提高了对于农村教育的重视并加强了扶持力度。一定意义上说，许多乡镇的教育资源建设与师资力量配置都有了显著的提高，城乡教育差距有缩小的趋势。为了集中办学，提供更好的教育资源，2001 年起许多农村地区都开展了"撤点并校"的活动，许多学校都被撤销了，光安村的村小也在 2002 年被取消了。并校之后，农村儿童的教育问题真的就解决了吗？

蒋能杰对这些问题表达了自己的疑问。首先，"撤点并校"对农村儿童究竟是福音还是噩梦？光安村距离镇上学校路途较远，孩子上学要步行好几个小时，没有校车接送，每天孩子上学都要承担许多风险。对于留守儿童而言，许多人的父母都不在家，年迈的长辈无力陪同上学，且贫困的家庭无法承担额外的住房费用，故也不能使孩子留在镇上生活。那么，原本是使农村儿童获得更好教育资源的美好初衷反而成为留守儿童的可怕噩梦，虽然有了

---

① 陶行知著，华中师范学院教育科学研究室主编：《陶行知全集》（第 2 卷），湖南教育出版社，1984年，第 130 页。

② 李少元：《农村教育论》，江苏教育出版社，2000 年，第 309 页。

好的教学资源，可留守儿童却陷入了更加艰难的教育困境中了。其次，在村小学习对于留守儿童而言或许更为便利，但也面临严重的资源不足的问题，选择村小究竟是留守儿童的出路还是绝路？村小教学条件恶劣，老师严重不足，一个老师要同时教两个班，如何提高教学质量实在是令人担忧。

《村小的孩子》反思"撤点并校"对留守儿童的真实影响、揭露村小教育的种种资源困境与不足，旗帜鲜明地传递出了其学校教育的理念——既应努力确保资源充足，又应切实保障学生获取的便利。其理念抛弃了将学校教育看作一项孤立活动的陈旧观念，将学校教育置于真实的时代中来观照，在具体的现实生活中思考教育的发展问题。只有好的教育资源，却不能保障学生获取的便利，不仅不能解决当前教育的难题，还会给学生接受教育带来新的阻碍与困难；只保障学生获取教育资源的便利，却不努力确保教育资源的数量与质量，亦不能给学生教育带来真正的曙光。对于留守儿童教育问题而言，要使真正的教育关怀落到实处，必须从资源保障与获取便利两个方面努力，才能为当下教育困境寻找到真正的出路。

二、家庭教育：应提高沟通质量并增强监督引导

在孩子的教育活动中，家庭教育是其中一项重要的组成。家庭教育主要在家庭生活中进行，由家长（首先是父母）通过自己的言传身教和家庭生活实践对子女施以一定的教育影响。留守儿童，泛指不在父母身边生活的儿童；特指在当代中国农村，因父母（或父、母中的一人）外出务工，由父、母单方或其他亲属监护在户籍所在地接受义务教育的适龄儿童少年。影片中字幕显示"村小临时学校 22 个小孩，父母都在家的 3 人，父亲或母亲不在家的 2 人，其余 17 人父母都外出打工"，他们的父母双方或一方已经离开家外出到城市打工，故而其家庭教育都存在角色空缺的现状。

张燕在《孤独，村小孩子们的述说》中指出：据调查，由爷爷奶奶代管的孩子，由于种种原因，其成长状况总是不如父母直接管教的效果好。至于由亲戚代管的孩子，更由于亲疏关系的原因，代管者很难进入角色，不敢放手管理，造成留守儿童的教育缺失，甚至影响了孩子正常的成长。[①]可见父母外出打工确实给孩子的家庭教育带来了不少不利的影响。那么，这便是留守

---

① 张燕：《孤独，村小孩子们的诉说》，《神州》，2014 年第 22 期，第 30-31 页。

儿童家庭教育的问题所在了吗？换句话说，是不是父母不外出打工就能为孩子确保一个良好的家庭教育？

俗语云："穷人的孩子早当家"，蒋云洁等留守儿童在没有父母的陪伴下亦能养成良好习惯，严于自律，不仅能按时完成作业，还能自觉帮助长辈做家务，主动孝敬、照顾长辈，可见环境对人是有影响的，但不能决定一个人的未来。甚至在一定程度上而言，成长环境过于优越还会约束一个孩子的正常成长，在父母及其他长辈的溺爱下培养的一批"啃老族"不正是很好的说明吗？可见在家庭教育之中，教育质量的高低并不取决于父母的陪伴与否。

那么，什么才是决定家庭教育的关键因素呢？陶孟和指出："现在为父母的并不是不注意教养他们的子女，他们最苦的，就是处于现在复杂环境之内，每日精神又都贯注在自己的职业上，没有功夫，也没有知识，去管顾他们的子弟。"[①]可见没有知识去管教孩子亦是目前家庭教育的一个问题。蒋能杰在影片中反映：许多父母并不是不关心孩子，他们也会在条件允许的情况下尽可能地关心孩子，如在打工之余给孩子打电话，回家过年时苦口婆心、不厌其烦地反复教育孩子，等等。那么，教育的效果怎样呢？许多孩子依然是听不进父母的教导，我行我素，甚至是不愿意跟父母打电话，影片中一位男孩子便抱怨说："他又不叫我接电话，我也不想接他们电话，他爱说废话，他老问吃什么，吃好没有，今天吃什么，明天吃什么，我不想说废话。"

蒋能杰在影片中不仅反映了孩子与父母、长辈沟通少的问题，更反映了孩子与父母、长辈沟通质量不高的问题。陪伴的缺失容易导致父母与孩子沟通少，但沟通少并不一定会导致一个失败的家庭教育。相反，孩子与父母或者陪伴其成长的长辈的沟通质量不高的问题将直接导致家庭教育的失败。所以，《村小的孩子》传递出的家庭教育理念是，直面留守儿童父母陪伴缺失的事实，提倡在沟通质量上狠下功夫，让父母及陪伴的长辈共同抓好监督引导工作，通过良好的沟通方式与技巧将家庭教育落到实处。

三、社会教育：要浇灌孩子梦想并培育自律自强观念

在孩子的成长教育中，社会教育是学校教育与家庭教育的重要补充。

---

① 陶孟和：《社会与教育》，福州教育出版社，2008年，第95页。

"社会教育在广义上，是指'旨在有意识地培养人，有益于人的身心发展的社会活动'"①，一个孩子的良好教育离不开成功的社会教育。

那么，一个成功的社会教育应该教会一个孩子什么呢？中国儒家教育注重一个人志向的培养，孔子便指出"三军可夺帅也，匹夫不可夺志也"②，可见一个成功的社会教育不能不培养孩子的梦想。在《村小的孩子》中，蒋能杰多次问孩子的问题是"你长大想做什么？"令人惊讶的是孩子们不约而同地选择了打工，且理由都是为了挣钱。这是蒋能杰期待的回答吗？答案是否定的，因为蒋能杰用镜头语言告诉观众：这些梦想打工的孩子对外面的世界所知甚少，他们甚至不知道国家主席是谁、中国首都在哪里、2008 年奥运会在哪里举行的。所以，这些孩子很大可能只是因为效法大人才将打工挣钱作为唯一的梦想追求。从另一个方面来说，蒋能杰提倡的社会教育是期待每个孩子都拥有自己的梦想，且这梦想不是因为盲从。人是不应该盲目选择的，正如张剑阐述萨特思想时所指出的："人的存在先于他的本质，人的本质是他自由选择的结果。人生下来没有善与恶的区分，也没有预设的人生轨迹，只有他进入的这个存在。而人的本质是后天形成的，人通过自由选择和自由行动，塑造了他的人生，成为他最终成为的人。"③在人生仅仅经历一小片风景、当人生还充满许多可塑性时，一个人的成长应该在一种顺应个性与特点的舒适环境中进行，应该获知对外面社会、对所处时代的正确认识，而不是过早地束缚自己的视野，盲目地效法父母将打工行为作为自己的唯一选择。

除了梦想之外，还应该教会孩子什么呢？《村小的孩子》对孩子们的不少坏习惯都委婉地表示了批评，如借蒋小锋奶奶的口表达了对孩子沉溺电视的批评，通过范魏煜外婆的抱怨表达了对孩子不能控制自己脾气的批评，通过张老师的采访表达了对孩子贪玩不做作业的批评等。同时，通过对蒋云洁约束自己在灯下写作业的场景的多次记录，亦巧妙地传递出了蒋能杰对其行为的由衷肯定。同样是留守儿童，有的孩子能够在逆境中培养良好习惯，有的孩子却学会了放纵自我，这是值得思考的。在一抑一扬之间，拍摄者蒋能杰的态度很好地反映出了他的观念——赞扬自律自强的行为，批评沉溺放纵的习惯。这也在一定程度上传递出一种认识，即个人最终成为什么样的人并

---

① 侯怀银、张宏波：《"社会教育"解读》，《教育学报》，2007 年第 4 期，第 4 页。
② [宋]朱熹：《四书章句集注》，中华书局，2012 年，第 115 页。
③ 张剑：《西方文论关键词 他者》，《外国文学》，2011 年第 1 期，第 119 页。

不是由环境所决定的，而是在根本上取决于个人的自我选择，所以培育个人的自律自强观念十分重要。

自律自强观念是对现在的把握与珍惜，心怀梦想是对未来的规划与向往，在一个人的成长教育中都是不可或缺的。只有梦想，没有自律自强的观念，无疑将会陷入空想的漩涡而不能自拔；只有自律自强的观念，却没有梦想，亦只能于狭小的空间视野中盲目徘徊。要摆脱留守儿童的教育困境必须呼唤一个成功的社会教育，而一个成功的社会教育必须是两者兼顾的，既需要灌溉呵护孩子的梦想，又要培育孩子自律自强的观念来帮助其实现梦想。

四、结语

与《学生村》《路》《初三》等反映农村教育的纪录片一样，作为互动型纪录片的《村小的孩子》亦致力于反映当今时代下农村儿童的真实生活，以唤起全社会对留守儿童、留守儿童教育的关注与帮助。《村小的孩子》的独特之处在于其新颖、针对性强、行之有效的教育理念。学校教育、家庭教育、社会教育在人的教育成长过程中不可或缺，三者相互影响，好的方面可以相互促进，不好的影响亦会相互干扰。《村小的孩子》传递的教育理念做到了立足于打工风潮影响下的教育现状，透过层层迷雾搜寻出问题的症结所在，正确指明了走出留守儿童教育困境的出路—— 以资源充足、获取便利的学校教育为基础，以沟通良好、监督引导有效的家庭教育为补充，以切实呵护梦想、踏实培育自律自强观念的社会教育为辅助，共同编织留守儿童教育的美好蓝图。

就影片本身而言，匮乏的经费与简陋的拍摄设备虽然制约了影片质量的提升，但没有影响其教育关怀的传达与主题思想的表达。蒋能杰关注的不仅仅是光安村的孩子，影片传达出的是对 2.5 亿名农民工与 5 800 万名留守儿童的深情关怀。《村小的孩子》表达了对沦为"他者"群体的留守儿童的同情，传达了对于不合理现实的鞭笞控诉，更传递出了关于教育出路的深刻思考，既有苦和泪，也有幸福与温馨。在商业电影大行其道的今天，在大众热衷于"肥皂剧"与"真人秀"的今天，《村小的孩子》切入了一个严肃的时代主题，但没有做作的说教与滥情的控诉，仿如一杯醇厚的绿茶，在淡淡的苦涩中夹带沁人的芬芳，传递出生活本来的面貌。正是这些，构成了《村小的孩子》的独特魅力，恰到好处的严肃、适宜的深情、深邃而切实的美好教育理念，就能让观众在感动、赞赏、思考之余，收获许多关于教育的启示。

第三节　走出孤岛①
——《少年收容所》中的教育观

　　由德斯汀·克里顿执导的电影《少年收容所》，2013 年 8 月在美国甫一上映便引发巨大关注，好评如潮。《华盛顿邮报》认为它勇敢地告诉了我们"爱"的真相："爱"并非是一种诗意的渴望或异想天开的欢乐结局，它是一种技能。可以说，我们都有能力学会去"爱"。影片中，格蕾丝与男友梅森及其他同事每天都要应对"问题少年"们各种各样的突发状况，平息他们之间的纷争，帮助他们缓和内心的躁动和愤怒，还要引导他们说出自己曾经经历过的痛苦。这听起来容易，但也辛苦，他们却乐此不疲。在这个过程中，格蕾丝和伙伴们带领脆弱的马库斯、毒舌的路易斯、孤独的贾登和内向的萨米一步步走出痛苦，走出阴影，迎接迎面而来的温煦阳光，迎接美好而可怕的"外面的世界"。而格蕾丝自己也打败了心魔，从徘徊中走出，准备与梅森勇敢地迎接新生命的到来。

　　青少年时期是人生中最为重要的一个时期，在这个阶段，性格逐渐定型、价值观逐渐树立，而幸福和谐的家庭环境的熏染和乐观成熟的人生导师的教导也显得格外重要，甚至能影响这个人往后的生命历程。"教育"与"成长"正是这类电影——受众主要是青少年和父母——的永恒主题，因为每个受众都从青少年阶段走过，也都将走向为人父母的征程，所以这类电影很容易引起受众的共鸣。对于这些孩子而言，原生家庭中本应承担良师益友角色的父母成为童年的撒旦，将他们本应完整快乐的童年岁月搅得一塌糊涂，他们也就不得不走向一个又一个的收容所寻求庇护。虽然收容所可以提供给他们安全的环境，但并不是每一个收容所都会有格蕾丝式的天使竭尽全力地将孩子们呵护于羽翼之下。在格蕾丝的引导下，他们慢慢学会勇敢地面对阴影、对不堪的过去说再见。导演将影片的主要场景设置在"收容所"，并在这之间塑造了一个曾感同身受的人生导师形象，她以爱和陪伴的教育方式对抗惩罚式的暴力教育，形成了"爱与被爱""彼此救赎"的影片主题。

　　本节以原生家庭和收容所两个场域间的对比为切入点，阐述二者之间相异的教育观，从而探讨两种不同的教育方式对青少年成长的影响，并由此窥

---

　　① 本节初稿撰写人袁蕾，原载于《读写月报》（语文教育版）2017 年第 1 期。

见导演德斯汀·克里顿作为一个局内又局外人的人道主义情怀。

一、原生家庭：逃不出的牢

　　一个人降生于世，无法选择自己的种族，无法选择自己的出身，也无法选择自己的父母。尽管在上帝面前人人平等，但是有些孩子可以在幸福和谐的家庭氛围中茁壮成长，而有些孩子小小年纪却要为了柴米油盐奔波。更有甚者，虽然不必为生计发愁，却要承受比挨饿受冻更痛苦的事情——来自父母的虐待甚至性侵。在《少年收容所》中，马库斯、贾登和格蕾丝就是这样不幸的孩子。

　　马库斯是一个即将年满十八岁离开收容所的黑人少年，热爱说唱，唯一的朋友是一条叫作诺斯的小黑鱼。然而，对于即将面对的外面世界他却充满恐惧和不安，为了掩盖自己的怯懦，他选择暴力、藏毒，还口口声声说自己不在乎。但一切都是伪装，一切都是假象。从他自己编写的充满脏话的歌词中，大概可以描绘出过去的轮廓：他被母亲困在房子里，被剥夺了出去交朋友的权利，甚至不知道正常生活是什么滋味。

　　"人一旦失去了自己原有的、真正的灵魂，他就需要'暴力'方式生存，这种暴力是盲目的，无意义的，它首先粉碎人本身，然后人又将这种暴力施放到自己周围的一切当中。"①应该指出，个体的生长环境和人际关系对个体的行为有着潜在且深刻的影响。马库斯自幼生长在暴力和孤独之中，没有人引导他如何以正确的方式排解负面情绪，他自然而然地只能选择自小耳濡目染的暴力这条唯一的道路。被无数人歌颂和赞美的母亲在马库斯这里却是撒旦的存在，或许可以理解为什么在路易斯提及其母亲时马库斯会选择挥拳相向：从小没有得到母爱的马库斯收获的唯一礼物就是曾经满头的肿包和伤疤，他认为自己是被上帝、母亲抛弃的孩子，所以才会在路易斯幸灾乐祸地提起母亲时忍不住挥拳相向。马库斯的房间里有一个透明的鱼缸，偌大的鱼缸里与缤纷石块做伴的却只有一条小黑鱼。通常来讲，常人养这类观赏鱼的目的在于装饰或者增添生气，并且有意识地选择色彩缤纷、数目众多的鱼类，而马库斯却选择了一条跟自己肤色相近的小黑鱼，且只有一条。可以看

---

　　① 〔意〕安东尼奥·梅内盖蒂：《电影本体心理学——电影和无意识》，艾敏、刘儒庭译，中国广播电视出版社，2007年，第225页。

出，马库斯养鱼的目的与常人不同，他只是在跟鱼做朋友，而且这种朋友具有唯一性，马库斯在房间这块小天地里唯一的朋友是小黑鱼，而小黑鱼在偌大的鱼缸里或者更大的世界里的唯一朋友也只有马库斯。有时候，对于敏感的人来说，"唯一"是一个具有热烈温度的词语。当温暖的朋友莫名死去之后，马库斯潜意识中认为唯一的朋友抛弃了自己，他的灵魂也随之而去，所以他选择自杀，用血腥和暴力将自我毁灭。

从马库斯对路易斯的暴力相向到向梅森小心翼翼地询问，从马库斯对"弱势群体"一词的敏感反应到对疤痕消失之后获得新生时掉下的眼泪，从开场马库斯对小黑鱼的温暖一笑到失去小黑鱼时的目光呆滞甚至割腕自杀，导演采用对比蒙太奇的手法，刻画出马库斯暴力强悍的外表和自卑孤独又敏感脆弱的内心，而这一切来自他浸淫多年的逃不出的有妈妈的家。

贾登出现在观众的视野之前，观众首先有印象的是贾登的父亲：他是收容所主管的朋友的朋友，人很好，很有文化。相比之下的贾登就有点无理取闹了："贾登就没给她爸爸好日子过，几个收容所来来回回，因为危险行为，甚至咬她治疗师的鼻子。"然而当悬念揭开，貌似绅士的父亲在贾登背后监视着她的一举一动，尤爱用皮带惩罚不听话的贾登，导致贾登不敢跟任何人说起父亲的虐待，而只能以隐晦的童话的方式控诉鲨鱼对妮娜的伤害。于是，出现在大家面前的贾登是一个画着烟熏妆的看起来冷漠不苟言笑的"太妹"，她直言："我不想在短期友谊中浪费时间，不要被我的不友好伤害，并不是针对你们之中的任何一个。"

"人是趋利避害的动物，你让他知道怎么保护自己，他便怎么保护自己"[①]，父亲以无理伤害的方式使贾登形成了粉饰太平、沉默是金的条件反射式的心理防御机制，任何人都被排除在可信任的白名单之内，贾登以沉默的方式抗拒着世界、抗拒着爱，她拒绝相信自己之外的任何人。父亲紧盯着的双眼让她没有办法相信政府调查人员可以减免伤害，也没有办法相信收容所里的心理治疗师会减缓内心的痛苦。因此，没有人知道贾登到底经历了什么，到底有没有被虐待，只要她不说，就不存在所谓的真相，一切都只是猜测。在崇尚理性的美国社会，并不能盲目地指责格蕾丝的上级，他的确没有任何证据表明贾登受虐是事实，尽管在格蕾丝看来童话的寓意是那么明显。有时候，这个世界理性得让人觉得冷酷，证据、理性都冰冷冷的没有温度，

---

① 李承鹏：《全世界人民都知道》，新星出版社，2013年，第30页。

但是沉默只会加深伤害的反噬，只有说，说出真相，说出事实。"说"作为一种表达方式，将内心经历通过言语传达给外界，只有通过"说"，世界才知道你的想法，世界才知道你的要求。人的脑袋里总是在想一些别人不知道的事，有些思想是要留给自己的，而有些想法则是要"说"给别人听的。父亲的皮带单方面地截断了贾登"说"的方式和欲望，才导致世人的无知和贾登内心的苦痛。每个人都不能奢求世界上有一眼看出你内心想法的人，也不能想当然地以为世人不懂你是世人的错。恰恰相反，你以沉默的方式向世界表达你，世界便以沉默的方式回应你。"说"才是表达自己的最好方式。当沉默保护不了自己，只会让自己更加崩溃的时候，从前的利转换成更深的害，贾登内心的矛盾煎熬在格蕾丝身体力行的引导中——消散，她终于可以直面自己的内心，向他人诉说自己的苦痛。

导演首先建构了一个绅士般的父亲和无理取闹的女儿，随后以揭秘的方式正确打开贾登的内心，以之前父亲形象和之后父亲形象形成的反差来反省贾登父亲的教育方式——暴力式的惩罚对青少年内心的冲击并导致其内心的扭曲，使贾登自觉地镀上了一层冷漠的保护伞。

影片中格蕾丝是一个善解人意、宽容大度的天使形象，然而从一开始就存在一个期待式悬念：当新来的内特提及"弱势群体"一词时，与马库斯激烈的反应不同，跟随着男友梅森的主观镜头，可以发现格蕾丝的小动作——她正在无意识地抠捏指甲边缘。这无意识的动作重复出现在她听说父亲将要出狱的时刻，而在格蕾丝身上的秘密也一层层揭开，年少时的格蕾丝其实也是"问题少年"中的一员：母亲去世后，她只能跟经常喝醉酒的父亲一起住，而父亲一喝醉酒就会打她，逼她一起洗澡，甚至让她怀孕。由于这种根深蒂固的恐惧，原本答应跟梅森结婚并生下孩子的格蕾丝在听到父亲即将出狱时瞬间变得忐忑烦躁，甚至失去了重新获得幸福的勇气，想要打掉孩子，过去的种种经历冲破屏障向格蕾丝汹涌而来，就算梅森三年的守候也抵抗不了。

尽管格蕾丝的父亲从未在镜头中出现，但是他尚未谋面就对格蕾丝造成如此之大的影响，可以想见格蕾丝内心的恐惧和过去经历的可怕程度。导演以期待性悬念的方式将观众的视线从问题少年转向"后问题少年"——成年之后问题少年——向观众质问少年少女为什么要成为成人变态的牺牲品，家庭的不圆满和父亲的酗酒为什么会给少年少女这么深远的影响。不能否认有些家庭不得不分裂，但孩子依然健康地成长，而有些不圆满的家庭因为教育方式的不当、对孩子关爱的缺失影响了这些孩子的心理健康。但是，这样一个承受着家庭不圆满和父亲变态的双重不幸的格蕾丝形象，给人带来巨大的震动。

俗话说，"血浓于水"。然而在这部电影中，导演似乎要推翻这种固有观念。原生家庭里与问题少年有血缘关系的亲人只会给他们带来伤害，而被养父养母抚养长大的梅森却坚韧乐观，甚至他人生中所有的美好都是养父母带来的，他根本不知道养父母是一个怎样的概念，视两位与他毫无血缘关系的老人为父母。这种情况并非特例，经常可以看到世界上每个角落都存在这样被亲生父母抛弃而被养父母培养得很好的人，他们甚至毫无寻找亲生父母的念头。每一个曾被抛弃的灵魂都有另一个人来倍加珍惜。因此，可以说教育方式不因是否具有血缘关系而不同，具有血缘关系的父母不一定能教育好孩子，甚至还可能给孩子带来巨大的伤害，而不具有血缘关系的父母只要具有良好的教育观念、使用良好的教育方式以及用满满的爱去关怀，依然能让孩子健康地长大成人。

二、收容所：回不去的家

"家"对于这些问题少年来说似乎已经成为一种禁忌，而不得不暂居的收容所在他们心中的地位甚至高于原生家庭。原因无他，只是因为这里有与他们同病相怜的同路人，也有充当持灯使者的引路人。

影片开头，为了帮内特熟悉环境，梅森和几个同事在闲聊，而正是这个外来者内特迅速地将观众带入电影中。不能否认，如今社会中的大多数正常人跟内特抱有相同的观念——将这些问题少年视为"弱势群体"，但是却鲜少有人真正关心他们，大多数人只是做做口头文章，即便如此也鲜少真诚。内特代表一种社会普通人、一类自恃具有慈悲与同情的所谓爱心人士，窥探他们的生活，显示出一种孤岛之外的众生对于这群异类的态度。当内特准备融入这个小团体时，"弱势群体"却给了他一个下马威：马库斯粗鲁地要求内特把"弱势群体"一词解释清楚。事实上，越是被人看作弱势群体的人越具有极强的自尊心，越需要普通人平等地对待，他们最不需要的就是普通人的惺惺作态。残疾人现象是近年来作家们创作的热点，许多作家能够深入这些人群内心，探知他们真实的想法，问题少年们对于某些事情上的敏感程度不亚于残疾人，而这种敏感从另一种程度上也显示出这些人群内心的脆弱，正如毕飞宇在《推拿》中写道："看起来盲人最大的障碍不是视力，而是勇气，是过当的自尊所导致的弱不禁风。"①在《少年收容所》中，每一个问题少年似乎都具有这样的特点：马库斯看似暴力而在面对过去时潸然泪下；贾登看似冷漠却在父亲爽约后崩溃；格蕾丝看似坚强却在一个电话之后丧失获得幸福的勇气。但是，内特从一开始对"弱势群体"的"歧视"到后来对问题少年们的暴力行为的疑惑——"他们就这么野蛮地打起来了？"——再到最后为失去伙伴的萨米找回隐藏在沙发垫下的小羊玩偶，这种从旁观者到局内人的温暖转变不得不使观影的每一个人反省自己对待这种所谓的边缘人群的态度。

在收容所中，占据更多数量的是这些所谓的问题少年。尽管他们肤色不同、性别不同、性格不同，但由于被贴上同样的标签而聚集在一起。他们同样表里不一，暴力如马库斯却脆弱，冷漠如贾登却胆怯；他们同样缺少伙伴，马库斯唯一的朋友就是那条小黑鱼，唯一能给萨米带来安全感的就是那一群玩偶。这之中唯一的刺儿头就是那个名叫路易斯的少年，他似乎跟谁都在对着干。人与人之间的关系到底靠什么维系？有些人为了金钱虚与委蛇，有些人为了权力阿谀奉承，有些人为了阴谋虚情假意。而在这群问题少年中，他们之间关系看似并不融洽，甚至偶尔还会发生冲突，但是正如那句话说的那样："同一个世界，同一个梦想"——他们虽然来自黑暗，然而同样向往阳光。尽管在外人看来，他们每个人都是独立的个体，但是他们都有一个摆脱过去的共同目标；尽管他们机缘巧合地聚集在同一个收容所，但是他们敏感地感知到彼此具有同样的黑暗气息，这是一种隐性的而非被旁人强制归类的气息，只为同类熟识。他们就像是冬日里的刺猬，虽然彼此身上布满尖锐的刺，却要彼此拥抱取暖，所以刺儿头路易斯以妈妈之名惹怒马库斯，但是当马库斯在路易斯房间门口自杀时，路易斯一脸惊恐地帮忙；所以大家都被贾登的冷漠冻伤，但是当她生日被爽约崩溃之后，马库斯带头给贾登做贺卡。虽然他们被看作异类，被看作危险分子，但是他们之间有着一个共同的世界，所以更容易彼此理解、彼此珍惜，他们之间的友谊悄无声息却又坚不可摧。

《少年收容所》在台湾的译名是"她和她的小鬼们"，毫无疑问，格蕾丝是电影的绝对主角，导演并没有将之塑造成那种纯白无瑕的圣洁天使形象，相反，格蕾丝也是一个从地狱而来的"黑天使"。1948 年 12 月，联合国大会就

---

① 毕飞宇：《推拿》，人民文学出版社，2008 年，第 72 页。

通过并颁布《世界人权宣言》，并提出"教育的目的在于充分发展人的个性并加强对人权和基本自由的尊重"[①]，而格蕾丝不仅仅给予他们最起码的尊重，还投入了更多的爱：格蕾丝知道小黑鱼对马库斯的重要性，也会像马库斯一样把小黑鱼当作朋友问好；格蕾丝知道萨米的玩偶都代表着妹妹般的陪伴，所以当知道萨米失去"妹妹们"的时候，她并不是轻飘飘地安慰，而是给他足够独处的时间，时时给予关心盼望他能痊愈。格蕾丝作为一个教育者，清楚每一个个体的独特需求，并尽力满足他们的需求，也尽最大的努力维护他们的个性需求，尊重他们抚平情绪所需的独处时间。对于普通教育者来说，做到这些尚且不易，何况是需要面对这样一个一触即发的群体的特殊教育者，所以从广义上来讲，格蕾丝虽然只是一个普通的保育员，却比一般意义上的教师更伟大。当秘密被揭开的时候，格蕾丝竭尽全力照顾好每一个人的原因也随之浮现。影片之中最为浓墨重彩的一段就是格蕾丝与贾登的互相救赎。贾登感动于格蕾丝的奋不顾身和竭尽全力，终于鼓起勇气说出事实真相，而格蕾丝也受到贾登的鼓舞，终于走出阴影，勇敢迎接新生命的到来。"教育活动中，受教育者自由的获得并不是教育者恩赐和给予的，只能是在教育者的帮助与启迪之下，受教育者通过自身努力与争取获得的。"[②]正如前文所述，贾登怯于"说"，怯于说出真相，而格蕾丝的保护欲望使其一步步走进贾登的心里，"说"的勇气也不是格蕾丝强加的，是贾登的自发行为，是在格蕾丝的帮助和启迪之下，终于战胜背后父亲的双眼所获得的力量，说出了事实真相，也因此格蕾丝从过去的阴影中走出，也学会了诉说内心正在翻滚的纠结和痛苦。格蕾丝与贾登的互相救赎就像是师生关系中的教学相长，如同物理中的力与力的反作用性，所以教育也存在互相教育。格蕾丝并不是简单的引路人，她身上也有阴影，而正是因为战胜了这样的阴影才更有资格成为这些问题少年的引路人，她用爱关怀着每一个人，陪伴他们度过每一个难熬的时刻。

然而，格蕾丝能走出阴影的另一个重要助力是她的男友梅森。梅森作为一个守护者，默默守护在格蕾丝的心门之外，三年不变。他始终渴望格蕾丝能够像她教给孩子的那样告诉他她的脑海里在经历什么样的痛苦，希望可以牵着她的手走出那些痛苦——就像她对孩子们那样。他知道她的难

---

① 彭钢：《讲述：困境中的教育美丽——法国电影〈放牛班的春天〉的教育叙事研究》，《教育学报》，2008 年第 4 期，第 17 页。

② 王澍、段伯升、姚玉香：《论成长电影中的人性假设及其对学校教育变革的启示——以〈死亡诗社〉、〈蒙娜丽莎的微笑〉为例》，《四川师范大学学报》（社会科学版），2011 年第 3 期，第 133 页。

以启齿，也知道她的头脑混乱，只是默默承受着她突如其来的耳光和坏脾气，只是一直张开臂弯等待格蕾丝的靠岸。当伤害难以避免时，除了引导他们走出阴影外，更为重要的就是陪伴。人类本性向往温暖，自在子宫形成胚胎之时，母体通过羊水向胚胎传递温暖，而历经十月的陪伴，缺乏安全感的蜷缩姿势也变得舒展，但在脱离母体之后继续发育的过程中，这种温暖的力量需要从外界汲取，包括家人朋友的关心和呵护。这群失去关心和呵护的问题少年，更加匮乏的其实是陪伴。小黑鱼对于马库斯来说只是表象的陪伴，并不能与马库斯对话沟通，也无法理解马库斯的情绪波动，而梅森对于格蕾丝来说有足够的耐心和宽容，从某种意义上来讲，梅森是格蕾丝的后天母体，梅森以爱和陪伴为媒介与之对话沟通，试图将格蕾丝从深渊中拉出来，正如胚胎蜷缩的姿势需要一定时间才能舒展一样，格蕾丝打开心门也需要时间，但是胚胎的发育成熟是可等待的，而对于心中有创伤的人来说，痊愈似乎是无望的。正是在无望的等待之中，梅森的陪伴和守护尤显珍贵。在收容所里，像梅森这样的守护者也是不可或缺的角色，如果原生家庭中能有这样一个无怨无悔的守护者，那么问题少年们终将会像格蕾丝一样打开心门，走出孤岛。

在收容所这个场域中，安全是第一位的，但更加重要的是，这里比原生家庭更有爱，这里有同病相怜的同路人，所以他们并不孤独；这里有比心理治疗师更亲切的引路人格蕾丝，所以他们并不害怕；这里有比亲人更加宽容的守护者梅森，甚至连陌生的外来者内特也变得可爱起来。然而，收容所并不是他们永远的家，他们有终将离开的一天，要重新去面对外面的世界，独自一人，可是只要心中充满爱，即便前途多么渺茫他们也不会退缩。

三、上帝角色：遮不住的光

《少年收容所》是根据导演德斯汀·克里顿的真实经历改编而来的。德斯汀在大学毕业之后，别无选择地去一家保育所工作，在那里与孩子们相处的时光成为他最幸福的时刻，他让他们意识到自身生命的伟大之处。这一切成为《少年收容所》电影的雏形，而毫无疑问内特就是德斯汀·克里顿的化身。

"代替希腊戏剧中那个自天而降的上帝角色就是我们当代的'导演'。"[1]上帝将自己安排进了这部影片，看似是导演一个人的故事，却能使观影的每个人在其中找到自我。《电影本体心理学——电影和无意识》认为，主题是根据自身的倾向性来体验和记录影片内容的，无论是像德斯汀一样的外来者、饱受心理疾病困扰的同路人，还是像梅森一样默默守候家人的守护者。作为上帝的导演巧妙地利用这种心理，完成了从导演到作品再到观众层层交流的重要过程，也成为这部电影大获成功的重要原因。

电影总体呈现出一种温暖的色调，这正体现了德斯汀·克里顿的人道主义关怀，而这种关怀主要表现在首尾的对比上。影片开头与结尾，梅森都讲述了一个故事，不同的是，开头的故事以卫斯理的死亡告终，结尾的故事以马库斯终抱美人归而结束；影片的开头与结尾，萨米都大喊着从房间里冲出，不同的是，开始时萨米的奔跑充满着发泄、愤怒的意味，结尾的慢镜头奔跑却带有嬉戏打闹的意味；而贯穿影片始终的隐喻蒙太奇——发泄室的充气狗——从站立到最后的倒下，意味着这些被看作异类的问题少年终于战胜自己，走出阴影，走出孤岛，迎接光明和未来。此外，更加动人的是，在处理贾登与父亲、格蕾丝与父亲的关系时，导演并没有简单地将二者处于二元对立的两端，而是渗入复杂的人性：如格蕾丝一直在懊悔自己亲手将父亲送进监狱十年，如贾登阻止格蕾丝对自己父亲的暴力行为。每一个闪光点都充斥着导演细腻的想法、对生活的观察及自我体验，使其中的人物形象更加真实动人，使电影更为打动人心。

虽然影片译名为"少年收容所"，但其实它还有个不容忽视的英文名 *Short Term 12*。导演想通过这种机构以时间为名的巧妙之处，告诉人们：其实陪伴不在于时间的长短，爱也不在于早晚。纵然问题少年们在本应充满爱和幸福的原生家庭中生活了十多年，然而他们除了满身的伤痕和痛苦的记忆之外，什么都没有获得；尽管他们只能在这个收容所里待一年，至多三年，可他们在这里收获了真诚的爱和关怀，收获了温暖的陪伴和关注，在这里处于迷茫期的他们学会了跟自己相处，学会了爱。

---

① 〔意〕安东尼奥·梅内盖蒂：《电影本体心理学——电影和无意识》，艾敏、刘儒庭译，中国广播电视出版社，2007年，第8页。

四、结语

《少年收容所》是一部真正能体现导演德斯汀·克里顿人道主义关怀的电影，不仅仅是为了纪念曾经的经历，更为重要的是使每一个观影者反思自己的教育方式和自己所在场域的教育氛围对于青少年的影响。

电影所要致力表现的是现在社会中部分原生家庭的教育观念和家庭环境对青少年有着毁灭性的影响，而为人人所忌惮、避讳的收容所却充满着爱，是那些别人眼里异类的幸福所在，这种幸福简单到只用一个字就可以概括——爱。在爱之中，这些孤独的满身创伤的孩子学会了如何跟自己相处，如何跟过去的自己相处，这是任何一位教育者都无法强加和施舍的，这必须建立在教育者的引导和启迪之中。如果说孤独注定是成长的必修课，那么这些孩子早已修完，但是如何走出心中的孤岛是他们的下一课，幸运的是，他们还有格蕾丝这样的"黑天使"做他们的引路人。

第四节　世界只因一个晚上就可以改变①
——《垫底辣妹》中的教育观

《垫底辣妹》是由土井裕泰导演，桥本裕志编剧，村架纯、伊藤淳史、吉田羊、田中哲司、野村周平等出演的，于 2015 年 5 月 1 日在日本首映的一部青春励志剧情片。该片主要讲述了一个成绩垫底，虽身为高二学生但实际的知识水平仅在小学四年级的辣妹在一年内将偏差值②提升 40%并成功考取了庆应义塾大学（亦称庆应大学，简称庆大）的故事。

现下影视圈异军突起，国内各类青春励志片更是层出不穷。一方面，青春励志片以其或华丽或清新的演员阵容吸引着大批观众；另一方面，其所表达的"草根'殊死'奋斗成功逆袭"的人生历程也往往给在奋斗中遭遇瓶颈的芸芸众生以希望。因此，较之其他题材、类型的影片，青春励志片以其独有的优势逐渐占据了稳定的市场配额。另外，其泛滥化的增长态势亦使得剧情的演绎不可避免地陷入了循环往复的"怪圈"之中：每当剧情难以为继

---

① 本节初稿撰写人秦旭洁，原载于《读写月报》（语文教育版）2016 年第 11 期。
② 偏差值：日本独有的一种对于学生智能、学力的计算公式值，借以反映每个学生在所有考生中的水准。

时，主角总会突遇情感纠葛、生老病死、无端祸患，即使面对较为严肃的高考题材、教育题材也同样不能例外……虽然故事的结局总是主角战胜了一切的困难和诱惑走向了成功之路，但过于戏剧化的外力的强行干扰同样使影片不自觉地陷入了尴尬境地。面对相似的剧情，观众往往会产生审美疲劳而难以引起共鸣——毕竟拥有戏剧化人生的人只是少数。但《垫底辣妹》却一改青春励志片的常态，将剧情焦点放置于沙耶加个人成长变化的发展历程，而不强行植入任何人为的外力干扰，老师和母亲也仅作为辅助者而非监督者适时出现以提供帮助。剧情的强烈冲突表现在信心百倍、一心想要考取庆应大学的沙耶加在接触庆应大学考试真题后屡屡受挫时其心路历程的转变。人物的内在心理变化使得剧情具有了强烈而不突兀的张力，这一处理方式将矛盾归还给学习本身，也正是笔者将要重点阐述、呈现的教育理念。沙耶加所遇到的困境也是每个人在个人的学习历程中切身体会过的实际问题。影片《垫底辣妹》的成功之处就在于此，它真实地展示了常人均可能遇到的困难并以大众可以选择、可以做到的方式战胜它，虽同样预知结局，但如此之设置却能够穿破风沙磨砺的坚硬包裹而触及人内心最柔软的角落。同时，在阐述教育理念时，《垫底辣妹》同样不显得干涩生硬，通过沙耶加与坪田老师的互动、明里妈妈与多位老师的交谈，不仅鲜明地展现了不同的教育理念的存在，也进一步增添了故事场景的真实性。在众多泛滥的青春励志片中，该故事能轻易地脱颖而出也就不是运气了。

　　片中有一句台词很好地诠释了其间的教育观——"世界只因一个晚上就可以改变"。然而，这一质变更是由背后的量变所促成的，因此，笔者在下文将着眼于《垫底辣妹》中所展现的自我教育、家庭教育、学校教育中的教育观念及其三者之间的内在联系而展开论述，并试图进一步挖掘其深刻的内涵。

一、自我教育是个体蜕变的基石

　　教育实践家、教育理论家苏霍姆林斯基曾指出："只有能够激发学生进行自我教育的教育，才是真正的教育。"[①]"自我教育"这一概念的提出已有多年，但学界对其内涵始终没有公认的界定。目前学界流传较广的对"自我教育"的解释有三种，即作为德育的方法和途径的自我教育、作为

---

① 〔苏〕苏霍姆林斯基：《给教师的建议》，杜殿坤编译，教育科学出版社，1984年，第341页。

教育体系构成部分的自我教育、作为教育目的和结果的自我教育。笔者在此将基于"德育教育"意义上的自我教育进行相关阐释。自我教育并非是个体在生命成长中所接受的最早教育，但其所具有的独特的内在张力使个体生命呈现出不同的形态，其对个人道德素养的规约也促使生命个体向着良善的方向发展。

影片中，沙耶加的自我成长经历了几个阶段：刚上小学的沙耶加胆小懦弱，常被同学欺侮、排斥，因而造就了其自卑、孤僻的性格，恰恰也因此反向刺激了其对友情的渴望与珍视；进入明兰女子中学后她结识了三位好友，沙耶加因与朋友相识而变得活泼开朗，但也因常年忽视学习成了徒有外表、自暴自弃、不学无术的女孩；进入青峰塾补习则是沙耶加的第三个成长阶段，也是其自我成长中最重要的转折点，在辅导老师坪田的帮助下，她重新认识了自己的价值，进而激发自己考取庆应大学的愿望。

父亲的忽视与同学的排挤使得年幼的沙耶加在潜意识中对友情、爱与被爱有着超乎常人的渴望，亦因渴望，故当朋友遇到危险时会升起不自觉的保护欲。这种因珍视而产生的保护欲，实则是个体进行无意识的自我教育的第一阶段。在吸烟被抓，校方要求沙耶加说出"同伙"时，沙耶加宁可接受休学处分也不愿出卖朋友，这与校方冰冷生硬、忽视情感只重视结果的教育方针产生了强烈的冲突。一方面，沙耶加的无意识自我教育使她在面临迥异的价值判断时有力量去做出自己的选择；另一方面，在强大的压力之下她仍能坚持"自己认为对的事"，这恰恰反映了自我教育对个体强大的支撑力和影响力。因而，明里妈妈面对校方强硬的态度之时仍能温和而坚定地说出这样的一句话："为了自己而出卖朋友，就是这个学校的教育方针吗？……对于什么都不说的女儿，我深感自豪！"

"做让自己开心的事"是《垫底辣妹》中除励志外的又一重要主题，这一观念深刻影响并改变着沙耶加的生命轨迹。作为影片女主人公的沙耶加开放却不堕落，外表成熟却内心单纯，偶尔叛逆但懂得感恩，永远年轻，永远温暖，永远保有爱意。如此向上的力量，是自我道德观念、价值观念规约的结果，而刻意或无意的规约，实则是对自我道德的塑形和完善。当个人世界与主流社会之间产生不可避免的异化关系之时，个体为适应社会而进行的自我教育的修正也就显得尤为重要了。

当然，自我教育的作用并不止于德育教育。自我教育在生命个体发展中的外延力量常使教育收获令人意想不到的成效。然而多年来学界似乎更注重家庭、学校、社会对受教育者的作用，聚焦点常集中于教育的单向度传授而忽视了作为教育承接者的"人"的力量。"通常所谓的教育是指培养人的社会活动，是教育者施予受教育者的外部影响。应该说，教育的本义就是他人教育。"①然而，教育过程应是教育者与受教育者双方共同完成的，受教育者既是教育事业的基础，也是教育的主体对象，受教育者的主观能动性极大地影响着教育的效果及其持续性，而个体主观能动性的高低则往往来自个体自我教育的深度和广度。在如此语境下，受教育者的力量不应也不能被忽视。

二、家庭教育是个体发展的范式

普遍观点认为，家庭教育的内容主要有两个方面：一为知识的学习，主要指相对学校教育而言不成系统的知识传授，即体现为答疑解惑；二为家庭环境的构建及家庭氛围的营造，以此影响个体的行为习惯、处世为人、道德情操，使个体在不自觉的接受中形成对社会、世界的原始认识及促成价值观念的初步塑造。

中国著名的儿童教育家陈鹤琴先生曾说："做父母的不得不事事谨慎，务使自己堪有作则之价值。"他主张要时时、处处、事事给孩子做出好榜样。②这里指出的"做榜样"实则为家庭教育的重要内容。父母的行为准则即孩子的第一模仿主体，直接影响子女行为习惯及价值观念的形成，良好的家庭教育则有助于协助个体塑造积极心态，建立正向的心理暗示。影片中的明里妈妈是个温柔、贤淑的传统日本女性，但她同样坚毅、懂得维护儿女。当爸爸一再刺伤沙耶加的自尊心，一再奚落她时，一向温和的明里妈妈严肃而生气地教训爸爸："不要自己随便就断定了这一切，做父母的就该相信子女！"正如明里妈妈所言，面对女儿沙耶加，她始终展现积极乐观的态度、全心全意相信女儿，在女儿需要时提供帮助并一再告诉她"做让自己开心的事就好"，也因着明里妈妈善良但又坚强的性格的影响，沙耶加在成长的过程中愈加明显地展现出与妈妈相同的性格特征。明里妈妈对女儿发自内心的关心与爱护也使得沙耶加在父爱相对缺失的环境下仍能形成单纯、快乐的性格。正因如此，沙耶加虽然外表"不良"但在见到坪田老师时仍能主动鞠躬

---

① 钟芸：《自我教育的概念及与教育的关系》，《教育评论》，2011 年第 6 期，第 76 页。
② 转引自邓佐君：《家庭教育学》，福建教育出版社，2013 年，第 23 页。

行礼，虽然"固执木讷"却拥有着虽不完整但正确的行为习惯和合理的价值观念。

教育是塑造人的根本，家庭教育更为其中源流，优秀受教育者的培养自始于此。"一个人的思想的发展，知识的丰富，品德及良好习惯的养成，家庭教育实应负完全的责任。"[①]

三、学校教育是个体成长的养分

影片中故事发展的重要场所之一即"青峰塾"。"塾"——日本一般称其为"私塾"，是一种类似于"补习班"的与官方教育机构平行且互为补充的教学机构。"私塾"就其办学宗旨和主要的社会效果而言，大致可分为升学塾、补习私塾、综合私塾和援助私塾这几种类型。升学塾的办学宗旨和宣传口号主要是围绕"升学"展开的，即通过学习，帮助学生考入一流的学校。补习私塾主要是辅导一些学习成绩不好或不擅长自学的中小学生。综合私塾兼具以上两种私塾的功能。援助私塾主要是配合学校教育展开的辅助教育机构。[②]影片中坪田老师任职、沙耶加参加的补习班即升学塾。

日本的高考教育在选拔制度上与我国的高等教育考试选拔存在某些相似之处。大学的招生时间不尽相同，考试方式主要分为中心考试（国家统一考试）和各大学的个别考试两种，考生可根据报考大学和专业的不同选择各自参加的中心考试的科目。大学亦会根据教育的不同指向组织个别考试且一般情况下个别考试成绩在选拔中所占比重要高于中心考试成绩比重。同样以统一考试的方式选拔学生，因此日本的高考与中国教育亦有着相似的弊端。

学校是学习能力还有性格完全不同的学生们聚集在一起接受教育的地方，以统一的教学方式面对整个学生群体、用量化的考试的方式来检测学生水平，这在一定程度上不可避免地忽视了学生个体的差异性和特殊性。由于多方条件的局限，跟不上课程的学生其实有很多。教师需要面向学生答疑解惑，然而，部分学生个体存在的长期的知识空白因未能及时填补而造成的缺失状态必然使得教师这一职责在某种程度上打折扣。

我国《义务教育法》的推行使得教育的对象扩大至所有适龄的未成年

---

① 蔡元培：《蔡元培全集》（第二卷），中华书局，1984年，第200页。
② 燕青：《浅谈〈垫底辣妹〉中的高考》，《学园》，2016年第10期，第81页。

人，生源日益庞大、教师资源短缺、教工人员职业道德和专业素养水平参差不齐成为学校不得不直面的挑战。学生在教育环节中的地位应该被重视，而怎样面对各不相同的学生，改变教学方法使之能够相对轻松地在同等条件下完成相应的学习任务；怎样发挥并善于利用学生的兴趣点，使之成为促进学生学习的正向条件；怎样有效教学，挖掘学生潜能；怎样在基础的通识教育与尊重学生个性培养的兴趣教育、精英教育之间寻求平衡；怎样达到教学方式和教学目的的协调，促进教学方式的升级及与教育对象的配合……凡此种种，均是学校必然需要跨越的障碍。

或许是源自"塾"这一非官方教育机构的特殊定位，影片中的坪田老师才得以以其独特的方式展现某种理想状态下的教育理念和教育活动，而这一理想状态是官方教育努力追寻却难得其道亦推行艰难的。坪田老师注重寻找学生的兴趣点并努力迎合以激发学生的学习热情，知识不再是复杂枯燥的纯理论的传递，而是凭借漫画教学等方式有了更为丰富的形式；当学生陷入困境时也能以恰当的方式触动学生内心而非程式化的励志教育……遇到喜欢玩游戏的学生，坪田老师便在言谈之间将课本内容构造成虚拟游戏场景，攻克难题也成为有趣的"打怪、升级"，明星电玩、体育绘画无所不知，纵使面对如沙耶加一般毫无人生目标、没有憧憬的学生，也能以"学习增加嫁入豪门机率"这般不甚为人所接受的鼓励激发其学习的动力。面对学习，每个个体都有迥异的理由，个体接受教育的目的又何必一味高尚？与其耗费时间纠正其观念，反倒不如在教育过程中使得个体逐渐修正自己，如此而言，教育的结果或许反会呈现更加完整的状态。

在教学传授的方式上，坪田老师与电影《死亡诗社》中的基廷老师有着些许相似之处。面对坚持"传统、荣誉、纪律、卓越"四大信条的威尔顿贵族学校，基廷老师不遗余力地打破循规蹈矩的教学常态，他坚持让学生解放思想、独立思考，不再以规训教化学生为目的，亦不将学生的"顺从"视作教师的荣耀。"坚强、勇敢、向上、自由、快乐、怀揣梦想、不怕失败"或许就是坪田老师及基廷老师希望学生坚守的信条，只要选择了对的方向，即使被轻视也不放弃任何可能，而在某种程度上说，教育本就是一项偏执的事业。

学校教育千百年来维护着教育系统稳健运行的状态，然而它所背负的责任也不可避免地使得其故步自封，变成"保守、固化、无条件服从"的代名词。传统评价体制下的学校教育是否无懈可击，学生在学校教育中应被放置于何种地位，或许是《垫底辣妹》言而未尽的更深的思想内涵。

四、自我教育、家庭教育与学校教育的关系

自我教育、家庭教育、学校教育是施事方与受事方不同，且作用于教育过程的不同方面的三种教育形态。然而，三种形态中的固有角色都是学生个体，生命个体在教育过程中所扮演的角色也由此可见一斑。

其中的自我教育，在此主要指自我激励，在个体教育过程中具有强大的推动力，显著促成家庭教育及学校教育的发展及完成，同时自我激励也能使教育取得意想不到的成果；家庭教育作为教育过程的中间环节既是联结亦是纽带，家庭教育的主要目的不在于知识的传授，而在于对个体思想价值观念的塑造和行为习惯的培养及在此过程中对个体生命的良性塑造；学校教育作为教育过程的主要环节主要作用于个体，其职能亦在于为自我教育提供更为准确和完备的理论指导，使个体的生命具有更多外延的可塑性。教育的目的不应仅仅为知识的传授，更应在这个过程中提出对学生生命更多可能性的探索：教育应该是对可能性的不断挑战。

教育活动关注的是，人的潜力如何最大限度地调动起来并加以实现，以及人的内部灵性与可能性如何充分生成，换言之，教育是人的灵魂的教育，而非理智知识和认识的堆集。通过教育，具有天资的人可以自己选择成为什么样的人以及自己把握安身立命之根。[①]

五、结语

市场经济的走俏不可避免地对经济体制内的人产生思想和观念的冲击与影响，与之相协调的是日益高涨的金钱本位及权利本位观念。人作为社会运行体制的一部分同样潜移默化地主动或被动地接受其所带来的影响。渴望成功、对爱与被爱的需要、被认可的需求……这些人类的初始欲望亦在当今社会环境下被暴露得更加明显。而市场的浮躁、价值观念的不健全、种类繁多的成功学的引导却常使人陷入某种焦灼的状态中，因而，当通往成功的道路遇到不可预期的障碍对个体进行强烈打压时，青春励志片的出现成为一种必然也就不足为奇了。而《垫底辣妹》作为其中的一个成功范例，不仅得益于其所具有的多样化视角，也在于其对人性的深刻把握，亦在于其所蕴含并不

---

① 〔德〕雅斯贝尔斯：《什么是教育》，邹进译，生活·读书·新知三联书店，1991年，第4页。

自觉流露出的丰富且值得思索的教育观。

第五节 爱与梦想的传递①
——电影《摔跤吧! 爸爸》中的教育观

影片《摔跤吧! 爸爸》于 2016 年 12 月在印度上映，随即在印度国内掀起热潮，放映时影院常常欢呼不断，掌声经久不息。2017 年 5 月该片登陆中国大陆，打败了同期上映的好莱坞电影，并斩获 8 亿元票房。演员阿米尔·汗饰演电影的主角——父亲马哈维亚·辛格，是一个拥有精湛摔跤技术的全国冠军，梦想着代表印度在国际大赛上赢得金牌，但因事业得不到国家的重视迫于生计而搁置了梦想，他藏起了自己的摔跤技术与炙热渴望，成为一个成天伏案工作的上班族。但梦想却从未离开过他，他发现了女儿身上的摔跤天赋，于是花了十年的时间将两个女儿培养成国际摔跤手。正是他的梦想让女儿拥有了不一样的人生，同时他又以父亲和摔跤教练两个身份诠释了梦想的力量和严父式教育下的深沉之爱。

父亲马哈维亚·辛格原本是希望能有一个男孩去实现自己的梦想，但在一次因口角引发的打架事件中，他的两个女儿——吉塔与芭比塔展露出了摔跤的天赋。马哈维亚幡然醒悟，意识到不论是男孩还是女孩，只要有摔跤的才能，都可以成为摔跤手获得金牌，于是影片便出现了令观众印象深刻且充满欢笑的一幕：两个女孩在天还未亮的清晨便被父亲叫醒，她们跑步的身影穿过青泥石瓦筑成的窄巷，路过一望无垠的金黄麦田和日出映照着河边的桥上，在悠长的田埂上不停跳跃，愁眉苦脸地完成一个又一个繁重的训练……马哈维亚尽到了一个教练的责任，监督女儿们完成了必要的训练，即便生活拮据仍想办法为女儿提供鸡肉补充能量，找不到训练场地便自己动手搭建。在这一段情节中，影片辅以欢快的背景音乐，虽然歌词是对"恶魔父亲"的"控诉"，氛围却是轻松愉悦的，这种嬉笑式的叙述淡化了真实的苦累。孩子们的委屈、泪水与反抗能轻易地引起观众的共鸣，电影里父亲的呵斥与鼓舞、严厉的神情也能唤起一种熟悉感——这仿佛就是我们都经历过的岁月，一路泪水一路歌声的岁月。

① 本节初稿撰写人胡杨，原载于《读写月报》（语文教育版）2017 年第 8 期。

一、尊重孩子天赋基础上的引导

《摔跤吧！爸爸》中两个女孩的摔跤训练是在父亲的独裁下开始的，起初她们不明白父亲的用意，以为是对自己打了男孩的惩罚，而后随着训练愈加艰苦，她们对父亲的不满情绪也达到了顶峰。摔跤不是她们自己的选择，是她们的父亲马哈维亚的梦想。父辈将自己的梦想寄托在孩子身上，希望孩子代替自己来达成未能完成的心愿，这所谓的"子承父业"对于我们并不是一个陌生的概念。应该说，家庭教育是学校教育与社会教育的基础，甚而就是孩子接受教育的起点，影响非常深远，也具有十分强烈的主观性，父母的价值观念直接影响到孩子的价值判断，孩子还未出生便已被父母设定好人生蓝图，在父母的理想与教育理念中一步步被培养"成人"。

马哈维亚为了将女儿培养成摔跤手，从一个普通父亲摇身一变，成为一个"铁面教练"，对女儿的哀求充耳不闻，训练期间一直监督她们不允许有半点松懈，即使因为体力不支也必须完成他规定的训练。此时电影中画外音响起："爸爸啊，请别这么狠心，宽以待人，苛对孩子……可怜可怜我们吧，我们还是小孩子……这是折磨，这是煎熬……"表达出了孩子对父亲残酷训练的控诉。两个女儿不愿默默忍受着这种"压迫"，她们以各种理由想要逃离"苦海"，终于严父狠心剪掉了她们的头发——她们才不敢再找理由逃避训练了。这样的手段让两姐妹承受了更多的压力，在一个闭塞的农村，女孩子穿上短袖短裤和男孩一起训练摔跤，本就让马哈维亚一家人成为全村议论的话题，当两个心智未成熟的女孩面对同学的嘲笑时，她们失去了这个年龄段孩子应有的活泼与笑容。

这样的成长经历不禁唤起我们的共鸣，每个孩子在成长过程中都会或多或少地受到来自父母老师的"逼迫"，而这种"逼迫"，又总是打着"美好未来"的旗号。也许孩子们的童年时光就是这样被肆意侵占的，影片中母亲就曾对丈夫的举动表达出了忧虑："不能因为你的愿望而毁掉她们的生活。"的确，成长期的孩子不会对自己的未来和人生做出准确的规划，他们还处在享受玩乐的年龄阶段，未来更多的是以有无数种可能性的方式呈现。不论是出于什么目的，来自父母长辈的指引必然会对孩子的成长产生影响，父母为了孩子能过上自己理想中的生活，忽视了孩子作为主体的自身想法，在这个过程中也可能同时抹杀掉孩子的天赋，或者是被大人们以功利性目的为中心的标准给轻易否定了。面对妻子的劝解，马哈维亚给出的解释是：

"让我尝试一年，如果证明我错了，我将永远埋掉自己的梦想。"这位父亲举止的出发点是孩子的天赋，其中也承载着自己的梦想。两个女孩也是在被迫接受训练后，逐渐找到了生活的方向，或者可以说，如果不是父亲的培养，她们有可能带着这份天赋走向平庸。

另外，当大女儿吉塔离开家，进入国家体育学院接受教练的集体训练后，训练强度降低，逐渐放松自己，体会自由的同时也意味着时间和精力被分散。不负责的教练忽视每个运动员的个性与优势，进行无区别的统一训练并将摔跤运动简化为单纯的技术比拼，影响运动员水平的发挥。这种教育模式暴露出了集体化教育的缺陷。在这种学校教育中，教师往往无法顾及每个学生的个性化发展要求，在应试目的下，天赋必然受到不同程度的扼制。影片虽夸张了国家教练的无能与不作为，却也是部分教育者的缩影：忽视个性发挥，对学生妄下评判。吉塔在国际比赛上连连失利，教练以"多数人是得不到冠军"将吉塔划为了注定与奖牌无缘的一类人，而她的父亲却从来不相信注定失败的比赛，"你输掉的本是你该赢的比赛"，这句话表达了对女儿的信任，他承认女儿的天赋并给予她绝对的肯定，这种绝对肯定的力量幻化成为勇气、坚韧、不服输等积极的能量，形成强大心理暗示的同时也有助于天赋与潜能的发挥。

对孩子天赋的发掘在教育中显得尤为重要，父母心中家庭梦想传承的压力凸显了家庭教育的缺陷，而学校大环境管理的缺失以及应试教育的枷锁，让孩子成长过程中创造性与主动性的发展走入囹圄。教育者不能让孩子无意识地野蛮生长，如果不是马哈维亚的发现与引导，两个女儿的才能就会被埋葬在家务中，同样，父母与教师在育人中除了培养基本的知识技能，还要摆脱既定的程式与蓝图，将孩子作为一个独立的个体，尊重并善待每一份天赋。

二、无差别对待的育人理念

《摔跤吧！爸爸》是一部成功的摔跤题材励志电影，它让观影者体会到了主演阿米尔·汗试图用电影的力量改变印度社会的决心。印度有着上千年的历史，是一个宗教国家，在印度教、伊斯兰教等多种宗教的影响下，印度成为一个典型的男权社会，女性社会地位低下，即便经历了殖民与改革等历史的洗礼，但宗教的强大力量与流传下来的封建传统，一朝一夕难以撼动。

印度北部的宗教影响力度甚于南部，而影片中故事正是发生在 20 多年前印度北部的农村，可以窥见在极其落后与贫穷的地方，女孩的命运理所应当地就是在十四岁时嫁给一个陌生的男人，然后淹没在繁衍后代与无尽的家务劳动中。影片中的许多场景也体现出这样的社会现实：为了方便训练，马哈维亚让两个女儿穿上了短裤，但宗教要求女性穿着长裙，所以女儿们初次穿短裤时想要拉下衣服遮住腿，因为这样的穿着是教义里不允许的；马哈维亚想要为女儿寻得练习摔跤的场地，经营者觉得让女孩进入摔跤场和男孩一起练习是对他的侮辱；全村人都热衷于议论马哈维亚一家的行为，他们觉得"女孩就适合待在厨房里；马哈维亚让女孩穿上短裤和男孩摔跤，不但疯了，还不知羞耻了；如果他的老婆生的是男孩也不会受到谴责"；吉塔第一次去参加摔跤比赛时，男性观众对吉塔表现的不是担忧，而是用一种猥琐的眼光打量她，对女性毫不尊重；马哈维亚的妻子也报以忧虑，她问马哈维亚，"谁还会娶我们的女儿"，马哈维亚却说，"我要让我们的女儿变得非常优秀，男孩没资格去挑选她们，她们以后能自己去挑选"。这无疑是对宗教和传统的挑战，马哈维亚没有女孩注定成为男人的附属品这样的观念，也从不看轻他的女儿，他认为只要能拿到金牌，男孩或是女孩都是一样的。在印度闭塞农村的大环境下，这样的"同等观念"显得尤为可贵。

就像我们还是孩童的时候安心玩乐，不懂父母种种约束与管教的良苦用心一样，影片中两个女孩也对父亲的"魔鬼训练"十分不解，并想方设法摆脱，而这种想法止于她们参加同学的婚礼之后。当所有人载歌载舞庆祝婚礼时，马哈维亚生气地冲进婚宴现场，打了和女儿一起玩乐的侄子，凶狠地瞪了女儿一眼便离开了。后来女儿向结婚的同学抱怨父亲的残酷训练和不近人情，而同学却羡慕她有这样的父亲，对吉塔与芭比塔能够得到父亲重视从而有权力选择自己的命运十分羡慕，两个女孩这才明白了父亲对她们的用心与摔跤对于她们的意义，她们正在以继承父亲梦想的方式打破束缚在女性身上的枷锁，正是父亲的严厉训练将她们从家务劳动中解放出来，并给予她们走出落后农村、追求属于自己人生的力量，至此女儿终于与父亲站在了统一战线上，正式开始了她们的摔跤生涯。

影片塑造的马哈维亚这个父亲的形象可以说是顽固的，他坚持自己的摔跤梦想经年不变，即便多年身处生活的重压之下，其梦想火苗一直没有熄灭。女儿身上的天赋犹如救命稻草，让这份梦想重新看到希望。他对梦想的执念突破了传统的宗教观念，即使女儿的训练没有得到任何人的支持，甚至引来了全村的嘲讽，但执着于梦想的马哈维亚，早已抛弃了落后乡村的精神枷锁，成为女性意识觉醒的助推者。在影片中，吉塔决赛前问父亲最后一场比赛的策略，马哈维亚说了这样一段话："如果你明天获胜，不是你一个人的胜利，是成千上万的女孩赢得的胜利，那些认为女孩不如男孩的人就会闭嘴，她们被迫禁锢在家务中，一生的价值只是结婚生子……明天你将对阵的不只是澳大利亚选手，还有所有轻视女人的人。"这段对话可以说是整部电影的精神所在，吉塔的成功让被禁锢的女性看到希望，马哈维亚因为这段话从一个小家庭的父亲形象升华成为榜样式的精神存在，他通过对女儿多年的培养，让女儿拥有自由人生的同时，也让成千上万的印度女孩拥有选择的机会，突破宗教与传统观念的束缚，去获得社会地位与自由。

中国同印度一样，拥有几千年的文明，经历了漫长的封建统治也历经外来侵略与战争的洗礼，一些落后的传统观念仍然存在，部分落后地区女性依旧得不到应有的社会与家庭地位。自封建社会，男尊女卑的观念贯彻始终，直至当今社会仍有重男轻女的思想。女性的教育问题、人身安全问题与就业问题也难以得到更为有效的解决。因此，家庭乃至社会都需要榜样的力量，例如，家庭教育中的男女平等、女孩独立人格的培养，进一步说，学校中的教育工作者不分成绩优劣而对学生一视同仁，尊重且善待学生，让这种教育理念通过传承的方式达到燎原之势。

三、"严父式教育"之思

依靠马哈维亚一个人来改变印度社会是困难的，但他的教育理念却可以以家庭为单位影响无数父母和他们对孩子的教育，尽管这需要漫长的时间，但只要有改变，不论早晚皆是可贵的。这部电影取材自真实的事件，父亲形象的塑造也最大程度上还原了"马哈维亚"这个真实的父亲形象。训练女儿时他是"魔鬼教练"，日常生活中他也通常是一副严肃认真的神情，可以说，马哈维亚是我们认知中的"严父"形象的再现。

"严父"这个概念从古流传至今，古有"棍棒底下出孝子""严父出孝子，慈母多败儿"的民间谚语，"孝"是判断人德行的根本依据。《孝经·圣治章》中的"孝莫大于严父，严父莫大于配天……圣人因严以教敬，因亲以教爱"便树立了家庭教育中的"严父"形象。①强调父亲在家庭教育中应扮演严厉角色的观念不是中国独有的，在西方也有句谚语"Spare the rod, spoil the child"，亦是讲孩子不打不成器。"棍棒"泛指一切教育中带有惩罚甚至体罚的措施，父亲依靠着暴力，疏离了与子女间的亲密关系，子女对父亲的情感由"惧"到"敬"再到"孝"。曾经引起教育界大讨论的"狼爸"萧百佑，用"打"的方式将四个孩子送进北大，他坚信在中国就要用中国传统的教育理念才能管教好孩子，家中常备藤条与鸡毛掸子，将子女的过失与错误一概采取暴力的方式解决。家庭中萧百佑是皇帝一般的存在，无时无刻不在监视孩子的一举一动，并对孩子的一切活动进行严格管制，他认为孩子虽然失去了自由，但有了丰富的学识。他依照自己曾亲身经历的方式培养出了成绩优异、听话、孝顺的孩子。多年过去，"狼爸"萧百佑教育理念争论的热潮逐渐散去，但以"狼爸"为标签的家庭暴力事件却扩散开来。

2014 年乐清"狼爸"体罚 6 岁女儿 6 小时致死一案成为"狼爸"教育模式的反面典型，案件引起了大众对"棍棒教育"理念的反思：对孩子严格要求固然是好，但严厉的标准在哪里？用成绩好坏这种功利性标准来评价孩子的确过于片面，家庭是人出生后接受教育的第一个场所，从儿童时期的身心发育起步到孩子长大迈入社会，独立人格不断完善健全，"狼爸"这种过于暴力的模式可能会助长孩子潜在的暴力心理，孩子潜移默化地成为下一任"暴君"，或是屈服于暴力变得唯唯诺诺，这种压力的长期积压还会造成不同程度的心理疾病。另外，长期限制孩子自由和对孩子思想的严格管制，让孩子过度依赖父母，那么，孩子究竟是一个独立的个体还是集权家庭中的"臣民"？

《摔跤吧！爸爸》中父亲教育女儿摔跤，起步阶段明显带着强迫的意味。马哈维亚时常手持藤条监督女儿训练，对女儿的哀求报之以疾言厉色。这样的压迫固然会造成反叛心理，两个女孩用她们的各种小聪明逃避训练，"把她们像奴隶一样对待"则是女儿对这种教育模式的看法。大女儿吉塔在父亲的教育方式下成长着，进入国家体育学院后初次体验到了身心自由的感觉，在外界新事物与新思想的冲击下，吉塔潜藏的独立人格迅速成长，并与父亲的思想逐渐产生分歧。体验到自由喜悦的吉塔回家后，面对父亲的严厉与训斥，其在"严父"教育下多年的压抑终于爆发，影片以一次父与女正式

---

① 汪文学：《"孝莫大于严父"解》，《寻根》，2012 年第 4 期，第 24-27 页。

的摔跤对抗来表现"女权"的崛起，此时的吉塔不仅是女儿，更是一位独立的女性。而父女对抗时，镜头中的女儿如同一只发怒的狮子，父亲则体态臃肿行动迟缓，同时父亲的几处慢镜头也体现出了他的弱势——这不是一场公平的较量。女儿此时抛开了对父亲的"敬"，急于打败父亲，就像平民渴望推翻暴君统治，这粒反叛的种子经过多年压抑终于生长了出来。短暂的较量以女儿的胜利告终，她的固执如同年轻时的父亲，父亲捍卫了"女权"，而女儿动摇了"父权"。

吉塔心理上其实明白父亲严厉教育的用心，影片后来，吉塔多次在国际摔跤比赛中首轮出局以及教练的消极指导令她的骄傲与固执彻底瓦解，她对妹妹说："我无颜面对爸爸"，这句话实际上已经达成了父女之间的和解，观影者这时才能体会到，马哈维亚的"严父"教育本意没有错，但囿于思想观念的落后，过于直接地为了达成目的，忽视孩子心理问题以及父女之间缺乏沟通，才使多年的心理压抑没有得到合适的途径宣泄，在不同环境的刺激下才引发了女儿短暂的对父亲的"仇视"，而"打败"父亲后，压抑得到释放，这才促成女儿对自身行为及父亲教育的反思。从影片马哈维亚的教育方式中可以看出"严父"教育的弊端，但同时也能引起我们的思考：如何在"严父"模式下摆脱由"惧"到"敬"的程式呢？而这个问题的答案也潜藏在影片中：一是父亲与子女平等地沟通，二是"严父"教育应以"爱"为出发点，而不是打着"为你好"的名义为了"管教"而管教。

影片塑造的马哈维亚这个"严父"形象赢得观影者喜爱和尊敬，其一便是他的"慈爱"。"慈爱"一词与"严父"似乎是对立的，但其实不然，这正是因为马哈维亚"父亲"与"教练"的双重身份，才能使这两个看似对立的词在他的身上得到统一。"我要么做父亲，要么做教练，但当我作为教练时，父亲的身份就得忘记"，作为父亲的马哈维亚却是十分维护女儿的，他心疼女儿训练的苦累便偷偷帮她们按摩；为了更好地照顾参加比赛的女儿，他毅然辞去了工作；被女儿战败顿感挫败，却在接到女儿哭泣的电话后瞬时湿了眼眶，即刻前去学校为女儿解决难题……马哈维亚无疑是一个尽职尽责的父亲，而在女儿的视角下，"父亲"这个身份是模糊的，"爱"被"严厉"埋没了。

四、结语

从影片《摔跤吧！爸爸》中我们可以看到很多事件和人物的缩影：父母的约束与管教、被课外学习占用的童年时光、成长环境的变化、不公平的遭遇、努力时遭受的嘲讽……每个人的成长过程都注定艰辛，这一路有家庭的支撑则无疑是幸运的。影片向观影者展现了马哈维亚这样一个成为榜样的父亲形象，他纵然有许多的不完美，但在特殊的时代背景下，他尊重天赋、注重男女平等、实行"严父"模式下爱的教育，这些足以让人们有所思有所为。

第三章 生命书写与教育的灵魂塑造

　　文学是人学，是一种生命评价的形式。教育文学文本因其题材旨趣和价值取向，更能触及人的生命及其灵魂深处。换言之，在教育文学作品中，书写生命、温暖生命、评价生命、探求德性、塑造灵魂是一种常态性存在。也正是因为教育文本具有这一鲜明的精神内质，才更为突显其文学品性的韵致和厚重感。通过作品，我们既可以了解和把握他人的生命形态，又可以由彼及己，追求生命的新的发展和超越。

第一节 "伤痕教育"境遇下学生个体生命成长的探索[①]
——从孙敏瑛的中篇小说《暗伤》说开去

　　受现代化教育思潮的影响，当下教育的面貌焕然一新。许多学者都倡导"以人为本"的教育理念，对学生的要求逐渐向自由、全面的方向发展，并在此领域展开了较为深入的理论研究。然而，在社会功利化的背景下，少有人关注到许多教师和父母都已经沦为了应试教育的附庸品，他们更注重的是传授知识和技能，而忽略了对孩子生命本真的教育，"人"的生命意识显然被淡化了。

　　孙敏瑛的中篇小说《暗伤》是一部直面当下教育弊病的反思性小说，主人公方晓容（小容）在学校受到老师和同学的侮辱与嘲笑，在家里也很少得到父母的关心和呵护。实际上，这正是从孩子的世界出发去叩问当下教育之痛的一种做法，进而也引导着我们去关注当下弱势群体中孩子的生存、生长

---

　　① 本节初稿撰写人邬艳君，原载于《读写月报》（语文教育版）2016 年第 9 期。

乃至生命困境。本节试对《暗伤》中的困境少年——小容的生活状况和教育需求做出相关的描述和分析，并希望以此能更清晰地展现在此般境遇中的底层少年的实际生活状况以及他们尚未得到基本教育需求等现实问题，并尝试着在此基础上探索孩子个体生命成长的可能。

一、教育藩篱之网——"伤痕教育"

尊重和关爱学生本是教育领域应关注的中心问题，然而近年来，"以分数论英雄，把升学率和成绩作为教书育人的唯一指标"的这样一种应试教育理念却成为一种普遍性的存在。学校本是一个充盈着欢声笑语的地方，是孩子们获得自由发展、培养其健康人格的理想场所，如今，学校却在一定程度上沦为了应试教育的附庸品。而在这之中的教师亦是如此，他们呈现了庸碌化的面貌，忽视了学生个体心理的健康成长。部分教师依凭着自己的权威轻易凌驾于处于弱势方的学生之上，对学生动不动就无端地斥责、谩骂、冷嘲热讽、横眉怒对甚至冷眼相加，根本无心于尊重和关爱学生，毫无民主、平等可言。小说《暗伤》的主人公方晓容是一名初中生，处在享受国家义务教育的阶段，可学校教育带给她的却是无尽的"暗伤"，无论是老师还是同学的讥笑、嘲讽，都给她幼小的心灵造成了不可磨灭的伤害。明庆华在《论教育中弱势子女受歧视问题》一文中谈到了现阶段学校教育中出现的歧视问题，即存在对弱势群体子女的自尊心和爱心进行毫无底线的践踏和不公平的待遇等现实状况。[①]杨美美作为一名语文老师，没有尽到教师应尽的责任和义务，"无端地斥责、谩骂、歧视学生"是她的惯常行为，她还动不动就让学生扫地、罚站等。特别是她按学生的成绩来排列三六九等，以捐钱的多少来衡量一个学生的爱心，及不换座位"拥护"成绩好的学生等做法，使很多学生的心理产生了不可磨灭的"暗伤"，进而也导致学生们唯分数、唯利、唯财是从，忽视了学生其他向度的发展。老师杨美美秉持"没有惩罚的教育是无力的教育"[②]这一教育理念，在学生小容看来，这其实是一种"破教育理念"，小容对老师虚伪而做作的造谣事件也十分不满。在一次语文课上，小容指出了老师的发音标准问题，老师就用手指戳小容的额头，训斥她、恐吓

[①] 明庆华：《论教育中弱势子女受歧视问题》，《中国教育学刊》，2003 年第 5 期，第 11 页。
[②] 孙敏瑛：《暗伤》，《清明》，2015 年第 1 期，第 43 页。该作品引文出处下文不再一一标示。

她，最后还让小容写检讨。最终，小容的检讨里写的虽然全是对老师杨美美的溢美之词，但她的内心却强烈否认，似乎感觉自己什么时候也变得如此虚伪讨厌。杨美美对小容的刻薄话语及老师间的相互逢迎、应和，导致其他同学也对小容产生了排斥和嘲讽心理，"她显得孤孤单单，她总是把头缩在她的红围巾里，像一只鸵鸟"。在这个无法相融的集体里，由于她的成绩差、家庭条件不好等因素，小容所做的一切似乎都是错的，她的命运里逐渐写满了"伤痕"二字。可以看到，在学校教育的困境中，"教师、同学和弱势孩子如何相融"可以说是一个亟待解决的问题。

我们知道，教育是家庭、学校、社会三者的有机统一，那么，岂能废弃家庭教育，让孩子失去这一可靠的教育资源？刘良华在其《父母对孩子的影响》一文中指出，首先，家庭的经济情况会影响孩子在学校的学业成绩，孩子需要最基本的文化资源；其次，父母不要因为教育孩子而完全失去了自己的休闲生活，为了孩子而忘记自己，这样破釜沉舟式的期望使孩子遭受沉重的压力，父母以爱孩子为借口，同时也以爱的名义破坏了孩子的成长。[①]小容的母亲素云是个在菜市场卖菜且没有多少话的人，后来还积劳成疾，父亲则是个蹬三轮且善良诚恳的人。他们整天都在为生活疲于奔命，和小容的沟通甚少。孩子内心的压抑太多，她没有可以倾诉的对象，渐渐在寻找寄托而又无望的过程中失去了年轻而宝贵的生命。家庭的经济条件是支撑整个家庭生存发展的重要支柱，父母为经济而奋斗是无可厚非的一件事，可是当这件事与孩子的培养相冲突时，取舍之间就是父母们面临的一项重要课题。肩扛着家庭未来的重担而外出务工的父母越来越多，孩子待在祖父祖母或外公外婆身边，逐渐沦为"留守儿童"。更值得一提的是，有些父母虽然切实地待在孩子身边，却形同空气，这样的行为会让孩子的内心越发渴望得到关爱，实际上，这种情况对孩子的伤害和影响是最大的。孩子是一颗萌动的种子，它需要阳光和净水，而不仅仅是时常的机器修剪和外在打理。种子也需要长出枝丫，汲取各种营养，自由茁壮地成长。有些父母不顾"种子"的内在渴望，一味地希望将孩子塑造至自己心中的完美形象，甚至将自己未完成的人生理想强附在孩子身上，然而，这也同时成为残害无辜生命的葬场。小容的父母不清楚其在学校的生活状况，总是一味地要求她好好读书、有一个好成绩，也总认为孩子所受的"教育"全在学校，从未和她有过心与心的交流。

---

① 刘良华：《父母对孩子的影响》，《中国德育》，2009 年第 3 期，第 47 页。

小容多次想和母亲倾诉自己的内心想法、理想职业以及在学校的委屈，可是因为母亲工作太累和没有时间而一一被忽视和略过了。虽然母亲每次挣的钱都要小容帮助整理，希望于眼见母亲的辛劳中给孩子以学习的动力，但是这也同时给一个尚未成年的、心思纤细而脆弱的孩子造成了极大的心理负担。当小容发现假钱，将自己枕头下的真钱给母亲、将假钱撕掉时，引来的却是母亲的一顿怒骂，小容心里很是委屈。而父亲则早已对小容的成绩失去了信心，每次看见女儿就心情不好，在背后唉声叹气，这给了孩子太多的负能量。小容曾想"如果能成绩优异，老师、同学，还有爸爸妈妈，至少能待我好点吧"。在家里清冷的氛围中，她无法感受到爱的温暖，甚至对自己的存在有些绝望。中篇小说《暗伤》确实折射出了当下家庭教育中的"藩篱"，呈现出的可谓是一种"伤痕教育"。如此，真正的关怀之意又何处可寻呢？

二、教育救赎之路——"以人为本"

在当前的教育视阈下，"以人为本"的教育理念有着如下意蕴："第一，尊重和关爱学生的生命本性是起点和奠基石；第二，培养学生丰富的社会属性和鲜活的个性是核心内涵；第三，观照学生的全面持续发展是终极目的。"[①]然而，在大工业化生产的背景下，这似乎是一纸空文。因为，此一背景下强调的是培养适应社会发展需要的人。具体而言，人们为了追求效率，舍本逐末，过分注重对孩子进行知识和技能的训练，而忽视了对学生生命情性的培养。

笔者认为，在学校教育方面，师德建设的灵魂主要是关爱学生，其中，教师的行为举止对学生健康成长的影响尤为关键；在家庭教育方面，对于孩子来说，家庭是一个温暖的港湾，父母的关怀与呵护无论在何时，都是孩子成长道路上坚定的陪伴。

教师是人类灵魂的工程师，著名的教育家陶行知曾说："学高为师，身正为范。"学者谢禾华、袁海林也谈道：第一，为人师表、以身作则是师德建设的基础；第二，热爱教学、关爱学生是师德建设的核心。[②]首先，教师应

---

① 姚姿如、杨兆山：《"以人为本"的教育理念意蕴》，《教育研究》，2011年第3期，第17页。

② 谢禾华、袁海林：《关爱学生铸造师魂——由近日二则案例谈新时期下的师德建设》，《湖北经济学院学报》（人文社会科学版），2010年第7期，第158页。

为学生树立榜样，用高标准要求自己，树立正确的育人观。教师的行为举止有正负两个方面的影响。其次，孩子由于尚未成年，自主辨识能力较低，教师的负面行为更容易成为孩子学习的参照。我们需要铭记的是："生命是教育的起点，也是教育的归宿，关怀是教育的责任，也是教育的态度。"①再次，教师要经常与学生和家长进行对话交流，以便建立一种彼此间的相互信赖。对话交流是教师与家长共同培养孩子的基础，是孩子健康成长的必要保证。小说中的老师杨美美就明显地缺乏与学生及其家长的互动交流，从而轻易地对学生产生了偏见的情绪，而忽视了对学生的内在心理需求和学生情感价值观等方面的培养。最后，教师应对学生所做的符合正确价值观的事情给予认可和鼓励。对学生的最大尊重，莫过于认可和信任，这是建立"关怀教育"这一师生关系的奠基石。我们可以猜想，如果老师能对小容将亲手折的千纸鹤送给同学这一行为予以赞扬而非批评，小容的内心或许就能因此获得一些安慰吧。

"家庭"应该是"温暖"的一个代名词，对于孩子而言，他们需要的不仅仅是名义上的"家"，更是父母在实际行动上的呵护和关爱。而在"当下的家庭教育中，功利主义和工具主义取向较为突出，家长更多关心的是儿童对生存所需的知识和技能的掌握，而相对忽视儿童更为深层的精神生命成长的需要；更多地迎合学校教育，却相对忽视了家庭教育独特功能的发挥。"②首先，父母是守护孩子生命的天使，在相处的过程中，作为家庭教师的父母首先应以身作则，做到事必躬为，保持高尚的节操。这是教育孩子的有效方式之一，让孩子知其然、明其道，塑造起健康、完善的人格。"假钱"一事中，小容母亲的做法就可以说是一种错误的示范；其次，父亲和母亲之间要加强沟通，密切关注孩子的发展状况。父母间的微妙关系必然对孩子的成长产生重要影响，母爱和父爱的融合，是促进孩子完善人格的重要条件。为生活而疲于奔命是小容父母的真实写照，生活的艰辛压抑了这一家人，母亲每天在菜市场卖菜早出晚归，而父亲的工作是蹬三轮车，因此，两人每天回家后的言语交流少之又少。及至小说末尾，当父亲在听完小容的倾诉后，才感受到自己的女儿居然承受了那么多，他的内心感觉沉甸甸的，一种后悔、一种自责油然而生；再次，父母要学会放松自己，给自己一些自由活动空间，

①程瑞娟：《关怀教育理论视阈下学生个体生命的成长》，2009年河南大学硕士学位论文，第80页。
②李莹：《生命化家庭教育的理论和实践初探》，2013年陕西师范大学硕士学位论文，第3页。

让孩子感受到生活环境的自由与快乐。小说中有多处关于生命重要性的片段描写：小容母亲生病了，差一点就延误病情，得不到救治；一位年轻妈妈的孩子从六楼摔下不治而亡；一位年轻的单位领导人由于喝牡蛎粥不慎噎死了。生命的无常让父亲感受到"一家人平平安安就好。孩子能读好书自然最好……那干脆让她活得轻松快乐一点。没钱人有没钱人的苦，有钱人有有钱人的苦"。父母应从生活的桎梏中解放出来，及时反思、反省自己，充分理解孩子的感受，让生命教育成为一种可能，让孩子在自己的心灵花园中自由翱翔。

三、教育的力量——探索孩子个体生命成长的可能

"'天命之谓性'是《中庸》开篇提出的第一个基本命题，是对《中庸》中的生命思想的集中表达和总体概括，揭示了生命的本源性、普遍性、目的性。"[1]生命的成长本就是追求本性的一个过程。如是，以孩子的自然天性来培养他，何乐而不为呢？教育者和受教育者都是自然万物的一种化身，他们在教育领域作为不同的角色而分工合作，教育者起着主导作用，受教育者是学习活动的主要对象。可小说中所呈现的却是反其道而为之，杨美美机械地教育学生，并未真正尊重学生的生命，忽视了对学生生命情性的培养，只注重学生在应试成绩上的进步。父母对孩子也未能做到生命本真的教育，自己没有生命意识的存在，每天都在外在的物质世界疲于奔命，他们在忽略了自己精神世界发展的同时，甚至对孩子也实施了强迫性和阴霾性的教育，致使孩子陷入了孤单的境地，直至最后丧失了宝贵生命。我们不能确定谁是扼杀孩子的真正凶手，但是我们知道，良好的教育已成为一种共同的呼声，唯有这样，孩子个体生命的健康成长才有实现的可能。

这是一篇直面当下教育弊端的小说，值得我们大家共同反省：我们该如何尊重孩子个体生命的成长？作者孙敏瑛是一名矿工的女儿，在童年时代，她曾经历矿区生活的困苦和艰辛，明白如何直面生活："一个人，如果终日只为追求物质埋头努力，而不去理会精神的花园，那么这个人的内心将会杂草丛生，一片荒芜。"孙敏瑛曾写过一篇散文——《旧痕》，反映的是她少

---

① 李卯、张传燧：《"天命之谓性"：〈中庸〉的生命思想及其教育哲学意蕴》，《湖南师范大学教育科学学报》，2016年第1期，第24页。

女时代的一场红色梦魇：因家里穷，母亲只买了一匹红布，因而总给小敏瑛穿红布衫，为此她遭到班主任的歧视和忽略，这条旧痕至今纠结于心、无法释怀。因此她认为，小草一样的孩子，最幸运的莫过于能遇到一个温和亲切、灵魂洁净的好老师了。她用自己的生活经验书写小说，以孩童视角去观照当下社会的教育弊病，这是一名作家对底层弱势群体生存状态的同情和关怀，也是她自觉承担社会责任的一种体现。在《暗伤》这一小说创作中，孙敏瑛强调教师面貌和父母角色的重要性，表达了作者对孩子个体生命成长的关怀。学校教育和家庭教育二者相互联系、相互依存，在学校教育中，教师关爱学生是一种不可或缺的教育方式，这既是对学生生命的体察和关爱，又是对自身生命状况的反思和总结，家庭教育亦是如此。在强烈的生命关怀意识的推动下，孙敏瑛展现出对底层群体的同情、对当下教育的忧虑，以及对生命成长的批判，她试图通过孩童的教育困境，来调整学校教育和家庭教育之间的关系，表现出一种对生命成长、生命教育的盼望。

当然，孙敏瑛的教育小说所反映的问题只是教育领域的冰山一角，教育作品的创作要持续直面当下的问题，以敏锐的笔触痛寻问题深处的根源。作家在创作的过程中，在自我对文学价值认识的基础上，需要依据自己的生命活动形态，遵循人的主体意向，自由自觉地表现出对教育的看法和思考。并且，文学与时代又是相互联系的因子，好的作品能"反映出文学对人性，对时代精神的深刻精神的观照方式的深刻变化"[①]。当下，许多作家都表现出了良好的创作愿望，着力于反映当下教育问题，寄托自己的教育希冀。例如：程维佳《二〇〇九年的招生》反映的是在高考教育制度下，教师功利化的悲哀；季栋梁《教育诗》反映的是教育的歧视问题对学生造成致命的危害；俞莉《宝贝》反映的是家庭教育的失败等。在我们看到作家们对生命生存状态的书写、对生命个体的观照的同时，也要意识到作家们对教育理想的追求。这些创作，让我们能够从不同视角看待教育问题，对开展我国教育现状的思考和研究具有不可估量的借鉴甚至是指导性价值。

当前，加强社会对学生个体生命成长的关注是关乎教育命脉的一项基础性工程，无论是大刀阔斧的教育改革，还是微小的局部调整，对教育本真形态的回归是其题中的应有之义。不管怎么说，我们的教育要想从根源上摆脱困境，就必须要淡化教师的功利化观念；必须要加强学生的思想道德教育，

---

① 陈晓明：《文学与时代及其个人经验》，《文艺报》，2013年4月22日，第3版。

切实地把"以人为本"的教育理念落到实处，铸造民族精神。否则，中国的现代教育将无法从根本上摆脱教育质量普遍下降的趋势和困境，最终的后果就是侵蚀了中华民族伟大复兴的根基。教育的真正本愿应是以人为本，以爱为中心，从而使孩子的生命成长成为一种可能。

第二节　当前中国教育生态与生命痛感的书写[①]
—— 余一鸣中篇小说《种桃种李种春风》解读

当前的中国教育呈现出一种复态丛生的状态。在中国文坛，对当前中国教育问题进行思考的小说颇为常见。作家余一鸣凭借自己多年的执教经验，在教育小说《种桃种李种春风》中向读者展现了错综复杂的教育现状，并将人文思考诉诸笔端，给教育界甚至是整个社会都敲响了警钟。小说以择校为话题，衍生出一众为此"肝脑涂地"的百态人物，可谓说者泣之，闻者叹之！作者以此为基点，扩展至整个社会现实，通过一系列戏剧性的故事情节以及朴实又不乏戏谑的语言对当下教育以及当前社会所存在的问题一一予以剖析，如权钱权色交易、教师官商化等种种渗透在教育体制中的暗疮，这些犹如寄生虫般的恶行在腐蚀着教育，进而侵蚀着社会。作家逐个挑明，并将其搬上写作的舞台，以文学的形式公之于众。

一、当前的中国教育生态

小说通过以大凤为代表的家长、以梁老师为代表的青年教师、以周校长为代表的教育界领导等各色人物的言行举止，为我们呈现了当前教育所面临的窘境，向我们宣读了一份严峻的教育生态报告。

大凤从小深受爷爷徐秀才及其所信奉的"耕读传家躬行久，诗书继世雅韵长"的影响，认为教育能改变人生。所以，她对接受教育心存一份执念。当自己五考不第时，在已经言及尊严的时刻，大凤将爷爷以及自己的期许全盘压在了儿子清华身上，为了让儿子能接受更好的教育，缩短与高等学府的

[①] 本节初稿撰写人孙瑾，原载于《读写月报》（语文教育版）2017 年第 11 期。

距离，她无所不用其极：和丈夫贱卖房产、忍受着老陈书记的骚扰、为入"虎穴"与罗胖子进行身体交易等，这些近乎"求辱"的行为，让我们看到了畸形教育生态下的病态家长形象。当然这一切的根源还是得归咎于当前的教育制度，正如老陈书记所说，"如果大风有病，病不在大风"①。大风作为社会的底层人物，依然坚信着知识改变命运的常理，所以她和丈夫不顾一切只为挣脱阶层差距为他们套上的枷锁。大风虽坚信教育真理，但仍不免不甘。陈老书记偶尔的三言两句往往道破了本质，"高考不变，孩子身心受苦的处境就不变，从政治角度看，高考不会变，也不能变，只有高考制度下培养的接班人才能刻苦耐劳，循规蹈矩，保障社会稳定"。因为大环境无法改变，人们对于小环境所衍生的"黑幕"无法不"趋之若鹜"。最令人叹息的莫过于死于"文字游戏"的小梁老师，一个内心还留着一份公平正义、对教育心存善念的青年教师，却将自己送上了教育的坟冢。"评价一所小学办得好不好，那就看你的小学奥数赛有几人能在市里获一等奖，也就是说有几个毕业生能破格进入一初中。"可见，奥数是"升学"这一严肃问题之链条上的一环。作为奥数老师，小梁老师承受了巨大的压力，作为体制内的人员，他的命运是悲剧性的。在这个人眼中别无其他唯有奥数，谁能想到他会成为教育界政策游戏的牺牲品。如果说性格使然，那么这种性格中潜在的因素不乏畸形教育埋下的祸根。梁亚民之死，在某种程度上可以说是作家的一种有意设置，其中包含着他对当前教育生态的批判与反思。

对于这样的问题，必须放置于制度层面进行探讨。不得不承认的是，当前的社会制度是一个基于宏观视野下的规则世界，期望打破这些规则不亚于蜀道难登。在大制度革新一时无法取得实质性进展的情况下，与之相适应的小制度、小规则也就应运而生，而作为社会个体的人中的大多数正受制于这些制度与规则，难以获得发展的更多可能，如同小梁老师、家宝这些间接受害人，大风、三红、小陈书记这些身未死而心犹死的人，以及老陈书记这些游离于制度边缘的人。中国的教育制度，从人的降生开始，就在其身上打下无法磨灭的印记；在个体追求教育的路途上，总与制度存在着千丝万缕的联系，"中小学埋下的病毒将伴人一生"。在教育行业，常说桃李满天下，可真正说起来，种桃种李易，种春风着实不易。学校作为种桃种李的园地，在

---

① 余一鸣：《种桃种李种春风》，《人民文学》，2014年第1期，第147页。该作品引文具体出处以下行文不再一一标示。

现行教育制度的影响下，却成了竞技场，不缺桃李，独缺春风。

二、教育夜幕下的社会问题

与其说余一鸣将关注点集中于教育，不如说他将眼光投放在了社会这个大视野下。教育乃立国之本，强根之基。国家已全面普及义务教育，教育投资逐年增加，教育改革也在不断推进中，但教育确实也还存在不容忽视的诸多问题，如教育资源分配不够均衡、体制机制有待改进等。也正是因为这些问题的存在，一些社会现象也蔓延开来。

家长的不合理行径及其变异的价值观在某种程度上是时代性的教育体制机制的产物，但更为严重的是这种体制机制衍生出来了一种堪称"畸形"的教育市场。教育本无关乎利益，但在小说中，团购课程、倒卖县长批条、课外辅导班盛行等现象都将教育搬上了利益生产的链条。教育与金钱倒挂，在利益至上的教育场地还有何公平可言？正如文中那位倒卖县长批条的黄经理所言："上面下发的所谓的素质教育公告，其实不过是一纸空文，明白人都知道，换汤不换药。"这些我们可以称为"潜规则"的乱象为教育披上了一层灰色外衣，包裹着一些利欲熏心的人与事。这虽是艺术虚构，但也是有现实基础的。小说中老陈书记对教育产业化、扩招收费的现象进行了言辞激烈的批判。他作为一只脚在门外、另一只脚在门内的人，似乎总能适时地点清事物的本质，甚至可以说是直接明了，毫不掩饰对当下社会局部畸形现状的批评和对教育人苟且的憎恶。作者在创作谈中感叹：谁是择校热的受益者？恐怕不言而喻。那么谁是这样的制度下的受益人，也显而易见。

此外，小说由教育不公这个病原体衍生出一系列其他的社会问题。譬如，通过小梁老师的父亲梁老五牵扯出的乡村选举问题，由老陈书记牵扯出的贫富悬殊阶层差异问题，以及由大凤的丈夫家宝牵扯出的农民工生存境况问题。这些均与作者最为关心的核心问题——教育密切相关。教育并不是一个单向度的个体，而是与社会生态构成了一张交错复杂的关系网。在这个维度上，其实凡此种种都足以上升到道德判断的问题。具有神圣选举权的选民大凤、三红将这种权利当作为清华换取奥数班名额的一种交易，而受过高等教育的梁亚民本是心存歉意竟也欣然接受了这种交易。不得不说，这是对政治权利的一种亵渎，是一种民主的缺失，更是对教育的一种污染。还有公车私用、教师官商化（本该被称为"老师"却喜人称其为"老板"的周校长），以及被用钱来定义的奥数班和用金钱来估值的奥数老师的诸种现象。作家抛出来的问题不仅是其本人的一种忧虑，更是希望大众去反思去评判的一种现实。

由此，作家的立足点可见一斑。作为一名执教多年的老教师，对由教育衍生的种种问题有着发人深省的质问。到底是教育埋葬了人，还是社会荼毒了教育？在这个万物息息相关的社会中，如何才能使教育摆脱病态，不再跛足前行？小说中，作家无明显批判之言，却于字里行间透露出强烈的批判意识，这是弥足珍贵的，也引发读者对教育予以更多的思考与探索。

三、人性复归及作家的文学理想

如前所言，作家是冷静的，意在以客观的态度揭示当代教育的基本状况乃至其本质。当然，余一鸣也不全然是批判，还在小说结尾给人以春风拂面般的温暖。清华以实力考取了母亲费尽心机想让他上的一初中，尽管少不了制度游戏的"扶持"，但也旨在给大众一个温暖的希冀：小人物可以通过奋斗改变人生。在少数人掌握权力的社会，可能为普通人关上了一扇门，但是也还是存有仁慈为其留下一扇哪怕只有微光的窗。此外，如果说大凤对于老陈书记的"骚扰"的忍耐和同罗胖子的身体交易是为儿子的择校问题的话，那么关于跟吕一平的关系则保留了一点人情味在其中。吕一平在无法帮助她拿到指标的情况下，将稿费作为补偿，尽管不能否认这之间掺杂的利益成分，但相对于目标性更强的前两者而言，他们的关系似乎稍微被感情净化了一些。同样，前文中塑造的让人以为是"老色鬼"的老陈书记在小说最后竟也以全然不同的姿态站立在读者面前。当初万般拒绝为外孙择校讨人情的他竟然觍着脸为大凤求得一张批条，且不为所图。作为一个"空巢"老人，在家人被圈进教育围场的情况下，这个孤独的老人终究也是为了寻找亲情的慰藉："老爷子帮她拉上拉链，说，大凤，不是这样，我很多时候想拉着你的手，想抱一抱你，其实是想抓住点什么，抱住点什么。一个孤老头，女儿被官场劫了，孙子被读书占了分分秒秒，没人靠近我，没有天伦之乐，空得慌。"余一鸣关于这个人物的转笔，在一定程度上给小说增添了一点人性色彩，也表达了其对于人性复归的希望。所以，老陈书记说："现在任它们嚣张，季节一过，我一把火烧了做肥料，不种菜，种桃种李，哪怕我看不到那些果子，海波清华他们总能看到，也就没有对不起这春风暖阳。"作家借老陈书记之口，委婉地表达了桃李失春风的遗憾，但同时，也不忘展露其对于桃李唤春风的希冀。

人性的救赎是作家在被这种环境包围的情况下，依然在如雾霾般的重压下看到缝隙中透出来的一丝光线。余一鸣紧紧抓住了这道光，以期这道光可以撕开重重阴霾，进而守得云开见月明。黑暗固然存在，但是不能放弃打破黑暗的希冀。作家以一种迂回的方式让大众对当前的教育仍存信心，清华以成绩证明了自己，在一定程度上也说明教育对于小人物来说仍是公平的，抑或说大制度的方向依然是值得肯定的。作家只是想借此抨击小环境的"蝇营狗苟"，除却这些纷繁复杂的教育交易关系，作家最后还是保留了教育的一方净土。正如标题"种桃种李种春风"所言，其实作者对教育还是有一种难以割舍的情感，同时也是对教育的别样讴歌。因此，可以说作家在一定程度上站在人性的立场上关注现实、关注社会，从而构造了一个独立而丰盈的文学世界。或者说，任何一个作家都希冀以自己的笔触去展示自己的文学理想，作家这个身份需要承载的不仅仅是创造一个基于现实的文学虚构物，更是在这个场域下的更为宏观的人文愿景。作家在文章结尾惯用了"大团圆"结局，但在某种意义上这是一个讽刺，清华凭实力考上了一初中，大凤之前所有的努力——出卖身体的交易、恳求小梁老师照顾儿子、要求老陈书记为她索要批条等等行为都显得滑稽可笑。在两者对比下，作家更多的是将教育的黑暗面钉在了耻辱柱上，并以此警示，呼唤只是途径，而反思才是最终目的。

"种桃种李种春风，开尽梨花春又来。"千千万万如同老陈、余一鸣一样的教育工作者，在教育生涯中，种下了多少桃李，可偏偏少了那缕春风，春风何来，这是一个谜。故而，有此一问：春风如何种？教育已然获得巨大发展，但问题依然存在，仍需春风化雨般浸润，才能在新的征程中建构良好的教育生态，以促进其向更加健康、全面的方向发展。余一鸣借王蒙一事，叹尽了无奈：作家再厉害也只能厉害在文坛，在教育界他们没有话语权。作为一个身兼教师和作家双重身份的人，余一鸣打破了教师与作家二者孤立的状态，并将其完美融合。作为一个教师，他对教育有着切身的体悟与思考；作为一个作家，他把自己观察和审视的种种教育现象搬上了文学舞台。看得出来，余一鸣有着相当强烈的社会责任感和作为教育者、作家的明确的公共意识，他对于教育问题的关注具有一种高度的自觉性，这之中是有着鲜明的情感态度和价值立场的。梁雪波在《余一鸣：书写生命的痛感》中说："他以细致而多变的笔触书写了现实社会中不同层面的人物故事，通过一幕幕变幻的'内心风景'，揭示出变革时代底层人群的奋斗、挣扎、妥协以及人性的扭曲，表达了作家的社会批判意识和深深的道德忧虑。他的作品是一种有痛感的文学。"①所以，我们必须承认，在这种内驱力的影响下，作家表现出的这种高度自觉性，是发问，不是责难；是渴望复归，不是一味痛恨；是深刻反思，不是只喊口号。

第三节　青涩的生命与苍老的根系②
——杨争光小说《少年张冲六章》解读

　　《少年张冲六章》是杨争光创作的一部教育小说。《人民文学》杂志在发表这一长篇小说时，称其为"一部忧思深广，直切我们生活和生命之症结的作品"③，揭示了杨争光的这部作品在说"教育"问题的同时更隐含了对文化的忧思。作家用一个不同寻常的标题，别开生面地选取了主人公成长的"六"个方面——父母、老师、同学、亲人、课文和自我，从"六"个角度讲述少年张冲的故事，"参互成文，含而见文"。而这六个章节看似是在独立叙事，实则是在共时性地推进，如同六种颜色组成的魔方式结构，既相互独立又互为一体，全方位地展现了少年张冲的立体性生活。可以说，《少年张冲六章》是一部少年成长小说，是一部直面教育之弊的小说，也是一部沉重的文化反思之作。

　　小说是语言的艺术，优秀的作家都有自己驾驭语言的独特方式，杨争光的小说语言活色生香，表达精准到位又不乏独属口头叙事的机智敏锐，他以看似轻松实则冷静的态度，呈现出一个处于矛盾和困境中的问题学生形象。第一，小说封面用醒目的黑底红字，给人以"红与黑"的视觉冲击。"红"代表少年张冲"青涩的生命"的热情奔放，同时也包含着他在家庭、学校、社会等成长土壤中的抗争；"黑"则象征"苍老的根系"，是传统文化衍生出来的各种权威以"爱"的名义对张冲的扼杀。"红与黑"的碰撞本就是永

---

① 梁雪波：《余一鸣：书写生命的痛感》，《市场周刊》，2012 年第 2 期，第 62 页。
② 本节初稿撰写人朱思恒，原载于《读写月报》（语文教育版）2017 年第 5 期。
③ 转引自张贝思：《"问题少年"与"反向成长"——杨争光长篇小说《少年张冲六章》的文明视界》，《南方文坛》，2011 年第 3 期，第 118 页。

不停止的矛盾体,主人公张冲就是此般,一直在矛盾中挣扎。第二,正如作者所言:"我想象的那个少年张冲青涩的形象里,纠缠和埋伏着苍老的根系,盘根错节,复杂纷纭。"①杨争光在小说中绝不仅仅是传达对教育的忧思,深层次更隐藏着对文明的忧思。基于上述,本节试图勾勒少年张冲这一"青涩的生命"在家庭教育与学校教育中的生命成长历程,探究张冲在学校中接受的以"课文"为依托的语文教育存在的不足,继而再深入探讨更内隐的"苍老的根系"对他的影响——了解他缘何在反叛之路上越走越远。最后,在具有一定的认识后,笔者希望能为"怎样的教育才能让一个孩子真正地健康成长"这一既富时代性又具永恒性的问题做出一些回应。

一、青涩的生命:问题少年的"成长"史

少年最初的成长犹如一张白纸,家庭教育往往会在那张白纸中点染上最原始也最重要的一笔。张冲成长的伊始阶段,父亲的影响可谓深远。从小到大,父亲给张冲灌输的唯一思想就是好好念书,上大学。为此,还将祖祖辈辈流传下来的捶布石打造成让儿子成龙的"火箭发射基地"。而一年又一年,张冲从一个热爱学习、爱和父亲谈学习的孩子,变成吸烟染发的初中生、为父母读书的高中生,最终沦为少年犯。

纵观少年张冲的成长史,这其实是一种家庭教育的逆生长现象。究其原因,一个是父亲权威的规训反作用,另一个是由传统权威衍生而来的"捶布石"的压抑,两者的交织促成了张冲的蜕变。一方面,他的父亲张红旗怀着中国人固有的观念,一心一意为儿子读书上大学而打算,他"顾着当下活自己,也顾着将来",正如鲁迅笔下描写的父辈为下一代的牺牲那样:"自己背着因袭的重担,肩住了黑暗的闸门,放他们到宽阔光明的地方去;此后幸福的度日,合理的做人。"②在此,我们可以感受到,张红旗有着作为一个父亲的"伟大"与"庄重",但也因为这种单向度的价值选择为孩子的成长制造了阻碍。他不仅自己生活在"井"里,更将张冲束缚在"圈"里,这个圆圈,明明有却看不见摸不着,成了张冲的困境之一。另一方面,"捶布石"

---

① 杨争光:《少年张冲六章》,作家出版社,2010 年,第 265 页。该作品引文具体出处以下行文不再一一标示。

② 鲁迅:《从孩子的照相说起》,《鲁迅全集》(第 6 卷),人民文学出版社,1981 年,第 81 页。

作为传统权威的衍生物而存在，寄托着祖祖辈辈望子成龙的希望，使小小年纪的张冲承担着被爱的义务。捶布石是他一生的梦魇，他全力反抗，想要推翻却无能为力。到后来，慢慢成长起来的张冲终于在去县城读书之际，用毕生的力量摧毁了石桌，这也给我们传达了一定的希望。

学校教育是一个人"成人"的必经场地，而张冲所处的现代教育体制所缺失的就是这样一种培养与造就健康人才的能力。从小学到初中再到高中，张冲遭遇的多是挨打和歧视。而张冲不想成为被教育异化的人，他一次又一次叛逆着。学校教育的主体是师与生，而在单一的授受式的教学模式下，我们的课堂却一直被教师们"把持"着。

小说中出现了两类典型的教师与学生。就教师而言，一雅一俗的两位教师也构成了互文。名字优雅的上官英文是民办教师的缩影，他常以"有些变态的方式"体罚学生，面对这样的老师，张冲怀疑并批判道："虽然你是老师，但你也是人"，一是暗喻为人师者没有把学生当作"人"去给予关怀，二是教师没有从自己是"人"的角度认识学生。可见"人"的教育何其缺乏！名字通俗的李勤勤却是一位敬业雅正的教师，和张冲有过一段亦师亦友的时光。作为语文教师，她处在一个相当尴尬的位置，她想倾心对待每一位学生，尽管她对教育现状存在无奈和不满，却又谨慎地按规范行事，在无意中成为应试教育的"共谋者"，"在现实生存与道德理想之间平衡着自己"。但是，李勤勤的失败与悲哀不单单是个体造成的，更是庞大的教育体系导致的。再看学生方面，小说中除了出现问题学生张冲，还有与之对立的好学生周天佑。学校往往通过一个名为"分数"的原则，去量化和区分"张冲们"和"周天佑们"，继而为他们的人生设定一个规范标准的答案和顺风顺水的轨道，张冲不愿服从在这样一个被动的位置上，他逆向地生长着，吸烟、染发、戴耳环……怀疑一切，却陷入"梦醒之后无路可走"的迷茫之中。而周天佑，在美的表象下，生命的热情没有一丝的涌动，他是学校公认的好学生，前途不可估量，但他的青春岁月，早已消逝在深邃的眼镜和无休止的练习题之中。所以，小说不单单指出了问题少年，更直击着问题教师与问题学校。诚然，造成这样的现象，有历史的，也有当下的原因。素质教育与应试教育的衔接出现矛盾，无疑是急功近利的表现。而学校教育理应抛弃这种功利心，做到素质教育与应试教育并重，既教书更要育人，走出应试的"怪圈"。

二、少年眼中的语文课：理想照不进现实

张冲眼中的语文课，常常处于家庭与学校共同解读的境遇中，不同的看法总是在他的心中激烈碰撞着。"课文"是小说中典型的章节，作家采用开放式的写法，选录了主人公从一年级到七年级的 33 篇典型课文，全方位地讲述了当课文与家庭、学校遭遇后张冲的心灵成长过程。小说中一课有一课的现实性叙写，一篇习作又与一篇日记相对应，将课文这一物象与主人公现实的生活进行勾兑和互动，展现张冲富于戏剧性的成长经历。

在家庭，张冲得到的只是父亲的惩戒和规训，寻找不到安慰，生活没有阳光。他一度想在语文课上获得一片诗意栖居的净土，课文是美好的，与之相对应的课程目标也是美好的，但是，美好的一切都被现实的功利消解了，理想照不进现实。围绕课本的几种想法在张冲幼小的心灵中碰撞着：一是教师照本宣科的讲授；二是父亲张红旗个人经验式的灌输；三是课文本身蕴含的教化的因素；四是小张冲的内心世界。这四种想法在主人公心中并存，使其莫衷一是。而真正的语文教育应如有的作家所说的："不仅仅是要让学生学会掌握语言和文字，感悟语言和文字的魅力，也应参与到学生生命成长的建构，语言文字里，潜伏着我们的文化密码。"[1]现实的情况往往并非如此，张冲的奇思妙想，怀疑的精神，引起了家庭和学校几乎一致的反应。父亲总是把农民朴素的经验和望子成龙的想法强加于他，"考上大学才是好孩子"；老师则呵斥他："你可以不信国王，但要相信课本……不信课本怎么考试？"殊不知，现实的利刃早已将语文课文的人文关怀和孩子童稚纯真的心灵割裂开来了，他们以爱的名义扑灭了张冲求知的火花，慢慢地，张冲从爱学习走向了与学习渐行渐远的反面。

张冲与学习渐行渐远是有迹可循的，小说中的课文和张冲的作业或多或少暗示着这样一种趋向。家长与老师的不同理解，实际上凸显了我们的教育理念、教育方式等存在的根本性问题。首先是三年级学的《好汉查理》，这篇课文是小说灵魂所在，张冲很喜欢这篇课文，甚至把查理和杰西当作自己和苗苗的化身。可以说，好汉查理是少年张冲遵循理想原则树立的英雄，是他人格构建中"理想自我"的具象化。但通过对比可以发现，课文中的《好汉查理》与现实对话中的"好汉查理"是存在差别的。好汉查理可以对应张

---

① 朱又可：《"中国的孩子是最辛苦的人"》，《南方周末》，2010 年 6 月 10 日，第 E27 版。

冲，女孩与苗苗相对应。而课文中父亲是"缺席"的，现实中张冲却逃不开父亲的规训。"父亲"是富有象征意义的，代表着现实环境的约束力，这也暗示张冲在课文理解中，因为"父亲"的介入而陷入困境。其次是在学习《螳螂捕蝉》一课后，张冲在日记中倾诉的想法："我是蝉。老师是螳螂。我爸是黄雀。拿弹弓的是谁我不知道。我想拿弹弓。"张冲从小就生活在家庭与学校的桎梏之中，生活在父母和老师的眼光围绕而成的一个世界中，这种眼光的注视中包含着各种欲望，他爸张红旗的望子成龙，老师李勤勤的"学好"，等等，他们以"爱"和"好"的名义共谋，对张冲耳提面命。此时的张冲却没有找到弹弓手的存在，而被自我的困境限制着。最后是张冲的一份作业——《我的自我总结》，从某种程度上说，这更像是张冲对学校教育的告别书，曾经一个幼稚纯真的少年，巧妙地通过对课文的质疑，向教育体制发起公开反抗。少年张冲和父亲拧着，与老师作对，用他少年的纯真，自由的个性，怀疑的精神，勇敢正义又无所畏惧的"好汉查理"性格，一次又一次冲击着无形的牢笼。作为反英雄式的人物，他在一定程度上就是作者的代言人，传达了作者对当代教育体制的反思性智慧。语文教育应当重拾人文关怀，富有诗意，语文教师绝不仅仅是一门职业，更应扮演人生导师的角色。只有在没有标准答案的语文课堂里，自由的思想方能闪出创造的火花。

三、苍老的根系：基于"生长土壤"的批判

在杨争光看来，中国人在精神上是单一的，少有蓬勃个性的发展。"我们的精神内质真的是跟月亮跟太阳一样，没变。没有自在的人，都是被捆绑的人，都是在挣扎的人，都是在困境中的人。"[1]人-教育-文化，三者形成了一个无法挣脱的捆绑链条。在笔者看来，小说向读者传达的，不仅仅是张冲个人的困境，更是我们社会"共同的困境"，父母有父母的困境，老师有老师的困境，教育也有教育的困境，当然，更深层的是文化的困境。每个人都在困境中轮回，无法逃脱又不敢挣脱。但这并不意味着没有人意识到问题的存在，只是人们没有勇气拿自己的孩子试验。即使是文明高度发达的今天，我们已经摆脱了封建思想的束缚，但似乎我们的文化也还没有教会我们"怎样的教育才能让一个孩子真正地健康成长"。没有真正合适的土壤，在苍老

---

① 朱又可：《"中国的孩子是最辛苦的人"》，《南方周末》，2010 年 6 月 10 日，第 E27 版。

的根系的缠缚下，智慧之花和理想之果是可能会过早落地的。正是由于对时代敏锐的洞察力，杨争光创作出了《少年张冲六章》这部"忧思深广，直切我们生活和生命之症结的作品"，一方面指向教育，延续着五四以来的文化批判的传统，像鲁迅那样发出了"救救孩子"的呼声；另一方面更指向了"苍老的根系"，一种集体无意识的文化观念，像"唯有读书高""学而优则仕"之类的国民心态，人们总是不自觉地一代一代地传承下来，这是中国传统文化的劣根性在当代的滞留。

　　人，与教育，与文化，是紧密关联的。小说讲的是一位少年，更是整个民族；既书写教育困境，又寻求传统文化改造的可能性。我们不禁思考：张冲童年的死亡原因何在？是不求回报、无限关爱他的父母吗？还是希望他成为好学生，不给学校惹麻烦的老师？是压抑个性、唯分数论的教育体制？抑或是给他启蒙和教育的传统文化？诚然，张冲的悲剧并不是单方面作用的结果。就人而言，第一，反抗的张冲也没有摆脱传统观念的影响，张冲自己放弃了读书之路，选择了反抗，却希望青梅竹马的苗苗读大学，苗苗是他青涩生命中的一片净土，可见他内心深处还是认同所谓"好学生"和"坏学生"的评价标准，他选择做坏学生却不希望殃及苗苗。第二，他的父亲张红旗作为传统的农民，尤其注重文明的延续。他的储蓄理论"顾着当下活自己，也顾着将来"就是一个鲜明的写照，他望子成龙，把下一代的光辉当作自我生命的延续。张红旗的想法，其实也是中国绝大多数人的想法，换言之，张冲的教育悲剧、人生悲剧，在当下的中国，可能并不只是个案。第三，他的老师们。上官英文是民办教师的代表，但试问，在生存困境的侵扰下，职业道德又能做何要求？敬业雅正的李勤勤，虽然有自己的理想和清高，却又不自觉跟着教育规范走，"在现实生存与道德理想之间平衡着自己"。就教育而言，教育的终极目标，是要培养一个自由发展的人，一个具有自由之思想、独立之人格、批判之精神的人，而不是流水线上制造的社会标准零件。然而急功近利的应试教育，使得学生成为教育异化的人。就文化而言，中国传统文化中的道德观念、功利思想都隐藏地寄托在教育的希望中。就像作者说的那样"我们要做闪光的螺丝钉。做精英。做'人中龙'，尽管我们知道精英和'人中龙'永远是少数，但历史和现实永远也扑不灭我们的幻想：我们也许可以挤进去，甚至，我们必须挤进去，成为其中的一员"，类似的观念已经深入人们的骨髓。因此，张冲的悲剧归根结底是文化的悲剧，父母、老师、教育只是卷入其中的元素而已。其实，立人如同种树，一切都须"顺木之夭，以致其性"[1]。而现实往往事与愿违，"管花园的皇帝却不肯做这样事半功倍的事，偏要依了他的御意去事倍功半地把松柏扎成鹿鹤或大狮子"[2]。这无疑是一种文化的专制。我们的文化，应当以同情和包容的心态，尊重孩子的个性发展，才能使教育真正培养"自由的人"，并担负起让下一代健康成长的重任。

四、结语

　　人、教育和文化三位一体，形成合力，才能保证青少年健康成长。对于张冲个人，笔者认为应当保留一种歌颂式的批判态度。张冲是偏执的，不可否认，偏执可以是个性的张扬，生命之美的呈现，但如果缺乏理性相辅相成的话，很有可能演变为一朵恶之花。在张冲的思维方式里，凡是家长老师"好心"的告诫，他就坚决反对，面对问题，他不愿去理性地思考并做出正确的是非判断。的确，困惑、怀疑、叛逆意味着发展，这是精神成熟的必由之路，但也要注意"度"的把握，否则容易走向玩世不恭。因此，在怀疑的同时，我们要寻找出路，寻找自我生命觉醒的精神动力。

　　家庭是教育的基础和起点，为一个人的健康成长全面奠基。它对一个人来说，不仅是童年的摇篮，而且是一生的港湾，家庭在对孩子过度关爱的同时又抱有望子成龙的期许，这种期许明明白白地写在脸上，表露在语言和行动上，甚至动辄非打即骂，如此一来便难以使孩子真正理解家人的亲情之爱，并使之产生逆反心理，不和谐的家庭关系就成了必然的结果。孩子的成长，为人父母的一方也要学会放手。另外，万物的茁壮成长，需要丰沛的雨露阳光。父母在言传的同时更要身教，对孩子多些赞赏，少些责备。学校是教育的主体，应努力为学生创造一个和谐的人文教育环境。教师，人类灵魂的工程师，人生的导师。对待学生要鼓励创造，对他们的奇思妙想给予肯定和启发，做到因材施教。如今的孩子失去发展自身兴趣和实现自我的空间，取而代之的是枯燥而沉重的应试教育，以分数高低论英雄。这种不良的价值导向不仅戕害学生，而且危及教育。实现真正的素质教育，让素质教育与应

---

① 汪贤度：《柳宗元散文选集》，上海古籍出版社，1997年，第145页。
② 周作人：《感慨》。见钟叔河编：《周作人文类编·上下身：性学·儿童·妇女》，湖南文艺出版社，1998年，第613页。

试教育和谐发展，应该成为全社会的共识。

从小的方面来说，孩子的成长跟家庭、学校的教育理念和教育实践息息相关。而人们总是生活在具体的历史时空之中，避免不了受传统文化的影响。青少年的成才之路与官本位文化相关联，"学而优则仕"的功利思想几乎是每位父母对孩子的期待。青少年的创新思维受忠孝文化束缚着，在家庭表现为父母期望孩子言听计从，符合自己的期望值，走进一个顺风顺水的人生轨道，从此"幸福地度日，合理地做人"。在学校则表现为教师将那些有点个人的创新思想，稍有逆反行为的学生称为"问题学生"，把学生的优劣用一个叫分数的原则去量化和区分，如此一来，教育的人文关怀又从何谈起？其实，传统文化中虽然存在糟粕的东西，但很大一部分仍然是博大精深的，因此，我们要批判地继承和发展，审慎地对待传统文化的影响。同时，新的时代，我们需要建设新的文化和新的人文精神体系。让我们的文化能够摒除传统的偏见，以广博的包容性对待每个孩子的差异，以人文教育的关怀，呵护每一个孩子的心灵成长，真正给孩子一片健康成长的蓝天。

应该说，杨争光以国民性批判的自觉，超越前人的眼力透视现实，对教育体制的批判以及对文明的深度剖析，使《少年张冲六章》注定会成为这个时代的别开生面而又影响深远的长篇佳作。小说代表了对20世纪80年代至今教育改革的一种冷静而又理性的逆向反思。它所反映的问题是寄托深邃、忧思深广的，是对鲁迅"救救孩子"的进一步呐喊，更是对钱学森先生"中国为什么培养不出杰出人才"的追问。笔者认为，一部好的小说值得反复阅读和体会，家庭、学校、社会带来的巨大权力羁绊使张冲不能承受生命之重，那么，如何让孩子在教育的土壤中健康成长，就成为一个迫切性的关键问题。要探讨"救救孩子"的问题，只指向教育体制与文化传统之缺失是远远不够的，张冲的悲剧，是我们共同的悲哀，换句话说，这其实是一种文化的忧患。而具有讽刺意味的是，文明越是发达，我们所受到的规训和束缚就越多。因此，一个文明的社会，应该尊重个性，给予每一个不同于普遍的生命更多的发展空间，允许独特性的存在。在今天这个功利化、理性化达到一定程度的社会，我们仍然呼吁真正教育的回归。

希望在文明的困惑中，有这样一代新人，他们青涩的生命，终能挣脱苍老根系的束缚，在一片未曾浸染的土壤中，生长着……

第四节　战争背景下"教书匠"的精神指向①
——刘照如的短篇小说《三个教书匠》解读

教育是人类文明得以延续和发展的关键性举措之一，从原始时期生存经验的传递到现代社会知识技能的传授，再至近年对"人"的自身发展的关注，教育的概念界定因其永恒性与历史性问题至今尚未能形成统一的科学而全面的定义。近现代的教育家曾对此问题探索不止，无论是夸美纽斯的"生长说"、洛克的"白板说"、卢梭的"自然教育"思想，还是杜威的实验主义教育论，都是在一定的社会历史背景及哲学理念的指导下产生的，多着重从教育领域的某个角度或某个方面进入而展开。刘照如的《三个教书匠》以日本侵华战争为背景，讲述了动乱年代中三个意外相遇的"教书匠"彼此间生死相依的经历与情谊。小说中，虽对教育问题的直接着墨并不多，但其三个主人公所表现出来的人性光辉却发人深省。俄国的教育家康·德·乌申斯基主张将教育分为广义和狭义两种：狭义的教育中，学校、负实际责任的教育者和教师是教育者；广义的教育是无意识的教育，大自然、家庭、社会、人民及其宗教和语言都是教育者。②他还进一步指出："完善的教育可能使人类的身体的、智力的和道德的力量得到广泛的发挥。"③目前，广义教育的理念越来越受到人们的关注，从某个角度来说，小说中三个"教书匠"在个体与国家之间所做出的选择可谓是一种身体力行的人性教育。

一、"教书匠"的人性光辉——真、善、美的典型

正如小说标题所显示的，这篇小说中出现了三个"教书匠"：一个是中国人苏良，一个是日本人麻生温良，另一个是"汉奸"程德彬，三个身份不同的"教书匠"却因为偶遇而关联起来。苏良本是一位年过半百的平凡的私塾先生，却因日本人的侵入而关闭了学堂，只能靠以前的节余和老伴相依为

---

① 本节初稿撰写人胡露，原载于《读写月报》（语文教育版）2016 年第 8 期。
② 转引自顾远明：《对教育定义的思考》，《北京大学教育评论》，2003 年第 1 期，第 5 页。
③〔俄〕康·德·乌申斯基：《人是教育的对象——教育人类学初探》（上），郑文樾译，人民教育出版社，2007 年，第 12 页。

命。他在一次偶然的机会中救了差点冻死在他家的日本逃兵麻生温良，在曾经也是私塾先生的结拜兄弟程德彬的帮助下，两人还进一步得知了麻生的悲惨遭遇。三人在相同的"私塾先生"身份中产生了惺惺相惜的情感，苏良在个体生命与国家情感中纠结、矛盾，但仍然选择在日本兵搜捕之时将麻生藏到了地窖里，却不料日本兵还是在地窖中找到了麻生，麻生却已经因苏良的一时疏忽而被闷死在地窖中，最后愧疚难安的苏良在生病发烧时和程德彬一起被日本兵活埋，至此，小说结束。

提到私塾先生，我们的脑海中很自然地就会浮现出一个留着花白胡子、不苟言笑、呆板严肃的腐儒形象，如《牡丹亭》中的陈最良。而"教书匠"一词在《现代汉语词典》中被解释为对教师的一种轻蔑称呼。陶行知先生在他的教育名篇《"伪知识"阶级》中也说过："二十世纪以后的世界属于努力探获真知识的民族……三百六十行中绝没有教书匠、读书人的地位，东西两半球上面也没有中华书呆子的立足点。"在这里，"教书匠"的形象与"教育者"的形象明显是被对立起来的，"教书匠"指的是缺乏创新与研究能力、忽视思维与思想的培养、一味注重知识灌输的照本宣科的那种古板教师。然而，"教书匠"是否真如这里所说的那么消极呢？首先，我们必须了解陶行知提出此观点的社会历史背景，当时的中国在新文化运动的引领下急需打破旧有的禁锢思想，其就意在突出这一点。而小说《三个教书匠》中以苏良为典型代表的"教书匠"这一形象绝不仅仅局限于对教书匠的这种传统认知，而更凸显教育者的内在精神气韵，可以说这也正是对前述教书匠形象的一种颠覆与补充。

作为小说中的核心人物，苏良是一个在战争中丢失了饭碗的私塾先生，他的家境本还殷实，却由于战争的到来，孩子们纷纷离开了学堂。这不仅使得苏良失去了工作，晚年也少了孩子们的欢声笑语，只能与老伴相持度过。但是他却依然坚持每日写字读书，怀抱着一个读书人最后的内心的平静。在这动乱的年代里，他爱国，爱学生，更爱教书，苏良时常怀念往日与孩子们共同学习的美好时光，一遍又一遍地将无人使用的课桌擦得干净而油亮。然而，他又无法完全超脱于现实而只做一个读书、写字、浇花的山野隐者，他热爱祖国，时时刻刻关注社会的现实状况，因此他在看到麻生的"兜裆布"时立刻就能判断出他要救的小乞丐其实是一个日本兵。在生命之重与民族情感的纠葛间，苏良不止一次地畏惧和动摇过，但他绝不是一个盲目的爱国主义者或民族主义者。作为一个知识分子，他有着自己的理性判断和人道主义情怀，在得知麻生也曾是日本的私塾先生却被迫来当兵的事实后，他似乎在战乱年代中找到了超越国家、民族、语言的知己，即使是面临生命威胁和同胞唾骂等可能，他也选择尊重生命，试图帮助麻生平安回到日本。苏良的善良超越了国界、民族，他是一个热爱祖国、热爱教育、尊重生命、善良无私的隐士型"教书匠"。

作为小说中的另外两个主人公之一的程德彬是一个渴望报效祖国、热爱教育事业却背负着"汉奸"骂名的"教书匠"，与苏良的无私相比，他可能略显"自私"，但他的形象也正因为缺陷的存在而更加真实丰满。首先，程德彬是一个处于弱势地位的知识分子形象，他因为精通日语而被日本人胁迫做翻译，由此身处于中国同胞的唾骂与日本人的凌辱的夹缝之中。程德彬虽然一直顶着"汉奸"的身份苟活着，却无时无刻不在试图摆脱汉奸的骂名，甚至以牺牲一条腿的代价来逃脱日本人的掌控，但是即便如此，日本人也并未放过他。其次，与苏良的善良相比，程德彬身上最光辉灿烂的人格还在于他的重情重义，他和苏良是结拜兄弟，曾多次劝说苏良把麻生送走，不要惹祸上身，为此多次冒着生命危险来给苏良通风报信，一再地劝说他丢掉"包袱"。然而，苏良却并未真正抛弃麻生，这导致程德彬与苏良最终都失去了生命。或许对于程德彬而言，这才是他内心所渴望的一种解脱。此外，虽然是"坐馆"先生，程德彬对教育事业的热爱却丝毫不比苏良少，他在得知麻生的私塾先生身份时表现出一种难以抑制的惊喜和激动，这或许也是三人在这战乱年代中感受到的微乎其微的一丝温暖吧。

麻生是一个日本兵，他在小说中初次出场时的形象是差点被冻死的乞丐，作者一开始就将他置于弱势地位，以消解读者因他的身份而产生的厌恶之情，进而过渡到对他产生同情心理乃至在无形中升华他的形象的艺术效果。麻生全名叫麻生温良，与苏良存在着诸多相同之处，不仅在于名字中都有一个"良"字，还在于同是私塾先生的身份，更在于相似的禀性气质。他们都因为战争而被迫放弃了深深热爱的教育工作，而麻生对教育事业的热爱比苏良、程德彬都要深厚，他为此不惜冒险成为一旦被抓便要被处死的逃兵，在逃亡的过程中也时常面临愤怒的中国民众的攻击。可见，日本军国主义者不仅对周边国家进行了无情的掠夺和屠杀，还对本国人民造成了无法磨灭的伤害。麻生虽深陷于战争的泥沼之中，但依然还是一个有良知的人，他为了家人牺牲自我，也懂得对苏良夫妇的救命之恩磕头感谢，传统教育中温良有礼的品质在他身上得到了很好的体现。虽然小说对麻生的着墨并不多，麻生说的话也是靠着程德彬的翻译才能得知，但是麻生痴恋于教育事业、懂得感恩、温文多礼的日本式"教书匠"形象还是跃然纸上。

人物形象的塑造是影响小说创作的一个重要因素，有时甚至可以决定小说创作的成败，而在小说形象探讨中，艺术对比研究对于小说创作或是小说鉴赏的实践都大有裨益。苏良、程德彬、麻生三者虽然都是"教书匠"，他们对教育事业也有着类似的执着与眷恋，但在其他方面各有各的特质，无论是苏良无私的善良，还是程德彬的重情重义，抑或是麻生的知恩图报，都是"教书匠"品性中真、善、美的典型，他们身体力行地诠释人性之美，是行走着的教育典范。

二、"教书匠"的姿态——教师形象的回归

有学者指出，教师可分为三种境界："依据专业水平的层次不同，教师大体可分为教书匠、名师和人师三种境界。"①可见，"教书匠"是教师专业发展中的第一阶段，相对于教育家的宏观把握与深度视角，"教书匠"的工作状态显然还处在一种相对基础的阶段。但是，我们需要明确的是，教育既离不开教育家的理论指导，更无法缺少"教书匠"们脚踏实地的工作，他们是教育最前线的耕耘者。李镇西先生曾指出："每个人都成为教育家固然是好的，但这只是一个理想境界，做一个勤勤恳恳、兢兢业业、踏踏实实的教书匠才是这个世界的常态。"②在《三个教书匠》这个短篇小说中，刘照如以明确的姿态试图为"教书匠"正名，呼唤教师形象的回归。

教师形象的塑造与教师主体拥有熟练的教学技巧、崇高的人格精神以及热爱学生、爱护学生等职业品行密切相关。小说中的苏良、程德彬、麻生三个教书匠都是心地善良、热爱教育事业的人物形象，小说没有正面描写这三个教书匠是如何进行教学的，更没有阐述他们具体的教育内容、教育方式以及教育观念，但在一些侧面描写中，却映衬出了这三个主人公光辉璀璨的人格精神。例如，苏良家东厢房里的"其他东西都放得零乱，只有码在一起的书桌很整齐；别的杂物上面都落满了灰尘，只有书桌干净油亮"③，足可见苏

---

① 陈世滨：《教师的三种专业境界》，《基础教育参考》，2006 年第 1 期，第 42 页。
② 李镇西：《做自在"教书匠"》，《山东教育》，2012 年第 28 期，第 64 页。
③ 刘照如：《三个教书匠》，《山花》，2015 年第 10 期，第 41 页。该作品引文具体出处以下行文不再一一标示。

良平时对这些书桌爱护有加，平日里肯定是擦了又擦；程德彬在得知麻生也是私塾先生时，"眼睛里也有了泪光"，一个人对教育事业有如此深的执着与眷恋，以至于在碰到与自己同样曾是"教书匠"的人会激动得不能自已；麻生在异国他乡，最担心的居然是他那十二个学生，不辞劳苦地要跋涉至山东半岛，好回到日本，看看他的学生们，这是怎样的一种深刻的爱生之情，才能让一位"教书匠"不顾逃军之祸、路途之险，执着地想要回到自己的学生身边？而再观当下的中国高校，教师们纷纷去从事科学研究，却很少有人主动地去做真正的教书育人工作，平时的上课大都是应付了事，导致上课效率不高，学生们的学习效果也不好。须知，学校应以学生为根本，教育也应该以教学为本源，"这个社会从来就不缺研究者，缺的是将研究成果熟练而精准地付之于实践的匠人"①，而这"匠人"，在教育界指的就是对教育拥有一份虔诚之心的"教书匠"了。刘照如在《三个教书匠》中以高度赞美的口吻塑造了三个在战火纷飞中仍然保持纯良本性和对教育事业充满热忱的"教书匠"形象，表达了作者对"教书匠"的崇拜敬仰之情。历数古今中外的著作，教育题材的作品数量虽不多，但其中却不乏精品，如赛林格的《麦田里的守望者》、卢梭的《爱弥儿》、都德的《最后一课》，中国现当代文学中的教育题材著作，如叶圣陶的《倪焕之》、刘心武的《班主任》、韩寒的《三重门》，也是令人印象深刻的。而在刘照如的《三个教书匠》中，作家用他那略带写实风格的"先锋派"写法，塑造了三个善良淳朴的"教书匠"形象，并以悲剧的结尾让读者陷入对教育的沉思之中，认识到现代教育中"教书匠"的重要性。

的确，在当下的教育大环境下，对师者"匠"之品质的强调是尤为重要的。《现代汉语词典》中将"匠"解释为：第一，"能工巧匠"之"工匠"；第二，指在某一方面很有造诣的人。而笔者在本节中也倾向于将"教书匠"中的"匠"理解至这个层面，亦即对教育事业怀抱精雕细琢式的尊重与持之以恒式的热爱之精神的一种描述。小说中，日本政府上门抓壮丁的时候，麻生正在教学生念书，"他央求政府的人，能不能让他把课讲完，把学生安置好，再跟他们走"；苏良在他生命的最后一刻，烧得迷迷糊糊的时候，梦到"东厢房的课桌被重新摆放开来，十几个学生都回来了。苏良站在一旁清点人数，回来的学生一共是 12 个，他们端端地坐着，准备上课"。这

---

① 赵晓瑞：《教书匠有何不好？》，《内蒙古教育》，2009 年第 7 期，第 30 页。

些孩子何其幸福，拥有了如鲁迅先生所说的"将血一滴一滴地滴过去，以饲别人，虽自觉渐渐瘦弱，也认为快活"①的爱生如爱自己之生命的老师。只是，战争年代，有那样多不得已的残酷，三位老师都未能再见到自己的学生就要阖上双眼。那么，在我们这个和平年代，又有多少师者能不被外在的利益过多捆绑，而真的成为一个能把这份面对"人"、教育"人"的事业从事好的"教书匠"呢？或许，在阅读《三个教书匠》的过程中，我们自己也是在接受一次教育般的洗礼。

第五节 一场乌托邦式的自我灵魂教育②
——残雪中篇小说《读书会》中的理想教育书写

2015 年，残雪的长篇新作《黑暗地母的礼物》上半部正式与读者见面，笔者在此要论述的《读书会》其实是这部长篇小说的节选部分，但它又作为一个独立的中篇小说刊登于 2016 年第 3 期的《花城》杂志上。尽管《读书会》只是一部小说的节选，但残雪的小说向来都很注重细节，特别是对人物精神世界的描写达到了一种登峰造极的细腻，但这种细腻看上去也并非是经过了精细选择，更像是在全盘托出，呈自由散落状，乃至显得有些随意③。《黑暗地母的礼物》也延续了残雪一贯的风格，文中每几个段落似乎都在讲一个碎片化的小故事，依循心理状态的不同不停地转换③，宛如梦魇，不需要极强的、清晰的故事情节性和连贯性，即便是细读局部，也是既可读又耐读。正因为这样独特的诡异文风，使得《读书会》这段节选无论是从情节场景还是人物心理的发展上看，都是一个绝对可以作为独立小说来阅读的文本。因而本节仅是对《读书会》这一中篇小说表达一番拙见，并不将《黑暗地母的礼物》这部长篇小说全篇纳入论述视域。

《读书会》以一所学校和一个读书会为脉络，煤永老师、小蔓、农、张丹织等多数人都是学校的老师或者学生，他们直接或间接地深受读书会的影

---

① 鲁迅、景宋：《两地书·原信——鲁迅与许广平往来书信集》，中国青年出版社，2005 年，第 48 页。
② 本节初稿撰写人杜娟，原载于《读写月报》（语文教育版）2017 年第 2 期。
③ 斯索以：《残雪的"精神世界"》，"豆瓣读书"网，https://book.douban.com/review/7798822/，2016 年 3 月 4 日。

响。学校与读书会就像是一张巨大的网，把他们都收容进来，人物因身在这样的文化氛围中不断地了解、正视自己的灵魂，同时也关注、影响着身边人。小说中，从校长到教师再到独特的学生以及爱好读书的每个人，无一不是有个性有思想的人，他们对自己的灵魂不断地了解与探索，自觉地用心灵体验着爱，也用灵魂回应着爱，最终成为一个从灵魂上充满爱与快乐的人。在经历灵魂深处的黑暗丑恶后，更彰显出人性的希望和理想主义的美好。尽管这样美好的教育方式和效果在与个体灵魂的神秘性和能动性以及现实生活的残酷性和不可知性的接轨中显得过于抽象和理想，更像是一种美好的乌托邦式的理想教育，但如果能够用心去爱，用爱去激发，让爱与灵魂产生共鸣，用灵魂的爱点燃梦想和希望①，这无疑是最美好也是最彻底的教育方式，在功利主义的现实中，这种具有极高自觉性和醒悟性的自我灵魂教育为当今教育指明了一个值得发展的方向。

一、心与魂：内在世界的疏离与关注

虽然在整体上，《读书会》比残雪以往的小说温情平和了许多，但对精神世界与灵魂世界的表现还是一如既往地带有神秘性和复杂性。小说开篇就是"煤永老师的烦恼"这样指向思绪心灵的形而上的标题，可见这篇小说首先便是要表现这位老师的忧虑复杂的精神世界。笔者以为，这种让他深感困扰与忧虑的烦恼，其实主要来自他与周围人在心灵上的疏离。首先便是他与妻子农之间"同床异梦"的烦恼。自从农加入了读书会、每日徜徉在书的海洋之中，便有了许多新鲜的思维和越来越多的活力与动力，作为老师的煤永一方面支持鼓励妻子积极参加读书会的活动，但另一方面，在感慨读书会对人的影响之大的同时担忧着自己与妻子之间的关系。"他（煤永老师）为她（妻子农）高兴，但与此同时又有点惶惑。他预感到他的生活中也许要发生变故了。这是多么不可思议的事！"②这大概是他第一次真正察觉到自己妻子在看不到的思维、灵魂上的变化，惊讶于对妻子内在灵魂的陌生之时，也怀疑着两人心灵深处对彼此到底是怎样的感情：煤永总被自己想象中妻子与洪

---

① 张建青、洪娜：《爱与灵魂的共鸣——由〈死亡诗社〉引发的对教育的思考》，《影视评论》，2012年第8期，第67-68页。

② 残雪：《读书会》，《花城》，2016年第3期，第90页。该作品引文具体出处下文不再一一标示。

鸣老师之间的暧昧困扰着，同时也反复纠结着自己内心深处的精神情感。即便是对最爱的女儿小蔓，他也并不曾靠近过她的灵魂，他总盼着小蔓快点结婚，却很少了解女儿的喜怒哀乐与情感体验。同样地，小说中也表现出了其他人物的灵魂世界：丹织大胆地向煤永表白，却也不是真正明白自己对爱情的渴望，更不理解煤永复杂的心理活动；小蔓热爱父亲却对父亲的内在灵魂一无所知，单纯浪漫却也曾一度与云医之间产生隔阂；令人艳羡的洪鸣老师与爱人鸦之间甚至距分手只有一步之遥；农也是有着和煤永老师一样的困惑与烦忧……总之，几乎小说中出现的每个人都表现出了与周围人和事之间的一种疏远，这里的疏远当然不是指客观距离上的远离，而是在心与魂的内在世界上的疏远。人与人之间心的距离往往比现实身体之间的距离要远得多，看不清自己的心，也不明白他人的心理活动，无法接近彼此的灵魂世界，亦不了解对方心中真正的欢喜、担忧、心愿和烦恼。所以即使农与煤永打电话、聊天时似乎都在向彼此诉说着自己的近况，但残雪却将煤永的灵魂世界展现给读者，让读者清晰地看到这样看似相近相亲的两个人之间其实是有着多少隔阂和多么遥远的距离。"煤永老师知道农并没有睡着，他想，这就是同床异梦啊。""煤永，我是真心爱你，可我又看不清你"这样直白的灵魂表达，要读者感知的必然不是夫妻情谊的温馨甜蜜，而是提醒读者应在这触目惊心的字句中反思和关注自己与身边人之间的灵魂距离。

教师作为灵魂工作者却是连自己都存在着灵魂距离疏远的问题，深陷烦恼和迷茫之中，残雪笔下这些烦恼的老师们，其实也是现实中许多教师的缩影，而社会却往往忽略了教师这个行业中异常重要的一个问题——教师的精神与灵魂世界。笔者论及这里，未免心生些许凉意：教育本身是内向的，关于自我的，关于灵魂的。老师对内在的灵魂尚且如此忽视与疏离，又何谈给学生带来积极健康的教育呢？前文已经说过，《读书会》这篇小说比起残雪过去残酷阴鸷地颠覆母爱、爱情等的小说温馨平和了很多。尽管老师们出现了令人担忧的精神危机，但所幸的是残雪的小说总是直指人的灵魂，虔诚地关注和探讨着灵魂，所以，小说中的老师们都不约而同地开始了对内心与灵魂的关注与重视。他们开始在读书的思考中，在与友人的深入交谈中，在与扰乱自己心灵的"源头"的沟通碰撞中，甚至在解答学生的难题中不断关心与探索着自己与他人的内心和灵魂，虔诚地用灵魂去体验着自己与他人、与生活更加紧密深厚的关系，并在这种虔诚的思考与体验中慢慢拨开困扰烦忧的迷雾。

二、灵魂之壑的甘泉："爱"之体验的多重表达

当人关注了自己与他人的灵魂，在试图探索认知自己、他人以及生活工作的问题之时，陌生、恐慌、疑心、烦恼、苦闷甚至压抑已久的欲望等平时隐匿起来的无意识都会逐渐清晰地浮现出来。煤永在探索自己灵魂的过程中，回忆起曾经喜欢却没有在一起的茴依，还曾幻想过真的和农离婚，与仰慕他的热烈的丹织在一起，或者过回潇洒自由的单身生活；农的"心底有一个阴暗朦胧的角落"，甚至在梦境里看到有各式各样的男子来敲她的门，而自己则穿着睡衣打开门；小蔓和云医也苦恼于彼此间的关系……每个人在这个时期似乎都发现了自己的灵魂黑暗，并有意无意地在幻想中付与了实践。这像极了残雪以往小说的人物心理发展过程，灵魂中阴冷黑暗的沟壑已然被挖掘出来，读者仿佛已经看到"恶魔式"的变态的人已经在衍生了。然而令人惊喜的是，当人在灵魂黑暗的深渊中陷落之时，却感知到了甘甜温暖的清泉——爱，温暖的爱将尚未堕落至黑暗深壑之底的人慢慢地浮展上来，而探索灵魂的人，也渐渐感觉到自己的一切都在回暖。笔者认为，正是因为发现和体验了以下这三种爱的表达，才使小说中处于混乱迷茫的精神状态的人们不至于堕入无底的黑暗和欲望之中，并闪现出温暖的色彩与人性的光辉来。

其一，是及时发现自己对他人在灵魂深处的爱。这种发现自己对他人的爱在小说中还是有着十分明显的表达的，在煤永、丹织甚至很少正面描写的茴依的灵魂世界中，都沉淀着对周围人的深切的关爱与热爱。以煤永为例，煤永的烦恼很大程度上源于他一方面陷入对农的情感怀疑的迷雾中，另一方面却渐渐发现自己对农的深厚爱情，因此内心矛盾烦恼。煤永在思考自己为什么不再爱茴依时，他下意识地想到"要是没有农，他会不会恢复对茴依的爱？"在农告诉他自己看不清他时，煤永"懊丧极了，他用拳头用力捶了自己的脑袋两下……他在黑地里坐着不动，脑袋像一台老式电扇一样嗡嗡地响"。尽管煤永认为妻子自从参加了读书会后和自己越来越远，但他"从心里对农的进步感到欣慰。即使这进步会导致她离自己越来越远，他也不后悔当初支持她去读书会。农不应该因为同自己结合而压抑她的个性"。再到后来，他已经明显地察觉到"比任何时候都牵挂她"。由不自觉地用对农的爱来质疑自己对其他女性发生爱情的可能性，到发现自己仅仅因为农的一句话便懊恼很久，再到意识到自己对妻子的进步的开心重视程度，最后到发现自己对农深深的牵挂和依恋……这其实就是一场由不自觉到自觉地对自己灵魂深处爱的发现过程。其

二，是用心体验到他人对自己的爱。窃以为，每一个人都是有归属感和依赖感的个体，在发现自己对他人的爱的同时，必然也会自觉不自觉地去寻找他人心中的自己，并渴望自己的这份爱能够有所回应，这种发现他人心里的自己同样也是体验爱的过程。例如，小蔓曾一度陷入生活的烦恼之中，苦恼工作，也苦恼婚姻。但她却并没有选择独自默默地沉溺在纠结烦恼的痛苦中，而是同茴依、父亲以及朋友丹织聊天，即使他们性格迥异，有着不同的聊天方式和各自的隐秘，小蔓却发现了他们的共同点——对她的爱，"感到心里暖洋洋的，一下子有了这么多爱她的人……从前并不完全懂得爱，她在情感方面开窍得很晚。哪怕是目前，她也还在学习的过程中呢"。这段表述，说明也许过去的小蔓对爱是没有意识的，但在这里，她清楚地认识并体验到这些人带着不同的情感并用不同的方式向她表达着爱。同小蔓一样，无论是学校的老师们，还是读书会的成员们，他们也都在灵魂的寻寻觅觅中，逐渐在自己的爱人、朋友和学生那里，收获到了真挚纯朴的关心与爱。其三，是逐渐发现对自我的爱。实际上，不断地尝试认识自我和认识他人心中的自我最终的指向都是"自我"，无论是了解自己内心深处的欲望与阴暗，还是发现自己对他人或他人对自己的爱在本质上都是一种自我的灵魂体验。我们知道，残雪的小说多展现梦魇情境、向内而求、探寻灵魂世界的特点，概括其为"梦呓中的灵魂之旅"[1]。而在这篇小说中，所谓的灵魂之旅，便是煤永、小蔓等由不自觉到自觉地关注探索自己与他人灵魂的过程，而他们开启这段旅程的原因则是不甘为生活中的困境所烦扰，不愿被自己心中的怀疑所困扰，正如残雪自己所说"每一个人都以独特的自我通向精神世界，我认为一个没有自我的平面人，是动物性的人。对自我挖掘越深，信道就越宽，世界才越大"[2]。《读书会》中能够自主自觉地寻找自己的精神世界，探索真正的灵魂世界，这既是一种生而为人的勇气，更是一种勇于发掘和证明自己存在价值的勇气，他们发现自己对其他人的爱，同时也积极地体验着他人给予自己的爱，这其实就是一种对自我的勇敢的灵魂探索之旅。因为爱自己，所以要了解自己，因为爱自己，所以要探索自己。小说几乎全篇都是自我对自我灵魂的一步步解读，也是对自我的爱的一层层体验。

　　荒诞而又曲折的世界、晦暗而又恐惧的人物心理、阴霾的故事氛围似乎是残雪一直以来的作品基调；那种怪异惊悚的梦魇，直沉入人的内心，让人深深

---

① 王姣丽：《残雪小说的诗性叙事探析》，2012 年华中科技大学硕士学位论文，第 45 页。

② 易文翔：《残雪：灵魂世界的探寻者》，《小说评论》，2004 年第 4 期，第 26 页。

地感受到一种无望的痛苦，陷入生命的困境中难以自拔，面对残雪，人们无疑难于承受其中那盈溢着邪恶而争相绽放的意象之花①。这是绝大多数读者对残雪的印象，也是众多学者所认同的残雪小说的读者影响。尽管残雪一如既往的怪异与荒诞的文风依旧穿插在《读书会》的字里行间，但不仅情境清新很多，格调略显微明，情节也要暖心许多，当然，最令人诧异的无疑是小说中如此充裕而明晰的"爱"的表达，这些教育者们在探索灵魂的路上，自觉地引导着迷茫的灵魂与爱如期相遇，这样的爱是对空虚时的胡思乱想的填充，也似乎带给人一种拨开云雾之感，在带给读者一种全新的感受的同时，更加让人期待着知晓这种爱的体验在残雪笔下究竟会对人物产生怎样的影响？

三、感动于"爱"的自我灵魂教育：乌托邦式的理想教育

在发现并关注了人与自我以及与他人之间灵魂疏离的问题，继而在探索和认识灵魂世界的过程中逐渐用心地体验到了爱，到这里，残雪的《读书会》已给读者带来了新鲜的阅读体验，更加让人期待着残雪笔下的这些老师们，在这种爱的体验中将会怎样发展。而小说也没有辜负读者的一番期望，并未仅仅停留在这个层面，而是最终以一段又一段对快乐知足的心理状态与积极健康的生活状态的描写，成就了老师们这段灵魂之旅的美好结果。我们看到，煤永老师在了解了自己与妻子之间的爱后，更加懂得宽容自己也宽容妻子，在与欲望的激情对峙后，对自己的生活关系做了冷静的反思，最终从容地克制了纠结已久的种种欲望，在与妻子和女儿的关系中，更加成熟也更加自信，对生活再次充满热情。最重要的是，他自觉地主动地将这段灵魂之旅中体验到的爱再次回应到自己的灵魂中，发自内心地深深地感动并珍惜他体悟到的爱，为着这份爱，感恩生活所赐予的一切，真正地享受着生活的幸福。"这阴差阳错的生活才展现出它美好的一面来。……这不是黎明前的黑暗，这就是生活之光。茵依的爱，小蔓的爱，农的爱，丹织的爱，哪一种又不是动人心弦的爱？他，一个普通人，今生经历了这么多，难道还不知足吗？""在这世上，爱就是这样传来传去的。生活毕竟是美好的。"这是一个人主动、自觉地对自我灵魂的一种教育和升华，这种灵魂的自我教育，使得原本敏感多疑，忧思重重的孤寂的人转变成为一个情感有所依托、积极热

---

① 戴锦华：《残雪：梦魇萦绕的小屋》，《南方文坛》，2000 年第 5 期，第 9 页。

情地投身到工作生活中的知足幸福的人。"小蔓在心里对自己说，一定要坚强地爱到底，决不打退堂鼓。不为别的，就为这些美好的朋友、亲人，还有校长这样的长辈，她也得这样做，决不能让他们失望。"同样的，小蔓也通过父亲、爱人以及朋友和自己的爱，感叹着"我们能够爱，这有多么了不起"，找到了自己的热情与爆发力，从痛哭、不安中回归教育事业，并在教育后的"回报"（学生的热情）中找到幸福与满足，并消解了之前所有的阴冷、自卑与杂念。我们在反观小说中的人物时，会有一个奇异而又惊喜的发现：煤永、古平、校长、小蔓、丹织、茵依、农……这些人物无论男女，似乎在自我认知、善于体验、自我教育上都有着独特的天赋，男人不是羸弱卑微的废物，女人也不是纵欲阴鸷的魔鬼，他们既没有往昔"恶魔式"的性格，也没有"复仇式"的心理，他们彼此间既不是无奈让步或依附讨好的关系，也不是张扬欲望或残酷阴冷的诡怪。相反，这些人物，他们彼此间都充溢着自我感悟到的、打动了灵魂的"爱"，这份爱是真真切切的，是源于他们自我心灵的认可与自我体验的体悟，因而，《读书会》中几乎所有人物最终都拥有着一颗宽容感恩的心，积极健康地拥抱着曾经烦扰自己的生活，用心感受着生活的平静与幸福。可以说，他们都高度自觉地完成了一场完美的灵魂境界的自我教育。

其实关于自我灵魂教育，早在古希腊时期，哲学大家柏拉图就有相关论述，并且颂扬的这种灵魂教育的方式与残雪《读书会》中的极为相似，都是赞扬感性化的人在对爱的探求中感悟和领略美本身（善本身/真本身），如此形成一道上升的阶梯，而最终这样的一种灵魂领略又复归回人自身，指导生活中的真善美，复归的完成也就是教育的完成。"为了建设一个理想的城邦，他们必须重新回到洞穴解救其同胞，帮助还在被捆缚着的人实现灵魂转向（教育他们）。"[1]柏拉图认为，有这样能在灵魂的高度中学习认知并回馈到现实生活中的人，都是一批自觉者和先觉者，而要建成柏拉图心中的那个理想的城邦，这一批自觉者、先觉者必须返回城邦，帮助余下的人实现自觉，从而实现整体的善。[2]这种自我灵魂教育具有理想中的潜移默化的双向性特点——在灵魂教育中，不仅有自我教育的可能，还有教育他人的可能，而

---

[1]　〔古希腊〕柏拉图：《理想国》，郭斌和、张竹明译，商务印书馆，2002 年，第 277 页。

[2]　聂萌：《柏拉图论灵魂与教育——从〈会饮〉和〈理想国〉谈起》，《哲学百家》，2012 年第 8 期，第 77-78 页。

在教育他人的同时又可以完成自我教育。就像煤永教育学生在整洁与准时的矛盾问题上和黄梅爱慕古平老师的问题上都在教育学生们的同时升华着自己；农与小蔓在引导学生用灵魂感悟、热爱自然与知识的同时也激发着自己对工作生活的积极与热爱。德国哲学家雅斯贝尔斯更是明确地提出了灵魂教育的观念："教育的原则，是通过现存世界的全部文化导向人的灵魂觉醒之本源和根基"①，"教育是人的灵魂的教育，而非理智知识和认识的堆积……在学习中，只有被灵魂所接受的东西才会成为精神瑰宝，而其他含混晦暗的东西则根本不能进入灵魂中而被理解"②。这个理论在《读书会》中就得到了很好的证明。无论是老师还是学生，真正让他们感到困惑的不是书本的知识也不是生活的技能，而是"你看云时很近，看我时很远"的这种彼此间灵魂的模糊与疏离，他们真正需要的是对自己和他人灵魂的探索和认知，这才是为解决现实生活以及自己原本的精神世界的苦恼烦忧时提供的必要条件。人若能真正在灵魂的高度上体验到爱与感动，并因此从诡谲的神经质式的荒诞世界中解脱，这才有可能以自信幸福的生存状态回归到正常健康的现实生活中，甚至还可以给另一个灵魂带去积极的影响与教育。只有在这种灵魂的自我教育中，才有可能真正地净化心灵、升华灵魂、塑造人格。当然我们也注意到，提倡自我灵魂教育的哲学家们，大多是有神论的代表者，而自我灵魂教育本身就具有不可言说的内在性和神秘性，不仅对主体的自觉性和人文性都有着极高的要求，更对灵魂教育后的效果有着极高的神圣化了的期盼值，这样一种极度形而上的教育方式，在现实中的实践必然是不容易的，世界上的每个个体不可能都能在爱的体验中得到灵魂的净化和升华，还进而带着满足感和幸福感再次投入现实生活中，就像教育世界中的"理想国"和"桃花源"，不是所有人都能找到和居住。因而，自我灵魂教育是一种美好的乌托邦式的理想教育。不过，这里的乌托邦不代表具有贬义色彩的"空想"和"幻想"之意，它不是一种与实际生活相背离的、没有实现条件的荒诞奇思。幻想建立在无根据的想象之上，是永远无法实现的，而乌托邦则蕴含着希望，体现了对一个与现实完全不同的未来的向往，为开辟未来提供了精神动力。乌托邦提出了一种可供选择的方案，它意味着现实虽然充满缺陷，但应相信现实，同时也包含了克服这些缺陷的内在倾向。因而自我灵魂教育具

---

① 〔德〕雅斯贝尔斯：《什么是教育》，邹进译，生活·读书·新知三联书店，1991年，第34页。
② 〔德〕雅斯贝尔斯：《什么是教育》，邹进译，生活·读书·新知三联书店，1991年，第45页。

有乌托邦式的理想性，但绝非是荒诞和幻想的，《读书会》中那些师生们的灵魂之旅，就是残雪提出的蕴含着希望的一个可供选择的教育方案。

四、结语

残雪曾说，人"一定要读书，自己教育自己，学会认识自己。唯有如此，你才可以在遇到困境时，知道如何选择，知道自己想要什么，知道怎么做"。① 就像《读书会》中的人一样，在残雪笔下，经历了黑暗与希望的纠结，让灵魂做了一次致命的飞翔，达到那个虚无纯净的境界②。可以说，这是残雪创作中出现的一个新群体，从复仇式的极端个性走向自信从容的新群体，不再屑于通过仇视与报复的方式彰显自己的存在。这个群体在试图走进彼此的心灵，并努力发掘自己的灵魂。那里有一种超越恐惧的、轻灵的东西，或是超越阴暗的，面对光阴、生活的自信，或是在平淡生命里，突然涌出的惊喜、快乐与感动。这个群体用"美好""幸福""感动""年轻""好奇"等词汇来描述他们真实看到的隐秘和超脱于现实的感受，人与人之间在不断地探索和理解，不断地被探索和被理解③。在此过程中，精神衍生的荒诞与美好也开始从原本的分离状态逐步走向融合。而我们则随着这个新的群体也在精神上经历了一次心灵的探险，通过认识作品里的"人"，从而发现深层意识中的"我"④，在自我的灵魂教育中实现对人性的思考与释放，这种释放不是纵欲，而是拨开生活与欲望迷雾后的安心、充实、满足与幸福，使自己的生命得到纯化，灵魂得到升华。可这样美好而纯朴的教育方式却在当下功利主义与极其看重知识技能的教育现状中显得十分理想化，我们教育的目的似乎不再是培养人的灵魂和社会的继承者，而是把人当成手段，培养的是追名逐利的工具："'教育是培养人的'这一神圣而庄严的命题被扭曲了，教育并未真正担当起培养人的使命，甚至充当着压抑人、异化人的工具。知识成为中心，而人被边缘化了。这里传授着知识，能够转化为金钱和

---

① 赵颖慧：《残雪：像我一样，要写灵魂冲突的极致》，《潇湘晨报》，2016 年 5 月 15 日，第 5 版。

② 残雪：《解读博尔赫斯》，人民文学出版社，2000 年，第 210 页。

③ 斯索以：《残雪的"精神世界"》，"豆瓣读书"网，https://book.douban.com/review/7798822/，2016 年 3 月 4 日。

④ 赵树勤、黄海阔：《指向心灵的艺术之路——论残雪的文学批评》，《南开学报》（哲学社会科学版），2007 年第 4 期，第 22-29 页。

权力的知识。拥有这样的知识，对绝大多数人而言就足够了。"①日本著名思想家池田大作也义愤地指出："令人感到教育已成了势利的下贱侍女，成了追逐欲望的工具。""现代教育陷入了功利主义，这是可悲的事情。……失掉了本来应有的主动性，因而也失掉了尊严性。另一个是认为唯有实利的知识和技术才有价值，所以做这种学问的人都成了知识和技术的奴隶。"②人在教育中失落，被抽象化、边缘化了。教育忘掉了其铸造灵魂、张扬人性和传承文化的本质功能。否定与压抑人性、个性、自主性、主动性的特征，都暴露出非人化、反教育的品质。教育被异化了，教育的内在品质被彻底抛弃，因而，本真的教育应当是什么，这成为当今人们对教育追问的核心。③我们谈教育，似乎都理所当然地认定这就是老师的实践工作，让老师教育学生就是教育了，但他们又当如何面对自己，如何教育自己，又该如何用所经历所体验过的教育再去教育家人和学生呢？人们习惯把教师比喻为"人类灵魂的工程师"，这无疑道出了教师的职责和教育之本，教育即灵魂的感召④，真正的教育使命是教会人们如何去发现生活世界中的爱与美，教人们用灵魂去融入社会、理解他人、关爱生活。教育的根本目的不是传授已有的文化知识，而是观照人的灵魂，是把人的创造潜能激发、引导出来，将生命感、价值感从沉睡的自我意识和心灵中"唤醒"。"树人"即塑造人的灵魂和人的精神，使他们成为懂得爱和感恩的有灵魂的人。教育是培育一个人心灵绽放的过程，是对灵魂的激发，是爱与灵魂的共鸣，是用灵魂去关爱灵魂、教育灵魂，这种灵魂的自我教育是教育的最高境界。尽管自我的灵魂教育具有很大的乌托邦式的理想性，但诚如贝马斯所言："许多曾经被认为是乌托邦的东西，通过人们的努力，或迟或早是会实现的，这已经被历史所证实。"⑤

---

① 赵健伟：《教育病——对当代中国教育的拷问》，中国社会出版社，2003年，第232页。

② 〔英〕A. J. 汤因比、〔日〕池田大作：《展望21世纪——汤因比与池田大作对话录》，国际文化出版公司，1985年，第60-61页。

③ 赵同森：《唤醒灵魂的教育——雅斯贝尔斯教育思想解读》，《教育理论与实践》，2006年第9期，第1-3页。

④ 傅红：《灵魂的感召是教育的最高境界》，《重庆交通大学学报》（社会科学版），2007年第5期，第103-107页。

⑤ 章国锋：《哈贝马斯访谈录》，《外国文学评论》，2000年第1期，第28页。

第四章 "他者"彰显中的教育镜鉴

看世界，我们往往需要凭借"第三只眼"，它所看到的与我们惯常触及的经常存在差异。通过它，我们可以知晓和洞悉世界的丰富性与复杂性，这对于我们深化对事物的认知无疑是相当必要的。同样的道理，对教育，尤其是对当代中国教育的理解、判断和评价，我们也需要借助"他者"来进行，其能够为我们提供可贵的镜鉴。当然，这并非一种单纯的"拿来主义"，其前提是，必须能够在当下为我所用。

第一节 培养生命中"完整的人"①
——从电影《少年时代》说起

这是一部令无数人津津乐道的电影——上映于 2014 年的《少年时代》（*Boyhood*），有别于欧美地区前几年上映的其他教育类影片，它传递出来的力量微小却连绵不绝。《少年时代》游离于经典影片和当代艺术电影之间，在平凡和朴素的 12 年中见证了一代人的成长，细腻地雕琢了人生宝贵的点点滴滴，安静地诉说着它想表达的人生观、价值观和教育观。简单的房间，朴素的妆容，日常的服饰，所有洗尽铅华沉淀后的设计，使我们在电影里隐约地看到了自己日常生活的影子。生活总是耐不住时间的寂寞，洗刷一路上成长的痕迹。当在某一刻蓦然回首时，人们才会发现有太多数不清的过客从身边悄然离去，然而自己能做的只是抓住现在的"尾巴"。感慨的是，何时我们已经成为俊秀学子，举止翩翩。

---

① 本节初稿撰写人李诗雨，原载于《读写月报》（语文教育版）2016 年第 5 期。

一、拒绝塑造单向度的人

当今社会中有许多欺世横行的年轻人，他们企图将生活中遭遇到的所有痛苦都归咎在"自小父母离异"这一理由上，把创伤转嫁给他人。据一项调查统计，江苏省徐州市 2010~2012 年，判处的未成年罪犯中，单亲家庭的未成年罪犯所占比例分别为 40.74%、32.5%、30%，平均为 33.33%。①这俨然成了一个非常严峻的社会问题。而电影《少年时代》却认为，一个经历多次离异的家庭仍然能够给予孩子正确的人生引导。尽管主角梅森（Mason）与姐姐萨曼莎（Samantha）遭受家庭不断重组的问题的困扰，无法适应新学校且需要重新结交伙伴，但幸运的是，分开的父母所构建的新家庭一直用包容、和善的态度去对待他们。大概基于此，电影给出了故事发展的一个合理解释。

《荀子·劝学》中提到"蓬生麻中，不扶自直；白沙在涅，与之俱黑"。可见，良好的教育环境对一个人的影响是十分重要的。这里的教育环境不仅仅指学校，还指家庭及家庭成员的行为辐射。老梅森在玩保龄球的时候，一直对梅森和萨曼莎强调他们已逐渐长大的事实，用生活的方式最自然地教导孩子们学会不依赖外界的条件，凭借自己的努力去获得成功。当不小心在孩子们面前口吐脏话时，老梅森更是身体力行地接受姐姐萨曼莎的惩罚，用自己的行动告诫子女这种行为是错误的。他引导梅森和萨曼莎不盲目地参与政治投选，正确行使公民的权利，他建议却不强制女儿摘下耳机睡觉……梅森一家中长幼之间的积极互动，既体现了美国家长对子女自尊心、能力的重视，又充分显示了儿童在家庭关系里的平等地位。

这与 2010 年底掀起全球热议的"虎妈教育"构成鲜明的反差。"动物凶猛"的家庭教育世界硝烟弥漫，"虎妈教育"作为一种迅速被效仿的社会现象，强调父母在家庭教育里不可否认的主导作用，这在网络自媒体平台上流行一时。显然，教育的目的在"虎妈"蔡美儿的理念中是有所歪曲的，她看到了名校、才华和技能等人人在竭力追求的衡量标准，然而却未曾考虑过子女的社交情况以及他们脱离母亲后的未来。

教育，真正应该培养的究竟是怎样的人？在严苛与温柔的教育观念面前，很多父母迷失了方向，他们在严厉与宽松之间进退两难，在现代与传统中不知

① 李晓辐：《对离异家庭未成年子女犯罪率高原因的分析并提出的对策建议》，徐州市鼓楼区人民法院网址，http://glqfy.chinacourt. org/article/detail/2014/07/id/1351164.shtml，2014 年 7 月 9 日。

该如何收放自如。①他们的彷徨变相地促使了一批批功利化的学生被"流水线"式地生产出来。蔡元培先生认为，我们的教育应该是在继承传统的基础上发展形成的道德教育，目的是培养'完全之人格'，从关怀自我生命的角度强调教育应注重真、善、美的价值尺度②，即可以简单地概括为是对子女品性的陶熔和良知的积聚，从而锤炼出马克思说的"全面发展的人"。在用"科学"来量化生活的现代社会里，教育尤其是家庭教育的实践绝非是一种空谈，它"需要明确生命发展的方向，其本身就是一种对于生命价值的叩问过程，它不在于造就人力机器，不是轻易地塑造单向度的'有用'的人"③。

也许电影里，母亲奥利维亚和姐姐萨曼莎之间的谈话能够给我们一些微妙的启示。萨曼莎答应母亲放学后接弟弟回家，可是碍于朋友和自己的面子，最后不愿意去中学接人，留下了孤单的梅森。这让母亲非常生气，语重心长地问她："究竟是想成为一个和善、热心的人还是一个以自我为中心的自负的人？"作为一种特殊的有意识的存在，"人"需要不断地追求精神本体的升华，考试全 A 也不能说明一个生命个体的完整价值，毕竟，我们是融于社会并高于社会的自然形态。

宋代大文豪苏轼在《和董传留别》这一首诗里写道："粗缯大布裹生涯，腹有诗书气自华"。教育最为重要的正是涵养一名学生的精神境界。过于强调知识及技能容易弱化人的潜能和力量，把人的智慧束缚在功利化的目标之内，以致大大地增加了教育异化出现的可能。我们需要以社会普遍拥有的一定的文化为前提，摆脱工具理性主义的窠臼，推广通识教育，强调学生能力的多元化，从而过渡到对学生内心向度的培养上来。

二、释放负重的心灵

> 世界上最宽阔的东西是海洋，比海洋更宽阔的是天空，比天空更宽阔的是人的心灵。
>
> ——雨果

---

① 黄小霞：《"虎妈现象"的教育内涵及其文化分析》，2013 年福建师范大学硕士学位论文，第 5 页。

② 杨姿芳：《德育实为完全人格之本——蔡元培道德教育思想研究》，2012 年武汉大学博士学位论文，第 6 页。

③ 詹艾斌等：《生命与教育的方向》，江西高校出版社，2014 年，第 87 页。

有时候，世上最触动人的不是简单的话语，而是带有表达者诚意的歌曲。当文字"遇上"音乐，图像在我们的脑海中生成，平面向立体过渡，且伴随着节奏起伏不断涌动、推进。《少年时代》正是借助人们如此的感受，引起了老梅森与子女、电影与观众之间巧妙的共鸣。

作为和子女许久未见的父亲，老梅森急于了解孩子们最近的生活状况，但是他一来二往的对话因为缺少铺垫、过渡而显得苍白无力，瞬间拉开了两代人的距离。老梅森为了缓解尴尬，用自弹自唱的方式抒发了自己对梅森和姐姐萨曼莎的思念。父亲这种类似于喃喃自语的即兴原创歌曲，微弱却拥有迷人的力量，深深烙印在了孩子们和观众的心里。也许，很多人觉得是血浓于水的亲情而并非是音乐连接起了双方沟通的桥梁。其实，音乐教育不仅是真实存在的，还发挥着让人难以想象的巨大作用。当瞧见父亲为重组的新家卖掉了自己喜欢的古董车时，梅森的脸上浮现出百般的抱怨与失望。这时候老梅森拿出自己制作的独一无二的生日礼物——Beatles black album（披头士黑色唱片）光碟，上面每首歌的编排都是他良苦用心后的结晶。音乐让梅森和萨曼莎轻松地融入了父亲的新家庭，他们自编自导，在白色月光的铺洒下，聚集于院前一起歌唱，一切是那么的美好、奇妙，仿佛冲淡了人生的种种不如意。

古时候，亚里士多德与孔子这两位中西大家就肯定过音乐的社会功能，强调音乐教育对人性格的锤炼起到了重要的作用。在上古时期，由于"礼""乐"关系十分紧密、难以分割，孔子提出"礼"应当和"乐"相结合。他认为"礼"是建立在"仁"基础上的礼，是外在的行为规范，它能使人有节制、讲制度；相应地，从"仁"基础上发展形成的"乐"是道德教化的工具，是人格修养的最高境界，有着陶冶情操、教化百姓的巨大功能。同时，亚里士多德在《诗学》一书中谈及悲剧的定义，用了六个要素来概括，分别是：情节、性格、思想、言词、形象和歌曲。鉴于音乐与缪斯神的联系，古希腊人把音乐看得分外神圣，充满了魔力，认为它可以治疗疾病，净化灵魂和肉体，会在自然界产生奇迹。所以在亚里士多德看来，音乐的教育在青年时期就是必不可少的，音乐教育是为了更好地培养欣赏者的理性、道德乃至心灵。①

从另一个维度来看，音乐教育又被自然地解释为是一种心灵教育的手

---

① 刘静：《孔子与亚里士多德音乐教育观比较研究》，2014 年上海师范大学硕士学位论文，第 11 页。

段。通过心灵教育的各种方式，对儿童采取积极引导，使他们形成良好的、稳定的人格结构，提升心灵价值，这也为马克思提出的人要发展"成为全面的人的那种性格上的丰富和力量"①的目标奠定了必要的前提和基础。钱穆先生对"心灵"的教育曾经做过极为生动的比喻，将其喻作"空房"。他的潜台词便是，当代工具理性主义、功利主义视野下的教育太过追求物质的人生、职业的人生、成功的人生，造成了原本应该恬静的心难以"静"下来、"闲"下来、"停"下来，最终导致教育逐渐丢失了对学生心灵成长的关注。②的确如此，强烈的欲望能够催人奋进，也会使人迷茫。生活已经有太多的不易，再给自己套上沉重的枷锁，又怎么会有心灵的富余装下梦想、珍贵的挫折呢？有时候我们应该学着给自己的生活做做减法，去掉那些世俗强加于人的烦琐。

心灵教育，不是训练，缺乏主体间内在的交往；不是纪律，受到规则与奖惩的制约，缺乏真正意义上的精神沟通。它是德国的雅斯贝尔斯在《什么是教育》中谈及的第三种非常倡导的"存在"式教育，师生双方均投入了他们的真情实感，进入"存在论"意义上的教育互动世界。"训练是一种心灵隔离的活动，教育则是人与人精神契合、文化得以传递的活动。而人与人的交往是双方（我与你）的对话和敞亮，这种我与你的关系是人类历史文化的核心。"③梅森同他的摄影老师的交流仿佛就是心灵教育在实践中打造出的正面的现实样板。

特林顿老师在得知梅森沉迷于拍摄，久久待在暗房里忘记完成课时后，与他进行了尤为深刻的心灵谈话。他对梅森说，这个世界太激烈了，有数不清愿意付出、踏实勤奋的同学在努力做着必须做的提升作业，在这群人内，很多是缺乏天赋的，而你梅森有天赋不去利用它，你"究竟想要成为什么样的人"？"究竟想要干什么"？拍照，普通人都会做，只有艺术是特别的。这段犀利且诚恳的表达，让人听来振聋发聩。它直逼内心的世界，滋润苦涩的人性，掀去遮挡光明的黑纱，令我们看清现实和自己的渴望。

道德、审美的参与及细腻的内心启迪，人才真正有机会成为一个"完整的人"。

---

① 〔德〕恩格斯：《自然辩证法》，《马克思恩格斯选集》第4卷，人民出版社，1995年，第262页。

② 姜勇：《论关乎心灵的教育》，《教育理论与实践》，2013年第16期，第3页。

③ 〔德〕雅斯贝尔斯：《什么是教育》，邹进译，生活·读书·新知三联书店，1991年，第2页。

三、回归生命的原点

奥古斯丁曾说，时间是什么？你不问，他还知道，你一问，他却困惑。[1]的确，时间好像白驹过隙，存在于抽象的空间里，我们不能把握它，而是它抓住了我们。

正如罗大佑唱的那样，"流水它带走了光阴的故事，改变了一个人"。电影《少年时代》留给观众的镜头中，让人印象十分深刻的便是母亲奥利维亚的哭泣。以前，她就算是遭受离异的折磨，独自抚养梅森和萨曼莎，艰苦的生活也不能让她低下高昂的头颅。如今，一去不复返的时间突如其来地击败了她。这一生中，结婚、离婚、考大学文凭、再婚、担心孩子们的心理健康、再次离婚等困难她都能一一地挺过来。然而陆续送走读大学的女儿、儿子以后，奥利维亚变成孤独的一个人，她彷徨于未来的几十年，寂寞地来到世界，再悄然离开，最后唯有那一抔细土成为她生命的归宿。

尽管每个人都会惋惜生命的短暂，然而它的客观决定了它的残酷。它一刻不停地向前奔涌，从不停留，不知不觉间便雕刻出生活的样子，然后拿给你看，它的变化就是时间留下的痕迹。其实不仅仅美国父母会有如此的感受，中国父母亦如此，时间都去哪了，黑发变华发，孩子在身边的时候摩擦不断，离开的时候剩下牵挂和不舍。这是对个人存在意义的探讨，是自我救赎的尝试。岁月就是这样亘古不变的历史难题，绕不开，逃不掉。生活好比一张白纸，要求人们在上面不停地画圈。"逝者如斯夫"，经验告诉我们不必焦虑，这样才能回到生活最原始的本真状态。

转换一种视角，坦然地接受生命重复循环的枯燥，"把自己的人生重新照亮，在新的生存环境中回归人生原初意义的生成与符号化塑形"[2]。活着的精彩来源于人和社会的勾连，在教育体制的引导下，感悟美的存在，实现"自由"的解放。黑格尔在他的著作《法哲学原理》里对教育的本质就做过精辟的论断："教育的绝对规定就是解放以及达到更高解放的工作。这便是说，教育是推移到伦理的无限主观的实体性的绝对交叉点，这种伦理的实体性不再是直接的、自然的，而是精神的，同时也是提高到普遍性的形态

---

① 杨再勇：《心灵的教育：培养"完整的人"的内在向度》，2014 年苏州大学博士学位论文，第 17 页。
② 詹艾斌等：《生命与教育的方向》，江西高校出版社，2014 年，第 82 页。

的。"①他特别强调人的本质是自由，教育是驶向自由的重要途径。在此基础上，同时把自由划分为两种：一是"自在"的自由，二是"自为"的自由。后者相对前者而言，于"自在"自由的基础上，另外附加了客观世界的各种束缚与制约，是要通过教育的途径，解放思想才能达到的困难历程。

因此，实现孩子的"自由"解放，绝非随意地放纵儿童，家长应该具备做好监督者的基本素质，修养与耐心是关键。《少年时代》中梅森的外婆在帮助自己女儿奥利维亚看护孙子、孙女时，她倾向于通过参与学校活动的志愿者方式来做好一名监护者，自愿为学校提供无偿服务。她关注的不但是自己孩子的教育，而且还有学校的整体教育事务，让人钦佩。

当然，电影中不是所有家长的教育方法都能达到合格的标准。梅森的第二位继父——文质彬彬的大学教授，他强制四个子女做大量的家务，试图教育他们懂得打理生活，却由于规矩太多、任务没有任何价值被孩子们抱怨。发展心理学指出，处于青春期的少年身心发展迅速并且极不平衡，是成长发育的第二加速期，这要求社会可以给予他们成人式的信任及理解。我们需要认清逼迫和压制不是父母作为良好监督者的相匹配的教育方式和手段。生活是多方相互给予的尊重。好似梅森一家，在母亲准备考取大学文凭，决定搬离旧家时，他和姐姐乖巧地同意了，在梅森希望凭借摄影而非传统意义上的学习争取大学机会时，他的母亲也欣然同意了。

无论是家庭教育，还是普遍的教育，"只有回到生命，才可以理解为生命表达的教育。回到生命就意味着回到了教育的本源，在生命中对教育展开理解，也就是意味着在教育中理解教育"②。在我们不断地去追问生命且热爱生命的存在形式下，"生命是人的主要形态，做人的本质就是真实和舒展自己的生命"③。

四、结语

电影《少年时代》中的一首歌的歌词大概说的是"I don't wanna be your hero. I don't wanna be a big man. I just wanna fight with everyone else"。我们的

---

① 〔德〕黑格尔：《法哲学原理》，张企泰、范扬译，商务印书馆，1997 年，第 202 页。

② 杨一鸣：《理解教育》，《上海教育科研》，2001 年第 3 期，第 39 页。

③ 詹艾斌等：《生命与教育的方向》，江西高校出版社，2014 年，第 86 页。

梦想不算太大，也不一定非得变成凯旋的英雄去改变世界，只要我们和普通人一样敢爱敢拼，那就足够了。如何在生命的维度中实现自身价值？这的确充满了挑战，可只要我们能够坚持自己的本心与善的一面，便是教育留给我们的一笔难能可贵的财富。

第二节　生命的告白与教育的阴郁叙事①
——以日本作家凑佳苗小说《告白》中的教育困境书写而论

女作家凑佳苗的小说《告白》一经问世，便成为日本最畅销的推理小说，一举拿下第29届小说推理新人奖、2009年本屋大赏第一名等多个奖项。小说以某中学女教师森口悠子和已患艾滋病的未婚夫樱宫正义老师的4岁女儿爱美溺死于学校游泳池的事件为导火索来展开。森口老师经过调查后发现，爱美之死并非简单的失足落水，而是班上两位同学蓄意谋划下的杀人案。然而，现行的《少年法》仿若一道坚固的屏障使两位学生得不到应有的惩罚。于是，为宽慰自己痛失爱女之心，更为使自己的学生认识到其所犯错误之深重，她精心策划了一场近乎疯狂、残酷的复仇计划。该小说以第一人称"告白体"的独特叙事形式传达了五位事件相关人物对同一事件的不同看法，在虚拟故事的背后，暗含着作家对现代教育的批判和反思，凸显了当下时代日本乃至世界范围内教育的逼仄状况。

一、成长乐章的多重和鸣

在芥川龙之介的短篇小说《竹林中》所使用的"多重声"叙事手法与非线性的叙述方式在小说《告白》中同样得到巧妙的体现。整部小说由"神职者""殉教者""慈爱者""求道者""信奉者"和"传道者"六个章节组成，由虚构领域中的五个焦点人物——女老师森口悠子、少年 A 渡边修哉、少年 B 下村直树、班长北原美月和直树母亲下村优子的内心告白徐徐展开。每个人都以第一叙述人进行讲述，每个人的告白中都藏着一些不为人知的秘

---

① 本节初稿撰写人赖欢，原载于《读写月报》（语文教育版）2018 年第 2 期。

密。尤为重要的是，在这多个人物的告白之中，又存在着对同一个问题、同一个事件的主观见解，而这些在某种程度上也如一面多棱镜，折射出多元化的表象，形成一部以少年犯罪与个体生命成长为主题的多声部的叙事和鸣，进而引导读者层层深入事件的真相当中，直抵人性复杂、阴暗的深处，以血腥和暴力撞击着读者内心的道德尺度。

1. 人生图景的繁复织锦

森口悠子是初一 B 班班主任，小说以她在全班同学面前所做的告白为始：教室里充溢着因春假即将到来而欣喜激动的同学们的喧闹声，而森口老师对此毫不在意。她自若地游走于教室之中，冷静地向在座的同学们讲述自己因家庭贫穷而选择放弃从事自己热爱的学术研究，转而走上了可享受政府优待政策——免除偿还助学金——的教师职业道路。面对老师拉家常似的临别告白，同学们心无所动，直到其平淡而清晰地道出自己辞职的真相，自己是一个单亲妈妈，生活的全部寄托就是4岁女儿爱美，但女儿却溺亡了，并且经过查证，这场校园犯罪是班上两名同学 A 和 B 所为。在森口漠然的叙述中，教室里的气氛变得凝重起来。而后，其悠悠地道出自己借着学校课间发放牛奶的机会在犯罪少年的牛奶中掺入了已患艾滋病的未婚夫的血液。于此，在森口老师揭开爱美溺亡真相的同时，也将传统的、应然的师生关系彻底地颠覆了。本应以保护、关心与教育学生为职责的教师竟用残忍的方式对学生进行"报复"，这是使教师与学生甚至是由此延伸、囊括到的家庭关系发生变化的始由。

而后，作家将笔触拉长至其他人物身上。第二章"殉道者"中以班长北原美月写给森口老师的信件为主体，描述了在其辞职之后的班级情况。两位犯罪少年渡边修哉和下村直树在打着正义旗号的同学们的审视和讽刺之下走向堕落，"群体无意识"的校园暴力也正悄然蔓延、发展。下村直树的母亲优子，不愿相信自己平时乖巧善良的儿子杀人犯罪的事实，明白真相后顿时陷入绝望的境地之中，并产生了与儿子同归于尽的想法，这种心理轨迹的变化也正是其人生道路发生改变的某种体现。小说中的两位中学生，也就是犯罪者，在恐惧、脆弱、幻想、自我的缺失等少年情绪的交织之下完成了自己内心的告白，事情的真相一步步接近。

告白在这五位人物的内心陈述中进行着，展现出来的是多名社会身份相异的个人在面临同一事件的发生的所做出的选择及其情感倾向。在其各自的人生选择之下，小说渐次展开，仿佛一幅包罗多种生命姿态、多条人生轨迹与多份成长故事的繁复织锦，故事在虚拟的表象下透露出几分社会真实。作家写作的笔触重重地划破了小说的边界，直抵我们所处的现实世界之中，每个人都能沿着小说发展的脉络找寻和感悟到个体生命生存的意义与法则。看似是以少年犯罪和复仇为显要主题的小说在森口宽恕或报复、少年 A 为赢得母亲注意的无意识犯罪以及少年 B 自我人格构建之矛盾冲突与隐性的人性对立中趋向了深层次主题的统一，即由生命对象在其个体生命前行的路途中，因其现时心绪和罹临的人生转折所滋生的多层次、多维度的情感表达，交织形成的百态而暗哑的成长乐章。于此，几个人的告白在某种程度上也在"认清生命""尊重生命"与"给生命一个理由"的强大命题之下得到了完美的交汇和融合，小说也正沿此进入一个更为宽广深邃的视野之中，即对于现代人类教育现状的批判与憧憬，对生命对象内心深处所固存的那些关乎自身成长发展问题的多元对立的质询与拷问，以及对对象本身生命的本质意义的终极追问之上。

2. 群体无意识暴力的庸恶

法国著名的社会心理学家勒庞在其著作《乌合之众：大众心理研究》中提及一种现象："个人在群体影响之下，思想和感觉中的道德约束与文明方式突然消失，原始冲动、幼稚行为和犯罪倾向突然爆发"[1]，"即使仅从数量上考虑，形成群里的个人也会感觉到一种势不可挡的力量，这使他敢于发泄已出自本能的欲望，而在独自一个人时，他是必须要对这些欲望加以限制的。他很难约束自己不产生这样的念头：群体是个无名氏，因此也不必承担责任。这样一来，总是约束着个人的责任感便彻底消失了"[2]。这种现象也存在于《告白》中，并贯穿于小说始末，为森口悠子老师那以摧毁个体人格、侵蚀精神根基为主要途径的复仇计划的顺利实施起到推波助澜作用的班级同学们，在了解爱美溺亡的真相后，集体性地歧视、辱骂自己的同学，最终促使两个犯罪少年真正跌落人生谷底，感受到精神的绝望。

马克思在《关于费尔巴哈的提纲》中曾经提及："人的本质不是单个人所固有的抽象物，在其现实性上，它是一切社会关系的总和。"[3]亚里士多德

---

① 〔法〕古斯塔夫·勒庞：《乌合之众：大众心理研究》，冯克利译，中央编译出版社，2000年，第5页。
② 〔法〕古斯塔夫·勒庞：《乌合之众：大众心理研究》，冯克利译，中央编译出版社，2000年，第9页。
③ 马克思、恩格斯：《马克思恩格斯文集》（第1卷），中共中央马克思恩格斯列宁斯大林著作编译局编译，人民出版社，2009年，第501页。

在其著作《政治学》中也这样谈道：那些生来离群索居的个体，要么不值得我们关注，要么不是人类。社会从本质上看是先于个体而存在的。那些不能过公共生活，或者可以自给自足不需要过公共生活，因而不参与社会的，要么是兽类，要么是上帝。因此，人作为一种群居性的社会动物，其生物性与社会性是并存的。人在相互交往的过程中，其行为举止甚至是心理、情感都呈现出相互制约、相互影响的面貌。在小说中，失去女儿爱美的森口老师深谙此理，并纯熟地运用在"复仇"计划之中。显然，森口老师对全班同学做的离别感言——告诫同学们生命的珍贵及其意义，在指出杀害爱美的凶手的同时也用谎言布下其"复仇"的第一个局，即两位犯罪少年喝的牛奶中掺入了艾滋病患者的血液，这无疑在某种程度上制造甚至是加剧了所谓的"羊群效应"。其充分利用分析心理学创始人荣格曾提到的"集体无意识"现象，从犯罪者周边人物和环境着手，最终使得个体的行为观念由于在群体环境之下受到某种压迫和影响，进而产生无限地向集体意识、观念靠近的变化。而此举的结果则是：犯罪少年 A 渡边修哉成为班级同学集体欺辱、恶意攻击的对象，少年 B 下村直树休学在家，并在新班主任维特持续不断的家访与同学们具有"鼓励"性质的言语的刺激和折磨之下产生精神分裂，亲手将自我人格一点点摧毁，最终酿成弑母的悲剧。汉娜·阿伦特在《耶路撒冷的艾希曼：一份关于平庸的恶的报告》中指出，缺乏理性与判断力的对既存体制与意识观念的盲从，是权力统治社会中的个体生命的生存状态。"法不责众"的道理和作用在当下社会依旧被发挥得淋漓尽致，被外在世界中的群体性无意识暴力所裹挟着的个体生命对象，其人性的庸恶也成为隐秘而顽固的存在。于此，生存在社会公共生态系统之中的人所做出的价值判断与价值选择，以及其生命质地和生存境况的呈现，即便或隐或显地体现出庸常暴戾的倾向，也同样可以被给予理解。而我们更需要关注的则是人如何实现对生命庸恶的突围，进而具备个体生命成长的自觉与自由。

二、暗疾丛生的青春教育

作为一部以学校、家庭为主要书写场域，以老师、学生、父母三种身份的人物为主要描写对象的小说，教育显然成为其所囊括的叙事主题之一。从教育概念界定的内涵与外延来看，完整的教育是包括正式与非正式教育活动在内的一切能够提升人的思想情感、增进人的知识与技能的活动。因此，也可以将其划分为四个层面，即学校教育、家庭教育、社会教育和自我教育。基于此，在小说《告白》中所体现的教育问题也能够从以上层面出发来进行更为深入而具体的考量。

1. 师者之"神职"与父母之"慈爱"

学校教育与家庭教育是来源于他者力量的两种教育类型。严格来说，学校教育是人所受到的最正规的教育，是指有专职人员和专门教育机构对受教育者实施的有目的、有组织、有计划地培养人的活动。[①] 而家庭教育尤其是现代家庭教育则是人最早接受并且贯穿于人生命始终的家庭成员内部之间的相互影响和相互促进的活动。对于自由全面发展的完整的人的培养，学校与家庭教育缺一不可。

从表现方式上来看，学校教育在某种程度上主要体现在教师与学生之间的关系问题上，也体现在学校教学风气与学生学习品格方面。传统的学校教育受到沉淀许久的历史文化和政治制度的影响推行统一的教育模式，其培养的往往是千人一面的工具型人才，忽略了对学生健全人格与德性修养的培育。在这样的背景之下所培养出来的"人才"，在性格的完整性与人格的独立性方面都有很大的局限性。小说伊始，展现、书写的是嘈杂混乱的教室与喧嚷打闹的学生们，学生没有在认真听森口老师的讲述，而老师也从未对其行为进行制止和教导，"尊师重道"的观念和学习态度在这里似乎被彻底抹去。甚至学校还曾经出现过女学生有意整蛊男教师并诬告其进行性骚扰的事件，导致整所学校的教师们人心惶惶，即便自己的学生在校外遭遇不测请求教师援助之时，异性教师也不会亲自出面帮助学生解决问题。无疑，这是师生之间不够信任的一种体现。

小说中，女主人公森口悠子老师说道："到了辞职的关头，反而再度思考'教师'到底是什么"[②] "就算身为教师，也不可能成天只想着学生的事，我有更重要的人"[③] "老师对着学生热切说教，把自己的人生观强行灌输给学生，只是自我满足而已"[④]，从这些言语之中，能够感受到森口悠子作为一名教师，其身上的职业责任感、使命感与对教育的认知远远不够强烈和深入，对

① 王道俊、郭文安：《教育学》，人民教育出版社，2009 年，第 16 页。
② 〔日〕凑佳苗：《告白》，湖南文艺出版社，竺家荣译，2016 年，第 26 页。
③ 〔日〕凑佳苗：《告白》，湖南文艺出版社，竺家荣译，2016 年，第 28 页。
④ 〔日〕凑佳苗：《告白》，湖南文艺出版社，竺家荣译，2016 年，第 58 页。

学生做出的犯罪事实不仅没有原谅的打算，反而在考虑到《少年法》对犯罪学生所具有的保护作用之基础上暗自谋划自己的复仇计划，最终使悲剧无限放大，伤及更多无辜之人，这些都是与科学、正确的师生伦理关系相悖的。我们不能否认的是，即便是被冠以神圣头衔的教师也无法完全权衡和处理好个人与公共事业的关系。面对自己年幼的爱女被自己的两位学生杀害的痛心事实，森口选择离职并对其实施残酷恐怖的报复计划，这是她作为一名母亲的可被理解的举动；然而，其毕竟是两位犯罪少年的班主任，仍担负着从心灵和灵魂上救赎学生，将其拉回到正确的成长轨道上来的责任与使命。因此，关注学生心理的健康和精神的成长，实现其人性的救赎和人格的独立，在深层次上使人成为人，使其在精神上立人，进而在斑驳、繁复的世界中能够保持相对清醒的价值认知，是当今教育成功与否的重要评价标准之一。小说的第一章是森口悠子老师面对全班同学做出的内心告白，作家凑佳苗将其命名为"神职者"，在某种程度上既是对当下师生关系尤其是教师在教育理念和实践方面存在的问题的批判与讽刺，更是对学校教育在未来能够有效地改变培育精致的利己主义者的局面、重塑自由完整的人的期望与希冀。

在学校教育的发展日趋成熟的现代社会，源于自然的生活情境、成为学校教育的延伸之一的家庭教育，其功能与作用同样不可小觑。在凑佳苗的系列小说作品中，母亲这一形象反复地出现并且对故事情节的发展有着深刻的意义。在《告白》中，作家生动突出地塑造了三个母亲形象——班主任森口悠子、犯罪少年 A 的母亲八坂亚希子、犯罪少年 B 的母亲下村优子，由森口老师爱女的死亡事件所衍生出来的是这样的三个母亲、三个家庭的故事。于此，也可以说这是一部以亲子关系为隐性切入点的小说。首先是班主任森口悠子，作为一名单亲妈妈，其因女儿无辜被害而采取激进恶劣的报复行动，步步为营，为两位犯罪少年编织了一张巨大的网，一点点地屠戮他们的精神世界，摧毁心灵的堡垒。而少年 B 下村直树的母亲下村优子，认识不到"爱是毒药"的道理，即便在知晓儿子是杀人凶手的情况下仍然竭力为其辩护，不断地说着"直树真可怜，因为帮助坏朋友才做了杀人这样的事情"。其始终不愿意承认、相信自己孩子的过错，一味将责任推卸到他人身上。这份溺爱最终成为犯罪的催化剂，使下村直树性格中懦弱、胆怯的负面因子进一步膨胀起来。当直树身处家庭以外的世界中，发现外在的认知与自我感受不相一致时，母爱这把保护伞已然被吹破，在其构建独立人格和寻觅自主意识的路途中所遇到的任何挫折、障碍都会成为点燃"溺爱"炸弹的可能性因子。

在学校受尽欺凌耻笑的直树在母亲面前却仍得到各种鼓励和夸赞，他既依赖母亲又无比厌恶这份过剩的爱，长此以往，形成了直树懦弱而乖戾的双重人格。母爱的失衡和不在位的父爱，在直树精神崩溃进而弑母的悲剧中成为重要的催化因素。

苏联教育家马卡连柯指出，缺乏母爱的儿童是有缺陷的儿童，失去母爱会使孩子心理发展受到障碍；没有父亲的存在，会使母爱向溺爱发展，同样影响孩子心理的正常发展。[①]与下村直树的境况恰恰相反，犯罪少年 A 渡边修哉的父亲是一名普通的电器行老板，其母亲八坂亚希子是精通电子工程学、有着学术梦想的女强人。在认定儿子的存在成为其追逐学者理想的最大阻碍时，她选择放弃家庭，抛下孩子，重回象牙塔，甚至十几年间从未与儿子取得联系。在父亲再婚并生下另一孩子后，渡边修哉脱离家庭独自生活，继承了母亲的天赋和智慧的他由于母亲的离开、母爱的缺失形成了强烈的"俄狄浦斯情结"，渴望得到母亲的认可。现实生活中，学习优异的渡边修哉没有朋友，也没有家人的关爱，心理孤僻变异，心智的不健全令他从一个天才少年变成了冷血恐怖的杀人犯，为了追逐母爱、与母亲重逢不惜一切代价，在杀人犯罪的不归路上越走越远。

2. "传道"的社会与个体的"运命"

从定义教育的更为广阔的角度来看，教育存在着社会与个体两个审视的维度。其中，社会教育作为相对于学校教育与家庭教育而具有更大范畴的教育类型，其形式之丰富性与影响之广泛性都值得为人所关注。在《告白》中，致使少年 A 产生杀人想法的导火索是：在其获得科创展大奖的当天，不良少女露娜希用氯化钠杀害了全家而成为轰炸性新闻并引来众多人的关注，反而，他的获奖喜讯则不被媒体重视。这使其价值观发生进一步的扭曲，心灵变得极度黑暗，妄图做出更加轰动社会的犯罪事件来吸引大家的注意，以得到其母亲的关注。媒体对 13 岁少女残忍地杀害家人的恶劣行径大肆宣传，青少年取得科技创新的优秀事迹却被搁置一旁，无疑在某种程度上体现出社会文化传播的弊病所在。森口悠子，作为贯穿整个小说的中心人物，既是神圣的教师，又是一位可怜的单亲妈妈；既是一位受害者，又是一名加害者。在未婚夫"热血教师"樱宫正义的劝解下，她放弃了真正往两位犯罪少年牛奶中注入艾滋病患者血液的

---

① 孟育群、宋学文：《父爱淡出家庭教育与父爱的作用》，《教育科学》，1998 年第 4 期，第 42 页。

想法，转向从少年们引以为傲的自我中心主义价值观的摧毁上着手进行报复。而在这个过程中，我们无法忽略的基本事实和必要前提是日本社会对未成年犯罪的处罚体系的不健全。也正是因为 14 岁以下的青少年犯罪，无论情节是否严重都会得到宽恕释放，爱美之死无法付诸法律来解决，才使森口下定决心用自己的方式教会犯罪学生"认清生命之重，反省所犯之罪"。弗洛伊德提出的人无所控制、无法感知的无意识领域即人的潜意识里是存在着"恶"的，一旦现实中的某些因子与生命本体的欲望、需求不相一致时，潜藏着的意识就会冲破人性的牢笼，使罪恶意识苏醒，这也成为森口悠子老师由原谅学生到选择实施复仇计划的心理变化过程的某种呈现。除此之外，社会中的某些非道德、不平等的价值观念的固存，也会催发悲剧的诞生。在日本社会，对于一个单亲家庭的孩子的接受程度远远高于对一个艾滋病患者的孩子的接受程度。因此，这也是森口老师在发现自己怀孕后做出放弃结婚，自己一人抚养孩子的决定的重要原因。社会中存在着的对人的某些遭遇的歧视，甚至是对人与生俱来所隐含着的"身份"的耻笑的现象，与一个现代的、自由的、健康发展着的社会生态是背道而驰的。

于个体而言，教育还表现为自我教育，这是受教育者作为教育主客体的教育形式，其表现为人的能动性与主体性。犯罪少年 A 的告白阐述了自己童年时期被母亲厌恶甚至被抛弃的故事，而 B 则是在青年的自我人格构建过程中迷失自我，一旦走出了家庭的舒适区，就无法在社会中找寻到平衡感与归属感，孩子被当下不合理、不平衡的教育生态所影响而产生心理的畸变，作者巧借孩子这一本应天真纯粹的群体来呈现出教育发展的反面状态，以期在解决现实性矛盾的同时，挖掘出罪念的源头，寻找人性原罪的解药，即自我教育与自我救赎。在小说中隐含着的另一个线索是生命与道德，不论是引发女教师复仇行为的开端——爱美之死，还是两位犯罪少年弑母悲剧的发生，都与他们生命意识的淡薄、生命教育的缺乏以及道德的隐性丧失有密切关系。生命是人存在和发展的根基，人的生命在本质上表现为一种超越生物性的自觉存在，于此，人的教育，尤其是以自我生发的力量为根本动力的教育，在某些方面表现为一种关乎道德的生命化教育，是人实现自身统一与精神健全的特殊方式。生命与道德，分别为母体和内核，其皆应在教育的大事业、大格局中加以呈现，在人的自我修缮中得以强化、健全。

拉康曾言，人的欲望就是他人的欲望①，即欲望来自他者或者需要得到他者的承认才能够成立，那么相对来说，包括个人成长发展在内的个人需求和自我意识也很可能要在他处加以寻觅与展现。犯罪少年——有着恋母情结的极端偏执狂渡边修哉与内心渴望被世界认可的下村直树，其罪恶的杀人行径，以及森口老师以命偿命的残酷复仇法、好学生北原美月对十四岁杀人犯"露西娜"的极端信仰等，这些行为与他们人生命运的改写，我们可以看作是其自我意识和主体性的缺失。这些人心中最大的信仰并非人的生命，而是人性残损所孕育出来的畸形产物。因此，以自我成长为旨归的教育，在关乎生命个体运命的同时，也将因人的社会性而给整个社会唤来温暖的春风。

三、结语：教育生态的批判与教育面貌的多维叙事

在后现代主义文化中，小说创作逐渐打破以传达和表现主流价值取向为主旨的原则，许多作家也将文学书写场域转向了对当下社会多方位的批判与反思。《告白》正是用阴郁却真实且富有内质表现力的方式向世人传递着人及其生命、德性教育的价值和根本意义，也揭示出教育生态系统中所存在的诸多不平衡现象，表达出作家对现代教育的强烈申诉。于此而言，以人的教育、成长为主题的小说创作，其价值更在于再现人的生命与生活的多重可能性，展现宏阔斑斓的教育生态图景，实现教育之于人的祛魅意义。

第三节　象牙塔"除魅"②
——《象牙塔》中美国高等教育的困境探析

美国纪录片制片人安德鲁·罗斯（Andrew Rossi）携新作《象牙塔》于2014年1月18日，在第30届圣丹斯电影节上亮相，并获得了该届电影节评审团大奖的纪录片提名。虽与奖项失之交臂，但此项荣誉已是这位导演从事纪录片拍摄十年来的最好成绩，另外，该片在"豆瓣电影"上的评分高达8.3分，亦反映了国内观影者对影片整体成就上的某种肯定。

---

① 〔法〕雅克·拉康：《拉康选集》，褚孝泉译，上海三联书店，2001年，第625页。
② 本节初稿撰写人卢玉洁，原载于《读写月报》（语文教育版）2016年第12期。

影片以葛尔·斯托姆（Gale Storm）的同名歌曲开场，镜头在悠扬的旋律中探入正值开学季的哥伦比亚大学校园，从而引出当下美国社会对本国高等教育所面临的困境的相关讨论，以及寻求解决之道的尝试。不同于借助人物和情节表达明确题旨和立场的剧情片，《象牙塔》基本可以归为尼科尔斯所划分的四种纪录片类型之一的"观察型纪录片"，即"充分运用运动长镜头、同步录音、连贯剪辑等技术手段，以一种透明的、无中介的风格，试图对现实事件进行完整的复制"①，采用某种近乎平铺直叙的剪辑方式，在社会各界的声音中，还原了美国高等教育在政府拨款逐年减少和高校"军备竞赛"的环境下，产生的学生教育贷款问题、学术质量问题和就业问题，并上升至政府针对公民是否及如何享有教育权所作解释的相关讨论中。片中先后介绍了这场质疑高等教育合理性及必要性的海啸中，深泉学院（与世隔绝，其宗旨是"自治，学习，劳动"）、斯佩尔曼学院（黑人女性高等学府）、库伯联盟学院（150 余年间坚持全额奖学金，倡导免费教育）各自所持有的价值观，和以 MOOC（Massive Open Online Courses，大型开放式网络课程）为代表的共享教育发展的新形势，及其在圣何塞州立大学施行的失败案例。最后则总结道：美国高等教育仍会继续下去，而探索解决的途径，寻求大学乃至社会未来发展方向的希望，都应寄托在具备批判性思维的年轻人身上。

对中国的教育工作者和研究者们而言，囿于《象牙塔》所呈现的严峻现实，将思考的重点集中在甄别影片中开具的诸项对策孰优孰劣的争论上，或者就此断言高等教育已是穷途末路，显然是种不太明智的做法。应该清醒地认识到，中美两国的社会制度、意识形态和经济发展水平存在着本质上的不同，而毫无疑问地，高等教育的发展历程与面临的当下形势，和各国国情息息相关，这就决定了一部分现象性的问题，放到当下中国社会其实不足为虑，当然相应的，某些中国高等教育亟待解决的难题，亦很难找到大洋彼岸的对应物，承认并维持中美两国国情的相对独立性，是分析影片的一个不可或缺的前提。

强调中美两国高等教育现状的差异，并不意味着《象牙塔》无法为我们关于高等教育的思索提供启示。近三十多年来，中国高等教育与国际趋势相向而行，加快大众化步伐，加强基础设施建设，扩大市场化进程，推进大学

---

① 王迟：《纪录片究竟是什么？——后直接电影时期纪录片理论发展评述》，《当代电影》，2013 年第 7 期，第 81 页。

自主办学，建构质量保障体系，提高国际化水平，对国家经济社会发展的支持能力显著提高。[①]许多理念和愿景与美国高等教育的发展历程有共通之处，因此，本节将在上述两个前提下，从市场化、大众化和批判性思维三个方面，揭示当下美国高等教育正经历的社会历史变革。

一、陨落的神坛：市场化浪潮下的高等教育

Ivory Tower（象牙塔）一词最早见于《旧约·雅歌》第 7 章第 4 节，相传是为所罗门王所做的爱情诗歌，"象牙塔"一词在该诗句中仅用来歌颂新娘的颈项，而其目前最广为接受的释义，则是法语 tour divoire 之译。19 世纪的法国诗人、文艺批评家圣佩韦·查理·奥古斯丁（Sainte-Beuve Charles Augustin）在书函《致维尔曼》中，借"象牙塔"一词来批评同时代的法国消极浪漫主义诗人、作家维尼（Vigny，Alfred Victor）忽视现实社会的丑恶悲惨之生活，而自隐于其理想中的美满之境地——象牙之塔（tour d'ivoire）。从此，"象牙塔"就被用来借指那种脱离现实生活的文学家和艺术家的小天地———种与世隔绝、逃避现实生活的世外桃源。[②]"象牙"在不同的文化语境下，具有比较统一的内涵，往往代表着神圣、高贵和纯洁，从建筑学的角度看，"象牙"作为建材体现了西方建筑的精髓，即"砖石艺术"。这种对石头建筑的偏爱呼应着希腊神话中丢卡利翁和皮拉以石块造人的典故，与古罗马建筑一脉相承，西方的建筑师们希望借此表达出一种"人化的自然"或"自然的人化"，因而质地近似砖石的象牙，同人的身体和人本身间亦存在着隐秘的联系。至于"塔"，则在以宗教建筑为本位的西方建筑中拥有举足轻重的地位，直指苍穹的艺术造型，很好地诠释了西方人对神灵的敬畏与对宗教的信仰。

以"象牙塔"喻大学，不仅仅是种美好的褒扬，事实上，大学在西方和"宗教"也有着密不可分的关系。影片中提到，美国的第一所大学——哈佛大学，最初就是教堂的产物，"而大学的精髓——讲座，其实只是一种更现代的布道"。"大学是延续人类文明，逃脱死亡的一种方式，是人类与时间

---

① 别敦荣、杨德广主编：《中国高等教育改革与发展 30 年》，上海教育出版社，2009 年，第 73 页。

② 〔日〕厨川白村：《出了象牙之塔·题卷端》。见鲁迅：《鲁迅全集》（第 13 卷），人民文学出版社，1973 年，第 155-156 页。

和死亡的抗争。"但随着中外大学的发展,并不是所有大学都可以被称为"象牙塔",济南大学的蔡先金教授在《大学与象牙塔:实体与理念》一文中,将象牙塔式大学应具备的条件概括为:办学要具备相对独立性,这是前提;要有独立之精神与自由之思想;要纯净得没有"僚气""铜臭气"。从这一点上看,"象牙塔",更多的是一种关于大学的理想,是所有大学的精神标杆。

"大学"不能和"象牙塔"完全画上等号,同时,它也无法代替"高等教育"而涵盖其内涵和外延。由于我国现代高等教育的理念绝大部分是舶来品,缺乏一个完整的生长、成熟历程,使得一部分高等教育研究者们长期以来将"大学"和"高等教育"混为一谈,这种概念的混用在我国高等教育井喷式发展、价值呈现多元化的社会现实出现前,尚能够满足问题阐述的需要,但到了今天,高等教育再一次站在新的十字路口,急需与国际高等教育发展接轨之际,相互间的替代就变得很不实际了。

通常意义上,"大学(University)"更多指代的是承担高等教育任务的机构,现代意义的大学有别于"学院(College)",不是单科院校,而应是一个综合性的、多学科的教育机构,以免单一学科因为缺乏其他学科的配合而走向狭隘和衰弱。"高等教育"则"是建立在中等教育基础上的、由大专院校及其以外的与之同等水平的其他教育机构所实施的各种类型、各种层次、各种形式的教育"[①]。亦即,高等教育只是一个相对初等和中等教育存在的概念,指某种较高的教育程度,重点在于"教育",而不是学术组织的组成形式。唯有以这两个概念为基础讨论《象牙塔》所涉及的高等教育问题,才不会将深泉学院、库伯联盟学院以及 MOOC 拒之门外,阻碍该片叙述线索的整理。

美国作家安娅·卡梅涅茨(Anya Kamenetz)用一个比喻来解释高等教育陷入困境的部分原因:"一直以来,高等教育都如一个黑盒般存在,它被一种威望及神秘感所环绕着,但我们从没认真去探究过盒子里的东西。"而一旦明确"高等教育的本质特点在教育",被《象牙塔》中看似嘈杂喧嚣的声音复杂化了的核心问题立刻就能得到凸显。高等教育,至少是影片所呈现的高等教育所处的瓶颈,实际上是高等教育的初衷"教育"同一往无前的市场

---

① 张澜、温松岩:《"高等教育"和"大学"概念的界定与分析》,《辽宁高等教育研究》,1995 年第 1 期,第 69 页。

化进程产生龃龉的必然结果。表面上看，这是美国政府对高校支持的一路走低，将个人技术能力提升的成本转嫁给公民自身，使得教育贷款违约吞噬了大量美国年轻人的梦想，直接导致人们在触目惊心的高昂学费和惨淡的就业前景前，质疑高等教育的合理性，但问题的根源其实在于，传自哈佛的美国教育的 DNA "为了更好的教育、资源、声望及学生所需的竞争模型"，所谓的"精英住宿式高等教育体系"发展到当下，已然演变成一场舍本逐末、由升学主义操纵的大学间的生存游戏与"军备竞赛"。

高等教育的初衷是教学生如何在之后的一生里去思考、总结及怀疑，教学是大学的本体职能，研究与服务则是派生职能。为了更好地培养学生，大学在过去一直从增加项目和设施、高薪聘请顶尖人才、吸纳更多学科门类三个方面，努力将自己建设成现代大学所要求的综合性、多学科教育机构，拔高自己的排名，以期通过激烈的竞争实现可持续进步。竞争使具备福利性质基因的高等教育变成了一个超级市场，大学及其附属环境不可避免地成为商品，与之相对，学生拥有了另一层身份，那就是消费者，高等教育的市场化进程亦就此启动。

市场化运作在诸多领域和事实中证明了自己存在的必要性和影响社会的能力，是现代社会资源配置的重要一环，不应蒙受责难，美国高等教育的"阿喀琉斯之踵"在于，它在竭尽全力拥抱市场化的同时，逐渐偏离了教育的初衷。一方面，愈演愈烈的福利战争下，就像"重建派"所担忧的那样，象牙塔"迎合着重物质轻精神、重经济轻文化、重科技轻人文、重操作轻思想的倾向"[1]，一点点丧失了校园文化及精神的健康，学习与生活环境的建设远远超出必要的范围，消费主义盛行，日夜笙歌、纸醉金迷之中，原本应该代表着高等教育的傲人成果，向世界发出超前性、独立性、批判性思维的学生，心智遭到腐蚀，终日沉迷于 Party 和狂欢之中；另一方面，过于单一的教师考核制度，仅看重所聘教师的研究成果及学术影响，正在把美国大学推向师生彼此孤立的研究所式的境地，相同的隐患同样存在于当下的中国高等教育之中，一边是来自校方对外"教学军备竞赛"的巨大学术压力，一边教学评估由尚待建立自律及清醒判断力的学生，通过填写满意度调查表进行，教师自然更倾向于降低学术要求，减少教学投入。到最后，高昂的学费"买"来的是庞大的心理落差，匮乏的思维能力，及对未知前途的迷茫和悲观。

---

① 蔡先金：《大学与象牙塔：实体与理念》，《高等教育研究》，2007 年第 2 期，第 36 页。

作为高等教育最主要的承担者，大学必须认识到自己的使命，在市场化的必然趋势中找到教育和产业的平衡。而高等教育面临的另一个矛盾，是在精英和大众二者之间，应该如何抉择。

二、倾斜的天平：精英与大众之辩

如何提供更好的高等教育，以及，如何让尽可能多的人接受高等教育、实现高等教育的公平和大众化——这两种理念分别位于"高等教育"这架天平的两端。无论是在中国，还是在美国，高等教育都起步于少数人中间，长期以来为身处金字塔塔尖的人所享受，19世纪60年代，美国国会颁布的《莫里尔法案》使"高等教育可以让每个人从中获益，人们应该学习一切需要的知识，以成为合格公民"的理念迅速发酵，以史无前例的规模，扩建了州立大学的前身——赠地学院，让全国遍布高等学府，设立了以斯佩尔曼学院为代表的黑人大学，在种族隔离与性别隔离的年代，让教育率先突破了肤色和性别的偏见；"镀金年代"的慈善家们向美国社会灌输了"高等教育大众化是基本人权"的理念，其中的代表人物，企业家彼得·库伯于1859年创建库伯联盟学院，旨在通过提供全额奖学金使无论何种背景的人都能来到学院学习实用技艺，高等教育机构的形式更趋于多样化，在促进高等教育大众化的同时，更好地实现了其服务职能；至美国总统罗斯福在第二次世界大战后公开发表的一次国情咨文演说，强调接受良好教育是公民应有的权利，随后，《退伍军人权利法案》的通过，使超过两百万的退伍军人得以免费踏入校园，并直接促成了1965年的《高等教育法》和联邦学生援助项目、佩尔助学金的创立，美国高等教育的大众化进程真正具备了切实的制度、资金和政策支持，得到了极大的推动，以数据为例，1977年佩尔助学金可支付的州内学费达116%，新生们只需要在暑期打短工，就能够顺利获得入学所需要的资金。

政府的高调介入，使花费极大资源建立的精英住宿式高等教育体系和高等教育的大众化并行不悖，亦掩盖了大学无限扩张过程中的诸多隐患，于是也就不难理解，20世纪70年代罗纳德·里根要求个人承担自我教育的成本，不再赋予公民教育权后，美国高等教育庞大而低效的结构遭受的冲击。高等教育的市场化和大众化两个趋势似乎在此发生了冲突，而被习惯性地与"昂贵"紧密联系起来的"精英式高等教育"，又仿佛同普及高等教育的使命并不兼容，紧随其后的技术革新和信息时代的来临，将持续发酵的质疑瞬间引爆。美国社会在见证某些"名校辍学"幸运儿的成功，肯定他们改变了世界的同时，一种中国国内亦并不陌生的声音甚嚣尘上，那就是转而群情激愤地将高等教育存在的必要性彻底否定，即所谓的"读书无用论"，美国大学在投入市场化进程的怀抱时将自己变成了研究成果和文凭的生产者与销售者，教育形同投资，而作为这一切的消费者，学生与家长把走出校门后的账户数额和"本金"做某种量化的、固定的联系，表面上也非常顺理成章。"大学被打着'以创造更美好未来'的名义，被抬到过高的位置"，正是对其本质的真正消解，狭义的知识、不菲的工资和美满的生活，基于一种共同的固定印象所结成的同盟，促使整个社会都缺乏对大学的准确定位。鉴于高等教育就是出售知识，而掌握知识就拥有了完美人生的等式，相当大一部分人开始认为，高等教育的大众化就是狭义知识的大众化，所以，当 MOOC 出现在人们的视野中时，"读书无用论"，更准确地说，"大学无用论"的信徒们欢欣鼓舞：如果原本要价高昂的知识，通过互联网就可以免费得到，那么大学还有什么存在的价值？影片中优达学城（Udacity）的授课人之一更是通过一种极富挑战性的口吻将这种论调加以表达：真的有必要让 500 个教授在 500 所大学教差不多的课吗？或者挑出其中最厉害的那个，给他更多的时间把课讲好，也许后者的授课效果比前者更好。

如前所说，MOOC 的全称是 Massive Open Online Courses，即大型开放式网络课程。如今在部分国内顶尖大学的招生录取工作中，作为学生学业水平的参考之一，MOOC 的结业证书有一定效力，但非常有限，而国内尚无学校拥有圣何塞州立大学的气魄，选择由 MOOC 代替大学基础学科的全部教学，进行教学方式改革的尝试。但遗憾的是，该次尝试的结果并不尽如人意，网络课程的通过率和学生保留率比传统课程更低，因此第二个学期，圣何塞州立大学就终止了和 Udacity 的合作。正如在信息时代来临之际，妄图彻底否定传统高等教育模式，完全倚赖网络是不可取的一样，MOOC 所遭遇的滑铁卢亦不能说明高等教育联手新兴科技和媒体的可能性不复存在。断言何种形式更具生存权不是纪录片拍摄的初衷，同样也不是分析圣何塞州立大学这次宝贵尝试的重点，应该看到的是，它有力地证明了以大学为代表的高等教育机构尽管面对诸多质疑，但仍是高等教育至关重要且不可或缺的一个载体。要实现完全的网上自主学习，学生首先必须具备自律、自驱力、自信和毅力等基本素养，知识本身却没有赋予求知者这些品质的能力，仍然有相当比例的学生需要一个相对独立且各学科相互渗透的环境，在引路人的悉心教授答疑下，和一群志同道合的人彼此促进，将高等教育机构代代流传的良好品德与精神的 DNA 加以继承，完善自己的人格——"育人"，这是包括高等教育在内所有阶段教育的接力所期望达到的最终结果，尤其是高等教育的核心价值与存在的意义。

为此，高等教育必须处理好"质量"和"数量"，即精英式与大众化的关系。《象牙塔》中介绍的"深泉学院"就是一个在教育市场化大众化浪潮中特立独行的高等教育机构，它以"自治，学习，劳动"为宗旨，坚持封闭式免费办学，学生在与世隔绝的环境中，一半时间学习，一半时间在农场或社区劳动，大部分事务是一个人无法独自完成的，学生们彼此聆听，彼此交流，彼此妥协，共同做出决定。"深泉学院"的世外桃源式教学当然令人向往，可它仅仅只能作为一个个案，不具备普遍的可操作性，就像旁白里所说的，深泉学院越来越跟不上时代，然而它回归教育本身的精神，是当下浮躁的美国高等教育环境中一个清醒的声音。

三、批判性思维：在质疑声中一往无前

就像本节开始论述前所做的说明那样，到了第三个部分，是时候从纪录片呈现的现象中跳出来，挖掘导演安德鲁·罗斯真正想告诉观众的部分。影片下方的评论模块中，有观影者反映《象牙塔》的剪辑"稍显凌乱，有些拼凑"，大量的对话和讲解让人应接不暇，感到乏味，事实真是如此吗？如果联系导演的真实意图——倡导批判性思维，那么"失败"的拍摄与剪辑，就有可能是一种借助形式做出的巧妙叙事。

在初期，纪录片以其"纪实"的特点得以和剧情片泾渭分明，人们普遍认为剧情片是"虚构"的，相对的，纪录片还原的是完整的"真实"，这种一厢情愿的固定印象随着电影产业和文化的发展逐渐遭到巨大的质疑。纪录片并非纯然是客观的，"不管他们（纪录片导演，译者注）采纳的是观察者的立场，或者是编年史家、画家乃至任何其他什么人的立场，他们始终无法回避自己的主观性。影片所呈现的世界是导演自己版本的世界"[1]。尼科尔斯将纪录片创作时普遍存在的主观性称为纪录片的"Voice"，Voice 的重要性则在他对纪录片所下的定义中有很好的体现："纪录片所讲述的情境或事件包含了故事中以本来面目呈现给我们的真人（社会演员），同时这些故事传递

---

[1] Barnouw E：*A History of the Non-Fiction Film (2nd ed.)*，Oxford University Press，1993，p97.

了创作者对影片中所描述的生活、情境和事件的某种看似有理的建议或看法。影片创作者独特的视点使得这个故事以一种直接的方式对这个历史世界进行观看，而不是使其成为一个虚构的寓言。"①

回到《象牙塔》本身，国内观影者的国籍差异使得我们很难对影片中呈现的美国高等教育所面临的危机产生异常强烈的代入感，及被纪录片中的"现实"调动起全部的情绪，油然而生一种寻求方法改变现状的使命味道，观影情感体验的不到位是国内观影者的损失，不过，这种代入感的缺乏却从反面帮助我们更加清晰地听到影片自己的"Voice"，由此观之，该片豆瓣网上的一条评论就非常耐人寻味，这位 ID 为"骚年 P"的用户这样写道："这片子最感动我的两个点：所有人对自由的尊重，以及不知为何人人都有的梦想。"自由与梦想的现象，和影片最后提出的"批判性思维"息息相关，片中的受访者很少表现得一筹莫展（当然，可以认为这是导演刻意为之），无论身处怎样的境况，他们身上都有着一种坚定的自信和强大的行动力。观影者可能普遍对通过"占领校长办公室"反对库伯联盟学院高层收取学费决定的学生行动印象深刻。还是"骚年 P"，提及第三部分时使用了"泪流满面"一词，不卑不亢、无所畏惧地站出来，向权威有理有据地表达自己的异议，并采取实际行动争取权利的能力，尤其还有勇气，之所以引发观影者的阵痛，是因为它就是我们身上所缺失的部分。库伯联盟学院校长面对压力时的回应，使得他身上那种传统剧情片里"对立面"引起的敌意被极大淡化，占领行动是一种抗争，更是一种对话。对话、倾听和思考充斥在看似零乱的每个场景之中，深泉学院的学生毫不避讳地表示"在其他的大学读书我会变得自私而自恋"，哈佛新生大卫·布恩拒绝申请黑人院校以期"学会和不同的人交流"，Udacity 的创建者们离开斯坦福大学时脸上洋溢的改变未来高等教育的自信，哲学系教授瑞塔·曼宁辛辣地讽刺所供职的学校和 Udacity 的合作，这样的例子数不胜数，即便是背负着十四万美元教育贷款引起的债务危机的斯蒂芬妮，仍然坚持"我所受到的教育是无价的"，出现在镜头前的人无一不对自己的过去、现在和未来有着相对充分而理性的认识，明白自己灵魂深处想要的东西，并笃信即使周围所有人都告诉你你做不到，自己内心仍有个坚持"You can"的声音，相信想要的世界即使不在眼前，但终会到来……批判性思维是谨慎反思和创造，是辩证的认知过程，更是理智、美德

---

① Nichols B：*Introduction to Documentary*，Indiana University Press，2010，p169.

和技巧的结合,从这一点上看,"批判性思维是美国的根基",分布在讨论高等教育问题各个阶层中发出自己声音的这些人们,证明了美国的高等教育依然是有成果的,而高等教育何去何从,解决之道就在于这些具有批判性思维的年轻人身上。

四、结语

安德鲁·罗斯的纪录片《象牙塔》从美国在高等教育领域令人震惊的庞大投资切入,展现了在政府拨款逐年减少和高校扩张的环境下,滋生的学生贷款问题和通过率问题,通过介绍包括深泉学院、库伯联盟学院、MOOC 在内,当下美国高等教育多种多样的形式,和社会各界关于高等教育问题的讨论,共同突出了美国社会的根基——批判性思维,并将解决高等教育问题、缔造更美好社会的希望,寄托在具有批判性思维的未来年轻人身上。该片所包含的信息量较大,而 97 分钟的片长稍显局促,使得影片节奏过于紧凑,剪辑上有一定问题,容易使观者感到疲惫,但总的来说,还是较为到位地表达了"美国教育要培养受教育者的批判性思维"这一主题。

本节从市场化、大众化和批判性思维这三方面,揭示影片《象牙塔》所反映的当下美国高等教育正经历的社会历史变革,尽管如前文所说,中美间存在巨大的国情差异,不能将影片反映的问题和已有的解决方案盲目代入我国社会,但是,处理好市场化和高等教育本位职能、精英式和大众化进程,以及思考教育要培养什么样的人、它所期望达到的最终目的等问题,亦能给我们国家今天的高等教育带来有益的启示。

第四节　多维建构下的成长"百科全书"[①]
——罗伯特·麦卡蒙长篇小说《奇风岁月》解读

长篇小说《奇风岁月》是美国作家罗伯特·麦卡蒙的代表作,展现了 20 世纪 60 年代一个名叫科里的十二岁男孩在美国南方小镇的成长故事。小说

---

① 本节初稿撰写人周琴琴,原载于《读写月报》(语文教育版)2017 年第 12 期。

中，作者通过成年视角与童年视角的完美交融，塑造了一大批色彩鲜明的人物形象，在亲情、友情、死亡、写作、勇气、正义、善良、恶势力、种族偏见等多重人生主题的展现中，呈现出了"百科全书"式的独特面貌。众多读者都能在阅读过程中联想到自己的亲身经历，产生强烈的情感共鸣。也正因此，作品于 2008 年登上了日本最具权威的排行榜"这本推理小说了不起"，被日本读者票选为二十年来"Best of Best"。可以说，《奇风岁月》之所以能成为公认的佳作，在于它超越了单一类型写作的局限，调和魔幻、推理等多重元素为作品增添异彩，也清晰坚定地把握了故事最有价值的内核所在，从而突破了对外在形式的简单认知，于深层主题的展现、生命形态的描绘间，彰显出文学作品"为人生"的内在关照，从而为许许多多人生河流中的成长个体，提供了一艘可供漫游、远航的文字行船。

一、童年个体的多彩塑像与纯粹童真的浪漫颂歌

1. 多彩的少年群像

整体而言，《奇风岁月》与其说是主人公对自己在家乡奇风镇充满魔幻传奇色彩的童年之自传性回忆，不如说是作者以小主人公科里为中心发散而编成的一张包罗多样生长姿态多份成长故事的绮丽织锦。

小说中，无论是古怪爱捉弄人的吊诡小魔女布伦达·萨特利、坚强勇敢充满正义气息的忠实伙伴戴维·雷，还是心有梦想却无法自主选择的天才投球手尼莫、张扬跋扈称霸校园的横行少年戈萨与戈多兄弟，作者都不惜笔墨刻画出鲜明的人物个性，对典型事例也展开了精彩叙述。如若我们愿意回顾近几年内脱颖而出、引发热议的其他成长小说，并对它们的人物塑造策略进行考察，就不难发现《奇风岁月》超越以单一个体为绝对聚焦点的群像式写作方法的艺术魅力与独特作用。可以回顾，无论是以独特时代背景为土壤，展现种族歧视下的由失败家庭的教育导致的成长悲剧、彰显找回自我主题的《无声告白》，还是植根于经济高速发展的现代社会，表现当下少年成长过程中心灵之困惑与迷茫的《麦田里的守望者》，都是用相对集中的视野来关注一个或少数几个成长主体及表现其所对应的相对一致的那个生命主题。然而，对于状如巨木的生命母体本身，其根脉往往盘根错节、形态往往复杂多样，作家确实可以用一个断面的深层剖析来进行管窥，但这却不足以引起更

丰富层面的社会读者之共鸣，而这，正好表现为《奇风岁月》的优点。

《奇风岁月》的群像式人物刻画，不仅表现了如前所述的多种成长形态，突出了个体成长的主体差异性，在更为全面丰富的评估标准中对青少年的个性发展给予肯定与彰显，让更为广泛的青少年读者在与角色的"一一对应"中找到自身的共鸣、促使其价值的确认与自信的建立。笔者认为更重要的还在于，小说中被典型化了的个体人物形象还可视为是某种成长特质的精美容器——超越这一物质载体，将不同人物身上所能提炼出的不同个性不同品格熔于一炉，这一合成品又能进一步见出"人"的客体生命构成之复杂性与主体发展需求之多样性。

2. 童年智性的浪漫颂歌

如果以年龄作为人生之旅阶段性划分的标尺，将小说中形形色色的人物放置在其横轴上进行考量，那么《奇风岁月》所塑造的形象可大致分为青少年群体和成年人群体两个类别；如若再进一步对这两个群体所呈现的总体生命面貌进行探究，那么在对比分析中，一定能够体察到作者对"童年智性"的某种深切"执着"。

在小说中，不同于一般作品对概念内核的直接具体阐释，作者对童年智性做了独特的艺术加工，将自然个体在生命之初，未经复杂社会之多重历练、学校教育之条例匡正、人际洪流之反复冲刷时所蕴含的生命活力以及卓越的创造力、想象力和非凡的感受力集中概括为一种"魔力"。对于这种魔力，在序言里，作者自我创作心理的剖白中，它的伟大与浪漫就初露端倪——在此，他表示，正是因为这种魔力，童年时期的孩子才"听得懂鸟儿的歌声，看得懂天上云彩变化的奥秘，能够在一把细沙中看到自己的命运"[1]，这与消散了生命的活力与野性，在社会框架中不断"削足适履"、磨灭个性之后呈现枯萎面貌的成年人群体形成了鲜明对照。对童年智性致以浪漫颂歌的这一主题内核由此就浮出水面了，它好比生物机体之血液，贯穿作品始终，既为作品提供了生命关照的人文热度，也决定了小说主体的艺术构建与具体写作策略的匠心选择。

其中，以童年视角（少年科里"我"的视角）为主要叙事视角串联故事主体的艺术手段便是契合这一主旨表现的典型例证。童年视角的运用，不仅

---

① 〔美〕罗伯特·麦卡蒙：《奇风岁月》，陈宗琛译，译林出版社，2016 年，第 2 页。该作品引文具体出处以下行文不再一一标示。

为小说行文中洋溢着的浪漫情调以及悬疑、魔幻等诸多跨类型写作元素的杂糅做了生动注解，也彰显出了主体本身之特性对其视域下人、事与景之面貌呈现的决定性作用这一内在行文逻辑，逆向张扬了小说主旨。在作品中，从主人公科里的眼光出发，孕育其生命的乡土小镇充满了超现实的诗的浪漫气质：在"我"的眼中，当小镇的夜幕降临，"灯光熄灭之后，天上的星光就会越来越明亮"，"抬头看着漫天回旋流转的灿烂星光，那种感觉，就像看着宇宙的心脏缓缓搏动。微风轻拂，大地的清香随风飘散，树枝随风摇曳"。少年的心旌与小镇自然风光的流转一同变化、荡漾，奇风镇的梦幻色彩及诗意风貌成为一面镜子，科里在这里照见了自己少年时通透纯净的心灵世界。

　　在此，作者基于独特艺术手段所表现出的深层价值倾向与以卢梭为代表的自然教育理念之间有着某种契合，他们都将童年个体看成是自然人最佳状态的呈现，主张张扬童年天性中的美好质素，认为童年"一贯是我们身心中深沉的生活的本质，是与重新开始的可能性一致的生活的本源"①，劝诫人们"别太急着长大。好好珍惜你的少年时光，因为有一天，当你失去了那种神秘的力量，下半辈子，你会每天都渴望把它找回来"。于是，他们都高度赞扬能为个体发展提供相对独立空间、呵护个体自然天性的那些因素，反对学校教育与社会教育中会干扰个性发展、污染自然天性的不健康因素。如此种种，虽然一定程度上是由于对人性之过高估价、对个体社会性认知过于片面而存在着明显不足，但在物质文明快速发展、社会道德问题层出、教育机械化、评价体系单一化、教育主体想象力创造力退化干涸等问题突出的现代社会，小说中流露出的对自然人性的呵护与发扬，正能被当下生活中的我们视为对失衡社会现状的一种补充性思考。对孩童美好天性的呼唤，无异于是在高楼林立的水泥砖瓦间，播撒一颗颗桃树的种子，以待在拥挤、逼仄与冰冷里，收获如自然绿荫般的慰藉。

二、人生续曲的复杂展示与成长维度的重新定义

　　在小说中，除了前文已进行过重点聚焦和相关描述的青少年群体，结合社会成员成分构成的丰富性现实与文本内在主题之表达需求，成年群体作为

---

① 〔法〕加斯东·巴什拉：《梦想的诗学》，刘自强译，生活·读书·新知三联书店，1996年，第157页。

生命形态的另一呈现，在小说中亦发挥着极为重要的作用：小说正是通过两个群体的碰撞与交流，进行作品思想内核的多面呈现与深度挖掘。

其一，从个体成长过程的延续性而言，成年个体作为青少年成长的"续曲"，基于由年龄"优势"带来的经验"优势"，是走在更远人生节点上的行路者，其生命状态也就必然会成为青少年对"未来自我"进行定位时主动聚焦的某种参照物，从而对青少年在生命实践中的价值形成和行为选择产生重要影响。

总览小说中诸多少年个体的成长，以主人公科里为典型，在其破茧成蝶的蜕变过程中，除了从与同龄伙伴的多样交往中获得养料，也在向成人角色的主动学习中获取更为复杂、深刻的人生教育。在文本的后半部分，当人们赖以生存的乡土小镇之日常生活发生激烈动荡，往日的和平被硝烟取代，在保卫奇风镇一役中，父亲对于是否参战问题的处理成为"我"成长途中的重要一课。在这里，纯粹干净的少年的目光不仅如三棱镜一般，能分解透析出混沌人心之下的种种不良质素，也将父亲对于底线的坚守、守护乡土的勇敢与正义以及不逃脱不推卸的强烈责任感进行了提纯与升华。

故事进展中，屋外是冷飕飕的夜，艾默里警官动员人们保卫家乡的任务进行得并不顺利。当抉择的时刻终于降临在科里家中时，担心丈夫安危的母亲也劝诫父亲不要参与，自有其他人为此效力。而父亲却毫不回避，直言问到"我们不就是奇风镇的人吗？你，我，科里，还有 J.T，我们不都是奇风镇的人吗？"凛然撕开人们伪善的面具，道出逃避责任的赤裸真相，并进一步指出，"所谓奇风镇，并不只是一堆大大小小的房子。奇风镇的生命，来自所有住在这镇上的人。大家互相关怀，互相帮助，奇风镇才有了生命"。这既是父亲作为一个具有成熟灵魂之成年主体的自我宣言，也是对少年科里的某种温暖希冀与对自我长辈身份的"批判审视"。父亲就像是孩子成长过程中可不断借以丈量自己生命刻度的那棵树，不仅为其提供人生风浪中的荫蔽与关怀，也须懂得自我完善面貌的呈现对以自己为榜样的孩子有着多么巨大的影响。由此，科里不仅仅在这样的过程中收获了某种漫画英雄在身边华丽上演的"激动"，也在对父亲油然而生的敬意中获得了自我成长的深刻启迪，在向此灯塔眺望的过程中，既看到了人生之海的宽广，也找到了自我航行的方向。

其二，基于社会赋予成年个体大于孩童的权力与责任，故而在成年个体与孩童的交往中，对被置于监护人地位的成年群体，当其权力被滥用，往往会指向孩童生命形态的被动扭曲，这其中最为典型的一个问题，是对孩童具备监督、引导权责的老师与父母在自我权力的行使中对个体发展形态的干涉。

从家庭层面而言，小说中两个极富悲剧色彩的人物之塑造，分别从"完成时"和"进行时"两种时态表现了作者对家长"暴力"之下孩童"梦想"被"阉割"现象的深刻批判。它们的主人公分别是作为成年个体的弗农与作为少年个体的尼莫。在小说中，前者拥有卓越的创作才华与追求梦想的执着品质，却在父亲的不认可与不断的言语打击中走向了非常态的人生境况——成为人们眼中可笑的疯子，光着身子出现在大众视野中并毫不自知，被世俗充满鄙夷的风言风语笼罩，只能在尚未具备理解自己能力的小科里面前，用某种近乎梦话的自我呢喃，寻找生命中微茫缥缈的寄托；后者被赋予充满"神力"的右臂，是"命中注定"的天才投球手，却被母亲"囚禁"在家庭的狭窄牢笼里，在由"关怀"筑起的"监狱"高墙中，被剥夺了追求自我爱好与梦想的权力，奠定了最终走向个体之庸常与青春生命之枯萎的悲惨命运之基底。在此，无论是弗农的父亲还是尼莫的母亲，都成为社会中广泛存在的借自我权力剥夺孩子健康成长需求，扭曲其成长轨道的典型代表，在他们强横的话语中，凝结着一类家长的"强权心态"。

从学校层面而言，小说中最突出的教师形象莫过于温柔善良的内维尔老师和粗暴蛮横的数学老师"老铁肺"，她们一正一反如同磁铁的两极，作为少年成长的学校教育背景。其中，内维尔老师的出现，不仅仅促进了科里写作自信的确立，让科里找到了自我价值的依托，也在生命最后的"遗言"式告别中，启迪着尚处于少年时期的"我"的心智，无论是关于"男孩儿"与"男人"话题的独特见解，还是对永葆男孩儿美好心灵与创造力的殷勤期盼与不放弃写作之责的殷切叮嘱都凝固成"我"生命画卷上的一抹温柔色彩，在现在的人生进行与往后的偶然回顾中，激起心灵的涟漪；而"老铁肺"的不通人情与粗野暴躁，无异于在"我"痛失好友的伤口上撒了一把盐，直接导致了科里在课堂上的公然反叛与离家出走。在此，如若没有后文对事实真相的探寻，小科里将永远背负父母的失望，承担不应有的责罚，在沉重的情感压力中，亦无从谈起对戴维·雷之死的解脱，获取心灵的释然，恢复生命的轻盈。

综合以上对成年群体与少年群体多样碰撞形态的解析，透过它们复杂各异的显层表现，对其中的内核进行梳理，不仅能够看到成年群体对少年之生命变化所产生的重大影响，亦能发掘由此引申出的作品对成长维度的重新定义。

在小说中，对生命成长之维度的考察不再囿于个体的外在年龄和与之相对的体貌特征的成人化，更指向内在人格的健全与心灵力量的充盈。在这一全新的尺度中，孩童与成人被置于同样的位置进行考察。对此，作品中成年群体的形象变迁，无论是贯穿始终的科里父亲的自我救赎、与女王之间破除偏见的交往历程，还是欲表达一个父亲对女儿之爱却囿于收入低微无力实践的艾默里警长对正义的偶失与重拾，都展现了作者对成长维度的再建构。由此，成长不再是机械的社会经验的累积，更指向德性、智性与心性多重生命枝干的茁壮，而成长的历程也相应扩展为生命的全过程，只要个体的呼吸与脉搏尚存，成长的河流便永远处于向下一站奔赴的进行时。

三、时代更迭中的小镇变迁与社会塑型的深层探讨

叙述至此，围绕小说的成长主题，本节已经对青少年和成年人两个群体的成长面貌进行了细致分析与具体阐释。然而，如若透过多样人事的表层结构，将目光指向人事背后的底色，还能发现作者于小说深层结构中隐藏的另一种"成长"形态，即作为孕育上述一切生命母体的乡土小镇本身的流变史。

在小说故事之始，城市化、工业化的触角大肆侵入之前，作者通过孩童浪漫的艺术视角，展现了建立在农业、手工业基础之上的小镇淳朴人情及其对少年成长的诗意影响，传达了某种潜在的价值倾向。在这一阶段中，环境的清新、质朴与原始的神秘气息借乡间流淌的河汩汩汇入成长期孩童的血液，成为灌溉少年"魔力"生长的一泓清泉。对此，最具代表性的便是对"我"与小伙伴在暑假来临时怀着激动心情从飞奔至飞翔场景的描绘。在此，未被污染的自然之蓬勃生机撞上孩童天马行空的奇幻梦想，环境气质与个体灵魂浑然一体，将美好社会对个体性灵的滋养推向了极致。而与之相对的，则是末尾小镇环境全面"更新"之后内在人情的变迁。此时，和过往外在面貌一同改变的，还有小镇中鲜活个体的内在心灵状态与价值取向。机械化大生产为人们带来便利的同时，手工劳作过程中凝结和传递的人情温暖亦同步流失，而工业化带来的巨大牟利契机，更是掀起了对资本的狂热追逐之风，席卷小镇的每一个角落，大范围改变着人们原本纯真质朴的精神世界。

也正因此，才有了最后时刻，当故事走向尾声，已经长成青年的科里重回奇风镇对故乡再不复旧日模样时的无限唏嘘与慨叹。诸如此类的许多事件，都昭示着故事的深层结构，表明作者在奇风镇诗性流失与童年传奇消散的背后，对时代变更中对社会塑形作用的深刻揭示。

　　的确，人作为社会关系的总和，任何个体都无法脱离社会的土壤而于真空状态中生存，那么建立在一定经济基础之上的社会思想框架，就必然会成为影响、浸染个体价值选择、思维动向以及行为实践的"不可抗力"，对其间个体的成长产生巨大作用。因而，即便作者于主观意愿上仍表现出对童年乡村的眷恋与渴望回归之情，对全新的奇风镇之面貌有着诸多失望与无奈，表现出一定的逃避、抗拒心理，但正如社会与生命的复杂本质所呈现的那样，鉴于世间没有截然分割的所谓爱与恨、好与坏、善与恶，工业的发展也并非绝对的恶果，它顺应了生产力不断发展的历史潮流，于负面中依旧存有相当的价值与可供期待的依托，个人主体的力量并未因时代而被完全压制，故而当作者对"黑暗就在光明之中，显即隐地二重着"①这一成熟思想有了深层领悟后，终于从和一切"糟糕"的"对抗"中走向了"和解"，在作品的最后，长大的科里终于看到了层层荫翳中太阳的微光，相信"只要那神秘的力量不消失，他们将永远在天上翱翔。那神秘的力量永不止息"。小说在"山头斜照"的光亮中画上了句号。由此，作者借着这样一份微小但终究温暖的亮色，鞭策着生命个体在成长的泥泞中对美好的坚持，也希冀着社会在不断发展中更为健康的教育对那份神奇"魔力"的呵护与保存，将"魔法"指向人间，照亮现实人生的路途。

第五节　家庭教育的自觉与自由②
——从贝蒂·史密斯的《布鲁克林有棵树》谈起

　　当代美国作家贝蒂·史密斯的《布鲁克林有棵树》是一部成长小说，也是一部"家小说"，作品通过弗兰西一家人呈现出一个个有爱的故事。这些

---

　　① 墨哲兰：《如何回归经典》。见刘小枫、陈少明主编：《政治哲学中的莎士比亚》，华夏出版社，2007年，第165页。

　　② 本节初稿撰写人邱桂秀，原载于《读写月报》（语文教育版）2018年第1期。

故事背后所体现出的家庭教育对人的启蒙与成长有着关键作用。《国家中长期教育改革和发展规划纲要（2010-2020 年）》对家庭教育提出了具体要求，特别指出："充分发挥家庭教育在儿童少年成长过程中的重要作用。家长要树立正确的教育观念，掌握科学的教育方法，尊重子女的健康情趣，培养子女的良好习惯，加强与学校的沟通配合，共同减轻学生课业负担。"这些具体到《布鲁克林有棵树》中，即家庭教育中的自觉与自由问题。

一、自觉意识下的家庭教育

小说以小女孩弗兰西的成长经历为线索展开，生在赤贫家庭的她在有爱家庭的支撑下，尝遍百态仍然勇敢地面对生活的艰辛，努力克服学习上和生活中遇到的重重困难，最终完成蜕变，成为一个在精神上富足，在经济上能够帮助家庭摆脱贫困的人。家庭、社区、学校等诸多环境对弗兰西都存在着影响，其中对她影响最大的还是家庭，她的母亲凯蒂、父亲约翰尼、姨妈茜茜以及祖母玛丽·罗姆利等家庭成员让我们看到了从"贫民窟"布鲁克林泛出的教育之光、向上之光。

1. 挫折教育：成长中必不可少的弯路

小说中影响弗兰西成长最重要的三位女性分别是母亲凯蒂诺兰、祖母玛丽·罗姆利以及姨妈茜茜。祖母玛丽是一位聪慧和善的女性，她虽然一字不识，却知道一千多个民间故事传说，"她知道人类所有可怜的弱点，也知道各种残酷的力量"[①]。文化知识的欠缺丝毫不会减弱她对孩子的疼爱，丈夫使用德语对其进行辱骂，面对暴怒的丈夫她选择谦卑隐忍，为了孩子的心灵不受到伤害，特意嘱咐孩子不要接触德语。祖母玛丽这样保护孩子是父母的天性使然，是生而有之的自觉。如果我们将中美家庭保护孩子的方式进行对比，会发现其中存在着很大的差异：美国的家庭教育倾向于在保护孩子的同时还要让孩子知道如何保护自己，鼓励孩子学会保护自己的方法；而中国则更倾向于父母给予直接保护，特别是随着独生子女的增多，家庭保护走向了一个极端，孩子成为家庭重点保护的对象，家庭成员把所有希望寄托于下一

---

① 〔美〕贝蒂·史密斯：《布鲁克林有棵树》，方柏林译，译林出版社，2016 年，第 55 页。该作品引文具体出处以下行文不再一一标示。

代，对其百依百顺，这种过分优待致使许多孩子骄横任性，在成长路上也更容易受挫。小说中提到了祖母玛丽提倡的"苦难教育"，她认为苦难也是一笔财富，能让人的性格饱满起来。她对苦难的正确认识直接影响了凯蒂对弗兰西的教育方式，促使弗兰西即使面对困难也能够表现出足够的坚强与乐观。所以妹妹劳瑞出生时，虽然生活逐渐好转，弗兰西却感叹妹妹不够幸运，不能享有苦难的恩赐。这是家庭教育对孩子的直接的思想观念的影响，真正的家庭教育自觉首先应该是对孩子的保护程度有明确认识，不过度保护，教会孩子如何辨别是非善恶，再放手让其经历感受。

2. 言传身教：孩子与父母之间的镜像反映

列宁的夫人克鲁普斯卡娅曾经说过，对家长来说，家庭教育首先是自我教育，是家长教育。家庭教育的主要功能之一就是德育，这就要求父母在家庭教育中必须注重自身人格和品性修养。孩子是父母的一面镜子，模仿是孩子的天性，一个孩子所体现出来的行为习惯及思维方式很大程度上就是对父母言行的一种映射。罗姆利家庭培养的三个孩子都是女强人的形象，特别是弗兰西的母亲凯蒂，"她能干，坚强，目光长远"，对生存有一种狂热的欲望，这种欲望使她时刻都是一个斗士，弗兰西在母亲的影响下，和那棵天堂树一样：连水泥地都不能阻止其旺盛的生命力。为了求取一棵免费"抛售"的圣诞树，在他人眼中是如此弱小的弗兰西和尼雷做出了让大家都觉得不可能的事：他们接住了抛来的比他们大好几倍的圣诞树！因此，作为父母应该有足够的榜样式自觉。中国传统教育尤其注重言传身教，《老子·四十三章》："不言之教，无为之益，天下希及之。"这里的"不言之教"说的就是父母行为习惯对孩子的影响。家庭教育是一种随机的情境式教育，没有固定的教育目的或教育方法。更多的是来自父母在生活中和孩子相处时的言语和行为。所以，如果父母想要孩子得到成功的人格养成和道德教育，可以通过自身的行为来影响孩子。健全人格养成和道德素质培育是对孩子最好也是最长久、最深入的教育，不仅对孩子的成长有正向影响，也对社会的和谐发展起到积极作用。

3. 互补共赢：家庭教育中的角色扮演

家庭是孩子成长前期的主要生活环境，在这个时期决定了父母在孩子心中的一个大体印象，如果父母都是感性者，那么这个孩子自然也会偏于感性，反之亦然，因此孩子的性格就有可能存在某些方面的缺失。如果父母在家庭教育中自觉扮演互补的角色，那么在很大程度上就可以弥补孩子性格上的不足。弗兰西的家庭是一个算得上完满的家庭，在一个母亲十分干练且有主见的家庭里，贝蒂·史密斯把父亲约翰尼的角色设定成了一个十足的浪漫主义者，两人由于性格上的差异形成一种互补，这是对母亲所表现出的形象的一种补充。在巴德舒尔伯克的文章《"精彩极了"和"糟糕透了"》中反映出的就是两种截然不同的教育方式，父亲的批评式教育和母亲的赏识式教育，这两种教育方式恰好形成了一种互补。在早期教育中，孩子需要保持那个阶段应有的想象力、好奇心，就像祖母玛丽所说的，孩子在六岁之前必须相信圣诞老人的存在。凯蒂是一个现实主义者，她身上渗透的是对生活困境不屈不挠的精神，而弗兰西的父亲约翰尼带有对未来的幻想，歌声充满了浪漫的气息，因此也带动了弗兰西想象的翅膀，使弗兰西不会受困于眼前苦难的灰色，虽然"有时不切实际，可是也使她摆脱了现状对自己思想的束缚"。或许就是凯蒂与约翰尼这种和谐的相处方式让弗兰西有了一个不被贫穷束缚的童年。在家庭教育中，父母对自身角色的定位应该有自觉意识，何时是朋友，何时是父母，何时又是一位引路人都要好好把握。

二、规范制约下的成长自由

位于美国纽约港的"自由女神像"向世界诉说美国挣脱了暴政，走向了自由。小说中无论是祖母玛丽还是最小的弟弟尼雷，他们都充分相信这个国家给予的自由，于是，弗兰西可以平等地接受教育，大胆地向那些看不起贫穷的欺负他们的人喊出：这是个自由的国家。可以看到，家庭教育中的教育方式和教育思想也处处与自由密切相关。孩子在成长过程中会逐渐形成自己对这个世界的看法，在早期时或许尚未成熟，父母应合理地予以区分，对稍有偏颇的需要及时了解原因并用正确的方法进行引导指正，这样才能让孩子感受到父母的善意，不至于让孩子走向逆反的极端。当弗兰西意识到自己所在的学校存在诸多问题，向父母提出前往自己心仪的学校读书，渴望有个更好的环境获取更多的知识时，父母没有因为家庭条件限制反对，父亲约翰尼还特地帮助她假造了一份家庭地址帮助她。这体现出约翰尼对弗兰西的合理想法的支持与保护，不以一种成人的眼光来限制孩子"不切实际"的想法，尊重孩子的选择权，鼓励她勇敢地去做正确的事。随着我国经济的发展，生活水平的提高，家庭的开支比重也更倾向于孩子的教育，一句"不能让孩子输在起跑线上"成为许多家长的教育选择。于是，在呼吁学校教育"减负"的同时，家庭教育的"负重"却更为疯狂地增长。"把能够利用的时间内化为孩子的优秀"的观念在家长的教育观中根深蒂固，除去学校的时间，孩子的时间成为家长的时间，各种补习班、兴趣班纷至沓来，一句"我是为你好"直接剥夺了孩子的自主权。弗兰西和弟弟尼雷是幸福的，在凯蒂好不容易争取到只要花一个人的钱就可以让三个人学习的钢琴课上，弗兰西和尼雷却睡着了，可他们并没有受到母亲的怪罪，最后母亲一个人学会了钢琴，耐心地教会了两个孩子。父母以自己的行动来感染孩子，没有逼迫也没有替他们做主。要相信兴趣是孩子最好的老师，在孩子不感兴趣的前提下擅自给孩子报兴趣班，只是在磨灭孩子对学习的热情，哪个孩子优秀便是所有孩子示范的标准，"别人家的孩子"成为许多孩子的噩梦，这是对个性的磨灭，如果不因材施教只会造成适得其反的结果。

当然，给孩子自由要有个尺度，最主要的便是不放任。在美国的家庭教育中，不放任主要体现在三个方面：一是"宁苦而不娇"。家长特别注重培养孩子的吃苦精神。玛丽提出的"苦难是财富"式教育也是对孩子的一种历练。二是"家富而不奢"。许多美国家庭，对孩子的零花钱都有严格的要求和规定，父母往往要求孩子通过劳动来换取零花钱，而数额的多少根据孩子的年龄和家庭收入的实际情况而定，这能够培养孩子的独立性。我们在小说中可以看到，凯蒂在母亲玛丽的指导和帮助下，教会了孩子理财，教会了孩子把钱用在需要的地方上。三是"严教而不袒"。[①]对于孩子的缺点错误绝不听之任之，更不袒护，而是设法教会孩子知错就改。所谓的自由不是指无限度，而是在一定的范围内行使自己的权利。不放任意味着张弛有度，给孩子足够的空间时间，同时也在一定程度上把控好，给心智尚未成熟的他们一把衡量的标尺。

"综观当前先进国家的家庭教育，在自由的度上，呈现以下特点：一是以亲子关系为基础；二是以礼仪教育为重点；三是以个性发展为方向。"[②]其中最为重要的第三点恰好体现家庭教育中自由度的把握，因为以个性发展为方向，就是积极发现和引导孩子的个性化发展，培养他们独特的兴趣爱好和

---

① 张晓亮：《浅析中美家庭教育的差异》，《大众文艺》，2010 年第 23 期，第 269 页。
② 赵新梅：《透视家庭教育的价值与实践》，《教育》，2016 年第 38 期，第 14 页。

思维品质，这是适应未来社会发展的需要。未来社会需要的不是没有思想、没有个性的"螺丝钉"，而是一个个富有个性创造力的，能够展示自身特质的自由而独立的人。

三、差异对比下的自审自省

透过小说我们可以看到中美家庭教育之间存在的差异。中国是千年文明古国，"万般皆下品，唯有读书高"等许多传统观念已经根深蒂固，特别是受到科举考试选拔制度的影响，直到现今大部分家长也都是唯分数教育论。美国是一个新生国家，民众的思想受到过启蒙运动的影响，因此在观念上更为注重人的自由、平等和民主。还有文化价值观之间的差异，文化价值观体现在人的生活的各个方面，对人的行为起着重要的导向作用，家长采用的教育方式，必然会受到其所认同的文化价值观的影响。因此，家庭教育如何真正做到自觉与自由才能使孩子成长与成才，是每一位家长都需要面临的问题。如今许多年轻父母接受过多年的教育，但在家庭教育中却仍然涌现出许多问题。父母都希望自己的孩子"成龙成凤"，也希望自己可以在孩子的成长道路上给予一些帮助，但由于众多复杂原因，不得不向现实困境低头。特别是在农村或者一些贫困山区，留守儿童成为备受瞩目的焦点，在他们身上，谈家庭教育显得有点遥远。大多数留守儿童与父母相隔两地，由于生活所迫，一年内父母与他们见面的次数少之又少，于是家庭教育中的自觉和自由根本无从谈起，这些家长能给予的最自觉的也只能是最为基础的物质支持，最自由的也只是一种放任式成长。

2016年，哈佛大学生物系博士毕业生何江作为该校优秀毕业生代表发言。随后，媒体对何江的父母进行采访。在访谈中，我们可以看到，身为普通农民的他们一直坚信知识可以改变命运，他们笃定地认为，再贫穷也不能委屈对何江的教育。于此，我们可以认识到，家庭教育最为本质的差距不是物质上的，而是体现在父母的教育观念上的差异。贝蒂·史密斯的《布鲁克林有棵树》所展现出的家庭教育即是如此。从弗兰西出生的那一天起，凯蒂问及玛丽怎样才能改变命运时，玛丽回答说："秘诀就是读书写字。你识字啊，你可以找本好书，每天给孩子读一页一直读到孩子自己能读书为止……你必须坚持这么做，这样孩子长大后，就会见过世面——知道世界并不是布鲁克林的出租屋这么大。"因此，凯蒂每日给弗兰西和尼雷阅读《圣经》和莎士比亚剧集，在弗兰西能够自主阅读的时候，她在图书馆里下决心从字母 A 开头的书读起，计划把全世界的书都读个遍。这就是家长教育观念的影响，所以当被问及相对富裕的麦加里迪恩家庭的孩子为什么还比不上约翰尼这个穷苦家庭的孩子时，凯蒂自己心中有了答案：因为教育。教育改变贫穷的命运，玛丽和凯蒂的教育观正是他们无形的财富。

在我国，对于家庭教育问题，逐渐地也从一种自发走向了自觉，最主要的表现即家长学校的创办。这是家庭教育水平提高的一大关键点，主要表现为"三种类型的家长学校：基于学校的家长学校，基于网络的家长学校和基于社区的家长学校"[①]。通过三种不同方式的家长学校，许多教育水平有限的家长有机会更新教育观念，提升自我，这为家庭教育做出了"赢在起跑线"的重要贡献。

曹文轩在给《布鲁克林有棵树》作序时，一直提及一个词：感动。的确，小说给我们呈现了一个个普通生命的韧性，家庭成员之间的爱更是作为一股强大的力量支撑起弗兰西的梦想，最为重要的还是家长的正确教育观念及思想，他们教会了孩子学会爱，懂得理解包容，懂得辨别是非善恶，自我保护。每个家庭或许都有自己的一套家庭教育方式，但是最为本质的深入骨髓的教育思想却是一致的。从无意识到自觉，从束缚到自由，无不说明家庭教育正逐步发展成熟。

---

① 许珊珊、王清：《家长学校的现状及思考》，《成人教育》，2017 年第 8 期，第 62 页。

第五章 多样态时代教育的艺术呈现

教育从来就不是孤立的，单向度的；尤其是在我们这个时代，教育的表现形式更是多样态的，它们构成一个整体，共同推动着当代教育的发展。本章我们主要讨论三种教育样态的文艺作品，它们艺术化呈现的分别是当代家庭教育、特殊教育和乡村教育状况。很显然，在这种呈现中，其色调不应该也不可能单一，而是有沉重、有困顿甚至某种意味的衰败，当然更有建构，有对教育新生的强烈期待。

第一节 当下中国家庭教育的困顿与新生①
——俞莉的中篇小说《宝贝》解读

我国是一个具有"重视家庭教育"传统的国家。改革开放以来，随着经济的腾飞与文化的发展，家庭教育发展迅猛，出现了前所未有的新特征、新挑战。在《国家中长期教育改革和发展规划纲要（2010-2020 年）》里就明确指出了家庭教育在教育改革和发展中的地位和作用，强调要"充分发挥家庭教育在儿童少年成长过程中的重要作用"。党的十七届六中全会也特别提及了新环境下的"家庭教育"问题。

作家俞莉是一名在学校里浸淫多年、从事一线教学活动的教师，同时也是一位刚把孩子送入大学的母亲。对于教育问题，她拥有足够丰厚的生活体验和相当深入的思索，写作素材对她来说并不成问题。俞莉很善于转化和处理个人经验，她的小说无不是从生活的细枝末节中延伸出来，文本中的场景

① 本节初稿撰写人吴晔，原载于《读写月报》（语文教育版）2016 年第 6 期。

设置、心理活动、言语对白等都鲜活而逼真。小说刚开篇，就像按了快捷键一样，节奏很快：火急火燎的母亲，若隐若现的父亲，麻烦不断的孩子，疏离紧张的亲子关系——上述元素并不新鲜，但当它们纤毫毕现地被置于读者面前时，却依然让人感到震撼。《宝贝》中，包括主人公施文在内的母亲们将一元教育理念带来的焦虑，连同因男性在家庭教育中地位的缺失而造成的恐慌，一并倾注于育儿行为中。她们在整个育儿行为的过程中都贯穿着一种难以摆脱的窘迫与无奈，焦虑的情绪在小说中肆意蔓延。

一、一元化的教育理念：父母之外也应有天地

"孩奴"作为一个社会现象，无疑涉及众多社会问题，其中一个就是教育理念问题。"90"后孩子的家长大多出生于 20 世纪六七十年代，他们的教育观念及在这之下的教育方式与自己的父辈完全不同。对成长于特殊社会时期、兄弟姐妹众多的这代人来说，"放养"是他们主流的成长状态，小说中，施文的妈妈生气时最常说的一句话就是："东方不亮西方亮。你哥不听话，还有你姐和你。"①而当他们为人父母后，恰逢中国的经济和文化走向开放、现代和多元，加上"独生子女"政策的施行，这代人的教育观念和教育方法也随之有较大变化。尤其是从 20 世纪 90 年代至今，正是中国社会教育思潮最为丰富的 20 年，不仅素质教育的理念深入人心，同时，大量来自西方的教育理念也涌入中国。②不论是否曾明确表达出来，大多数家长的教育理念都是希望把孩子培养成社会的精英。就如小说中说的："而她，只有一个宝贝。他是她的生命，是她的独苗，是她全部希望。他不能不亮，他没有不亮的理由！"在这样的一元教育理念的阴影里，多样性被毁灭，每个人都渴望成功，家长想要孩子成龙成凤，可通往成功的却只是一道窄门。孩子处在父母期待的下游，则不幸地成为所有毒素的终端。

小说中的三个孩子在其成长过程中都带有明显的人工斧凿留下的痕迹，贴有"母亲"的标签。虽然成长的轨迹各不相同，但他们的遭遇在本质上却有着共通之处：郭春红的儿子俊文因为用水果刀捅伤同宿舍的同学，而被警方拘留；林雪莉的女儿茵茵因为想见鹦鹉而不得，从阳台上跳下去，虽保住

---

① 俞莉：《宝贝》，《当代》，2015 年第 5 期，第 197 页。该作品引文具体出处以下行文不再一一标示。
② 樊未晨、张迪：《大一新生父母，难解的脐带》，《中国青年报》，2015 年 11 月 16 日，第 9 版。

了性命但是折断了一条腿；施文的儿子宝儿因为屡犯校规，被学校停课一周。综观三个孩子的成长遭遇，我们会惊讶地发现，一直优秀的俊文、乖巧的茵茵与麻烦不断的宝儿的遭遇的相似，甚至比他的更残酷。然而，我们也明白，过去与现在不是泾渭分明的，所有改变都不会是猝不及防的，"质"的改变总是要经历"量"的累积，当我们溯源每个孩子相对应的培养方式，这些疑惑才能被解开。

与许许多多生活在深圳的蚁族一样，俊文的母亲郭春红是这个"出租之城的资深租客"，是"这个富丽光鲜城市里拼命挣扎的可怜虫"，是"生活的失败者"。郭春红在单位"吃不开"，唯一的安慰和自豪就是宝贝儿子俊文，"俊文是她痛击所有看不起她的人的有力武器，是她在单位里唯一可以扬眉吐气的地方"。她经常摘录或者自创经典名句鼓励儿子奋发图强，常跟儿子说："你爸爸妈妈都很普通，将来没有办法拼爹拼妈的，你自己必须努力。"俊文不负众望地考上了上海的一所名校，并获得了一等奖学金，接下来的一切似乎都应该顺风顺水，然而事实上他的生活并不如意——与室友不睦，并最终因发生冲突捅伤室友而被拘留。尽管小说并未正面刻画俊文，但我们仍能在字里行间发现一些线索，从而按图索骥地还原一个"立体真实"的俊文：俊文和郭春红关系亲密，事事都爱和母亲汇报，包括食堂的伙食、老师的表扬等生活小事。然而伴随着亲密的母子关系而来的，是俊文堪忧的人际交往能力。在旁观者施文看来，郭春红眼里"聪明、内秀"的俊文，同时也是一个"少年老成"的孩子——"在小区里独来独往，从不跟别的孩子疯玩厮混，一有时间就学习"，"从初中开始，过年过节，你喊他出来，都不出来"。这并不仅仅是俊文自身的性格使然，家长赞扬的态度也在无形中起了推波助澜的作用，对于俊文的深居简出，春红的态度是"沾沾自喜"，深以儿子为傲。当缺乏与他人交流经验的俊文，在与室友关系紧张而向母亲诉苦时，母亲郭春红并未积极引导孩子如何处理人际关系问题，而是消极地"想去一趟上海。跟他们老师要求换一间宿舍"。相比于有没有"为孩子好"，家长往往更看重有没有"让孩子好"。基于这种理念，在孩子的成长过程中，除了生活上的必要关心，父母最为关注的仍是孩子的智育，至于孩子的独立生活能力、对社会的适应能力则很少考虑，甚至不予考虑，这对孩子的健康成长无疑是弊大于利的。

外国语学院的高才生林雪莉在嫁给大老板后，唯一的职业就是相夫教子。"除了在伙食营养上精心伺候外，更是对小孩子的智力开发投入了无穷的精力。"在她严格的照看下，茵茵不看电视，用电脑也是限时的，多余的时间都是辗转于各个兴趣班之间。然而茵茵毕竟是一个年幼的孩子，在她的心里不可能不滚动着青春的热流，在沉闷、单一的学习环境里，也许只要一声鸟鸣，就能点燃她对外面世界的憧憬。一向听话的茵茵在花鸟市场看见鹦鹉之后，固执地要求养鸟。当林雪莉发现自从养了鸟，茵茵便整天逗鸟，书也不大看，学英语也不专心，便把鹦鹉放走了。本以为事情已经画了休止符，谁知有一天茵茵因为听到鹦鹉声音跑到阳台上去寻找，而从四楼摔下。西方有句谚语："教育的本质，不是把篮子装满，而是把灯点亮。"林雪莉对茵茵的培养，看似让孩子"先飞"，实际上却在日复一日枯燥的重复学习中，磨灭了孩子的学习兴趣，折断了孩子的翅膀。在这种培养模式背后，是家长对"家庭教育该教些什么"等问题的一头雾水，同时也反映了全社会对家庭教育的内涵及意义普遍理解不深的现状。与学校教育注重教授知识与技巧性的东西相比，家庭教育更应关注孩子发展的整体性，尊重孩子个体发展的自然规律，在理解孩子的学习方式和特点的基础上，重视培养孩子的性格、人格，而不是让家庭成为"第二课堂""补课班"，让家长成为学校老师的"助教"。

在一元化的教育理念下，孩子的成长就像标准化流水作业，家长是流水线旁的工人，严格地按照固有模式，一丝不苟地按照配方配比原料，在这之中我们很难看到孩子主观意愿的存在。然而就像作家俞莉在《潮湿的春天》创作谈中提到的那样："教育的本质应该是促进生命个体的健康成长，是唤醒人的内在生命意识，'教育即生长'，生长就是目的，在生长之外别无目的。"[1]有论者也指出："教育是一种帮助人们寻求生命的答案，最终导向人的灵魂觉醒的活动，它的目的在于扫清人自由发展的所有障碍，尽可能多地提供给人以各种可能，从而促进人的真正全面发展。"[2]教育，不该也不能只是成为家长实现自己人生价值的方式与手段。

二、缺席的父亲：事业之外仍应有家庭

华夏民族的农耕文化孕育了躬耕田亩的男性与相夫教子的女性。不同于游牧民族，在中国式的田园牧歌的意境中，中国男性永远是以面向黄土背朝

---

[1] 俞莉：《创作谈：教育之殇》，《北京文学·中篇小说月报》，2015年第6期，第135页。
[2] 安琪、吴原：《教育的异化与人的全面发展》，《天水师范学院学报》，2008年第6期，第137页。

天的沉默姿势，给予土地以无尽的时间投资，而中国女性则须担负起一个家庭乃至整个家族繁衍生息、体面生活的使命。科举取士以来，"金榜题名、封妻荫子"的价值诉求成了"体面生活"的具象表现，下一代发展的好坏成为判断一个女性，或者说一个母亲成功与否的重要标准。迈入 21 世纪，在教育大众化与经济全球化的裹挟下，莘莘学子更是对"金榜题名"趋之若鹜。在文化惯性的驱使下，男性倾向于外向型的事业开拓，他们被视为是家庭的供养者，负责为孩子的成长提供必要的物质条件，而女性即便拥有工作，也不得不分出足够多的时间、精力用以照顾家庭、养育孩子。

　　小说中除了明确出场的老宋（宝儿的父亲），另外两个父亲（即茵茵的父亲、俊文的父亲）都是在三位母亲的对话中一笔带过，我们只知道茵茵的父亲是一个大老板，俊文的父亲是一家国企平庸的小职员。可以说，相对于"母亲"的角色，小说中"父亲"这一形象本身，其面目就是模糊不清的。

　　"依恋"是儿童早期生活中最重要的社会关系，也是个体社会性发展的开端和重要组成部分。[①]由于喂养和敏感性等原因，母亲通常是儿童第一个也是最重要的依恋对象。[②]小说中，宝儿从小就黏施文，独立睡小床后为了能让她多陪一会儿，总是延长入睡时间，常常半夜醒来夹着枕头走到施文床边，挤在她旁边睡下。而从施文对老宋的诸如"这就是你这么多年不管的结果""男人和女人不一样，他们可以甩手就走""男人真是指望不上"等抱怨中，我们可以看出老宋作为父亲，在宝儿的成长中参与度并不高。宝儿十一岁那年，施文外出培训几个月，由于突然的母爱"断奶"，加上来自父亲的关爱没有及时地补位，等施文培训回来，宝儿"似乎一下子长大了"，不再依赖母亲，"小房门关得紧紧的，要进去得经过他许可"。同时因为迷恋上"网游"，宝儿成绩也一落千丈。表面上看，这一切的改变似乎都是因为施文的外出培训，但当我们潜入小说，溯源主人公的日常生活，便可以发现，这种改变其实是父亲长期缺席孩子成长的必然结果。研究证明，与父亲的游戏活动能使儿童逐渐走出母亲"舒适的港湾"，克服母亲抚养内容的限制。[②]而父亲的积极抚养与儿童后来在学校中更少的行为问题这两者之间存在显著

---

① 宋海荣、陈国鹏：《关于儿童依恋影响因素的研究述评》，《心理科学》，2003 年第 1 期，第 172-173 页。

② Paquette D：Theorizing the father-child relationship: Mechanisms and developmental outcomes，*Hum Dev*，2004，（4），p193-219.

的关联。[①]然而，受"男主外，女主内"的传统观念影响，在以老宋为代表的父亲们的眼里，"一个大老爷们整天在家看孩子"不合体统，会遭到同事笑话，并以此为由不介入或者少介入孩子的成长，从而导致家庭教育中父亲角色的薄弱。

但事实上，除了上面提到的因素，老宋对宝儿的不过问，施文也需要负一定的责任。在家庭教育观上，施文"知""行"分离现象严重——她看似奉行"权威型"的教育理念，对宝儿的生活、学习全面参与、一手抓，但是真正遇到问题时，她却采用"放任型"的养育方式，在孩子步步相逼的要求下缴械投降——允许宝儿玩游戏只要他按时完成作业、不敢在 QQ 上给宝儿留言以防被拉黑、给宝儿买手机只要他不带去学校……在与宝儿的斗争中，施文永远是以让步的方式，成为失败的一方。甚至当老宋严厉地"管教"宝儿时，施文也会出手相护。母亲由于从小喂养的关系，对孩子易陷入无原则的迁就和溺爱中去。而父亲由于照看孩子的时间相对较少，且其行为本身更具理性，所以他们对孩子的理解往往比母亲更客观，具体要求更严格，在对儿童的行为问题上通常会使用更权威、更严厉的教育方式。[②]因而在教育孩子的问题上，必须积极引入"父亲"角色，补充与"父亲"相关的家庭教育内容，平衡好"母亲""父亲"的角色作用，让缺席已久的父亲能够走进家庭教育，以提高家庭教育的质量。

三、难解的脐带：孩子之外还应有人生

之前没有哪一代父母像"60"后、"70"后这般如此关注孩子的教育和成长，也没有哪一代的父母像他们那样在孩子身上投入那么多心血。正如施文说的"如果你和一个人有仇，就让那个人下辈子当你家长""孩子就是今生来讨债的债主"。孩子的成长等于家长的苦役，陪孩子是每个家长的主业，工作是副业。他们太想给孩子理想的教育，在把孩子培养成自己理想的类型的过程中不仅牺牲了工作和生活，也迷失了自己，无形中放

---

① Aldus J，Mulligan G M：Fathers' child care and children's behavior problems，*J Fam Issues*，2002，（3），p624-647.

② Baker B L，Heller T L：Preschool children with externalizing behaviors：Experience of father and mothers，*Abnorm Child Psychology*，1996，（2），p513-532.

弃了自己的人生价值。小说中，三位母亲都因为各种各样的原因被家庭绑架，失去了自由。

　　林雪莉虽然不上班，但是比别人更忙碌——不是在家里干活，就是牵着孩子奔赴在某一条去培训班的路上。她的时间都被孩子占据，唯有在先生偶尔有空的情况下，雪莉才能给自己放几个小时的假，和朋友小聚。郭春红在教育孩子上，虽不像林雪莉那样亲力亲为，但她的付出也不少：为了让孩子有更好的学习环境，哪怕学校的住宿条件很好，也坚持让孩子走读；常给孩子收集资料，剪辑优秀作文范文；常摘录或者自创经典名句鼓励儿子奋发图强；手机二十四小时开机，以防在外地上大学的儿子夜里打电话。

　　而主人公施文的付出更是有增无减。为了不错过宝儿成长的每一个阶段，自打宝儿出生，施文从未参加过单位组织的旅游，就连可能影响升迁晋级的培训也是能推则推。因为家庭的牵绊，施文"年轻时的梦想一个一个被掐灭"，在单位沦为搞行政后勤的二线人员。宝儿十一岁那年，施文因为一个推不掉的培训需要离家五个月，这成了她心中永远的遗憾。小说九次提到施文内心的愧疚，如："对儿子，施文总有一种挥之不去的愧疚感""然而这自由是伴随着内疚一起而来的"等。为了在孩子身上弥补这些愧疚，施文"狂飙突进"地进行一系列补偿工作：采购、煮饭、洗衣，像是一个忠心耿耿的老仆人。然而宝儿并不领她的情。施文有过一次不成功的出轨，说来也与孩子有关。她对出轨对象老陶的好感，源于老陶在孩子的教育问题上颇有见地，而最终出轨的破产则是因为老陶在关键时刻想到孩子，只好全线溃退。孩子是悬在家长头上的达摩克利斯之剑，可以令一切躁动平息。

　　或许转型期的中国各种高昂的生存成本，社会结构的若干不合理设置，教育制度的不完善使得家长有不得已为"孩奴"的苦衷，但当家长将自己在成长中、生活中的匮乏与自卑投射在孩子身上，不断地加码孩子的教育，是否想过，这当中也折射了自身内心隐秘的对成功的渴求以及对自己本该承担的其他责任的逃避。须知，在孩子之外，家长还应该有自己的人生。

　　作家龙应台说："所谓父女母子一场，只不过意味着，你和他的缘分就是今生今世不断地在目送他的背影渐行渐远。你站在小路的这一端，看着他逐渐消失在小路转弯的地方，而且，他用背影默默告诉你：不必追。"人们常用"断奶"来比喻孩子的独立，当孩子慢慢长大，家长也要学会解开缠绕自身的脐带，在目送孩子顺利离开的同时，关注自己的人生价值。

　　在中篇小说《宝贝》中，作家俞莉将自身的内部经验和内心风暴，灌注在以施文为代表的家长身上，通过他们的生活片段和故事，提出关于家庭教育的问题，强化具体的反省意识并力图表达相关主张和诉求。家庭是一个复杂的系统，父母的角色和抚养行为共同作用于孩子的培养，如何破除一元化的教育观念，在尊重母亲的角色作用的基础上，有效加强父亲的家庭角色和作用仍是我们亟待解决的问题。

第二节 以"命"为名的家庭教育[①]
——从陈希我中篇小说《命》中的母女关系谈起

文学作为作家依据一定的立场、观点进行的一种艺术创造，源于生活，是对现实生活的关注与反映，承载着一定的教育功能。如同车尔尼雪夫斯基在谈艺术的功能时提到的，"当现实不在眼前的时候，（它）在某种程度上代替现实，并且给人作为生活的教科书"[②]，小说让现实中的人了解"别人"的生活方式、人生境遇，从而引发人们的思考。作家陈希我深知文学的教育意义，明晓身为作家和教师应承担的社会责任和教育责任，其发表在 2016 年第 8 期《人民文学》上的中篇小说《命》为我们打开了一扇窥探离异家庭环境下个体生命成长的窗。离异家庭的孩子不得不面对这样一种状况：家庭环境失去和谐与平衡，家庭结构不完整。"不健全的家庭功能，会导致家庭成员不健全的心理功能"[③]，孩子持久地生活在父母离异的阴影之下，与父母之间的关系也会出现许多问题。

《命》以其独特的文学视角与教育视角，观照一个特殊社会群体——离异家庭的生活；以"家庭教育"为主题，记录一位离异母亲与相依为命的女儿"命命"的生活、教育故事。作品中的家庭教育正如小说之名——"命"，承载着"生命"的重量。母亲以"命"的名义，以对"爱"的守望，开启了畸形的教育模式，经营着一场"相爱相杀"的母女关系。笔者认为，它是一部极具文学特色又富含人生意味的教育类作品，警醒我们更加关注离异家庭的孩子教育问题。

---

① 本节初稿撰写人聂群芳，原载于《读写月报》（语文教育版）2017 年第 8 期。
② 〔俄〕车尔尼雪夫斯基：《车尔尼雪夫斯基文学论文选》，辛未艾译，上海译文出版社，1998 年，第 146 页。
③ 〔美〕史蒂文·达克：《日常关系的社会心理学》，姜学清译，上海三联书店，2001 年，第 146 页。

一、单身母亲的教育：专制而极致

在完整的家庭结构中，孩子的教育是由父母双方两个角色相协调而完成的。父爱与母爱是有区别的。"母爱就其本质来说是无条件的。母亲热爱新生儿，并不是因为孩子满足了她的什么特殊愿望符合她的想象，而是因为这是她生的孩子。"①母亲与孩子之间是一种大地与河流般的情感，而父亲"代表思想的世界，人所创造的法律、秩序和纪律等事物的世界，父亲是教育孩子，向孩子指出通往世界之路的人"①。孩子的生命是从母亲身上孕育而来的，无疑，母亲的爱是伟大、无私与永久的。所谓物极必反，近乎极致的生命之爱，或许很容易演变为专制、暴力等被异化的"爱"。

小说《命》中的母亲，无条件地将她所有的爱都融进女儿的生命之中。生产不顺，让她对差点付出生命代价而得来的女儿更加疼惜，甚至为女儿取名"命命"。确实，这是她以命换取的另一个生命，女儿就是她的重生。作为单身母亲的她将所有的生活与情感都投注于女儿，视女儿为生命的全部。她坚信那层割舍不断的血缘关系让她拥有对女儿的绝对占有权，"因此她要牢牢抓在手里，也因此有了使命感。她抓的是自己，她的愿望就是女儿的愿望，她可以直接做决定"。在这种绝对权威的"母女关系理论"之下，她以"爱"的名义勒令女儿学习各种艺术特长，先是励志培养一名歌唱家，再是钢琴家，接着要求女儿学习舞蹈、游泳、画画……各类的艺术梦想如重担压向女儿，而母亲却把一切当成是明智的选择，并愿意为此陪学，甚至倾尽所有买昂贵的钢琴。而对于女儿欠缺艺术天赋，母亲则选择视而不见，她坚信勤能补拙，一味采取"魔鬼式"的训练。对于女儿的些许懈怠与失败，她施以无休止的言语控诉，甚至暴力相加；同时，又上演亲情的戏码，将展示生育痛苦作为深层亲情叙事，以此换取女儿的服从。母亲理所当然地把一切都化为"都是为你好"的爱。在她眼里，所有的责骂都是她的爱，"是在强调她跟女儿的牢固关系"。殊不知，对于女儿来说，那是承受不住的爱。精神的痛苦最后将女儿压垮。高压之下，女儿对学习的兴趣渐渐被磨灭，迷失在羸弱的生命轨迹里；她的顺服也渐变成一种自暴自弃式的反抗，她甚至故意伤害自己以惩罚母亲。漫长的成长之路上，女儿对母亲霸道、沉重的爱既怜惜又恐惧；同时，母亲却坚持不懈地以"命"之名、"爱"之由肆意干涉女儿的生活与成长。就在这样一种专制

---

① 〔德〕艾·弗罗姆：《爱的艺术》，李健鸣译，商务印书馆，1987年，第31页。

而缺乏理解的教育下，母女间心灵的隔阂也在不断加深。最终，母亲的"一言堂"、见什么抓什么的"多样化"教育方式在女儿高考失利的结果下宣告失败。这种教育的失败，让我们感慨、警醒。在现实生活的逼迫之下，单身母亲的爱似乎更易因极致而失去理性。

对于一个不完整的家庭，生活很是不易。特殊的单亲家庭结构，让这对母女的关系更加牢固，相依为命的情感也特别强烈。同时，这也让她们陷入一种相互依赖又相互伤害的关系之中。生活的现实使得两代人之间的真诚变少了，两个人"要么为教育而欺骗，要么为了自我而逆反"，母女的生命如同是彼此间的一场不得不进行的漫长的战斗。母亲把爱化作自己的教育手段，用"为你好""你妈就被骗得够狠，一辈子给毁了"等对女儿大加捆绑，用充盈的母爱反衬社会生活的险恶，却并不明白"母亲的作用是给予孩子一种生活上的安全感……母亲应该相信生活，不应该惶恐不安并把她的这种情绪传染给孩子"[1]。一旦孩子的主观意愿、情感悉数被裹挟进过分的保护与爱里，我们可能再难发现孩子对社会的新鲜感。人是一个社会人，"人所生活于其中的各种社会关系，如民族的、阶级的、家庭的等等，这些社会关系实际上决定一个人能够发展的程度"[2]。家庭作为一个由血缘纽带联系起来的社会关系，对个体生命的成长发展有着关键的作用；家庭教育是一门动态的艺术，一门寄寓着鲜活生命的艺术，一门关乎孩子的生活与成长的艺术。作品警醒我们，母爱是伟大的，但在缺乏理解的境况下，不能把这种爱无条件地强加给孩子。正如小说中所写的："没有理解，爱就是负担。"

二、家庭教育的本义：绽放生命光彩

从生命被创造的过程来说，父母是创造生命的，而孩子是那个被创造的个体。这两类生命个体在某一时间点有了不一样的角色安排。在现实生活的重压之下，一部分家长用"我都是为你好"的精神枷锁死死套住自己的孩子。在"爱"的名义下，他们完全掌控着孩子，无视孩子作为一个个鲜活的个体生命的独立存在。殊不知，教育者应当给予孩子合适的自由空间，让他

---

① 〔德〕艾·弗罗姆：《爱的艺术》，李健鸣译，商务印书馆，1987年，第32页。

② 马克思、恩格斯：《马克思恩格斯全集》（第3卷），中共中央马克思恩格斯列宁斯大林编译局编译，人民出版社，1957年，第295-296页。

们快乐成长。

小说《命》中的母亲，一直以作为一名教师的职业经验和自己的特殊生活经验，专断地管理女儿"命命"的教育。在竞争激烈的时代，她知晓分数对于一个孩子的重要性，熟悉拥有各类才艺证书在中考高考时的加分政策；她为女儿安排各种培训班，并以激进的方式要求女儿的每项才艺立见成效，"畅想她可以在这个领域成才"。母亲全然忘记一个教育者应秉持的"因材施教"的教育原则，忽视了个体生命的个性特征。女儿从小到大完全顺服母亲的教育安排，盲目地生活着，在母亲的语言暴力之下，她消极地应对一切。这种"包办"教育笼罩着她全部的生活，从学习到工作，甚至婚姻。母亲的教育、生活经验成了一张无形的网，蔓延至她生命的每一个角落。在女儿的工作选择上，被传统"体制"所禁锢的母亲以其身为代课老师的惨痛经历决然地否定现代"合同制"工作，过高的要求，致使女儿只能在家"啃老"。这位单身母亲对于女儿严厉的爱，忽视了教育的本质，苛求一个本该独立存在的个体生命去实现那个自己不曾达到的蜕变，迷失在自我编织的"未来"里。作为父母，他们给予孩子最宝贵的教育应该是人格的完善。雅斯贝尔斯曾说：教育的原则，是通过现存的世界的全部文化导向人的灵魂之本源和根基，而不是导向由原处派生出来的东西和平庸的知识。一个人，只有充分意识到生命存在的意义，才能成为真正独立思考的人。小说中母亲教育理念的迷失，让我们发现女儿在被动的限制之下，慢慢变得麻木，失去对生命价值的思考。

然而，这样的教育情景却不是个别现象。在当前的家庭教育与学校教育中，孩子缺乏适度自由空间的状况比比皆是。一些家长采用种种手段将孩子控制在自己预设的轨道内，强行向他们灌输一些所谓的"真理"。这种可怕的专制，忽视了对个体生命价值的追问，让我们不得不正视教育的规律，反思教育的本义。

萨特曾说："人的本质实现于一系列自由的选择之中，人的本质就是自由的存在。"[①]确实，每个个体都需要适度的自由空间去寻找与发现自我。每一个教育者也都应当知晓，教育是要培养全面自由发展的人。父母作为孩子生命的创造者，应明晓对待一个"生命"的教育态度与方式，让孩子获得人身的解放与精神的自由，让教育回归其本义。在此基础上，才能更好地使受

---

① 〔法〕萨特：《存在与虚无》，陈宣良译，生活·读书·新知三联书店，1987年，第614页。

教育者理解生命的意义，让他们越过种种障碍与诱惑，去追求理想与未来，绽放出耀眼的生命光彩。

三、作家的文学书写：对爱与教育的反思

面对当下物质文明的冲击，教育这片净土亦渐渐受到侵蚀。在这样的教育现状下，人们需要获得精神的解救，而文学——恰恰具有神奇的精神导向作用。苏联作家邦达列夫曾经这样描绘过文学对人的影响：当一个人打开书的时候，他可以仔细地端详第二种生活，就像是看到一面镜子的深处，他寻找着自己心目中的英雄人物，寻找着自己思想的答案，并且不由自主地去衡量自己的性格特点。作为一线教育工作者，陈希我十分了解当下教育面对的问题及其发展趋势；作为作家，他将教育的现实问题通过文学的方式表达出来，让人们看清。文学作品能揭示生活与教育的残酷面目，也有敢于承担的勇气与精神，让人们在洞悉真相后在文字中触摸到生命的温度。

在小说《命》中，我们能够强烈感受到这个单亲家庭的特殊母女关系：既相互依赖，又相互伤害。母亲的爱从女儿出生起便铭刻在女儿的名字上。这是对一个脆弱生命的敬重，更是一位母亲对女儿最强有力的疼惜。虽然在女儿的成长之路上，她说的最多的就是"你去死""夺命鬼"等恶语，但这一切看似魔鬼般的对待，其实全然是另一种母爱的体现。家庭的现实，生存的焦虑，让这位母亲将所有软弱埋藏进强悍的外表，三十年来苦苦支撑这个小小的家。她对女儿婚姻的干涉，也源于对女儿三十几年来的"依恋"，她害怕女儿独自面对生活的残酷。后来，这位早已疲惫的母亲瘫痪了，她忆起自己对女儿的专横，反思对女儿教育、工作、婚姻的干涉，发现女儿被她过度的爱给毁了。最后，母亲选择了自杀。这也带给我们一些疑问，正如小说中说的："这个康复的身体内部到底发生了什么？随着身体康复，清晰起来的大脑都在想着什么？"

生活对于这对母女是残酷的，但在她们喧闹的日子里，却也散发着母女之间的爱意，冷漠却热烈，压抑却深沉。就如同作者在微博中回复读者留言时所说的："《命》是绝望的，但却有爱的底色，当然这种爱不是作为拯救的爱，更不是一种表达的粉饰的爱，这是一种推入命运深渊的爱。终究是一种爱。"如作者所言，我们无法否认母亲的折磨下埋藏着的深深的爱，无法忽视作品体现出的精神质感。笔者相信，这种爱与精神质感将引导更多的人

关注当下复杂的教育状况，促使我们的教育朝着更为合理的方向发展。

第三节　中国家庭教育弊端及其应然生态的建构①
——电视剧《虎妈猫爸》中的教育观批判

　　家庭教育作为教育之源，其教育理念、教育策略对青少年的成长有着持久的不可替代的作用。但在中国应试教育体制的影响下，本应充满人文关怀的家庭教育却日益成为其帮凶，对中国孩子造成了巨大的伤害，且对中国教育环境推波助澜。《虎妈猫爸》以时下这一教育热点作为表现对象，客观、深入地展现了当下家庭教育的诸多弊端，对社会大众普遍存在的共性问题进行了深度分析，值得深思和警戒。

一、中国孩子——教育制度的显现者

　　素有"上天送给孩子和家长的福音"之美名的李跃儿在其著作《谁拿走了孩子的幸福》一书中发问：教育是干什么的？她的回答是，教育，首先是让人成为人的，是提升人、拯救人的，其次是增长智慧、传达知识的。但是，现在的一些教育，到底是摧残，还是拯救？②
　　《虎妈猫爸》中的虎妈、狮子姥爷、狼爸为了让孩子成为他们眼中的"人中龙凤"，不惜对幼小而又脆弱的生命个体推行虎啸虎威式的钢化教育。不言而喻，这样的家庭教育对小孩来说的确是一种摧残。"如今的人们只是用感情来涵盖父母之爱，他们忘记了孩子的自我建构。而孩子构建自我的过程最关键的因素就是来自父母的教育。"③但这种教育绝非是虎妈式的教育。"虎妈"来自小县城，在父亲严厉苛刻的教育下养成了蛮横强势的性格，并深受其父"知识改变命运"的传统教育思想影响，勤学苦练、奋力拼搏，终于在大城市站稳脚跟，在家庭中也拥有了绝对的话语权。于是，当她

---

　　① 本节初稿撰写人潘佳丽，原载于《读写月报》（语文教育版）2017年第4期。
　　② 李跃儿：《谁拿走了孩子的幸福》，广西科学技术出版社，2008年，第2页。
　　③ 〔法〕克洛德·阿尔莫：《光有爱还不够》，王文新、李美平译，上海社会科学院出版社，2009年，第1页。

意识到女儿与同龄孩子在知识认知能力上相距甚远时便将自身受到的教育模式强加于女儿身上，让女儿温习功课到深夜。看到其他小孩多才多艺便一厢情愿地给女儿报各种学习兴趣班，让女儿学习游泳、画画、奥数、钢琴，全然不顾女儿自身的学习情况和兴趣爱好。甚至在钢琴老师明确指出孩子的乐感不强、音乐悟性不高、学习潜力不大的情况下仍固执己见，坚持让孩子学习。现实生活中，"虎妈"比比皆是，殊不知，她们这种强制性学习不仅没能让孩子取得学业上的进步，反而适得其反，久而久之，孩子对学习产生了抵触，不满、愤怒之情充斥着他们的内心。当观众看到"茜茜"因深夜学习而趴在书桌上熟睡，听到"茜茜"因厌恶妈妈而叫妈妈"老巫婆"时，心中不免悲凉。这是家长的失败，也是家庭教育的悲哀。在这种钢化教育影响下，孩子身心俱疲，不堪重负，饱受摧残。

"其实那些对自己童年时代有所反思的父母经常会认为，他们接受的教育对自身的成长起到了矫正作用，他们的父母也会对他们的某些行为有所限制。因此，他们会判定这就是教育，从而良莠不分地按照自己的经历去教育孩子。"①毕胜男的教育便是如此，当其虎妈式教育遭受家庭成员的反对时她便现身说法，以求获得家庭成员的支持。但她不知，她所推崇的这种教育，尤其是其父亲对其实行的教育对她那一代造成的心灵创伤有多沉重。毕老作为一名小学教师，对自己的教育充满成就感。人前人后，他总以自己培养了诸多优秀学生为荣，并将自己深信不疑的那一套教育理念用在自己女儿甚至外孙女身上。可令人啼笑皆非的是，毕老口中的优秀学生在考入重点大学后就再也没来拜见过老师，就连同学聚会都对其避而远之。最后，电视揭示的真相是，学生怕极了他，一见到他便想起曾经令人畏惧的童年。可见，毕老的钢化教育对学生心灵的伤害，他的所作所为无非是在学生幼小的心灵上扎针，而且针针见血，以致数十年后，学生再次与其相见时仍充满畏惧，心灵创伤的延宕一直影响着他们的生活。可毕老之前从未意识到自身教育的弊端，还将其施加在外孙女身上，以致"茜茜"心生恐惧，看到姥爷如同老鼠见到猫，亲人之间本该有的温情脉脉荡然无存。正如安徽省马鞍山市第二中学校长汪正贵所言："教育是有温度的"②，教育本应像一杯茶一样，给人温

---

① 〔法〕克洛德·阿尔莫：《光有爱还不够》，王文新、李美平译，上海社会科学院出版社，2009年，第2页。

② 汪正贵：《教育的温度》，《校长论坛》，2013年第1期，第48页。

暖。如同雅斯贝尔斯所说，"教育是一棵树摇动一棵树，一朵云去推动一朵云，一个灵魂去唤醒一个灵魂"。无论是毕老对其外孙女的教育还是狼爸对其儿子的教育，无一例外，都无法让我们感受到教育的温度、亲情的暖意，它留给孩子的只是无法抚慰的心灵创伤和童年梦魇。

剧中"虎妈"为了女儿成才，不断增加女儿学习负担，可心疼女儿的"猫爸"却暗地里负责给女儿减负。看到女儿因辗转于各种兴趣班而疲惫不堪时便教女儿将舞蹈鞋掖藏起来，以为女儿求得片刻的轻松。"虎妈"满怀欣喜地为女儿筹划了一条"天才作家"的康庄大道，"猫爸"却亲自替女儿写假日记来应付"虎妈"的检查。"猫爸"的柔情教育与"虎妈"的钢化教育截然对立，这对孩子成长带来的伤害可想而知。此外，"狐狸奶奶""麻雀姥姥"的公主式教育、"狮子姥爷"的钢化教育、"豺舅"的游戏教育、"羊姑""白天鹅唐姨"的西化教育等多种教育模式、教育理念蜂拥而至，让一个心智尚不成熟的孩子不知所措。面对种种教育方式，孩子一时竟不知谁对谁错、孰好孰坏。白天还跟着奶奶疯玩的"茜茜"到晚上却要面对妈妈始终坚持的严厉教育，正如"茜茜"奶奶所说："这样下去，她早晚会人格分裂的。"果不其然，在大人的威逼利诱、柔情与严苛的伤害下，"茜茜"最终"人格分裂"并患上了"抑郁症"。"人格分裂"明显的缺陷便是情感、道德发展方面的扭曲。特别是"情感"教育的缺失，使患者不知尊重他人感情，而且也不能进行正确的情感自我体验和适当的情感自我调节，成为所谓的"道德退化者"。

达尔文曾经就以亲身经历谈论了情感教育对人格塑造的重要性。长期的科学研究使达尔文痛苦地感受到自己人格的完整受到损害，而且大大影响了自己的科学创造能力。他说："我的思想似乎已经变成了一种机器，它只是机械地从无数事实和原料中剔取出一般规律……我真的不明白为什么对艺术的爱好丧失会引起心灵的另一部分能力的衰退……假如我能从头再活一次，我一定要给自己规定这样一个原则：一星期之内一定要抽出一定的时间去读诗和听音乐。只有这样，我现在业已退化的那一部分能力才能在持续不断地使用中保持下来。"①达尔文的自白揭示了情感教育—人格形成—创造力发展之间的紧密关系，其对"情感退化危及道德"的预见对当下的教育也颇有启示。教育关乎人性，教育的终极目的是人的发展，健康人格的塑造理应成为

---

① 滕守尧：《审美心理描述》，中国社会科学出版社，1985年，第351-352页。

教育的崇高形式并受到重视，如此才能为孩子营造一个健康舒适的成长环境，促进孩子的自由发展。

二、中国式家庭——教育环境的映射体

家庭是孩子心灵的港湾，是孩子生活和交往的基本单元，是孩子家庭伦理文化定格的初始空间，更是孩子品性养成及思想观念定位的第一课堂。资深影评人李星文、媒体人塞文娟先后谈道："《虎妈猫爸》选取的'421'家庭非常具有代表性，对于下一代的教育，始终被视为家庭的中心议题。"[①]中国电视艺术委员会副秘书长易凯也认为，当今中国的"421"家庭结构十分普遍，孩子的教育问题受到高度重视，牵扯到每一个人。[②]可见，家庭本应在孩子教育上承担应有的责任，为促进孩子的健康成长发挥其无法替代的作用。正如顾秀莲同志在全国家庭教育工作"十五"规划总结表彰会议上的讲话中指出的那样，家庭教育是推进社会主义和谐社会建设的重要基础，是与学校教育、社会教育密切配合，共同促进未成年人健康成长的重要途径。[③]但反观当下的中国式家庭教育在很大程度上并未达到这一理想的教育目标，反而渐渐沦为了中国教育的帮凶。

《虎妈猫爸》中虎妈强烈要求女儿样样精通，永远在社会竞争中领先一步、拔得头筹。作为职场女性，虎妈将社会的残酷性过早地传输给孩子，让孩子成为自己"不为人后"的人生准则的牺牲品，这种家庭教育实则已经异化为整个教育体系的附庸者，甚至是推波助澜者。恰如克洛德·阿尔莫所说："许多孩子从幼儿园开始就朝着悲剧性方向发展。"[④]现实生活中，如"虎妈"式的家长大有人在，他们在孩子上幼儿园之前就给孩子报各式各样的培训班，以便应对孩子小学的入学考试。进入小学后，为了不让孩子输在

---

① 《"虎妈式"教育引发的反思——电视剧〈虎妈猫爸〉研讨会综述》，《中国电视》，2015 年第 10 期，第 14-15 页。

② 《"虎妈式"教育引发的反思——电视剧〈虎妈猫爸〉研讨会综述》，《中国电视》，2015 年第 10 期，第 14，17 页。

③ 常红：《顾秀莲在"十五"规划总结表彰会议上的讲话》，人民网，http://www.people.com.cn/GB/99013/99058/6234571.html，2007 年 9 月 7 日。

④ 〔法〕克洛德·阿尔莫：《光有爱还不够》，王文新、李美平译，中国社会科学出版社，2009 年，第 2 页。

起跑线上，诸多父母又为孩子提前做好"小升初"的准备，很多低年级小学生在周末还要上各种课外补习班。成人之间的残酷竞争就这样被无情地移植到了孩童世界，正如毕胜男在剧中所说，"上重点就跟抢车位是一样的，你没有抢到车位，你上班就会迟到，就会被同事瞧不起。我不想让茜茜长大以后责怪我为什么没有给她抢一个好车位"，"这个世界上除了家里人，没有人会纵容你，不会因为你可怜，不会因为你长得漂亮就迁就你。这个世界很残酷，你必须有真本事，不然谁也帮不了你"。

潜在的竞争意识让很多家长不敢不逼着孩子拿名次考高分，内心的焦虑使他们不得不对"土地资源进行提前的过度掠夺开发"。但值得我们反思的是，社会竞争的残酷难道要成为父母无视孩子健康的合理理由吗？父母如此种种是培养孩子积极应对社会竞争能力的良方吗？美国物理研究员万维刚在其《为什么高中之后我们会不一样》的文章中提到，两名美国经济学家对近两万名高校毕业生在毕业后10年到20年的收入情况进行了调查。结果显示，不管他们当初是被名校还是普通大学录取，他们后来的收入相差无几。调查结果意在告诉我们，学生步入社会后的成功指数跟其上没上重点大学并不是成正相关的，一个人的能力、素养才是关键。[1]

在知识大爆炸和优质教育资源恶性竞争的现实窘境中，家长总是想方设法为孩子的未来发展提供"帮助"，于是，本应充满温情的、有别于学校教育的家庭教育也逐渐染上了功利色彩。在这样的家庭教育中，孩子的快乐逐渐成为奢望，家庭的温暖退却，家庭伦理关系演变成了"家族使命"的一种委托-代理关系。

我国现有的应试教育以提高学生成绩，应对考试、升学为目标。分数的高低成为衡量一个学生好坏的基本标准，学校升学率的高低成为学校教学质量好坏的评判标杆。在这种教育环境下，教师大搞题海战术，教学主要就是围绕考试大纲进行，反复灌输的填鸭式教学成为教育常态。久而久之，社会群体对重分数轻素质的应试教育便习以为常，甘愿做其帮凶，推波助澜，家庭教育也不可避免地沦陷其中。社会用升学率衡量学校教育的好坏；学校就用分数衡量教师教学质量的好坏；教师就用分数衡量学生学习能力的高低；家长就用分数衡量孩子学习的好坏和教师教学的好坏；学生最终也学会了用分数衡量自身的优

---

① 周怡廷、刘永贤：《从〈虎妈猫爸〉看我国家庭教育问题及启示》，《聚焦教育》，2015年第6期，第228-229页。

秀与否。在这样环环相扣的衡量评价中，学生的独立性、灵活性、创造性明显受到限制，思想受到钳制。教育的功利性有增无减，孩子深陷其中，变成了"考试的机器"，成为"人格豆芽菜"，沦为"草莓族"，中看不耐压。毕胜男口口声声说道："孩子上不了重点小学就上不了重点中学、上不了重点高中，考不上重点大学，以后就找不到好的工作。"其教育的功利性可见一斑，而这种功利性的家庭教育恰恰是当下中国教育生态的映射和写照，教育的功利性心境随处可见。例如，《萌芽》杂志主办的"新概念作文大赛"便明显打上了功利性教育的烙印。《萌芽》杂志刚推出"新概念作文大赛"时被媒体赋予了"挑战应试作文教育"的"中国语文教学制度改革的第一道曙光"的至高荣誉。但因其赛事与北京大学、清华大学、复旦大学、南京大学等10所全国重点大学联合主办，在比赛中获得一等奖的学生可以直接保送这些名校。这样一来，原本挑战应试教育的新概念作文比赛却成了"免试"的捷径。虽然后来高等学校的招生制度进行了改革，但新概念作文大赛中一等奖得主仍然可以获得20分高考加分优惠，这便使得新概念作文大赛又重新带上了应试教育的色彩，而且其呈现出的教育功利性得到了强化。很多家长为了让孩子更容易地进入名校便强迫孩子学习写作，很多写作者为了获得较好名次刻意求新、求怪、求另类，最终使得新概念作文大赛进入了常态化，与其标榜的理念相差甚远。在一切以分数为核心的应试教育体系中，学生从一开始就丧失了"人才"中的"人"字，然后再丧失了那个"才"字。不得不说，这种应试教育生态无论是对孩子还是对家长都是无益的。

三、五位一体——教育生态的应然面貌

教育首先应该培养完整的人，其次教育才能培养有用的人，教育的终极目的是培养自由发展的人。基于人的基本生存发展特性，教育应注重培养每个人的独立思想、自由精神、健康人格、公民观念、规则意识、质疑勇气，使人实现精神的成长。然后再培养有一定知识、文化、技能，成为对国家和社会有用之人，并以此实现自我生存发展、自我价值意义。最后，通过自由发展的塑造，使个人与国家、民族、人民、社会的利益目标实现统一，在为国家民族目标奋斗的过程中促进人的全面自由发展，在促进人的全面自由发

展过程中实现国家民族的目标。①真正的教育本应如陈家兴先生所言，致力于人的全面发展。但现时代的教育在理念上注重实用化、功利化、工具化。在方法上注重"规训"，迫使学生按照一定的标准接受"型塑"，与真正的教育相差甚远。因此，革新目前的教育制度、规制当下的社会体制，建立真正意义上的德智体美劳五位一体的立体教育模式迫在眉睫。

"完整的人不能没有德性和理性"①，德性是一个人的灵魂，"人的德性就是既使得一个人好又使得他出色地完成他的活动的品质"②。德性的培养不是与生俱来，而是与教育、教养直接相关的。德性的培育和确立依赖于教育，教育能够使被教化之人成为有德之人。正如柏拉图所说"灵魂的其他所谓美德似乎近于身体的优点，身体的优点确实不是身体里本来就有的，是后天的教育和实践培养起来的"③。德性教育是关涉灵魂的教育，是教育的一种高级形式。德性教育能够使道德主体在社会生活中因其德性实践在对他人和社会共同体带来利益的同时相应地产生内在心灵的充盈感、崇高感和幸福感。面对当下教育存在严重的知识化、工具化倾向，在家庭教育中实施德性教育是十分必要的。德性教育既包括德性知识的教育，即通过教育实践活动进行德性知识的教授和传递，也包括合乎德性的教育实践，将教育实践本身便看成是一种德性实践。这便对教学主体的德性提出了更高的要求。父母是孩子的第一个榜样，是孩子自我认同的源泉，孩子的思想行为都会效仿父母。父母的影响是潜移默化的，它将影响孩子的一生。家庭教育作为教育的重要组成部分，其教育主体——家庭成员在对孩子进行德性教育时自身首先要做到知、情、意、行的多重统一，以自身的德性认知、德性意志、德性情感、德性信念和德性行为影响孩子，实现对孩子的德性教育。

教育要培养有用的人便是对孩子智育提出了更高的要求。智育不仅仅是知识文化的传授，更是一种能力的培养。机械化的教育教给学生的只是静态的、过时的死知识，很难和瞬息万变的市场需求对接。真正的智育是通过对知识文化技能的传授，教会学生学习的技能，培养学生的创新精神、应变技巧、实践能力等，使学生真正成为对社会、对国家有用的人。这便启示中国家长要一改原先单一的教育目标，实现家庭教育内容的综合化、合理化和科

---

① 陈家兴：《教育应该培养什么样的人？》，人民网，http://www.360doc.com/ content/10/0729/10/1184379_42204952.shtml，2010 年 7 月 29 日。

② 〔古希腊〕亚里士多德：《尼各马可伦理学》，廖申白译，商务印书馆，2003 年，第 15 页。

③ 〔古希腊〕柏拉图：《理想国》，郭斌和、张竹明译，商务印书馆，1986 年，第 276 页。

学化。《虎妈猫爸》中呈现的家庭教育是中国教育的缩影，剧中虎妈、狼爸、狮子姥爷对硬性知识的过度重视，对孩子身心健康、实践能力培养的严重忽视是中国家长的通病。智育便是要唤醒中国家长对孩子综合能力的培养，包括思维、记忆、想象力、观察力等能力的培养，只有这样才能让中国孩子摆脱"高分低能"的魔圈，成为真正的有用之人。

党的十八届三中全会审议通过的《中共中央关于全面深化改革若干重大问题的决定》明确指出，要把深化教育领域综合改革摆在突出位置，其中一项重要举措便是"改进美育教学，提高学生审美和人文素养"，可见美育对孩子发展的重要性。美育是一种整体、综合的系统教育，它不再追求单一的基础知识的灌输和狭隘的应用技能的培养，它注重音乐、美术、文学等各方面的统一，并在课堂讲授、课外实践、社会体制管理和学科自律等多种方式的系统调节下，确保学生快乐地学、积极地学，从而达到身心健康、学识广博、人格平衡发展的综合育人目标。①

《虎妈猫爸》中虎妈为了孩子的发展让孩子学习文化知识之余也注重孩子了音乐、美术等艺术素养的培养，但其与美育本质不可同日而语。美育注重孩子快乐地学，可虎妈教育的初衷是为了孩子能更顺利地进入第一小学，其功利性教育心境使其教育行为与美育的内质相行甚远。美育不主张功利教育，它着力于将个体的人与整体的社会相关联，一方面"求尽人性"，让孩子尽力发挥自己的潜能，另一方面，力图打破传统教育粗浅的道德评价，使每个人能够异于他人而自由发展、自我创新，这才是当下教育真正需要的。

身体是革命的本钱，拥有健康的体魄才能为更好地学习和工作提供强有力的保障。提高学生身体素质俨然成为当前学校教育的主要任务，为此国家还提出了阳光体育，要求学生每天要保证一个小时的体育锻炼。毋庸置疑，学校教育对体育的重视值得肯定，此外，体育也应走出校园，成为家庭教育的一部分。虎妈深谙体育的重要性，每天坚持陪着女儿进行晨跑，此举值得中国家长肯定和学习。体育是为了锻炼孩子的身体，提高孩子的身体素质，而劳育又是从另一方面来树立孩子的生活观念，培养孩子积极参与生活、改造生活的社会能力。在"421"家庭模式中，孩子成为家庭的核心，过着衣来伸手、饭来张口的安逸生活，对家庭劳务置之不理，对劳动成果肆意浪费、对社会责任缺乏认知。在这样的家庭教育中，中国孩子渐渐成为"盆景"，

① 詹艾斌等：《生命与教育的方向》，江西高校出版社，2014年，第131-132页。

外表光鲜却经受不住外在世界的风吹雨打。劳育是教育系统中不可或缺的重要组成部分，适当的劳育有利于孩子走出课堂、走进自然、参与生活，有利于孩子提高生活感知能力和审美能力，有利于孩子心灵的解放和情感的熏陶。剧中虎妈将女儿带到有机蔬菜种植基地，让女儿亲近自然，在蔬菜园中快乐地成长，并最终让女儿重获了快乐的童年便是最好的说明，而虎妈的此举也给仍深陷教育泥潭的中国父母上了最为生动的一课。

教育的过程是父母和孩子共同成长的过程，教育的终极目标是实现教育的人文关怀，让孩子在自在的学习环境中自由地发展。爱之深则为之计深远，充满人文关怀的家庭教育理应对生命个体致以最高的敬意，而不是以成功的名义去毁掉生命。教育生态的应然面貌也应是德智体美劳的五位一体，让孩子在教育生态中感受幸福，而不是丧失幸福。如有一天，中国父母能对孩子说："孩子！去做你们自己吧！"那么，中国式教育便也有了生命的质感与温度。

第四节　中国特殊教育的当下困境及其希望①
——以《来言》和《一个都不放弃》而论

特殊教育也称为特殊需要教育。传统意义上的特殊教育是残疾教育的同义语，其对象很大一部分是特殊儿童，在广义上包括正常发展的普通儿童之外的各类儿童，在狭义上则"专指生理或心理发展上有缺陷的残疾儿童，包括的仅仅是智力、视觉、听觉、肢体、言语、情绪等方面的发展障碍、身体病弱、多种残疾等儿童。"②的确，特殊教育是教育的一个重要组成部分。党的十八大提出要"支持特殊教育"；十八届三中全会强调要"推进特殊教育事业改革与发展"；2014 年，国家通过了《特殊教育提升计划（2014-2016年）》，或许正是在此影响下，越来越多的学者和教育家也开始关注特殊教育领域的相关问题，具有社会责任感和富于时代精神的作家们也开始将创作笔触投向对特殊儿童的成长及其教育问题的书写。

拥有二十多年特殊教育经验的教师庆祖杰在 2014 年出版了长篇小说《来

---

① 本节初稿撰写人薛丹岩，原载于《读写月报》（语文教育版）2017 年第 6 期。
② 刘慧丽：《特殊教育相关概念的演变与范畴》，《现代特殊教育》，2015 年第 18 期，第 80 页。

言》，作家钱丽娜也在同年亲自走进达敏学校，记录特殊儿童的成长与发展，并出版了纪实文学《一个都不放弃》。其中，《来言》采用的是双线叙事的结构模式：一条以名为"继续"的特教老师为主线，叙述了一名特殊教育工作者在自我的成长、成熟过程中曲折的心路历程；另一条则以名为"来言"的聋哑学生为核心，讲述了其学习、工作与婚恋的故事。两条线索平行前进又相互交织，真实地描绘了聋哑学生与聋哑教师在现实生活中不得不直面的种种困境、叙写了聋哑教育发展的新希望、深情奏响了一曲特殊教育的赞歌。而《一个都不放弃》则是中国首部深入描写智力障碍儿童及培智学校教育的长篇纪实文学，作品采用多中心的叙事方式，以总是逃跑的重度脑瘫孩子陆明亮、孤独的自闭症男孩王海、唐氏综合征孩子张浩等七个孩子为核心，用七个典型故事共同勾勒出了生活在社会边缘、极少被人关注的"少数人"的生活现状，同时，讲述了培智学校（文中学校名为"达敏学校"）的校长与老师们用爱心与耐心陪伴和引导孩子们成长的感人故事，呈现了一幅幅以爱为主色调的动人画面。

一、温情叙写特殊儿童的成长

有这样一些孩子，他们与大多数孩子在外表、行为、感官、智力等方面有着显著的差异，他们小小年纪就体会到了命运的不平，他们被无情地丢弃在社会的边缘不知所措，他们是还未盛开就已残缺的花朵——这就是特殊儿童。正常家庭的幸福往往是相同的，而特殊孩子的家庭则各有各的不幸。作家们直面并深入现实，用温情的笔轻触隐藏的伤疤，用爱与温暖真诚叙写特殊孩子与他们家庭的故事。

1. 折翼天使的成长道路

成长从来就不是一件容易的事，对于这些"特殊"的孩子来说，成长二字显得尤为沉重。他们的起点在不同方面与不同程度低于普通孩子，他们的成长道路与大多数孩子相比也显得尤为曲折艰难。

来言是长篇小说《来言》中的主要人物。他在全家的热切盼望下来到了这个世界，然而，这个寄寓了一家人希望的孩子从出生开始就意外地深沉、安静，上帝仿佛给他加了一把锁，将一切莺歌燕语锁在了他的世界之外。正如作者庆祖杰自己所指出的："语言是个美好复杂的东西，经历没有语言的时代，掌握语言后，人类成其为人类，没有语言的来言，饱受语言给他带来的深重灾难。"①其实，对于从来没有拥有过声音感知的来言来说，没有语言并不能引起什么痛彻心扉的悲伤。他的悲伤——实则存在于家人愁云密布的脸上，放大在村人悲悯哀伤的眼中，在被伙伴抛弃时无处遁形。小来言渴望伙伴，但妈妈总是悲伤地望着他，同龄的孩子一看到他，就叫着"哑巴、哑巴"四散而逃，寂寞与孤独是来言成长中的常态。

而在《一个都不放弃》中，达敏学校的孩子也遭遇着同样曲折的成长道路。陆明亮"长得很瘦，左手像爪子一样，永远处于痉挛状态……天气太热，他敞开衣服吃饭，露出的身子像一个千疮百孔的麻袋，出自一个蹩脚的裁缝之手"②。达敏学校里的孩子，有的脑袋特别小，两只眼睛的距离远远超过正常人，有的头特别大，前脑向前扑，眼窝深陷。这些孩子常常自己念念有词，生气了就会拿头撞墙、攻击亲人和老师。在同龄孩子已经开始读书识字、唱歌跳舞的时候，他们甚至连大小便都会出现各种状况。他们时时"接受"人们诧异的目光，人们惊恐地躲闪这些孩子。

应该说，对残疾的不同称谓反映了人们对于残疾的态度。无论是过去还是现在，"人们广泛地使用'残废'、'瞎汉'、'聋子'、'哑巴'、'白痴'、'傻瓜'、'拐子'等歧视意义强烈的词汇称呼残疾人群。"③这些饱受歧视的孩子仿佛是不属于这个星球的天使，却被迫要适应这个社会的环境与规则。对于个体的存在而言，他们并不是特殊的、不健全的，只有当他们和社会中的其他人接触时，这种不同才显现出来。人是一切社会关系的总和，他们不得不去适应生活，在这个过程中他们付出了常人难以想象的努力，他们的内心向往爱与温暖，却常常被寂寞与孤独包围，他们是残缺的花朵，却从来没有放弃生命的希望和成长的勇气，在家人和老师的温暖下，依然努力抬起头颅如同向日葵一般向着阳光。

2. 特殊家庭的生存困境

孩子是每个家庭的核心，是每个家庭的希望与骄傲。然而，对于拥有特

---

① 庆祖杰：《来言》，南京师范大学出版社，2014年，第63页。该作品引文具体出处以下行文不再一一标示。

② 钱丽娜：《一个都不放弃》，宁波出版社，2014年，第25页。该作品引文具体出处以下行文不再一一标示。

③ 刘慧丽：《特殊教育相关概念的演变与范畴》，《现代特殊教育》，2015年第18期，第80页。

殊孩子的家庭来说，孩子又成了不肯轻易示人的伤口，是不能提及不能触碰的伤痛，而他们只能默默承受命运给予他们的辛酸与痛苦。

来言原名宋来炎，出生在一个家境殷实的农村家庭，宋家的香火命若游丝，到了宋来炎这里是第四代单传，"太阳变得血红的时候，一个预定了'炎'字的男孩如约而至"。来炎出生后，"宋家的天是蓝的，水是热烈的，心是轻盈的"。然而，先天性耳聋的诊断一瞬间夺走了这个家庭所有的喜悦，"和笑相关的一切，笑脸、笑容、笑意、笑话、笑声，包括苦笑都已从这个家里搬走。话都不说了，还能有笑吗？"一家人开始了漫长的求医问药之路，然而这条路是何其曲折与坎坷。他们从来不放弃打探任何有关治愈耳聋的消息，尝试各种可能治愈耳聋的偏方，但迎接他们的是一次又一次的陷阱，一家人迎来的是一次又一次的失望。终于奶奶和爷爷在这条没有尽头、没有希望的道路上心力交瘁，相继离世，父亲因难以忍受压力和痛苦而出走他乡。宋来炎改名为来言，只能与母亲来凤丽相依为命，母亲靠着务农与拾荒供来言上学。

《一个都不放弃》中，作家钱丽娜也刻画了一群不幸的孩子。重度脑瘫男孩陆明亮家境十分贫寒，家里有年迈的奶奶和同样患有脑瘫的母亲，全家靠父亲一人拉车维系生活，陆明亮的残疾使得这个本就贫穷的家庭雪上加霜。除了物质上的窘困，这家人在精神上也饱受折磨，陆明亮特殊的外貌使得他一出现在公共场所就成为焦点，大家都盯着这个外表奇特的孩子议论纷纷。奶奶说："你一发笑，车上的人的眼睛都长着针，刺到我身上。我可不想让全天下人都知道，我有个白痴孙子。"爸爸说："我总想着不该生他，他来到这个世界，他自己受罪，我也受罪。"然而，当陆明亮真的走丢了，父亲和奶奶发了疯一样的没日没夜地寻找。他们的内心深深爱着这个孩子，但这份爱越浓就越表现出恨与无奈。在达敏学校，这样的孩子几乎每个班都有很多。

二、真诚奏响特殊教育的赞歌

有这样一群老师，他们坚守在特殊教育的一线，为中国特殊教育事业奉献自己的全部力量。作家们在对他们的刻画中倾注了无限的敬意，奏响了特殊教育的颂歌。

继续是《来言》中的另一主要人物，他从特殊教育师范学校毕业后带着对聋哑孩子的关爱和对自己职业的期待，来到了县聋哑学校，以手为口开始了自己的教学生涯。继续来到聋哑学校后的第一个行动，就是为孩子们"正名"。对于聋哑人来说，名字是一个只能摆在纸上的符号。而来言要做的就是让每个孩子的名字"活起来"，一个个优雅、形象的名字从他的指尖飞出，飞进每个孩子的心里。这种"正名"看起来是微不足道的小事，却确认了每个孩子独特的存在，每个人的个体尊严得到了应有的尊重。而后，继续耐心细致地教授舌操、教手语，教会学生们去沟通、去表达。

在《一个都不放弃》所描绘的培智学校中，老师们所面对的情况似乎更加复杂，他们面对的是智力发育有障碍的学生，他们首要的教学目标是教会孩子们生活自理。他们要时刻面对各种突发状况。刘桂芬是达敏学校的校长，她带领着这样一群有爱心和耐心、有专业经验和极强责任心的老师一同投身他们所钟爱的特殊教育事业。王海是一个患有自闭症的男孩，他仿佛一座孤岛，不与任何人交流，并且只能接受固有的程序和规则，周遭事物一旦稍有变化，就会因为害怕和不安而强烈反抗，攻击老师。然而，当他把刘桂芬的手臂抓得满是血痕时，刘桂芬面不改色，反而柔声细语地安慰他，让他的情绪渐渐缓和，尽管她的手臂早已鲜血淋漓。田甜是陆明亮的老师，面对生活几乎不能自理的陆明亮，她付诸了极大的耐心，用十二个月的时间教会陆明亮上厕所，又用两年的时间教会他系鞋带。钟月是"唐宝宝"张浩的班主任，张浩患有唐氏综合征，在外表和行为上都与常人不同，钟月老师总是不吝惜自己的赞美，每当担任升旗手的张浩完成升国旗的任务后，她总会对他举起大拇指说"真帅"。

然而，社会的价值评判标准、特殊教育事业的不完善使这些献身于特殊教育事业的教师陷入各种困境。

一是价值上的迷茫。《来言》中谈到，当教育局提出要开办聋哑学校并且准备任命校长时，候选人都逃避推诿、临阵逃脱，认为聋哑学校是一个大麻烦，况且"正常人的教育都没搞好，残疾人搞什么教育"。聋哑教育事业的价值倍受怀疑。最终，快退休的老校长临危受命，接下了这个"烂摊子"。而投身于聋哑教育的继续也曾经对自己的职业产生过迷茫。当老师的理想是桃李满天下，自己教出来的学生有所成就才是老师的光荣，然而"从事教育事业，就担心种不下瓜，也得不到豆"。对于特殊教育来说，老师要付出极其艰辛的努力，然而付出努力通常也没有太大的成效，毕业时聋哑人还是聋哑人，仍旧生活在社会的边缘和底层，仍旧遭受社会的歧视和冷遇，那么作为一名老师的价值体现在哪里呢？《一个都不放弃》中，当新参加工作的老师面对大小便失禁的学生时，他们对自己的职业有了清晰认知，同时也产生了无限的迷茫与惆怅，当他们付出所有的精力和爱去教育这些患有智力障碍的孩子后，却悲哀地发现，当这些孩子毕业离开学校，根本得不到社会的认同，没有办法独自面对这个社会、面对他们的未来。他们开始怀疑做这样的工作是否有价值？

　　二是社会认同上的迷茫。教师是人类灵魂的工程师，是辛勤的园丁，是高尚而神圣的。然而，对于从事特殊教育的老师来说，由于他们所教授的学生群体的特殊性，教师这一职业的神圣光芒也因为"特殊"二字黯淡了许多。继续和女朋友池秋婉一起去参加朋友的婚礼，在谈起继续的职业时，女朋友立即抢过话头，然后笼统地用老师两个字掩饰过去。而也正是因为自己的出身和职业，继续与池秋婉的恋情遭到了女方家的强力反对，最终告吹。当刘桂芬领着自己的学生走在大街上时，路人肆无忌惮的言论和猎奇的目光像刀子一样刺痛老师的自尊，身为培智学校老师的他们仿佛也是不正常的老师；当他们付出努力进行特殊教育的改革，才发现别人搞改革可以摸着石头过河，而他们连一块可以摸的石头都没有。

　　特殊孩子的教育不仅仅是一个教育问题，更是一个复杂的社会问题，关系到福利体系，社会的关注意识等方方面面，但这些压力却在特殊教育发展并不成熟的情况下全部加诸老师们的身上。然而，这些奋斗在特殊教育第一线的斗士们并没有被种种压力所压倒，最终找到了方向，也坚定了理想，在老校长的引导下，认清了自己的价值，认清了自我价值实现的路径，这与自己的职业是否得到认可没有关系，"自己的价值，在自己的路上"。而达敏学校的老师们也从来没有放弃过，"爱，对于他们这样的特殊教育老师来说，不是激情，不是兴之所至，而是一种忍耐与毅力，是细水长流，东流到海，是精诚所至，金石为开……"两位作者冷静客观地描绘现实，真实叙写了老师们的迷茫与挣扎，为奋斗在特殊教育事业一线的教师们奏响了一曲热烈的赞歌。

三、热切追寻社会的关注

　　盲人、聋哑人、智力障碍患者，这三种人构成了狭义上的"特殊群体"。每一个城市都有数以万计的残疾人，但他们却成为社会中的"少数民族"，他们孤独、沉默、封闭，仿佛对阳光过敏一般隐匿在黑暗中。他们很少出入公共场合，很少让自己暴露在众目睽睽之下，他们被孤立在社会的边缘。但是，他们却十分需要社会的关注与爱护，两位作者都通过自己的作品热切呼吁社会对他们的关注与关爱。

《来言》是一部带有自传色彩的长篇小说，作者庆祖杰是从事聋哑教育工作的教师，"我工作后开始的职业生涯就是特殊教育，没来得及回头看。二十三年像二十三座车站，一座一座立在了身后"。他引导聋哑孩子的学习，陪伴他们的生活，他与孩子们亲密接触，将其中的甜苦滋味，迷茫与希望寄托在小说之中。"除非亲历，你不能想象这样的场景。有那么两三年，我给我失去了声音却努力着到大学来求学的学生上课。我用的是手语，还加上口语……其实我非同一般的空虚，说折磨也不过分。为掩饰内心的空虚，在课堂上，我会发出让自己觉得真实的响亮声音，比高考前夕各地的县中重点班的语文老师还要亢奋，并且激昂。整个教室的空气都被弄得莫名其妙，嗡嗡作响。"他用自己的生活、自己的所见所闻为素材，动情书写了一部细致描绘聋哑学生生活与成长的小说，在作品中寄托了自己的教育理想与期待。

作家钱丽娜呼吁社会对于残障儿童的关注，期盼生命平等理想的实现。"我用一支笔记录下这些故事，试图用他们的欢笑作线，用他们的眼泪作珍珠，串成一条项链。我不知道这条项链能不能戴在新时代的脖颈上。世界上约 10%的人口是残疾人，共计六亿五千万人。在全世界一亿人的智障人群中，中国占了一千三百万……而全国有一千七百多所特殊教育学校，每一天都在发生各种各样的故事，以其特有的方式折射着时代，也散发着人性中的芬芳。但这些芬芳，并没有多少人知道。"她勇敢承担起讲出这些散发着人性芬芳的感人故事，期待社会能够给予回应。

他们书写残疾人身上的闪光点：来言的孝顺，"唐宝宝"张浩的乐观，女孩吴悦的美好梦想……他们坚忍顽强，不屈的灵魂闪耀着动人的光辉。老师和家长们共同期盼着，有一天整个社会变成一个大的达敏学校，人们可以从二元对立的模式中跳脱出来，认识到残疾人和正常人一样都是社会人群的一部分，而不是与正常人对立的群体，他们期待唤醒人们的悲悯与同情之心，希望人们看到这些孩子时不要投以异样的目光，给残疾人一片自由呼吸和成长的土壤。

他们表达着对特殊孩子生存境况的担忧。对于聋哑学生来说，他们可以在学校学习简单的知识和技能去适应社会，但当他们真正走出校门，面对以正常人为主体的主流社会时，他们将遭遇什么样的不公平和曲折呢？就像小说中的来言，怀着自力更生的美好愿望跟着两个聋哑人到上海去谋生，结果被骗入了一个乞讨的团伙，"丐帮头目"限制他的人身自由并强迫他乞讨。而对于患有智力障碍的孩子来说，到了一定的年龄，"培智学校只负责九年义务教育，嫌他太大；养老院嫌他太小；福利院只接收没有父母的残障儿童、弃婴和没有子女的老人；保险公司不接受残疾人投保；社会保险又暂时没有这一块"。我们不禁发问了，这些孩子该何去何从呢？他们期盼着，将来有一天有这样的公益机构出现，"会对优胜劣汰的动物法则深表怀疑，用人道和秩序去照顾一个弱者的余生"。他们期盼社会的保障体制能够有一天关照到这些孩子，能够给这些本来就遭受不公平命运的孩子们一些温暖和保障。

四、结语

有些花朵或许是残缺的，但是依然拥有灿烂的梦想，依然拥有盛开的权利。命运或许是不公平的，但是人却可以用勇气和坚韧予以对抗，笑着活出自己的精彩。

特殊儿童是不应当被遗忘的天使，人们应当给予这些本就不幸的孩子最大的关怀和温暖。对于残疾儿童来说，首要目标是拥有自理和自主生活的能力，而教育是唯一的途径。"特殊"并不是忽视的理由，反之，越是特殊的孩子，越应当给予特殊的关怀，越需要投入更多的财力、人力……"特殊教育是衡量一个国家教育水平以及整个文化程度的天然尺度。"[1]而特殊教育的发展不仅需要国家政策的支持，更需要整个社会的共同关注与推动。

实质上，每个人都是有缺陷的，不过相比特殊儿童来说，普通人的缺陷暂时不至于成为一种障碍。然而，每个人都会变老，随着时间的流逝，身体的各项机能开始退化，退化到生活产生了障碍的时候，我们也会成为需要温暖与关照的弱势群体。从这个意义上来说，关心残疾人，就是关心自己。生命是平等的，任何人都不应当因为缺陷或者残疾而被边缘化，如果社会中的人都能达成这种共识，我们的社会文明将向前迈进一大步。

在这两部文学作品中，作者给予了我们温暖的希望。庆祖杰给小说主人公起名"来言"，寄予了一种温暖的愿望与希冀，而特殊教师名为"继

---

① 彭霞光：《中国特殊教育发展现状研究》，《中国特殊教育》，2013年第11期，第3页。

续"，则让人感受到一种延续与发展的希望。小说的最后，聋哑学校得到了关注，扩大了校园、完善了设施，也传达了别样的温暖。而在钱丽娜的纪实文学中，尽职尽责的老师们坚守阵地、无私付出，越来越多的人开始放下成见，主动关注关心这些孩子，表达了他们渐渐被主流社会所接受的美好愿景。

第五节　留守儿童教育境况的书写与乡村教育的守望①
——海嫫的中篇小说《听风村的孩子们》解读

自 20 世纪 90 年代以来，随着我国改革开放格局的不断深化，现代化、城市化进程开始呈现日渐加快的态势，人口流动伴随着市场经济的流动日渐活跃，农村劳动力开始大规模地向城市转移。封闭的乡村在与城市经济浪潮激烈的碰撞交融中，开始了一轮新的裂变。而与此相伴的是众多社会矛盾的凸显，农村"留守儿童"正是在这一形势之下衍生出来的一类特殊的受教育群体，他们一面茫然地触摸着凝滞封闭的乡村教育的脉搏而沉重呼吸，一面朝着不可知的未来企盼爱的回归，他们正是带着这样双面的特性，跨进这一场巨大的变革之流。据最新全国人口普查数据显示，我国农村留守儿童占全国儿童总数的五分之一，并且，这个数据还将随着我国经济的发展而继续呈现出逐年递增的趋势。面对如此庞大的农村留守儿童数据，反观当代农村教育背后隐藏的现状，如何看待这一类群体的教育问题，如何及时地、较好地使其接受义务教育，已成为我国当今这个时期不容忽视的教育热点话题之一。

海嫫的中篇小说《听风村的孩子们》以农村儿童留守现象为背景，将目光聚焦于远离城市现代文明的封闭乡村，通过讲述一个从城市来乡村支教的新教师安安进入听风村后所发生的一系列故事，用现实的笔触观照当代乡村教育现状，书写了留守儿童教育境况，真诚寄寓了她对未来乡村教育的热忱与守望。

---

① 本节初稿撰写人徐畅，原载于《读写月报》（语文教育版）2016 年第 7 期。

一、农村留守儿童：封闭乡村中飘摇的小草

"留守儿童"主要指的是一批特殊的儿童群体：他们由于父母双亲或单亲外出打工而造成了与父母短期或长期的分别。这些儿童往往正处在人格形成的重要阶段，可现实的因素使他们多方面情感遭遇长期的疏忽，从20世纪90年代开始，在我国的广大农村、城镇地区，这些"留守儿童"所引发的教育问题已不再鲜见。除了监护人对留守儿童学习介入过少导致的学习问题之外，缺乏亲情的抚慰导致的生活问题，以及缺乏完整家庭教育导致的儿童成长心理问题也日渐凸显。这些农村的留守儿童就如同封闭乡村中飘摇的小草，尽管仍紧紧扎根在祖祖辈辈赖以生存的土地上生长，但似乎已找不到自己的庇护之所，在复杂的社会环境中迷惘地独自生长。

社会学的结构功能理论认为，家庭作为一种结构，每个成员都有其独特的功能。传统理想型家庭生活模式在时空上是紧密结合型的，亲子之间朝夕相伴，夫妇之间和谐相处，只有这样的家庭结构才能形成稳定的"三角关系"。如果有任何一方缺席，都不足以构成一个完整的家庭。正如著名的社会学家费孝通在《乡土中国与生育制度》中所说："夫妇和亲子关系不能相互独立，夫妇关系以亲子关系为前提，亲子关系也以夫妇关系为必要条件，这是三角的三边，不能短缺。"[①]但为了改善家庭生活，为了给家庭下一代的成长提供更充裕的经济支持，越来越多的农村青壮年劳动力在经济收入与子女教育的取舍之间，还是选择了离开世代赖以生存的土地，到陌生的城市里务工谋生。这使得原来父母的双系结构彻底瓦解，父母的社会化作用缺失，导致孩子的情感生活出现一定程度的缺陷。

海媖在小说中将目光投向这群"飘摇的小草"，以诗性平和的语言传达出这些儿童在成长过程中所遭遇的隐晦之痛。小说一开始就着力塑造了一个单纯天真的留守男孩姚贝贝，后改名为姚雷。他喜欢骑在枫香树的树杈上看从山那边"翻过来"的人或车，喜欢用"神奇"两个字表达他对于外来事物的赞叹，喜欢在卷子上涂满大大小小的象征着"地雷"的墨迹。而就是这样一个单纯天真的小男孩姚雷，却有着一段难以言说的成长经历。他的母亲因前夫的意外身亡，不堪重负离家出走，所幸来到质朴的听风村与姚家结合，生下了他，原本生活应该因孩子的出世而平静充实，可她却又因一场重病与

---

① 费孝通：《乡土中国与生育制度》，北京大学出版社，2010年，第159页。

世长辞。"幸福的家庭彼此相似，不幸的家庭却各有不同"。[①]在姚雷成长的这个大家庭之中，除了母亲的爱早早就缺失在姚雷的记忆之中以外，其他构成家庭情感补偿的因素也十分微弱：他的父亲到城中"找钱"，长期不能陪伴在孩子的身边；他的二叔自年幼起就患上了抽风病，生活难以自理；而他的奶奶年老力衰，加之还有着严重的腿伤，这种隔代监护不但难以担起对孙辈教育管理的重任，而且很难在情感的更深层面给予姚雷爱的关怀。因此，在小说之中，以姚雷为代表的"留守儿童"所表现出来的这种源自家庭爱的缺失转而去寻求生活中其他方式爱的补偿的行为尤为明显：他常常会把身子使劲挨紧树杈，紧紧地抱着那棵象征着自己母亲的枫香树，追忆短暂记忆里那些被母亲呵护的日子；他会将新来的支教老师安安幻想成心目中真天使的化身，以求从安安的身上找到爱与美的诗性所在；而小说中多处提及的姚雷改名事件，更是年幼单纯的儿童试图在情感这个层面寻求更为有力的认同与关怀的一种隐性表现。

如果说以姚雷为代表的留守儿童所做出的行为是在隐性的维度表现内心对爱的渴望与诉求的话，那么以肖雨为代表的留守儿童所表现出的心理特征则更多地反映的是一种情感缺失的外显型表达。肖雨的父母常年在福建打工，特殊的家庭环境使她的性格变得内向孤僻，痛苦和欢乐都在无言中独自体验，不敢对外部的世界诉说自己的感受。外界的欢乐也很难真正进入她的心灵，于是她选择给自己的"真心"戴上一层保护的盔甲，"躺在课桌底下，百无聊赖地慢慢翻滚"[②]，"几乎不和别的孩子说话，哪怕是眼神上的交流"，"不时地用手指蘸着塑料包装里的橘色粉末，放到嘴里吮食，似乎周围的喧闹与她一点关系也没有"，即使是肚皮在炉子上烫出了一道长长的水泡，她也隐藏着自己疼痛的感觉，忍着不说。她以自己的方式在自己所营造的小世界里排演着寂寞的独角戏，然而她心底那份对于家庭之爱的真诚渴望却在见到安安老师及其男朋友林子之后迸发了，她不想再用坚硬冷漠的外表包裹着自己脆弱的心，她也渴望被高大的林子保护，渴望一个不曾得到过的拥抱，渴望把自己的想法告诉他人，所以肖雨才会第一次见到高大的林子就那么执着地哭求得到他的拥抱，才会在安安牵着她上楼的拐角，壮着胆子对

---

① 〔俄〕列夫·托尔斯泰：《安娜·卡列宁娜》，周扬、谢素台译，人民文学出版社，1989年，第5页。

② 海媾：《听风村的孩子们》，《山花》，2016年第2期，第26页。该作品引文具体出处以下行文不再一一标示。

安安说"我想喊你妈妈"。因为高大的林子对肖雨而言，是一种男性安全感的象征；而细心的安安能以女性的视角触及肖雨内心情感的变化，是一种女性体贴温柔的象征。这两方因素本该是一个完整家庭父母双方所该给予的最简单的关怀，却因为父母双方家庭教育的缺席，给孩子心灵留下了难以弥补的创伤。

此外，从儿童心理的个性特征来看，留守儿童除了因为"爱"的长期缺失使他们心理产生对于情感或隐或显的强烈渴望之外，还会极端地表现出一系列复杂的心理问题。处于心理过渡期的杨梅子因没有适时得到父母正确的引导和教育，堕入乡野庸俗之弊的效仿之中，明显地表现出"被异化"的成长，言行偏激、轻狂自大；缺失母亲关怀的姚小丽产生了心理的极度敏感，外表强势，内心脆弱，以"伪成熟"的方式消化自己的孤独与悲伤；从小在奶奶隔代监护的溺爱中成长起来的大良，漠视纪律，在异常的叛逆中寻求自我同一性的建立……农村的留守儿童就犹如封闭乡村中飘摇的小草，在缺乏家庭教育的无边天际丧失方向地兀自生长。

显然，听风村的留守儿童所反映出的问题并不是个例，它投射出的是庞大留守群体的一个普遍的状况。在现阶段，随着我国经济的不断发展，我国广大农村的这种留守现象一定程度上还将加剧。留守儿童在成长阵痛中所发出的稚嫩童音谁来聆听？又有谁能照亮这些孩子的成长？这些问题值得我们每一个教育者思考。

二、农村教育：教育理想信念的失落

除了家庭教育，小说《听风村的孩子们》还展现了农村教育中理想信念的失落。在文本中，听风村是一个远离现代文明的相对封闭的边缘民间，这里的崇山阻隔着外界的讯息。听风村的村主任把村路和小河的命名登上报纸视为"风光"，乡民认为"警车""救护车"长了翅膀才能进村，孩童们把网络看作遥远和神秘的新鲜事物，甚至很多家庭竟然都无法提供孩子的户口本。可想而知，在这样一个闭塞的乡村施行教育是一件十分不容易的事情。

从教学的外部条件来看，以听风村为典型的农村教育面临两重困境。第一，农村的办学条件差且教育质量不高。听风村包括十个组，学校建在较为中心的山坳里，最远寨子里的孩子要翻越两座高山才能到达学校，最近寨子里的也要徒步相当长一段距离。不仅如此，农村办学的质量也不容乐观，正如李子老师在小说中所说："现在都是招考，有本事考得过的谁愿意来咱这里？没有师资，咱就没有资格办幼儿园。""村里的年轻人都出去打工了，家里大都只留下老小，不办学前班，大一点的孩子就要退学，回家帮着照顾弟弟妹妹，现在入学率抓得严，从上到下没有好办法。"第二，农村教师面临着严峻的生存危机。随着生源减少，农村的教学点面临被撤掉的风险，为了维持现状，上级每月对听风村公办教师的考核"睁一只眼闭一只眼"。因为，"只要一认真，大家都不合格，去向也就成了问题"，显然，这对于封闭乡村儿童的教育来说将面临更大的麻烦。

从教学师资的内部而言，农村学校不仅面临着教师人手严重不足的困境，教师学历层次偏低，教育教学观念落后，农村教师流失严重，也在制约着农村教育的发展。就小说中听风村这个学校而言，整个学校一共就六名教师，可实际上岗的数量却只有三名。李子老师不但是学校的校长，还兼任四年级的班主任；姚老师虽是三年级班主任，却还代教一年级的语文。更堪忧的是，这些农村老师的教育素养整体偏低，更不用说能够掌握正确的教育教学方式了。小覃老师吸烟成瘾，他的瘦脸被烟熏得黝黑中透着红亮，在教学上丝毫不上心，想着靠开辟"学校的后花园"种些蔬菜就近"生财"；李子老师奔忙在大小会议之中，平日的教学方式粗暴落后，常常带着一根竹条"走马上任"，用体罚的方式整治学生，对他而言"都是野惯了的孩子，不凶一点儿，他们就无法无天了"；姚老师思想保守落后，喜欢插科打诨，面对乡村即将引进先进的"网络"，他竟含沙射影地表示出不屑的态度。这些老师们面对失落的农村教育虽也深感无奈，却得过且过，时时抱着"老和尚撞钟——过一日是一日"的陈腐态度，似乎并没有想要拾起教育理想信念的决心与勇气。如此，农村教育便陷入了一种可怕的恶性循环，这种尴尬的局面更加剧了农村教育的衰败。

此外，农村教育中理想信念的失落在小说里还明显地表现在农村教育的价值观念中，一种"读书无用论"的思想观念在农村悄然蔓延。在当今的知识经济时代，知识显然已经成为个人最重要的发展资本，这已成为大多数人的共识。然而，在偏远的农村，也许是出于当下农民教育投资的社会回报率不断下降所带来的隐忧，也许是出于最基本的生存需求，许多文化程度较为低下的农民出于实利主义的价值观念，认为在当今"金钱至上"的社会，文化的高低对于挣钱似乎不能起到很好的"促进"作用，因而当他们进入五光十色的城镇，受到物质的强烈刺激时，原本就稀薄的教育理想信念也就随之失落。但更令人后怕的是，这种教育观念不仅存在于年长一代的思维定式里，还渗入农村青少年一代尚不成熟的心灵之中。小说中，安安老师曾给学生布置了一项课堂作业，要求同学们以书信的格式给她写一封关于个人理想的作业。可是，当这些处于花季的学生们听到要"谈谈自己的理想"时，居然一片"嘘"声，露出不情愿的神色。安安问及这些孩子的理想时，班级里一片嘈杂，几个孩子竟扯着嗓子喊道"找钱"。面对孩子们异口同声地"回答"，安安深感意外，而她班上年幼的学生姚小丽却在课下十分淡定地告诉安安六年级的覃花已经定亲了。姚小丽的语音语态颇像一个大人，让人想象不出这样一群单纯可爱的孩子竟俨然把自己伪装成一个个"深谙世故"的"小大人"，早早就抛弃了那些本可以自由放飞的梦想。

的确，在我国发展的现阶段暴露出了很多社会弊病，权力急剧膨胀，特殊利益集团不断滋生，阶层在日益固化，但教育难道因此就要打上实利主义的标签？教育理想信念就应该在时代浪潮的冲击之下走下高台？泰戈尔曾说："教育的目的是向人传递生命的气息。"在今天的城镇教育中，很多学校已经引入了新的教育理念，认为教育不仅应当让学生获取知识，更重要的是教育需要服务于生活，使学生更好地理解生命的意义。这一点在农村的教育中也不应当被忽视，在落后封闭的农村更需要有人为他们启迪心灵，以让教育真正促进孩子们的健康成长。

农村教育在全面建设小康社会的发展进程中具有基础性、先导性、全局性的重要作用，在整个国民教育体系中占有举足轻重的地位，它与"三农"问题的顺利解决有着密切的关联，甚至直接关系到农村劳动者素质的提高和农村经济、社会的发展。正如巴赫金所说，"个人的成长不是他的私事。他与世界一同成长，他自身反映着世界本身的历史成长"[①]。农村留守儿童教育问题产生的原因既来自教育系统的外部，也来源于自身，它是家庭教育与学校教育脱节在人口流动背景下的一种反映。教育理想信念的失落，必然造成人的生命的失落和异化。教育理想信念作为教育的航标，指引的是孩子们的成长，它不该在农村教育中黯然失色，而应唤起或激发孩子们对于未来的希望。

---

① 〔苏〕巴赫金：《小说理论》，白春仁、晓河译，河北教育出版社，1998年，第232-233页。

三、乡村支教教师：用爱唤醒孩子的生命

陶行知先生倡导的"真教育"是一种"心心相印的活动"[①]。的确，"爱"是教育的润滑剂，它给人力量，给人智慧，帮助我们去塑造一颗美好的心灵。留守儿童与其他孩子并没有两样，他们之所以要经历更多的成长之殇，是因"留守"二字间的内蕴体验。对于身处在农村教育岗位上的教师而言，只有俯下身来更接近这些留守儿童，在教育中用爱去感染、教化他们，才能真正让教育丰润他们每个人的生命历程，让教育变得更加温暖而有力量。

乡村支教教师安安捧着一颗善良而真诚的心从繁华的大城市走向闭塞的农村，在不断的摸索中探寻教育的真谛。安安来到听风村的小学后，她将之前当地老师只让学生们机械地反复朗读课文的教学方法改变为比赛朗读的方法，从而激发了学生的学习兴趣。她还将"契约学习"的模式引入课堂，跟学生们商定"愿赌服输"的条约：师生比赛，学生赢，上课学生提要求，老师遵守；比赛老师赢，上课老师提要求，学生遵守。根据马斯洛的需求层次理论，我们每一个人都有被他人、被社会认可的愿望。安安这种新鲜的教学方式运用了激励的方法，让学生充分享受到了学习的乐趣，从而使学生从被动的"要我学"变成"我要学"，在不知不觉中完成了学习主客体之间的转换。

除了教学方式的改变之外，安安还在教育中加入了一些"爱的细节"。例如，安安在批改这些留守儿童的练习卷时，因材施教地给每个学生写上了一段特别的评语。在评语中，安安巧妙地运用语言的批评艺术，面对姚雷歪歪斜斜的字迹和大大小小的墨迹，她在卷子的中缝处画了一个头晕的表情，并且写道："题目做得不错，只是很多字像在跳舞，还有 16 个'地雷'，真的好多啊，我已经被'炸'得头晕眼花啦，可不可以少埋几个地雷呢"；面对姚美写字丢三落四的缺点，安安画了一个惊讶的表情，并且写道："哇，好几个字被丢了胳膊、腿呀，它们会很伤心的"；而面对覃小小书写工整的卷子，她则给予真诚的鼓励，期待她"一定会更棒！"……这些与众不同的评语，润物细无声地贴近着孩子的内心，在细微之间流露出对于孩子真诚的爱，让这些平日里缺少家庭之爱的留守儿童找到了归属感，真正感受到了爱

---

① 方明编：《陶行知教育名篇》，教育科学出版社，2005 年，第 68 页。

的温暖。

安安老师不同于曾经来听风村"考察"的城市人，她不像他们看到农村教育的衰败景象之后就"瞪大双眼，张大嘴，四处感叹，不停追问，最后丢下票子走人"，而是真心实意地走进孩子们的心灵世界，用爱的力量唤醒孩子们的生命：她不忍看到孩子受伤，因而每天放学，她会像母亲一样牵着肖雨的手，会把受伤的孩子带回家中，为其抹药；她心疼孩子们要辛劳地排长队喝水，因而在午饭前，她会提前烧上开水，挨个给孩子们倒上一杯热水；她担心姚雷奶奶的腿，因而四处联系之后，她会坚持她的"尽心计划"，每天给姚雷的奶奶清理伤口……安安就这样单纯地践行着自己爱的理想，而这样的行为确实感染到了更多的人，最终听风村的孩子们得到了社会上更多的关注，甚至曾经极力反对她的男朋友林子和女哥们苏苏也都主动为孩子们联系了"免费午餐"和"慈善义演"的活动。孩子们最终也因为安安播撒的爱，在教育阳光下，重拾起童年的欢乐，变得开朗和活泼。

其实，留守儿童就好比是一个个珍珠蚌，如果我们只是用力地"敲打"，他们会将自己封闭得更紧；而如果我们教育者能变成温柔、缓和的流水，用柔软的触摸悄然进入他们的内心，他们往往会将封闭的蚌壳张开，露出璀璨的珍珠。"敲打"只能给儿童造成心灵的反感和叛逆，而只有这样用爱的方式和风细雨地进入、理解、接受和改变，才能帮助他们勇敢地走出心灵封闭的世界。从失望落寞到绝望气恼，再到兴奋感动，对安安老师而言，她"一路漂泊，也一路憧憬；一路行走，也一路回归"，而在教育中她感触最深的就是用真诚的爱去唤醒孩子的生命。正如她最后在日记本中所写到的那样：

> 我像任性的孩子，相信过童话；相信一个季节里包含着另一个季节；相信有许多声音被种进土壤里，或者挂在树梢上，只要翻一翻泥土，晃一晃树身就会遇到语言和歌声。
>
> 然而，我更相信亲情、友情和善良，而这些正是人生路途中的莲花，你、我只是莲花上的一颗水露，很多时候，可能因为照见，所以晶莹。

这既是安安老师对教育理想的心灵告白，也是小说家对未来乡村教育的真诚守望。或许，教育真应如卡尔·雅斯贝尔斯所说的，"教育意味着一棵树摇动另一棵树，一朵云推动另一朵云，一个灵魂唤醒另一个灵魂"。只有教育者用生命去温暖生命，用生命去呵护生命，用生命去润泽生命，用生命去灿烂生命，真心实意地用爱去唤醒孩子的生命之时，生命才会真正显示出它的蓬勃、高贵与尊严。

第六章 教育的守望及其发展的可能

在上一章的最后，我们谈到当代乡村教育这一时代性教育样态时，已然涉及教育的守望问题，这不仅只是促成本书章节有机衔接的有意安排，其实，它更是当前不少作家的共同的心理期待。有了这种对于教育的情感、对于美好教育的期许，教育自然也就存在发展的可能。当然，教育的当代发展是一个极为复杂的问题，它需要全社会的共同参与，在联动中推进。我们欣慰的是，作家们的积极介入和探索让这种推动和诉求更增添了几分温情与执着。

第一节 "奴役"之殇与教育守望①
——吕幼安的中篇小说《首席考》解读

"世俗"一词，本无所谓褒贬，从某种意义上说，"世俗"还正是人类文明进步的动力因子。在"社会"这个时空交融的场域里，人可以变得很现实，也可以过得理想化，但现实并不应是被极度的功利心所占据的迷失自我，理想也不应是像圣西门、欧文所提出的那种空想主义。更可取的应该是在审视世界之后的沉淀，是遇见"乌云"却仍能拥抱"阳光"，这才是对世界的更为深刻也更为必要的认知。在教育领域也是如此，教育是培养"人"的一种必要方式，需要教育者拥有更加纯粹的心和更为坚定的信念。

近年来，高校教师评价机制倾向于等级化，所谓的硬性指标层出不穷。从某种程度上说，这也就诱发了某些教师剽窃或抄袭论文等的不理智行为的

① 本节初稿撰写人钟金娣，原载于《读写月报》（语文教育版）2016年第8期。

产生，还滋生出了教师人格扭曲、心理失衡等更严重的问题。而作为有着教师和作家双重身份的吕幼安，在自己熟悉的教育土壤上，在其小说新作《首席考》中也呈现了这个代表性群体——被教育"奴役"着的教育工作者。吕幼安谱写了一曲"奴役"之殇的悲歌，进而，他还表达了自己内心深处的教育守望，一种悠然的守望。

一、殇之源：世俗驱使下的功利心

在现代社会，教育从来都是炙手可热的事关人类生存与生活的重要命题，尤其是在"应试教育"向"素质教育"转轨的这一关键时期。教育需要有更多的发展，但因此而滋生出来的相关问题我们也无法回避。显而易见，应试教育所带来的种种弊端可谓是根深蒂固，马克思曾经用"异化"一词来解释人类在现代文明进程中是如何被自己的创造物所奴役和驱使的，体现在教育领域亦是如此。关于教育，哲人苏格拉底曾经说过这样一句话："美德是一种善，美德就是知识，美德是灵魂的一种属性，美德由教育而来。"[1]先不论其中的有待完善之处，仅从历史发展的意义上来说，教育确实与人的德性养成密切相关，而教育工作者又在这一环节中扮演着十分重要的角色，因此，教育者自身的德性也就显得尤为重要。

然而，在当下的教育语境中，教师评价机制繁杂而冗长，全国高校一窝蜂地在进行"聘岗定员"。小说《首席考》中的江城大学也不例外：岗位认定机制中，教授就分为四级，还有三级的副教授，三级的讲师等，每一级认定里又有众多的硬性考察指标。一层一层地往上堆积，一座望而生畏的金字塔就耸立在每一个教育工作者的面前了。尽管这一做法的初衷是为了更加公平、公正，但在执行的过程中，却会偏离正常的轨道，驱使在这之中的人变得越来越世俗、功利。学者吴艳曾就吕幼安的小说撰写过一篇名为《让小说变得"好看"》的评论，在文章中，她表达了这样的观点："高校教师的身份，使他更容易以理性思辨的力量，提升小说的思想意蕴，他将小说的受众定位为普通人，追求小说回归到故事，让故事变得'好看'。"[2]的确如此，吕幼安是一位讲故事的能手，在他的小说中，故事总是娓娓道来，文字也十分流畅，不会

---

① 王天一：《外国教育史》，北京师范大学出版社，1993 年，第 40 页。
② 吴艳：《让小说变得"好看"》，《江汉大学学报》（人文科学版），2009 年第 5 期，第 23 页。

给读者造成阅读障碍。在中篇小说《首席考》中，作家吕幼安将笔力聚焦于"江城大学"这一特定的高校教育背景中，围绕"聘岗定员"这一核心事件，以雷丽东、杜西念、端木皇、盖文仲等教师的行为为辐射点，呈现了高校教师在"名"与"利"的驱使下，他们畸形人性的裸露及迷失自我的心理境遇。

小说中，在教师评价机制的助推下，雷丽东为了年终评优，晋升一级工资，就到处给人打电话，甚至破天荒地打到了年终考评考核成员黄重的家里，以至于让黄重都觉得她是"人心不足蛇吞象"；为了评职称，她发表了160篇论文，出版了12种专著，但职称评完之后，那些书就成了无人问津的废品了，所以只能通过开选修课的方式来解决印刷费的问题。当高校教师的这般生存策略如此展现，讽刺意味也就跃然纸上。在这样的教育环境中，雷丽东就像是一只会到处咬人的刺猬一样，心胸变得狭隘，容不得别人，甚至不惜对同事进行言语的挖苦、攻击："端主任这是在教我上课还是教我写文章？可我上了20多年课，写了400万字文章，难道还要你教吗？"[①]"听听，看看，杜西念那叫课堂吗？叫戏园子。"与其说雷丽东是在"咬人"，倒不如说这是一种"悲观的自我保护"。一方面，她打印出了其他参评教师发表过的论文，一一圈点出"抄袭"之处；另一方面，为了让自己"迎合""适应"这样的生存环境，又不得不四处"留情"，妄想通过积攒"人情"来获得一丝晋升的机会，甚至还到了给人说媒的地步。可以看到，教育在某种程度上已经成为异化和奴役人的帮凶。教师评价机制的设置本是为了对教育工作者形成激励的作用，表达的是对教育的一种尊重，却未曾想到其已然成了"奴役"人性的"刽子手"。

让人欣慰的是，经过推荐首席教授这一事件之后，还有人意识到教育问题的存在，任火生院长的一首打油诗《首席考》——"你也谈首席，我也论首席。首席非首席，自己非自己。"可谓是直击心灵，发人深省。故事主人公之一的雷丽东在小说最末也表达了自己的态度——希望能回归人性的本原。

二、殇之痛：理想与现实的裂帛音

党的十八大以来，我国社会事业的改革创新稳步推进，教育领域的综合

---

① 吕幼安：《首席考》，《小说界》，2015年第2期，第63页。该作品引文具体出处以下行文不再一一标示。

改革在持续深化。随着改革的开展，教育理想成了改革的参照物和坐标轴，但改革从来都不是一帆风顺的，理想与现实的冲突在某种程度上来说，着实是一块难啃的硬骨头，但同时又是一座必须逾越的大山。并且，研究者们认为，教育理想指的是一定的主体依据其价值观，在对教育现实否定性评价的基础上，以社会发展和人的发展的趋向为依据，对教育活动的希望、追求和向往。①这一观点至少表达了两层基本意思：一是教育理想与现实之间必然存在着一定的差距，而教育实践活动正是缩小这两者之间的差距的重要举措；二是教育理想关乎"人"的发展，而不是"某种人"的发展，表达的是一种教育期许与对生命的终极关怀。

教师评价机制本是人类文明进步的产物，而现如今，"人"却成了这一机制的附属物，成为当下教育体制的奴隶。于是，教师评价机制中的硬性指标之一——量化的论文著作也就毫无例外地成为滋生于教育工作者咽喉中的"毒瘤"。撰写论文著作本是教育工作者在教学实践活动中的思想结晶，是进一步指导他们自身的教学活动的学理性成果，但是，因评职称、评优评先、学校排名等的要求，它已然成了"奴役"人的冷冰冰的工具。在它的驱使下，学术阵地可以被金钱俘房，许多真才实学者反倒望而却步。并且，当下，许多教育工作者在论文的写作中，往往更加注重的是数量，更加看重的是论文对自己的个人"前途"有多大的推力，甚至出现了论文剽窃、抄袭的行为，背离了论文写作的初衷与合理的原则，正如小说中的雷丽东看到的，大学教师杜西念发表在《中国戏剧》上的文章《几出新编历史剧中的传统京剧因素》中，不到 4 000 字就有 14 处抄袭，而且是大段大段的抄袭，甚至还出现了荒谬的"四三三结构"："四分是自己的，三分是别人的，三分是嫁接组合"。可以从小说中看到，有相当部分教师认为写论文就是"套路"问题，本该是严肃而思辨的论文写作，竟然成了一种套路，不得不说是一种悲哀。

在这样的教师评价机制面前，教育工作者逐渐地淡化了"'人'的发展"这一核心教育理念，被残酷的现实鞭打得遍体鳞伤。现实生活中，雷丽东的做法虽然有些偏激，但也不能不说是一种最为直接的反抗，她勇于表达自己对机制的不满，她敢于以一己之力面对"亵渎"论文写作的群体代表，即使自己最后心力交瘁，也在所不惜。她是一个在机制面前不断挣扎的韧性

① 蔚蓝：《构筑自为自足的文学空间》，《江汉大学学报》（人文科学版），2009 年第 5 期，第 20 页。

女性，更是一种时代的声音。人之所以为人，在于其有思维、有思想，而人在现实面前，也容易被一些外在的因素磨灭自己的心性和勇气。或者说，"理想"与"现实"从来就是对立统一的矛盾体，交织地存在于人的生命活动中。小说中的另一位教师——端木皇是一个游离在理想与现实之间的人物形象，他有"才学"，在国内顶级的《社科高端》发表了三篇论文；他有"能力"，是江城大学的中文系主任，是领导眼中的栋梁之材；他有"人缘"，导师委以重任，重要的科研项目悉数收入囊中。他看似在体制中"游刃有余"，但也正是因为有他这样"和稀泥"式的人的存在，才加快了学术的腐败与人性的迷失、堕落。正如雷丽东对端木皇所说的，"学术界之所以这么腐败，就是因为你们这些人在推波助澜"。确实可以说，正是因为端木皇们的不作为，才有后来人的"胡作非为"，导致教育犹如一潭死水，毫无活力。然而，吕幼安不是一个用写作让读者充满绝望的作家，他极具耐性、不紧不慢地一点点耕作着，并不因身处边缘而放弃了对终极价值的关怀，反而以边缘写作者的清明和理性，在对文学的寂寞坚守中建构了他自为自足的舒展空间。[①]他始终坚持的是在理想与现实的矛盾中，吟唱一首教育守望的歌谣，他有其明确而更为合理的教育期许。

三、殇之思：教育洪流中的守望人

吕幼安自己曾谈及，每一部故事都来源于他的生活积累，来源于朋友，来源于他的心灵发现。相对于其他作家，有着高校教师与作家双重身份的吕幼安似乎多了一份悠然的坚守，尽管教育洪流中暗潮汹涌，但他坚持做洪流中的守望人。他自己也曾说："更多的写作活动是为了满足自己，满足身边的朋友。"[②]李宏亮在《班主任：在创新前行的教育守望者》一文中，是这样阐释"教育守望"的："守望首先是一种守候，对教育本真的守候，对学生本性的守候，对人之善的守候。最初的教育是本真的，以人的自由发展为己任，历经各个时代的洗礼和经济、政治、文化等多种元素的渗透，今天的教育沾染了不少功利、浮躁与形式主义，而守望教育最直接的，则是对教育回

---

① 蔚蓝：《构筑自为自足的文学空间》，《江汉大学学报》（人文科学版），2009 年第 5 期，第 20 页。
② 蔚蓝：《构筑自为自足的文学空间》，《江汉大学学报》（人文科学版），2009 年第 5 期，第 21 页。

归本真的守候与期望"①，笔者是赞同这一观点的，并深以为然。

的确，教育应是纯粹、本真的，是以人的自由发展为己任的，更应是一份与人为善的事业。但随着政治、经济与文化的相互交融渗透，教育多了一些世俗，并在复杂的世俗中逐渐走向异化，功利主义与形式主义"揭竿而起"，占据了教育的"半壁江山"。教育是百年大计，正所谓十年树木，百年树人。但在小说中，教师吕小品开设的专业课《影视剧本创作》在尚未扎实理论基础时，就急切地承包了《每日心情》这样一个节目的制作任务，先不论效应到底有多好，我们应该明确的是，教育不应是一味的世俗化，它应该有更高的追求，尤其是在影视传媒作为当今信息时代最重要的传媒之一的时代背景下，它更需要传达教育的本真和与人为善的人文价值。我们的大学本该教最高深的书，育最全面的人，但是反观现在的高校，学术造假层出不穷，"关系捷径"屡禁不止，不得不说，是因为时代对教育的要求太过于紧凑，压得教育喘不过气来，在某种程度上甚至可以说，教育的衰败正是时代发展的产物。

尽管教育洪流波涛汹涌，但总有人愿意保持一颗清醒的头脑，用自己独特的书写方式，呈现出问题的具象样态而引起人们的关注；总有人对教育保持一如既往的守望，一种真正意义上的生命的真切守望。不可否认，作家吕幼安就是这样一个典型的代表，他展现了当下真实且需要变革的部分教育现状。尽管他在这样的洪流中少了一些犀利，但他这种倾向于"悲剧式"的守望，似乎显得更加有力而有价值。小说的最后，看似是雷丽东完败了，她不仅没有争取到自己想要的一切，而且还因此身体受损住院，让人看到此处，难免有些不忍，心中为之一动。但是换一个角度来看，正是因为雷丽东态度的坚持，才让院长任火生、青年才俊吕小品等懂得自己在"首席考"这一事件上的不堪与不该，让更多人懂得了教育异化人性的某些现状，而这就是吕幼安真正想要呈现的，这也正是这个作家的文学理想的最真实的体现。

我们应该明白，教育有其自身的独立性，它不应仅仅是经济与政治的产物，教育应是"纯粹"的，容不得有太多的杂物，市场化也好，边缘化也罢，这都不是教育所应抱有的底色。在教育中，需要教育者的一种守望，守望生命、构建精神家园的教育其实也就是一种关乎人生取向、人生意义的教育，也就能更接近我们所追求的生命意义——"人的生命充盈、发挥和表现

---

① 李宏亮：《班主任：在创新前行中的教育守望者》，《班主任之友》，2004年第2期，第16页。

自身的自足感、自由感，是生命向死亡、痛苦，向一切摧毁、伤害自己的力量抗争的不屈感、悲壮感，总之，是生命的本质力量在克服一切障碍、创造属人世界中的自我肯定、自我确证。"①

四、结语

正如罗素所说："我们正面对这样一个事实：教育成了智慧发展和思想自由的一个主要障碍。"②这一点谁也无法否认，而游离于教师与作家身份之间的吕幼安，更多的是给我们呈现了这样一种状态：他并没有直接给出自己的评判，他把话语权交给了每一个想要发声的"有心人"，这也使得他的小说少了一些尖锐的棱角。他注定是一个讲故事的能手，而他在这种温和的叙述态度中表达的那种对教育的期许及对生命的守望就让我们尤为感动。

第二节　教育的失落与回归③
——东紫的中篇小说《红领巾》解读

教育，即教化培育，《礼记·学记》中认为，"古之王者建国君民，教学为先"④。可见，教育作为人的培育事业和文化事业，自古以来都在我们的国家和社会中占据着重要的位置。2015 年第 10 期的《北京文学·精彩阅读》选载了作家东紫的中篇小说《红领巾》。小说以"红领巾"引发出的一系列事件为线索，聚焦小 Q 一家进行描述，引出了现实生活中学校教育及家庭教育的诸多问题。空洞的教育内容、贫乏的教育方法，致使教育活动愈加朝着表层的功利性和实用性方向发展。另外，在某种精神情感的传承上，教育本身的内涵、意义和价值却愈加显得单调而空虚了。这与时代大背景下，人们精神世界的贫瘠及人格修养的匮乏不无关联。而在教育活动中扮演着重要角色的学校、老师及家庭等，遵循着时下某种"约定俗成"的说教，更有甚

---

① 张曙光：《生存与哲学——走向本真的存在》，云南人民出版社，2001 年，第 56 页。
② 〔英〕洛特伯·罗素：《自由之路》，李国山译，西苑出版社，2004 年，第 186 页。
③ 本节初稿撰写人吴竺静，原载于《读写月报》（语文教育版）2016 年第 10 期。
④ 孟子等：《四书五经》，中华书局，2009 年，第 379 页。

者，单纯地将自身所接受的庸常教育再移植至对后代的教育中，这种狭隘的思想意识及其行为举动就进一步促成了这样的一场"教育危机"。

一、教育目的的功利化与教育方向的迷失

东紫在《红领巾》中表现出来的教育批判意识，很大一部分正体现于其对传统教育的反思之上。作为教育领域中的一个思想流派，传统教育与现代教育的区分不纯粹地以时间为标准，直至今日，传统的教育思想仍然存在于当代教育中。中国的传统教育，则"属于偏执于'文行忠信'式的伦理道德教育。伦理道德教育始终是中国正统教育的中心和主流，它对于处在传统社会中人们的人格塑造，心性的提升，甚至安邦定国都起到过非常重要的作用"①。然而，随着时代的发展，历史潮流推动人的思想意识持续前进，每个时期对"教育"的理解也在不断翻新。正因人们思想认知的逐步提高和日趋成熟，或者人类思想意识和逻辑思维的愈加复杂，传统教育开始显现出它的弊端，如在相当长的一段时期内的八股取士科举制度，就严重阻碍了文人学子的个人写作风格的形成。某些传统教育价值观的影响，如重德行教育，重集体利益等，在特定的历史时期中对于青少年的人格养成和人生理想的追寻也起到了较大的引领作用。但是在"传统教育"与"现代教育"的分歧和冲突愈加激烈的当下，传统教育的某些局限更加彰显，而事情的另一方面是，教育的原初意义和价值在这一过程中也不可避免地在一定程度上被遮蔽、被模糊。中篇小说《红领巾》中，作家东紫是寄寓了上述关涉的这样一种"无力感"和"无措感"的。

教育是文化的事业，教育也是"人"的事业，教育的内涵发展在很大程度上也代表着"人"的自身生命活动的扩展与提升。正是基于"人"的这一根本属性，教育必须以促进人的全面发展，健全人的生命品格为目的，以生命教育和德性教育为方向，并将"以人为本"作为教育活动的根本出发点。然而，小说《红领巾》所映射出来的现实教育状况则是，在很大程度上，教育活动朝着这个理想发展的趋势在当下却并不明显。就以"红领巾"为例，它作为一个被赋予特殊的革命内涵的象征性符号，其独特的教育价值，即在

---

① 刘颖洁：《中国传统教育价值观与现代教育的冲突与融合》，《湖南社会科学》，2013 年第 2 期，第 242 页。

于使学生产生精神和情感世界的共鸣，进而也能形成在具体的社会生活中个体可以坚守的行为准则及德性追寻。但实际上，"红领巾"在东紫的笔下，或者在更为贴近我们自身的现实生活中，却已然成为一种"形而上"意义上的规训：学校的执勤生和大队辅导员每天在校门口"蹲守"，为"抓住一个没戴红领巾的"①而沾沾自喜；由于小 Q 没有佩戴红领巾，班级被"扣了三分"，于是，小 Q 乖巧、懂事、有组织能力等竞选班长的优势被班主任全盘否定了；Q妈想去帮助被抓住没戴红领巾的小Q，却想起越过家长止步线会扣班级的分而退缩了……于是，"红领巾"不仅成了成人世界自审的"皇帝的新衣"，而且还能由此洞见当代社会的种种复杂问题："红领巾"早已失去了它的话语权威性，然而它又与功利性相联系，被各种规训和惩罚所束缚。②具有历史意义和高尚表征的这一意象的理解和阐释被架空，越来越流于表面，而当其内在的深刻意蕴和受教育者之间产生了越来越大的隔阂时，我们可以推断，教育促进人格的完善，促成人的全面发展的目的和目标也在时间的漩涡中卷向了迷途。教育表面上的神圣和实际上的功利，使得越来越多单纯的"小 Q"，甚至越来越多"现代人"产生精神上的困顿与迷惘，最后，只能像 Q 妈一样，一边空洞地标榜某种"高尚"，一边把这种"高尚"当成擦掉秽物的"抹布"。在这样的矛盾心理下，原本就偏离航道的教育目的和方向，就变得愈加暧昧不明。《大学》开篇便说道："大学之道，在明明德，在亲民，在止于至善。"③其实，教育的宗旨也是如此：弘扬正大光明的品德，使人弃旧图新，使人达到最为完善的境界。这里的完善，就不仅仅指简单的知识堆砌，还在于人格修养的完善。教育的本质，"就是要能不断发掘人的潜能，始终指向更广阔的前方"④。在这个条件下，教育的人文性就亟待完善和充实，需要用真挚的情感和恰切的实践才能实现其内涵中的人文性的扩展。

另外，教育从本质上讲是一种主体性活动，它培养人的主体意识和主体人格。⑤教育之于人的思想意识的重要意义，意识形态对社会发展，尤其是教

---

① 东紫：《红领巾》，《北京文学·精彩阅读》，2015年第10期，第63页。该作品引文具体出处以下行文不再一一标示。

② 房伟：《"小叙事"中的"大问题"》，《文艺报》，2015 年 11 月 20 日，第 2 版。

③ 孟子等：《四书五经》，中华书局，2009 年，第 47 页。

④ 宋芳、王玉：《教育的目的——止于至善》，《科教导刊》（上旬刊），2010年第11期，第68页。

⑤ 黄成涛：《教育的本质是什么》，《新课程》（下），2011 年第 6 期，第 32 页。

育发展的重要意义，也决定了教育是面向未来的教育，面向个体的教育，而且是面向生命和德性的教育。小说《红领巾》中，作家东紫向我们传达的是以学校和家庭为代表的教育者片面、粗暴地将教条化的思想知识等灌输给孩子的教育现状。首先，这种在历史上有着某种高尚象征意义的事物已经僵化，教育者只是在给受教育者"洗脑"，反复出现的"红领巾是用烈士的鲜血染成的"，在这里却并没有带上实质上的精神教育，反而作为一种洗脑的口号而显得愈加空虚和无聊，这与教育"面向未来"的方向是相悖的，是停留在过去的模式化的"教"和"授"。真正的教育，应该在精神教育的实质中寻求与当下、与未来历史发展更为契合的方式。教育是变化灵动的，而不是一成不变的。其次，真正的教育也应充分重视每个个体的独特个性，"因材施教"，不但在于对书本知识的习得，更在于对每个富有特色的个体给予相异的教育。在个体与集体之间做选择是没有意义的，但教育完全忽视受教育者的个人特性，而过度地标榜集体利益，这样显然不是恰当的做法。小说中，小 Q 的学校"没佩戴红领巾将给班级扣分"，以及时刻把班级和学校利益放于首位的做法，显然并不与教育面向个体的发展方向契合。最为重要的一点是，将学生的精神教育量化为具体的数据和规训，并且只以"做班长""扣分"这种功利的形式来定义教育，也明显是与生命教育和德性教育相违背的。生命和德性教育，首先在于对于人类个体的尊重，以此为前提而进行的各种精神、道德教育活动才是真正可执行的、有意义的。

在当下，对教育人文性的重视，以及在当代语境下将传统文化与现实境况相结合并合理运用，培育人的主体人格和独特人格，显得尤为迫切。单纯地停留在过去，局限于当前的视野，一味搬运文字，木讷地单一讲述，只能造成教育的狭隘、教育目的的功利化和教育方向的迷失。与此相对的，在精神及道德教育中注入更有厚度的生命意识，融入更为贴切的生活体验，才能形成强烈的、真挚的、有价值的情感认同和生命品格，教育才能站在更加宽广的高度，以更加清晰的视野朝着未来的发展方向前进。

二、教育内容的空洞与教育方法的贫乏

教育的方法和内容是实现教育目的的途径，教育者选择一定的知识、经验和情感共鸣，通过教授、沟通等方法，达到某种教育的目标。这是一根链条上相互连接的环扣，教育的内容、方法和目标，在某种程度上说，其实是

在相互作用着的。但正如前文所述，《红领巾》中所反映出来的，或者说是我们自身所处的现实世界中所映照出来的教育目的的功利化和教育方向的迷失状况，使得与其相互作用的教育内容和教育方法也出现了异化现象。

作家东紫在《红领巾》的创作谈中说到，自己写下这部作品的缘由，正是因为在儿子的教育中所面临的一些难题：儿子与同龄人亲近反遭欺负，对方家长却无动于衷甚至幸灾乐祸；儿子在幼儿园被打，跟老师反映时，老师却"只是'鞭'了一声"；上小学后，包括儿子在内的许多学生，因为知道了红领巾"是革命烈士的鲜血染成的"而拒绝佩戴。面对这一系列问题，她在孩子面前的"无力感"和"无措感"愈演愈烈。[①]就如小说中Q妈所说的："按照正确的教育吧，怕吃亏上当，按照歪的教育吧，怕学坏。""红领巾"和"烈士"，在某段历史时期内具有特别而高尚的意义，是革命叙事的一个表征。在那样的年代，这类物品和称誉所表达出的，是对革命的信念，对战争胜利、国家强大的期许，也寄寓着青少年对革命事业的崇高信仰，引导着几代人的精神走向，在情感道德方面具有重大的教育意义。然而，小说中表达出来的是另外一番尴尬处境——现今教育语境中，"红领巾"的革命意义在相当程度上被架空，而成为一个空洞的符号。学校将佩戴红领巾作为一种规训，而入选的标准却降低到几乎每个孩子都可达标。更为讽刺的是，作为更高标准的"共产党员"的Q爸、Q妈和爷爷奶奶，一方面说着"要是有敌人入侵我们国家，我也会立马冲上去消灭他们"，另一方面却违反交通规则乱停车，对在超市门口摔倒的叔叔视而不见不肯施以援手，还说"不能管闲事，怕人家赖着咱"。这样的现象，其实就如同制作红领巾的材料变化一样，从"纯棉的"到"腈纶化纤的，戴不上两回就成缕了，电熨斗都熨不开"。教育的内容逐渐变质为低劣的虚伪外衣，内在的价值和意义被掏空，教育的真谛和价值，也在呆板的、没有创新的单一内容传述中渐渐地失落沉沦。"它因为我们赋予它的意义，让主宰我们的人可以拿它上纲上线，用它衡量一个孩子甚或一家人的精神面貌和政治立场，也可以在不约而同地亵渎中消解它所谓的意义，成为一种无意义的捆绑。"[①]

而另一方面，教育方法的贫乏也是造成教育失落的重要原因。"在我国的教育实践中，施行道德教育的做法还是停留在以说教和灌输为主的基础

---

① 东紫：《面对孩子，我们何为？——〈红领巾〉创作谈》，《小说月报》（微信专稿），http://www.yangqiu.cn/kingdee_dalian/799972.html，2016年2月2日。

上，教育者仅限于用单一的道德价值观去影响受教育者。"①小说《红领巾》中便表现出这样一种贫乏的教育方式。事实上，学校、Q 爸 Q 妈和爷爷奶奶，多个角色的教育方法可谓千篇一律：学校与 Q 爸的教育方式相似，即简单、粗暴、急切地单向施加给孩子，在这种思维模式中，作为受教育者的孩子只要接受自己的教育便可，这是不科学、不合理的，也是不符合生命教育的要求的；Q 妈，虽然善于循循善诱，富有耐心和爱，但自身的思想局限仍旧限制了她的教育方法，即前文中叙述的，一边要求自己的孩子能够体会到这种"高尚"，一边却对自己的行为不加以道德约束，甚至一边标榜这种虚伪的高尚，一边用这种高尚擦拭秽物。这样不基于自身生活体验的教育方式，无论如何是逃脱不了虚无和贫乏的状况的。

教育者将陈旧的教育内容通过野蛮而粗俗的方式施加给孩子，事实上是与教育的原初期望相违背的。"道德教育本质上是人格的、生命的、完整生活质量的教育，绝不是通过空洞的口头传述就可以实现的。"②在空洞的教育内容和贫乏的教育方法中，与人的精神世界和人格养成紧密联系着的"教育"，变成了虚假的神圣和人为的高尚，成为披着华丽外衣的"假道学"。

三、温情与爱：教育回归之初探

"人与生俱来就有探索创造的冲动，有与人联系、交流的欲望，有对秩序、格局的敏感。"③在《红领巾》里，小 Q 就是这样一个具有创造性和独特思维方式的个体，他根据一个现象或一种说法，进而衍生出自己的稚嫩观点甚至一系列问题，形成自己真诚的情感意识和道德认知。我们知道，"道德感"是人类情感认知的一部分，对中国传统教育而言，对伦理道德的重视一直以来都是其重要特征，而受到影响的中国现代教育也由此重视道德教育的发展。但在经济高度发达、社会急速发展的时代背景下，整个教育，尤其是德育的发展受到了极大的挑战。东紫在《红领巾》这部作品当中迫切地想要呼喊出来的，就是在社会转型的大背景下，孩子的教育所面临的各种挑战。在整个故事中，

---

① 刘颖洁：《中国传统教育价值观与现代教育的冲突与融合》，《湖南社会科学》，2013 年第 2 期，第 244 页。

② 朱小蔓：《教育的问题与挑战——思想的回应》，南京师范大学出版社，1999 年，第 286-287 页。

③ 朱小蔓、朱永新：《中国教育：情感缺失》，《读书》，2012 年第 1 期，第 4 页。

东紫从"红领巾"事件入手，写小 Q 一开始佩戴红领巾时的兴奋，到被老师告知"红领巾是战士的鲜血染成的"之后对红领巾的抗拒，再到一家人看所谓的"抗战剧"时所引发的"烈士"问题，最后以自制红领巾和魔术"变"出红领巾来结束这个故事。在这一看似滑稽而又繁杂的叙事当中，隐含着作家对当前教育发展方向问题的批判性思考，她在以文学的方式深度剖析问题形成的根源，同时也在寻找和确认解决这一问题的方式与方法。

"教育要做的主要是为个人提供条件和支持，可是我们现在强加的、一厢情愿的事太多。外部人为强加的东西反倒容易泯灭和消解人性深处的一种潜能。"①与这样的"强加"和"一厢情愿"相对，以沟通交流为主的双向互动就成为一条有效途径。所以，小说中的 Q 妈，在很大程度上又是与小说中其他人物有差异的。Q 妈是充满母性光辉的形象，与 Q 爸相比较，她习惯于通过沟通解决问题，能够耐心地与小 Q 交流。在母子交流互动的过程中，教育产生的生命的温情体味、人的内心深处的"爱"的体验，如果能够得到合理的、科学的教育目的和教育方向的引导，能够建立在饱满并充满生活体验的教育内容之上，它们是能够成为教育的有力武器的，甚至在某种程度上，能够给教育带来一种新的面貌和情感体验。

在小说末尾，东紫"试图以梦想和宽容给曾经的理想主义符号赋予新的意义，即尊重所有曾经美好的东西，在新语境中赋予其新的'正能量'"②。Q妈带着小 Q 一起制作红领巾，失败后又让圣诞老人用魔术给小 Q 变出一条红领巾，"只有最幸运最乖的孩子才有红领巾"的表述代替了"红领巾是战士的鲜血染成的"这个说法，最终使得小 Q 重新戴上了红领巾，并产生了情感认同。一起制作红领巾，其实就是一个有趣的亲子互动。在今天，许多幼儿园、小学设立亲子课堂的做法并不是没有意义的，以实践来产生、获得生活和情感体验，其实原本就是教育最有效的一条途径。而在读者看来，这样的亲子互动场面，也要比小说前半部分许多成人对小 Q 的硬性、单一的说教要温情和温暖得多。故事的最后，Q 爸和 Q 妈利用一个魔术来结束了这个"闹剧"。也许这并不是最好的解决办法，也许这正是作家本人在教育孩子的谜团中不得自拔，只能试图找寻一条新的出路的表现之一。但值得肯定的是，这是一个拥有童趣和爱的结局，没有所谓的高尚的粉饰，也不再执着于"红

---

① 朱小蔓、朱永新：《中国教育：情感缺失》，《读书》，2012 年第 1 期，第 4 页。
② 房伟：《"小叙事"中的"大问题"》，《文艺报》，2015 年 11 月 20 日，第 2 版。

领巾是用烈士的鲜血染成的"。正如我们在前文曾引述夏丏尊先生的观点所持论的，教育没有了情爱，也就成了无水的池，任你四方形也罢，圆形也好，最终逃不了一个空虚。教育如果变成了陈旧的、空虚的说教，便意味着没有了爱和温情，也就成为功利主义和实用主义至上的某种机械性的传承工具，而不是真正意义上的，教化人和培育人的具有人文意义的事业。

在社会转型的大背景下，一切固有的文化逻辑都遭受着巨大的冲击，在波涛汹涌的浪潮中，教育的内涵与走向都必须迎接洗礼从而走向重生。如何定位教育的走向和目的地，如何将有价值的教育内容以更加科学合理的方式传达给教育者和受教育者，并在这个过程中实现对教育者自身的审视，也许，这是在"红领巾是红旗的一角""红领巾是烈士的鲜血染红的"这样的固有而又相对单一的思维方式之外，寻求更为单纯和本真、更为丰富、充满梦幻和温情的新的表达方式时，我们应该思考的问题。

第三节 留守儿童的成长困境及其精神世界的重塑①
—— 以探析《少年木耳》《空麻雀》《离离原上草》为中心

随着我国城市化进程的深入推进，乡村与城镇之间差距持续扩大，农村中越来越多的剩余劳动力转移到城市成为外出务工者，由于现实经济和生活条件所迫，更多处于学龄期的农民工子女不能跟随父母一起进入城市，只能选择与他们的祖辈或其他具有监护能力的家庭成员共同生活，从而形成了一个特殊的群体：留守儿童。在成长的关键时期，留守儿童的学习、生活、心理会随着家庭环境的剧烈变化产生消极影响，同时也面临着众多问题。儿童是一个国家的希望和未来，他们的成长关系到国家的长远发展，留守儿童问题已经成为和谐社会中的一个"不和谐音符"，这一特殊群体的心理发展与教育问题备受教育界关注。

笔者在日常阅读中注意到了三部以留守儿童的成长困境为切入点的中篇小说，分别是何立文的《少年木耳》、陈仓的《空麻雀》及张尘舞的《离离原上草》，它们真实而细腻地展现了孩子们少年时期难以言述的内心世界，从学校、家庭等方面反映了留守儿童的教育现状和亟待解决的现实问题。

---

① 本节初稿撰写人许愿，原载于《读写月报》（语文教育版）2017 年第 10 期。

　　总体而言，《少年木耳》讲述了年仅十二岁的留守儿童木耳因沉迷网络游戏，与表弟辉辉发生争执并杀死表弟，最终酿成悲剧的故事。小说作者在现实生活的基础上，以留守儿童的监管归责等备受社会关注的问题为焦点，将人文关怀倾注其中，借由文字发问，向我们揭开当下留守儿童们正隐隐作痛的心灵伤口。在《空麻雀》中，作家则巧妙地用第一人称、童稚的口吻来结构行文，以留守女孩陈雨心给外出务工的父亲写信的方式展现农村留守儿童的成长困境，作家用这种诗意的笔触呼唤边缘之地教育使命的归位并寄托了对乡村教育的希冀。《离离原上草》则讲述了封闭山村里三个性格各异的留守儿童离离、草妮和三丫，他们每天与自然做伴，同《边城》中的翠翠一样富有灵性，他们带着一颗纯真、懵懂的心小心翼翼地触摸着生活的脉息，然而留守的处境使得他们只能在并不诗意的生活里艰难地寻觅着诗意。作家张尘舞在小说中客观反映了留守儿童青春期性教育缺失的现状，并残酷地揭示了留守儿童在被唤醒对生活充满向往和憧憬后，又全然失去生活选择权的危机。基于以上三部小说文本，笔者将在下文进行互文式的分析论证，并力图在行文过程中形成一定的认识。

一、留守儿童的成长困境：阴湿之境的寄生者们

　　社会学认为，家庭是儿童进行社会化的主要场所，在儿童的成长教育过程中发挥着不可替代的重要作用。①但在留守儿童的家庭环境中，父母外出务工，由隔代监护人监管或其他家庭成员监管的状况在某种程度上间断了亲子教育，这使我们对留守儿童的成长环境产生了更多忧虑。

　　其一，父母的缺席。在《少年木耳》中，主人公木耳年幼时便遭遇了父母离异，父亲常年酗酒、施暴，家庭内部充斥着没完没了的打骂声和可怕的气息。成绩优异的木耳在父亲外出务工后，被寄养在县城姑姑家，缺乏母爱伴随的木耳由父母中一方外出务工的"单亲式"教育转向由亲戚代为监护的"寄养式"教育，相似的成长环境不仅没有使木耳获得解救，反而使他陷入了一个更幽深更阴暗的境地，一如他的名字——木耳，寄生在阴冷、潮湿的腐木之上：木耳的姑父同父亲一样"嗓门很大"，会在酒后实施家暴。而姑姑在失败婚姻和琐碎家务的双重夹击下，愈发暴躁，常常迁怒于木耳，当木

---

　　① 邹泓：《家庭与儿童社会化》，《人民教育》，1993 年第 12 期，第 24 页。

耳被发现偷偷用电脑时，姑姑气急败坏地"揍了他一顿"；当木耳和同学因为在学校打架被叫家长时，姑姑没问缘由抢上前去，对着木耳直接就是"两个耳光"。八岁的表弟辉辉也只知道监督木耳，跟姑姑"打小报告"，正如我们所看见的，寄居家庭中没有一个人能倾听他的心声，和他真正地交流。从家庭内部来看，沟通的缺失致使亲情关系渐渐疏离，情感得不到抒怀，而处在青春叛逆期的木耳，自律能力尚未形成，本来该由父母提供的适时引导和教育却因为父母的缺席使得木耳成长的第一步迟迟无法迈出。《空麻雀》中，陈雨心的父亲在作家的笔下始终是一个模糊的形象，于陈雨心而言，父亲这一角色在她的生活里如同一个抽象概念。孤独的陈雨心和同龄的女生一样，有着青春期的烦恼和疑问，她一一写了信里，但这些寄往大城市的信连同问题的答案，都会随风飘逝，就像她的父亲，不知去向何处，一颗稚嫩的心在漫长的等待中悄然老去。《离离原上草》中，草妮如愿以偿地被父母接进城里，可是父母守车库、钟点工的工作使得接送草妮放学成了问题。最后，在一个夏日的傍晚，放学后的草妮迟迟没有等到母亲的出现，在灯红酒绿的城市里，伴随着炫目的灯光，草妮在夜色中被一辆轿车夺去了生命。显然，在孩子成长的过程中，父母的缺席一方面会造成孩子身心发展的失衡问题，另一方面也会给孩子的人身安全埋下隐患。三篇小说反映出的留守儿童缺失父母教育以及监管的问题，如果不及时采取有效措施，就难以为留守儿童营造出健康、安全的成长环境，这一成长因素无疑会使留守儿童的弱势长久存在。

其二，触不到的性教育。《空麻雀》中，十六岁的陈雨心在月经来临时竟"害怕极了"，她误认为是"在课堂上唱歌太用力挣断了肠子"。面对青春期生理上的微妙变化，她只能一个人躺在宿舍里，忍受着孤单和无助。在收到帅气"男麻雀"的表白后，陈雨心的心里"乱过一阵"，但这种正常、懵懂的情愫却硬生生被她当成一种"疯掉的人"才会有的情感。不仅如此，空白的性教育还使得留守儿童的青春期出现了一片危险的盲区，作家张尘舞在《离离原上草》中也提及了留守儿童"难以启齿"的性教育问题，小说中，三丫被进城务工的父母留在了村里，交给爷爷奶奶抚养，奶奶罗婆子有典型的重男轻女的封建思想，三丫在不被祝福和轻视中一天天成长起来。三丫弄脏衣服时，奶奶罗婆子不仅没有安抚她慌张的情绪，反而以冷漠的姿态回应三丫"真是造了孽，要来帮你洗这些不干净的东西"。如果说，性教育的缺失对十六岁的陈雨心而言是一篇黑色童话，那么对三丫来说无疑是将一幕悲剧搬上了她豆蔻年华的舞台：十三岁的三丫怀孕了，荒唐的是，怀孕六个月后才被学校里的一位老师偶然发现，这件事被当成是一桩"丑闻"传遍整个村子，爷爷罗老头得知后气得"操起扁担就朝三丫抡过去"，三丫并不觉得羞愧，只是心里有些心痛、凄凉和绝望，这样的悲剧又是谁造成的？没有人教过她在身体遭到侵犯的时候如何自我保护，也没有人告诉她，她还未成熟的躯体里不适合去孕育另一个生命。我国著名医学家吴阶平教授曾说："中国历史上并不缺乏性教育，但那是一种封建的、有害的性教育——靠性封锁、性压抑或各种观念和规范来限制人们的欲望。"在错误的"性丑化""性羞耻"观念的引导下，三丫原本就脆弱的心变得愈发敏感，由于父母双方在孩子成长过程中的长时间缺席，家庭性教育没有发挥其相应的理论作用，外加上农村留守儿童监护人的性知识掌握程度极低，传统观念根深蒂固，性理论的传播以及健康性心理的培养等任务可以说是寸步难行。正如三丫所说："没有人有资格怪我，我哭，不是为我自己哭。"三丫不是为自己哭，而是为这样的现状感到悲哀，即便是在城市化飞速发展的今天，"性"仍被看作是讳莫如深的字眼，在传统观念根深蒂固的偏远地区，性教育成了不敢触碰的禁区，这无疑增加了农村性教育发展的难度。成长期的留守儿童的性教育仿佛是一枚叮当作响的铃铛，却被无数双手死死捂住了，难以发声，这样的铃声何时才能传响在遥远的乡村、大山的深处？

二、呼唤教育使命的归位：边缘之地的心灵守护

教育是一项具有艺术性质的工作，它需要外在管理制度的规范，但更依赖于内在使命感的召唤，华东师范大学教育学部主任袁振国教授在谈及教育的使命时曾说道："教育的使命就是为每个孩子提供适合的教育机会，点燃每个孩子心中的火焰，使他们充满成功的希望。始终关注他们的自主发展、个性发展、全面发展乃至终身发展。"[①]然而，乡村留守儿童在经历了与家庭教育的疏离之后，他们还能在校园里找到拯救孤寂而荒芜的精神世界的救命稻草吗？

首先，从教育的外部环境看，在乡村文化衰落的大背景下，以"城市导向型"的学校教育正在兴起，以城市为取向的知识传授、价值引导，强化了

---

① 袁振国：《当代教育的五大使命》，《基础教育论坛》，2015 年第 23 期，第 70 页。

乡村儿童对乡村社会以外世界的向往，他们原属的乡村"精神家园"中常常回荡着向城市靠近的声音，无论是小说中的草妮还是木耳、陈正东，他们都在父母的安排下被动地离开了生于斯、长于斯的"乡村世界"，一时间，城乡巨大的差异如幻象般重叠交映在孩子的面前，繁华喧闹的都市带给了他们文化上的不自信，却没有教给他们应对消解的途径。《空麻雀》中，老师告诉陈正东只有考上大学才能飞出塔尔坪，只有考上大学才能飞去"大城市"见父亲，这个在睡梦中解题的尖子生陈正东因为在高考前的模考中没有拿到预想的第一名，于是试图选择用跳楼的方式结束自己的生命。学校教育在引导留守儿童对城市美好生活的想象的同时，想必会强化其对乡村生活的认同矛盾和认同危机，而留守儿童又并不是真正意义上的"城市人"，这就造成了留守儿童在文化精神上无根的存在，陈正东的"虚无感"也正因此而来。

其次，从教育的内在诉求看，德性的提升、精神的生长、品格的养成本应作为教育的本真所在，却一再被弃置一旁。陈正东在经历过跳楼这一出闹剧之后，如同变了一个人，他不再"天天夹着一本书在校园里散步"，也不再"跑步"去北京看他的父亲，他用消极来表达着他对生活、学习的失望，他渐渐地无所事事，忘记生活本身，也忘记了目标和理想。在偏远的乡村里，留守儿童们普遍接受了"学习即为了出人头地"的教育理念，而当这样的愿望无法达成时，他们往往会在心理上出现偏差，做出极端的行为。《少年木耳》中，木耳从乡下的小学毕业后，被父亲送到县城的重点中学读书，这座崭新的学校在木耳的眼里，仿佛是一座花园、一座辉煌的宫殿，然而，高大的教学楼的背后反映出的倒影却深深遮住了孩子们的阳光：学校领导层背地里依靠走后门收取贿赂；表面上以素质教育为名，实则一味追求高升学率；在寄宿制的环境下，将学生的个性、品德发展作为牺牲品，在这里，人人都是学习的工具，这俨然是一座用名校招牌装点的封闭的阴暗的囚笼。在竞争激烈的学习氛围下，木耳成绩始终名列前茅，他每天如傀儡般生活着，瞒着家人去网吧打游戏，在学校和同学打架，在接触不良的网络负面信息以及家庭暴力之后，班主任不但没有引起注意并及时疏导，而且还在事发后一味地强调学习的重要性，根本没有意识到平时文静的木耳在品德、情感、精神方面的畸形发展已经使他心理上发生了巨大的变化。

此外，教育本是需要教育者与受教育者共同完成的自由对话和交流活动，对于一线乡村教育工作者来说，教育者自身的品质缺失往往会给留守儿童带去一场极为可怕的灾难。但欣喜的是，我们在小说中看到了像李校长、梁老师这样的教育工作者们，他们怀揣热忱、教育理想和信念，他们努力唤醒边缘之地的沉睡灵魂，给乡村教育带来了"温度"。《空麻雀》中，李校长虽然小学还没有毕业，却是整个塔尔坪最支持教育的人，他兴办学校，用彩色粉笔在黑板报上写上"好好学习，天天向上"八个字。他对孩子的爱不仅表现在他的态度上，也表现在他的信念上。李校长把学校当作家，亲自打扫院子，顶着烈日拔除操场上的杂草，为孩子们提供更好的学习环境。开学当天，李校长在目睹了只有三个"小麻雀"来报名的惨淡景象后，领着学校里仅剩的几个老师挨家挨户地去村子里敲门，喊着"开学啦"，他宁愿相信小麻雀们是忘了开学的日期也不愿相信在这座破落村庄里，已经再也找不到一个能上学的孩子了。这一声声透着一丝凄凉、具有象征意味的"开学啦"仿佛正是以李校长为代表的乡村教师们对教育的呼唤，"麻雀虽小，五脏俱全，学生再少，也是教书育人的地方，我们不能耽误了三个孩子"。小说最后，三间教室里各坐了一个学生，三个人，三个声音，响起的琅琅之声成了唱给塔尔坪小学的一曲挽歌。塔尔坪小学在一个雨夜被雷电劈中后，整个学校都被烧毁了，李校长也遇难了。他的出现像塔尔坪天空中划过的流星，短暂的璀璨后迅速黯淡，却将教育的种子留在了这片土地上。学校是通过教育活动培养人、塑造人，最终促进人的全面发展、为国家输送合格的人才的地方。乡村由于经济条件落后，破旧简陋的教学设施只能勉强为学生营造出基础的教学环境，在这样的情况下，就有赖于乡村教育者培养好留守儿童的人生观、价值观，不断地超越自己，升华自己，真正履行自己作为教师的使命。《离离原上草》中梁老师是在大学毕业没多久后，参加县里的教师招聘被分到村小学教书的，当离离被点到名回答问题，情急下造出"我一边走路一边撒尿"这样的句子时，梁老师非但没有斥责他，反而给他以鼓励"你造的句子很有生活气息，只是以后要注意文明用语"。梁老师不同于以往的任何一个老师，他的课上没有标准答案，无论学生给出什么答案，他都不觉得意外。离离开始喜欢上他新颖的教学方法，喜欢他曼妙的风琴声，喜欢他安慰的话语。教师的态度对学生的成长影响很大，教师的行为会对学生的心灵产生震撼，而梁老师的出现恰如一阵轻柔的风缓缓吹开了离离的心门。

在偏远的乡镇里，越来越少的年轻教师能走进大山深处去践行教育的使命，优秀的师资、先进的教育理念不应成为孩子们的奢望，点燃每个孩子心中的火焰本就应该是青年教师们需要牢记的责任和使命，苏霍姆林斯基曾有言："我们要像对待荷叶上的露珠一样小心翼翼地保护儿童的心灵。"[1]教育不是为了完成教学任务，而是为了实现育人的终极目标。如果说儿童是清晨荷叶上的露珠，那么留守儿童就是荷塘边最值得被注目的那一颗，他们渴望阳光，哪怕一刹那的照耀，也能让他们发现自己晶莹剔透的灵魂。

三、关注孩子精神世界的重塑：永不坍塌的爱的桥梁

比起生活的艰苦，留守儿童的心灵似乎更加贫瘠。随着农村经济社会的发展，科技的进步及农村经济条件的改善使人们接触外界的渠道与机会空前增多，各种思想纷至沓来，相互激荡，对尚处在成长阶段的留守儿童的心理产生了冲击。

《少年木耳》《空麻雀》《离离原上草》三篇小说均触及留守儿童的心理健康问题。小说中的留守儿童大多处于成长阶段，自信与自卑、稚拙与成熟、独立与依赖、清醒与迷茫、信任与怀疑这些种种矛盾的混杂造成了这一阶段特有的矛盾性和复杂性。再加上特殊的生存境遇，本该健全生长的精神世界在农村留守儿童身上出现了差异：《少年木耳》的开头便给了我们一些冰冷、阴暗的词语，这些词语给人一种隐隐作痛的感觉，木耳无"家"可归，从失去母亲的痛苦到寄人篱下的孤独，再到被表弟辉辉监视的愤怒，木耳在精神上的空虚与心灵上的扭曲异化，使他陷入网络的虚幻世界，并结识了拥有同样生活境遇的网友"兔兔宝贝"，木耳内心的郁结难以疏解，用外在充满血腥和暴力色彩的言辞包裹着内在心理的伪成熟。不仅是寄人篱下的失落感，原生家庭的破裂也迫使成长期的留守儿童在自我分裂的痛苦体验中煎熬，无形中给孩子们的心理蒙上了一层阴影。《空麻雀》中，女孩陈雨心就有着这样一个破裂的家庭。父母离异，当父亲外出打工后，陈雨心偶然遇见已经再婚的母亲，被抛弃的痛苦和再相见时的尴尬一时涌上心头，母亲身后的陌生男人和婴儿车里的孩子更让她跌入极寒的谷底。小说中，母亲偷偷到学校把缝制好的红棉袄拿给陈雨心时，她犹豫了，她多么渴望母爱，想要穿上这件红棉袄在母亲的怀里撒娇享受温暖，却在母亲躲避的眼神中体会到了人情冷暖，包括至亲的背叛。于是，她将自我分裂成两半，一个她无法抗拒母爱的温暖，心一热，迫不及待地去接受这一份善意；另一个她带着愤恨

---

[1] 〔苏〕苏霍姆林斯基：《学生的精神世界》，吴春荫、林程译，教育科学出版社，1981年，第18页。

将"那个人"送来的衣服"当成了一个路障跨了过去"。留守儿童特殊的生活遭遇使他们在精神上或存在挣扎或产生分裂，长期缺失外界的呵护、关爱必然妨碍着孩子的良性发展，在这样的情况下，就更加需要关注孩子精神世界的重塑，引导孩子学会关爱他人，培养社会责任感，给孩子们干涸的精神世界带去希望和无声的滋润。

此外，留守儿童在面对留守现实以及处理人际关系时的内在情感需求促使他们在亲情缺失以后极力寻求情感代偿。三篇小说中，三位作家不约而同地书写了留守儿童间的友情以及同大自然之间的心灵相通的情谊：《离离原上草》中，离离、草妮、三丫惺惺相惜，彼此关爱，培养了相互依赖的深厚友情，在静谧的山村里，和"明丽浩瀚的夜空"一同数星星，在春天"追逐风的精灵"，将内心深深浅浅的哀伤说给小溪听。孩子在留守的生活中，最容易对朋友以及长期陪伴其成长的环境产生心理依恋，以弥补亲情的缺失带来的空虚和孤独，但是这些感情只能部分消解留守生活的孤独、压抑，不能完全代替父母至亲、老师的关爱。小说中对留守儿童形象的塑造，无疑给成人世界发送了一个信号，孩子离不开温暖的呵护，他们期待着从成人那里拥抱爱，孩子们想要的其实很简单：温柔地注视他的眼睛，呢喃地呼唤他的名字，长久地陪伴在他身边。

应该说，这三篇小说均以留守为背景，记录了留守儿童们艰难曲折的成长道路，但是小说并没有一味地展现苦难，读者总能从作者的情节安排中看到希冀，文学创作始终是"以人为本"的，作家们以各异的文学方式反映社会生活，但是无论是以怎样的形式呈现作品，它们都有一个共同点，那就是寄寓着作家悲悯的情怀。三篇小说中不仅包含了作家对留守儿童生存境况的理性思考，更倾注了作家对当下留守儿童的家庭教育、学校教育的关注。何立文曾在《少年木耳》的创作谈中深切地呼唤："留守儿童这个特殊群体产生的一系列问题（包括许多令人深思的悲剧）正煎熬着父母、教师以及所有善良的人们！谁来救救木耳，谁来救救这些可怜的孩子？"[1]留守儿童的不幸值得我们去审视，只有当来自家庭、学校、社会的关爱像太阳一样照进孩子的心底，他们的精神世界里才会多些阳光，多些温暖。

---

① 何立文：《〈少年木耳〉创作谈：救救孩子，救救木耳》，《星火（中短篇小说）》，2012 年第 5 期，第 128 页。

第四节　"是""非"之间的教育之思①
——以陈新的中篇小说《蝶变》《由浅入深的寂寥》而论

　　陈新的中篇小说《蝶变》由其另一个中篇小说《奔放的女生》拓展而来，小说主人公王恩玫曾经是一个热情、开朗、活泼的女孩，但她因为同桌小小的恶作剧而被怀疑是偷钱的小偷、好心扶起老人却被诬赖是推倒老人后逃逸的恶人。面对老师的不信任、家长的不理解，蒙受冤屈的王恩玫不仅自尊心受到了极大的伤害，还陷入了自我迷茫的漩涡中，最后不得不改名、转学。小说末尾，真相浮出水面，王恩玫沉冤得雪的结局为小说带来了一丝温情的色彩，但其中所反映的教育问题却值得我们深思。而中篇小说《由浅入深的寂寥》则是一出悲喜剧，作家陈新用幽默的笔致叙写了作为学生的"我"与老师罗莉之间妙趣横生、精彩纷呈的"斗法"。叛逆而机智的"我"对"巫婆"的种种做派十分不满，进行了机智的"反抗"与"斗争"。嬉笑怒骂中，体现了老师对学生的深切关怀，但同时，老师的否定与惩罚给"我"带来的创痛却让"我"难以忘怀，在时间长河的冲刷下，更沉淀为了由浅入深的寂寥。这两篇小说共同呈现了某些家长及教师看似从正义出发、从爱出发，实质却抑制了孩子的发展，甚至给孩子的心灵造成了伤害的教育现象。陈新替孩子们发声，呼吁教师、家长们倾听孩子们的声音，呼唤他们尊重、理解、信任孩子们。

一、惩罚教育的"是"与"非"：呼唤赏识教育的春天

　　《由浅入深的寂寥》中的班主任罗莉以及《蝶变》中的母亲都提到了这样一句话——"严是爱，宽是害，不管不教会变坏"。"爱之深，责之切"这一中国古训实际上正被应用于众多家庭及学校教育之中。毋庸置疑，几乎所有的老师与家长都对孩子有着深沉的爱和较高的期待，而孩子是正在成长发展的人，是不成熟的，那么老师及家长使用一定的惩戒措施来规范孩子的行为也是无可厚非的，或者说，一些合理的惩罚行为是十分必要的。然而事实上，在教育的过程中，许多家长和老师在言语和行为上难以把握合理的"度"，进而将

---

① 本节初稿撰写人薛丹岩，原载于《读写月报》（语文教育版）2016 年第 10 期。

这种惩罚演变成了伤害。这些实质上造成了伤害的种种行为却被"从爱出发"的光环所掩盖，孩子们在这些伤害之下成为沉默的受害者。

其一，言语及身体暴力。《由浅入深的寂寥》中，罗莉老师对于犯错的学生一向严厉以待，这种严厉往往意味着凌厉的怒吼，言语中更是多包含着"胡扯""滚"等粗暴用语。更为严重的是，罗莉老师还动不动就用手或教鞭打学生。而《蝶变》中的母亲，更是经常咬牙切齿地对自己的女儿进行训斥，还在事情真相未明之时就动手打女儿的耳光。然而，这种看似是针对孩子的错误行为而进行的惩罚在很大程度上其实只是一种私人情绪的发泄，而并非是针对问题的合理惩罚，例如，《由浅入深的寂寥》中罗莉老师对"我"的批评："显然，'巫婆'心中的火气继续沿着何涛平惹恼她的惯性在蔓延，并势不可当地蔓延到了我身上。"①而《蝶变》中的母亲给女儿王恩玫的耳光，也是在焦急、恼怒的情绪作用下的一个结果，而并非是在了解了事实真相后，就事论事的合理惩罚。在如此种种的暴力淫威下，孩子们除了惊悸、心痛之外并无他法，成为受尽委屈的失语者，毫无尊严可言。

其二，故作权威姿态。在"惩罚教育"这一教育模式中，家长和老师是施教者，有着至高无上的权威，于是，任何不同的意见都仿佛是对权威的挑衅。作为权威者的家长与老师并不理解或者说并不愿意尝试着去理解孩子们的真实想法，而是按照自己的理解给孩子下定义，并将他们生拉硬拽回自己所期许的轨道里。例如，在《由浅入深的寂寥》中，罗莉经常将学生所犯的错误严重极端化，如"我"回忆到的"因为那上下两张薄皮磕碰出来的话刻薄得要命，对学生的评价也走极端——学生犯一个小小的错误，她会夸张成天大的事，理由还冠冕堂皇：'千里之堤，毁于蚁穴'，'从小偷油，长大偷牛；从小偷针，长大偷金'……"而在《蝶变》中，当母亲了解了女儿辛苦打工是为了给自己买一个 MP3 在闲暇时刻放松心情时，非但不领情，还仍旧以权威的姿态发声："我脾气很暴躁吗？我需要你去卖报纸给我买礼物吗？你一个学生，不以学习为重，却琢磨些别的歪门邪道，你说你能不让我生气，让我骂你吗？"②同样，《蝶变》中处理"偷钱"事件的班主任李檀也仿佛是一个"操纵着'联合国'发言权"的权威者，高举着所谓的正义之

---

① 陈新：《由浅入深的寂寥》，《北京文学·精彩阅读》，2016 年第 6 期，第 74 页。该作品引文具体出处以下行文不再一一标示。

② 陈新：《蝶变》，《四川文学》，2016 年第 5 期，第 20 页。该作品引文具体出处以下行文不再一一标示。

剑，在所谓的真相前咄咄逼人，在全班同学面前将王恩玫定义为"人品有问题"的坏学生，让她"别编故事了"，而没有给这个他所认定的"坏"学生任何翻案的机会。

"教育所能达到的境界取决于对儿童的认识所达到的高度。怎样看待儿童，触及的不是教育的枝节问题，而是教育的核心问题。"[1]家长和老师无法正确地认识孩子才是惩罚教育出现问题的根本原因，合理的惩罚教育是必要的，然而在对孩子根本不认可、根本不信任的前提下，惩罚教育必然会变质。变质后的惩罚教育所产生的弊病显而易见。首先，家长和老师在实行惩罚的过程中严重伤害了孩子的尊严，当众羞辱、当众打骂都使得孩子陷入了窘迫、尴尬的境地，而这种情况下，真正产生惩罚作用的已经不再是惩罚本身，而是由惩罚附带而来的羞耻感和侮辱感。其次，在自尊扫地之后，不被理解也成为惩罚教育模式下孩子们所面临的常态，往往是有苦难言，面对难以战胜的家长及老师的权威，孩子们往往只能成为无辜的受害者，他们的理由往往被认为是狡辩，他们的想法往往被冠以荒唐的前缀。不被理解的孩子们只能压抑自己的个性，压抑自己的想法。最后，惩罚教育中带给孩子伤害最大的莫过于在不被尊重和不被理解综合作用下的不被信任的感觉，陷入冰冷而无解的漩涡之中，对自己的梦想和信念产生怀疑。

本来，"惩罚"只是教育中的一种手段，却被扩大演绎成了一种模式。而这种畸形的模式只会使得孩子们压抑、痛苦甚至窒息。《由浅入深的寂寥》中，置身于班主任的惩罚教育罗网之中、充满了反抗精神的"花木兰"袁倩，进行了一次次的反抗，与班主任"斗法"，但多年之后却仍旧难以抚平班主任带给她的悸痛，在触景之后依旧伤情。而在《蝶变》中原本活泼、善良的王恩玫在面对"偷钱""推倒老人"等强加的罪名时，班主任和母亲表现出的不信任使得王恩玫面临更为彻底更为冰冷残酷的打击，将她推入自我迷茫的冰冷漩涡中。在这种种弊端之下，我们更加呼吁赏识教育的春天尽快到来，使得教育在尊重、理解、信任的基础上合理而良性的发展。

二、应试教育的"是"与"非"：呼吁素质教育的切实发展

当前，考试仍旧是我国选拔人才的最主要的方式之一。考试本身是遴选

---

[1]　牛海彬：《赏识教育研究》，2006 年东北师范大学硕士学位论文，第 1 页。

人才的一种手段，为人们提供了一个相对公平的选拔平台，与此同时，考试制度对推动学校教育的发展与完善起到了十分重要的作用。然而，随着学校教育与考试制度联系的日益密切，便出现了以考试为中心、屈从于考试的应试教育。"我们对应试教育的一般理解是在日常教学中，围绕考试的内容进行，以提高学生考试分数为唯一的目标，其教学重点放在指导学生如何应试上。"①诚然，我们不可否认，应试教育在学生基础知识体系的构建、基本能力的培养以及思维的规范性训练等方面都起着十分重要的作用。然而，应试教育所呈现出的种种弊端也越来越引起人们的关注。

我们从陈新的两篇小说中，也看到了他对应试教育弊端的关注。其一，扼杀孩子的主体性和创造性。《由浅入深的寂寥》的开头讲述了一个在许多年后仍给"我"留下深重阴影的故事。罗莉老师以成都下雪为契机给学生布置了一项写作任务，写一篇关于雪的文章。"我"另辟蹊径，写了一首优美、灵动的小诗，自认为十分符合老师的标准，"因为她经常在作文课上讲，写作文要出新，形式要不拘一格，语言要优美、真诚、发自内心"。"我"一心认为我的作文能够得到老师的认可和表扬。结果，在"我"看来平铺直叙、无病呻吟的"孙小狗"的作文得到了老师的大力表扬，而"我"的作文却在形式与内容上都被否定得一无是处。"我叫你写作文，你写诗干啥？你这写的能叫诗吗？"并且重申了好作文的标准，"我特别提醒一下，你重新写的作文不能简单地吟风弄月，而要有雪中的故事"。为了迎合老师的标准与口味，"我"可谓煞费苦心，体裁上不能写成诗或者童话，措辞上不能用冷僻、消极的词汇进行表达，内容上必须有故事且积极向上，在这样的种种权衡之下，"我"只能放弃所有的创新，而随大流地写一篇中规中矩的文章。在这一场"斗法"中，以"我"主动写诗为开头，以"我"被动受罚重写"八股文"为结尾，展示了"我"向老师的"标准"不断妥协的过程。所谓的老师"标准"实质上便是考试标准，形式中规中矩，内容积极向上，标准化、模式化的符合考试要求的作文便是老师的"品味"。而在迎合这样的标准的过程中，被扼杀的便是孩子的主体性与创造性。"我"是一个热爱文字、颇有才情的女生，但这样的才华并不被老师所认可：作文课上的作文被批评得一无是处；因为在课堂上创作恶搞版《最炫民族风》，也被老

---

① 张玉红、王素然、李杨：《应试教育的历史沿革及利弊分析》，《教学与管理》，2007 年第 18 期，第 52 页。

师刁难了一番；班会课上文字游戏的即兴发挥也被认为是卖弄的行为。这一系列的否定与批评对于孩子的主动性和创造性无疑是一种扼杀。这种否定对于"我"，一个具有反抗精神的女孩都留下了深重的阴影，我们可以想见，又有多少孩子会在这样的打击与否定中放弃自己创造、创新的主动性，来迎合这种统一化、标准化的培养模式呢？这种模式下培养出来的人，真的是我们社会需要的吗？尽管在作品中，作者最终给予了"我"一个好的结局，"我"凭借自己的才华在小品大赛中获奖，进入了电影学院，并且最终"洗白"了罗莉老师，塑造了一个看似严厉、刻板，实则关注学生、尽职尽责的老师形象。但是，小说的主题仍旧是"寂寥"，表达了作者深刻的思考，这种被否定的创痛经过时间的冲刷和对老师的谅解沉淀为了一种怅惘和寂寥。应试教育是较为单一地从考试的要求出发，教授学生相应的知识；简单地说，也就是所有教学活动均以考试为标准，为鹄的。与应试教育价值观不同，"素质教育则以提高学生的全面素质为宗旨，它着眼于学生的发展，促进每个学生的发展是基础教育尤其是义务教育的宗旨；承认发展的多样性，倡导个性发展；认为发展的动力是内在的，强调发展的主体性；注重潜能开发"[1]。而这样的价值观念并没有进入日常的课堂，学生的主体性和创新性仍旧缺失。其二，造就了大发教育之财的"蛀虫"老师。在应试教育模式下，老师成为连接人才选拔平台和人才培育平台的桥梁。老师的标准就代表了人才选拔的标准，老师的教导与培养仿佛也成为学生们成人成才的唯一途径，由此产生了学生对于老师的高度依赖，而一些老师也借机大发教育之财。在《由浅入深的寂寥》中就有这样叙述："'巫婆'的讲课方式很另类，就像写朦胧诗，还美其名曰'与世界接轨的启发式教育'。事实上，班上只有相对聪明的学生才能听懂她故弄玄虚的课程。而对那些没怎么听懂她课程的同学，她便会故作亲昵地对他们说，她会利用放学后，或者周末给他们补课，以让他们搞懂课堂上未搞懂的东西，赶上班上别的同学，不掉队。"尽管补课的效果仍旧不佳，然而家长也不得不将孩子送去补课，来配合老师的这一"抢钱"伎俩。"罗莉老师，金钱虽然不是小偷，却偷走了你的灵魂啊！"这种在课堂上不甚卖力，在课堂外却用足了力气赚取外快的老师成为教育的蛀虫，利用家长和学生的依赖心理大发教育之财。而究其根本，仍旧要归罪

---

① "素质教育的概念、内涵及相关理论"课题组：《素质教育的概念、内涵及相关理论》，《教育研究》，2006年第2期，第7页。

于畸形的应试教育，当考试成为出人头地的唯一出路，教育就不得不屈从于考试，而当教育屈从于考试之时，老师便成为指路的"圣人"、提分的"神器"，这时，老师所谓的补课也就成了不得不进入的陷阱。而要改变这样的状况也只能从根上改起，只有当课程分数不是评价学生的唯一标准、教育真正为学生全面健康发展服务时，这样的"蛀虫"才能消失。

三、结语：倾听孩子的声音

　　一个成熟的儿童文学作家，无疑是关注儿童的，将"为儿童创作"当作是自己的使命。十多年前，出于对孩子们的关注与关爱，陈新开始走上了儿童文学的创作道路。"陈新说，最初创作儿童文学，只是希望自己的孩子能够读点适合小朋友看的好文章。……他渐渐地感到儿童文学创作的使命和责任。"[①]陈新认为"小朋友是一张白纸，优秀的儿童作品可帮助小朋友在白纸上画更美的人生，引领他们感受光明、沐浴阳光，健康成长……"[①]而也正是出于对孩子们的爱，陈新还创作了讲述火场救人小英雄的散文《江凡》、呼吁家长老师正确引导孩子的纪实类散文集《每个孩子都是天才》以及多篇教育类小说。"关爱儿童，为儿童发声。"正是对孩子的爱护与呵护，使这位有着深切的责任意识和忧患意识的作家关注着这个决定着民族未来却并没有主导未来权力的弱势群体，他敏锐地捕捉到了在当前教育环境下、在老师和家长对孩子的认识不够全面透彻的情况下，深受惩罚教育和应试教育弊端毒害的"失语者"的痛楚，并将其反映在小说之中。

　　首先，陈新在小说中塑造的是在惩罚教育下被惩罚的"失语者"。毋庸置疑，几乎所有的老师与家长都抱着一颗盼望孩子成长成才的心，对孩子抱有深深的期望，在这样的爱的名义之下，家长和老师们往往采取了严厉的手段去规训孩子，使他们的行为符合预期。这样的做法似乎长久传承、无可厚非；然而，其却也似"是"而"非"，这样严厉的规训和教导往往是在不完全理解的状况下的责备与惩罚。拥有绝对权威的家长与老师往往不理解或者根本不试图去理解孩子的行为，只要孩子所呈现出来的行为是"出格"的，他们就会动用惩罚手段去处置，而孩子在家庭、学校以

---

① 吴晓玲：《作家陈新捧回儿童文学金近奖　"把小读者当成自己的孩子"》，《四川日报》，2012 年 8 月 17 日，第 13 版。

及社会中往往是弱势而没有话语权的群体，难以占有言说的主导权，失去话语权的孩子，承受的是不被理解、不被尊重、不被信任的悸痛与恶寒。这看似正确的戒尺成为打断孩子翅膀的凶器，这看似绝对合理的标准成为封冻孩子未来的寒冰。这是非之间，缺乏的便是对孩子的尊重、理解与信任。缺乏的是真正走进孩子的内心、倾听孩子的声音，真诚对待孩子、充分重视孩子的主体精神与权利。缺乏的是在理解的基础上学会信任，多用鼓励的手段增强孩子的自信心，激发孩子的潜能。在这样险恶的情境之中，我们应当呼吁的是赏识教育的春天尽快到来。呼吁赏识教育，并非赞同那些一味夸奖孩子、盲目溺爱孩子的行为。而是呼吁家长和老师放下身段去了解孩子的思想与内心，在认同每个孩子都是向善向好的有尊严的个体的前提下，合理地教育和引导。当然，赏识教育并不意味着不动用惩罚手段，但惩罚手段要在了解真相的基础上针对具体的问题合理采用，真正起到警示、惩戒的作用，这样才能真正合理地惩罚。

其次，表现了应试教育下"失语者"的痛楚。陈新认为："每个孩子都拥有非凡的灵性和创造力！只要家长及老师尊重并呵护孩子的这份灵性，孩子便会表现出独一无二的天赋，并茁壮成长，长成参天大树。"①而现实是，受到急功近利的浮躁风气的影响，教育不得不屈从于考试，完全按照考试的要求去培养孩子，家长并不重视挖掘孩子特有的潜质与潜能，不甚关心他们的发展是否健康。老师也并不重视学生在考试规范之外所表现出来的才情与能力。一切似乎都在考试的指挥棒下有条不紊地进行。然而在这样的教育之中，失语者们承受的依旧是不被肯定的痛楚，不被认可的迷茫。走"正轨"的"是"与磨灭个性的"非"之间缺乏的是对孩子潜能与潜力的关注。在这样的现实情境下，我们呼吁的是素质教育观念的深切落实。于此，需要澄清的是，素质教育与考试并不是对立的。"有人认为，实施素质教育，就得减轻学生负担；减轻学生负担，就得取消考试，即素质教育就是非考试的教育。这种错误观点是把素质教育与考试对立起来，从一个极端走向了另一个极端。诚然，素质教育提出了对现有的考试制度、考试目的、考试内容、考试形式等进行变革的要求，但不是说素质教育不要考试，而是要使考试充分发挥其对教学的诊断和促进发展的

---

① 余普：《作家陈新新作〈每个孩子都是天才〉上市》，四川日报网，http://region.scdaily.cn/sz/201510/54020998.html，2015 年 10 月 8 日。

功能。"①而家长与老师等教育者需要做的就是切实贯彻素质教育观念，充分挖掘孩子的潜能，不要使其沦为考试的工具。

陈新关注孩子们的受教育状况，关注孩子们的成长，代失语者发声。在看似合理的"惩罚教育"与"应试教育"的固有模式下，小说表现了这两种教育模式带给孩子们的悸痛与创伤，而在"是""非"之间，带给教育者的思考则是，他们应该要真正倾听孩子的声音，尊重孩子的主体性，这样才能不被畸形的教育模式和错误的教育观念所绑架，才能真正培养出健康发展的人才。

第五节　教之"镜"育之"鉴"②
——梁卫星的长篇小说《成人之美兮》解读

"成人之美"这一优美而内蕴丰富的成语出自《论语·颜渊》中的"君子成人之美，不成人之恶，小人反是"。作者梁卫星却通过他的《成人之美兮》一书揭露和批判了现今教育界"'成人之美'的假象"。小说由花城出版社出版，从封面的精心设计就可窥见作者的旨趣："成人之美"四字以浓墨呈现，是在向读者暗示美好的教育与人生，但紧随的"兮"字却是淡色调，如一声哀婉绵长的叹息——叹消了之间的希望。此谓言此意反，即构成了反讽，就如我们深谙其中存在的一些事实，因其戳伤了表皮而血肉模糊、触目惊心，又使人不忍直视并选择视而不见。梁卫星所要书写的教育亦是如此，小说从作者的切身体验出发，通过新晋教师苏笔之眼展现教育的生存环境及生存环境中的人，后序中他说："我打磨了一面镜子，每个置身于教育圈子里的人都可见自己，艺术的夸张与集中大抵如此。"③的确，长篇小说《成人之美兮》深具现实批判的笔力，呈现了学校的溃败现状、叙述了教师的血肉人生、探讨了学生的求学之道，以镜中之相供我们借鉴。

---

① "素质教育的概念、内涵及相关理论"课题组：《素质教育的概念、内涵及相关理论》，《教育研究》，2006 年第 2 期，第 7 页。

② 本节初稿撰写人童健，原载于《读写月报》（语文教育版）2017 年第 11 期。

③ 梁卫星：《成人之美兮》，花城出版社，2010 年，"后记"第 394 页。

一、所谓"成人之美"

故事展开的背景始终是"学校"，这是一个本该"成人之美"的地方。随着作者笔触的流动，幕布渐渐拉开，一幕幕最平常又最真实的校园生活剧在初入教师行业的苏笔老师面前展现，也在我们每个读者的内心上演。

苏笔作为小说中的叙述者，首先回溯了他从中学到大学再重新回到中学的历程。"和许多同学相比，我是一个很幸运的人"[①]，苏笔此般认识自己的成长，"幸运"则在于，"父母给了我生命，堂爷爷给了我生活"。中考失利，凭借爷爷的关系，他就读了黄花一中；大学毕业，通过爷爷的关系，他又入职了黄花一中。其实，他不是少数，与苏笔同一批入职的语文教师，几乎都各有各的关系，名义上的"竞聘"其实是一次次的"暗箱操作"，如白妍攀附了同乡教育局长、田默依靠了亲戚联络校长等。其实，这些"幸运者"在这一过程中也有深深的不安，进入工作岗位后也大多态度谦虚，入职前，苏笔的堂爷爷再次教导他，要"认清人、多做事、少说话、知道怕"，总之"教书本身很简单，做人才是最难的"。然而，这苦口婆心的学校生存哲学并不完全适用于他的宝贝堂孙苏笔，或者也就如常言所说——经验只能借鉴不能复制，人生还是要靠自己去经历。对于苏笔、田默等年轻教师来说，教书、做人都是难事，都只能靠自己一步步摸索学习。

苏笔在新环境中学着适应，也渐渐看到了学校中存在的各式关系。浅层而言，以学校为联结点，学生、家长与教师之间是需要与被需要的简单关系；深层而言，表面之下的暗流涌动，残酷竞争、利益诱惑等因素使之更为复杂了。

首先，就"学校与教师"的关系而言，这两者本是最神圣也最单纯的依存关系，学校需要教师，需要能培育受教育者生命之美的教师。然而，通过小说我们却看到，学校已不是传统意义上的教育圣地，对于不少教师来说，这更是一个名利场。例如，回收学习资料一事，一方面，学校领导试图单方面占领这个如公开秘密的收入，另一方面，教师们也不甘落后，通过组织会议研究如何保住这笔收入。应该看到，传统意义上教师形象的神圣性被消解了，他们也会卷入利益的漩涡，但同时，这也凸显出底层教师令人心酸的无奈、生存的艰

---

① 梁卫星：《成人之美兮》，花城出版社，2010 年，第 1 页。该作品引文具体出处以下行文不再一一标示。

难，即作者"在'无情的揭露'以后，又有'理解的同情'"①。

其次，从"学校和学生"的关系来看，黄花一中作为重点中学，显然具备完善的高考教育模式这一成功因素，是希望的摇篮，给予无数学生对大学生活的憧憬。但随着子怡的跳楼，与一个美丽生命共同逝去的，还有希望。子怡自杀后，学校想方设法避免声誉的受损，决定先把学生的尸体转移到省城，再和其父母谈判，私下用金钱了结。读至此，笔者感到的不仅有对个体生命的痛心，也有对冷漠环境的寒心。作者的现实之笔依旧沉静，但沉静之中却也能给我们最深的悲凉之感。除去这种有声的悲凉教育，还有一种无声的默片教育。正如海无言老师所描述的，"学校门前挤满了密密麻麻的接送学生的家长……有公车党，有私车党，有租房党，有打的党，有摩托车党，有电动车党，有自行车党，有公交车党……这是一个等级明显的社会结构……校门前这种每天上演的接送景观其实是一种持久雄辩的教育，比我们在课堂上用尽一切手段和知识进行的教育都要有效得多，成功指数几乎是百分百的教育……"每个学生都来自不同的家庭，这是客观事实，但在学校这一场域，本应守护住孩子们学生身份的单纯环境，却让心智还不健全的未成年人一次又一次"受教"家庭背景的悬殊差别。

最后，再来看看"教师和教师"的关系，小说初始，同事之间十分和谐，似乎不见利益纠葛，但不久我们就看到，邹老师和贾老师因为教研组长的职位之争总是话中有话。群体中每个个体的需求是有差异的，教师也是如此，存在不断的摩擦，时隐时现。对于小说中的教师形象的具体分析，笔者将在本节的第二部分展开，此处先按下不表。

海老师曾对苏笔等几个年轻人提出这样一个问题："现实是什么？"即让他们先弄清现实——学校现实、教师现实、教育现实、学生现实、社会现实。还谆谆教诲这些后生们："我们生活的真实环境里并没有成人之美，只是底线可以永远下坠的蛾摩拉；我们只是这个不义之城里的狱卒，我们一走上讲台，手上就有了学生的血，也有了我们自己的血——我们想救人，很难，我们得首先救我们自己。""成人之美"在此点题，然而通过前述的分析，我们已经可以明白，作者认为黄花一中这个应该"成人之美"的学校，并不存在"成人之美"，"成人之美"只是"所谓'成人之美'"，甚至，

---

① 钱理群：《中国教育的惨淡人生》。见梁卫星：《成人之美兮》，花城出版社，2010 年，"代序"第 1 页。

也不存在"成己之美"。

二、所谓"师道之传"

韩愈《师说》言，"师者，传道授业解惑也"。但梁卫星笔下的师者，也可能只是"所谓'师道之传'"。

总体而言，小说中的"师者形象"是复杂的集合体，既有共性面，也有个性面。在众多的教师形象里，所谓"照镜者临镜自省"，教师们通过观照他人也很容易进行自我认知。其实，《成人之美兮》也是作者梁卫星观照自我的产物，他立足生活、面对教育，塑造了教师群像中一个个的人物画像，登场演绎一幕幕的中学教师生活。钱理群先生也指出："梁卫星小说中的每一个人物，在一开始，都戴着面具，穿着衣裳；但随着小说情节的推演，慢慢地，不知不觉地，放下面具，脱了衣服，揭开皮，就让我们读者赫然看见了每一个人的'血肉人生'：它是血淋淋的，同时又是具体的，有血有肉的。"①的确，我们每个读者，也很容易在他笔下的这些镜像中发现熟悉的身影，而在这一点一滴发现的过程中，也是他们的面具揭下之时——面对他们，也面对你自己。钱理群先生甚至还说："在我看来，至少'海老师''贾老师''邹老师'与作为叙述者的'苏老师'，这四个典型是可以进入当代教育小说的人物画廊的，每个人都足以写出有分量的'人物论'。"②这是十分精到的，笔者接下来将对这四个典型的教育者形象进行分析，从而在一定程度上呈现出当代教师"师道之传"的状况。

苏笔，一个刚步入教育行业的年轻教师，更是一个抗争与妥协的现实生存者。在这里，他见证了自我，也见证了他人。与他年龄相仿的一批新教师，因为年轻、因为懵懂，所以有所希冀、有所寄托，也因此相互支撑，共同面对初入职场的风云。苏笔、江念痕、白妍、田默，在他们初到时，都有着年轻人的热情与求知好学的品质，都渴望有朝一日能成为一位知识渊博、受学生尊重的优秀教师。在教学过程中，他们也确实在用所悟与所思去试着

---

① 钱理群：《中国教育的惨淡人生》。见梁卫星：《成人之美兮》，花城出版社，2010 年，"代序"第 1 页。

② 钱理群：《中国教育的惨淡人生》。见梁卫星：《成人之美兮》，花城出版社，2010 年，"代序"第 5 页。

解决现实中的教育问题。正是教育理想的光芒，引领他们走过了一段茫然无措的路，然而在他们渐渐适应环境、认清现实后，却发现自己也许只不过是那些中年教师曾经的模样。例如，前所提及的，苏笔和白妍都是靠关系进入这个行业的，他们不断充实自我、认识自我，并在这个过程中认识到自己距离"师道之传"还有很长的路需要走。例如，白妍在实践中慢慢意识到，"以前的备课是放弃了自我的尊严，也放弃了自己的责任感""语文是一个长期系统的工程，最终的目的是让学生成为听说读写的主人"。苏笔也开始明白真正的教育是无所不在的，也开始真正体会教师的意义所在，"无知和简单是一种羞耻……肤浅与庸碌是一种罪恶，我有愧于自己的生命"。虽然他们都还很年轻，也很稚嫩，路也走得跌跌跄跄，但应该肯定的是，他们都在追求"师道之传"。

邹老师，作为语文教研组的组长，在成员集体备课的过程中，邹老师特别强调人文性的传承问题，可见，他的内心深处是装着"师道之传"的。确实，他走过反抗时期，也有过自我追求的阶段，却逐渐开始在自我沉沦中玩世不恭、选择妥协顺从，如面对"王成和李玉事件"，他虽也痛心疾首、不惜以践踏自我来唤醒这些无知学生，但在一番教育后，他也坦然选择接受自己的无能。最终，邹老师得过且过、接受请客吃饭和收受各种红包，卷入世俗的利益中难以自拔，也就离"师道之传"渐行渐远了。在他身上，我们其实可以看到多位教师身影的重合——邹老师，何尝不曾有苏笔、白妍的青涩懵懂？海老师和江老师的教育理想？而现在，他却更有贾老师和田老师的世俗功利。这一走向，不禁使我们叹息。

一个人在现实生活中太过清醒，那他的痛苦矛盾也就必然会更多。海老师从青年走向中年，由年轻时的正面反抗转变为低调做事，但始终未变的则是他对生命教育的坚持。作为教育者，他清晰地知道高考制度的贯彻与生命教育的开展两者之间的矛盾，高考是更重要的关口。因此，他自己也有矛盾，一方面希望能影响学生对现实生活和生命主体的认知，另一方面也担心自己的教学会影响学生的高考成绩，影响他们未来的发展。海老师并不确定"铁屋子"里的清醒者究竟是幸运还是不幸，所以他不希望年轻教师像他一样行事，同时又会去帮助他们探寻教育之路。海老师是清醒的，也是矛盾的，更是悲观的。例如，海老师认为自己"坑害"了自己的学生江念痕，本能有更好的发展机会的她最终放弃了，选择与海老师一样从事教师行业、追寻教育理想。然而，海老师却深深明白，这是一条狭路。年轻的激情固然可以浇灌乐观的种子，然而在风雨中开出花来，却是一个难以实现的梦想。年轻的江老师乐观地期望能有所作为，可无路可走之时也不得不选择离开。她的离开，也证明激情退却的希望之花的凋零残败。应该说，小说中的海老师在现实中是理想的存在，一个有着人文关怀的学者型教师在高等教育中都并不多见，更何况是在中学教育里。平时他对一些事情看得很淡、想得很开、退得很远，但对于教育却始终谨慎，也是有底线的，关键时刻更愿挺身而出。而江念痕的形象塑造则过于理念化，他身上一直有海老师的影子存在，也谓之是"念痕"。但从海老师的角度来说，学生江念痕，其实是他最大的安慰，也是他潜在的精神支持者。最后，他们师生二人离开了学校，放弃了本真生命的"师道之传"，选择了失望后的逃避，也选择了自我的自由。

贾老师，他什么都想得到，也想什么都做到，是典型的、人格分裂的利己主义者。他的面具，在时间的流逝中渐渐被揭开，各种理论不过是他为自己利益合法化所运用的佐证。因此，他这一时所倡导的观点，却会在彼一时被自己推翻，不会动摇的只有对自身利益的维护。例如，他在办公室讲民主自由，却不给学生必要的自由，当选年级组长后也同样不给同事自由。他算尽一切，万万没想到的是，自己却伤害了自己最在意的孩子，他寄予厚望的孩子就是他体制下的淘汰品，最终他只能在基督教中寻找人生的寄托。可见，有所得就必然有所失，道理很简单，我们却时常忘记。

被揭下面具的教育者们，呈现出了分裂、妥协、顺从、功利等人性的另一面。连田默，也渐渐不再沉默，而成为踩着别人往上爬的精致的利己主义者。很多老师处于"师道之传"的位置，却在本质上失去了"师道之传"的资格。

三、所谓"求学之道"

《成人之美兮》所着力展现的，就是上述几个普通平凡的教师形象，可以说梁卫星对他们的塑造是很成功的，血肉丰满中是丰富的人性，真正贴近了生活。小说中的学生，则更多地呈现为一种面目模糊的群像，但其中点点滴滴的某个场面、某个细节还是可以给读者留下深刻印象的。或者换句话说，学生形象与教师形象是以相映衬的方式呈现的，教师实际是"所谓'师道之传'"，那么学生的"求学之道"呢？

"做不完的作业和记不完的公式，……没有娱乐，没有自我，没有阳光，……太多的责任和压力"，感觉到"人生苦短"，这是子怡最后的生命宣言，遍处是她对求学之路的绝望，也是她对教育的有力控诉。应该说，子怡的精神危机不只是她个人的精神危机，也是学生集体的身心健康被完全忽视而产生的悲剧。作者曾借海老师之口指出："我们的教育从小给人的只有一种对待身体的方式：忽略和压抑。"同样，"王成和李玉事件""厕所事件"其实也都是这样一种缺乏生命感、现实感的教育的例证。

学生身心扭曲状况的出现，应该反思的不只是学校，也有家庭，从老师到家长，他们的关注重心都是成绩，甚至还会认为一切与成绩无关的想法都该被通通扼杀。在这一失衡环境中，作为还在成长中的个体，学生往往还不具备把控自我的能力，以致他们往往不能正确认识生命的本质与情感的选择。我们应该尊重每个学生个体的想法与需求。然而，在"为你好""爱你"等义正词严的说法中，他们的想法却时常被遮蔽。也许，整个社会需要停下来思考，我们到底需要怎样的教育？到底需要怎样的语文课？或许我们都应该明白，生命不是空洞的肉体，每个生命个体更有尊严、自由、交流等高层次的需求。教育应该为生命的成长提供自由的环境，应该让学生认识自己，让学生明白怎样做一个真人，怎样成为一个有用的人，而不是培养一个又一个"奴才"。

诚如苏笔所言，"所有的老师都有一句相同的口头禅：同学们啊，要努力啊，不考上重点，将来怎么找工作呢？就是一般的重点，找工作也很困难，你们要努力啊。"对于我们每个从应试教育中走过来的成年人来说，这是多么熟悉的语气与多么恳切的奉劝。然而，当这些同学们真正去找工作时，知识给不了他们竞争的自信，相反，权力关系却给了他们更大的力量。这是一种多么直击心灵的讽刺，又是一份多深的无奈。甚至，寒窗苦读十二载，走过独木桥终于挤进大学，如苏笔所说，很多人的大学，却是一个字——"混"：混考试，混学分，混证书，混日子，混到毕业依然在混。然而，不"混"，在大学依旧勤奋好学又如何呢？如小说中所述的"奶妈"，他是学校的积极分子，最终却被社会所淘汰，只因没关系更没权，无所依靠，便无法立足。应该说，这一人物形象尽管还不具有普遍的代表性，但也反映了一定程度上的教育现实；这一现实无疑是需要更多的人予以关注的，并在关注中寻求和确定教育的根本发展道路。

古语亦言"道之所存，师之所存也"，作者笔下的"海老师"是一位真正引人前行的启蒙导师形象。他想给学生真正的人的教育，启发学生精神的成人。现实却是，在高考的重压下，教师连自我的命运都无法自主，何况教师还必须面对学生乃至家长。如果说，海老师曾给我们希望，却也同时以更大的失望刺痛了我们的心灵。在"所谓'师道之传'"下，也只能是"所谓'求学之道'"。

四、结语

《成人之美兮》是一部现实主义作品，是纪实与虚构相结合的产物，"教书说是太阳底下最光辉的事，传道、授业、解惑，实际必须围绕着校长转，才能端好这碗饭。我教书17年来，时有生存的恐惧感。我写小说是释放我的恐惧感。"[①]这份震撼更来自作者梁卫星真切乃至痛切的生命体验，也正如同为教育中人的邹生盛所写的，"教育与人生，是与人类的诞生、成长、发展同步的。教育离不开人生，教育的目的就是为了拥有更美好的人生岁月。人生离不开教育，从广义上讲，人生过程，始终包含着教育和受教育的内容；人生过程，是教育和受教育的过程"[②]。是的，教育者也好，受教育者也罢，他们的活动其实就是为了让生活更美好，但我们的教育，却时常忘记这个最初的愿望。

面对教育的现实环境，作者是痛心而失望的，海老师、江念痕的离去，也是教育灵魂的离去。但我们也应看到，这之中还是有希望的，哪怕那只是微光。海老师在最后的教育生涯中奋力一搏，带领普通教师维护正当权益；海老师的女儿提前参加高考，学的是法律专业，企图从另一条路来解决教育与人生的困境；苏笔和白妍的现状，虽有某种宿命意味，但也还是带着希望，毕竟每一个人的命运其实也由自己掌控。

"成人之美"，这是作者的教育理想，他希望教师通过教育能展现出自我生命的价值，受教育的学生也能拥有自我生命的尊严，不仅"成生之美"，也能"成师之美"。更准确地说，梁卫星正是在失望中批判、在希望中坚守，而在希望与失望的"镜"与"鉴"中，教育或许终能——成"人"之美。

---

① 朱又可：《老师的"样子"——一个中学教师的小说和现实》，凤凰网，http://news.ifeng.com/opinion/gundong/detail_2011_06/10/6931490_0.shtml，2011年4月20日。

② 邹生盛：《教育·人生·思考》，内蒙古人民出版社，2008年，第1页。

附　　论

公民教育的缺乏及其当下吁请

一、中国公民教育的缺乏

从最宽泛的意义上说，今天我们所说的公民教育，是塑造现代公民的教育，是一种人的培育。然而，在当下中国，公民教育的缺乏却是一个基本的事实。早在1997年11月2日《改革》杂志的座谈会上，李慎之先生就持论："千差距、万差距，缺乏公民意识，是中国与先进国家最大的差距。"这也就是说，现代国家的发展、进步与公民意识的培养、公民教育的开展、现代公民的形成密切相关；正是长时期以来的现代公民意识、公民教育的缺乏从根本上导致了中国与世界先进发达国家之间的差距。20世纪80年代，邓小平同志在一次与李光耀的会谈中，问及"亚洲四小龙"之一的新加坡走向现代化的经验这一问题时，李光耀毫不迟疑地说，新加坡的成就得益于教育、得益于成功的公民教育。成功的公民教育是新加坡这样的一个小国步入世界先进发达国家行列并受到世界人民尊重的根本原因。2003年，教育部课程教材发展中心与美国公民教育中心签署了公民教育的交流项目，上海、江苏、山东、山西、云南等省市教育主管部门和学校都参与了该项目，着手开展公民教育的综合实践活动和校本课程开发，这在一定程度上提升了教育管理者、教师和学生的公民意识和公民身份观念。然而，这种倾向于西方人主导、中国人合作的公民教育形式，在当下中国语境中究竟是否具有完全的合理性？对于这一问题，笔者在此暂不予以评价。我们必须由此认识到的是，尽管近些年来我国在公民教育的实际开展方面取得了一定的成绩，但总体而言，还只能说是处于起步阶段。

　　叶飞先生著文认为，期望在今天深入理解公民教育问题并以此开展合适的中国现代公民教育，那么，考察民国初期以来的公民身份和公民教育理念的认同状况就成为一个重要前提，这样做的目的在于更准确地理解公民身份观念和公民教育理念在 20 世纪以来中国社会的历史演进过程，以史为鉴，促进当代公民教育理论与实践的变革和发展。这显然是一种合理的致思倾向，但要对此进行准确的把握与描述并进行学理性反思却也不是一件容易的事情。一般认为，"公民身份（citizenship）"包含了"权利""义务""身份"等几个组成要素。其中，权利是公民身份的地位（status of citizenship），与义务一起构成公民身份的法律层面；而身份认同则是公民身份的感受（feeling of citizenship），是公民法律地位之外的另一种归属政治共同体的方式。这一方面揭示了自由和权利是公民概念的核心要素，当然，与公民权利并存的公民义务也是公民概念的题中应有之义；另一方面也表明，个体对自由和权利的追求不能完全脱离社群或团体，它不是一种所谓的纯粹个体的行为，在这个意义上，公民身份的创设，就成为自由独立个体融入社群生活的理想方式。这也正是公民必须承担公共责任的根源之所在。由此，我们可以说，公民身份认同主要是指人们对于自身作为一个社会公民的基本权利与义务的感受、体认和确认，它与责任、自由密切相关。而对于公民身份的理性认同，是形成合理的公民观念与公民教育理念的前提和基础。通过研究，叶飞得出结论：在民国初期，公民身份认同偏向于"国民"身份，从而形成了以"国民伦理"为核心的公民教育理念；中华人民共和国成立直至"文化大革命"时期，公民身份又偏向了"人民"身份，学校公民教育也逐渐转变为革命伦理教育；直至 20 世纪 90 年代以后，随着经济体制的转型以及公民社会的兴起，公民身份认同才逐渐获得了现代性的特征，公民教育理念也转向以公共伦理为核心，致力于培养具有主体性、权利性和公共性的现代公民。[①]这里的描述尽管在研究者一己的理论视界中总体上反映出了民国初期以来公民身份认同和公民教育理念转换的基本趋势与特征，但显然也还只是粗线条的，对公民身份中的责任与自由等问题明显探索不够，论者强调的 20 世纪 90 年代以后新的公民教育理念的转向在当下中国还远没有成为一种共识和基本的教育现实，而且，新的公民教育理念的转向也并不绝对意味着现代公民教育实践的有效展开。笔者在此指出这一点，意思在于强调，在当代中

────────────────

　　① 叶飞：《公民身份认同与公民教育理念的嬗变》，《高等教育研究》，2011 年第 3 期，第 17-22 页。

国，不仅公民教育实践的缺乏是一个基本事实，而且，对于公民教育问题的理论探索也还有待于深入，甚至可以说，同样是相对匮乏的。

几年前，张志明先生指出："严格地说，目前我国的公民教育理念、内容和形式都存在缺失之处，公民教育体系不甚健全，这已经成为制约我国社会乃至整个国家可持续发展的潜在障碍，需要社会各界予以高度关注。"[①]论者的立论显然是合理的。现代公民教育理念、内容和形式的确立以及公民教育体系的健全需要通过公民教育实践予以检验和推进，但开展公民教育及其相关问题的富有价值的研究却也同样是一个重要的环节，从某种意义上说，它甚至更为重要。

二、公民教育的当下吁请

应该说，当下公民教育实践是可以确立一些必要的深入途径与策略的。例如，在有效实施、践行公民教育的普适性与本土化的统一的基础上，第一，实施学科教育教学尤其是人文社会科学教育教学中的公民教育实践，近些年来，笔者在一己的文学课程教学中就一直探索这种可能性；第二，着力进行课程开发和教育设计，加强对学生包括高校学生在内的公民意识教育；第三，深入推进生活模式的公民教育实践，开展针对广大人民群众的公民意识教育宣传，引导和规范其在社会公共生活中践行公民观念和理念；第四，夯实社会基础，着力于公民社会的构建，营构现代国家公民的公共理性和公共精神；等等。在公民教育问题的理论探索尤其是深度研究上同样是可以明确一些必要的关注方向的，如：加强公民教育基础理论研究，这是开展公民教育问题研究的根本出发点；挖掘我国已有公民教育资源，以进一步推动和实施现代国家公民教育；加强学科教育与公民教育之间的关联或者说通过学科教育培育现代国家公民的理论研究；加强公民教育的普适性和本土化问题研究；加强公民教育的历史化和地方化研究，其中尤为突出世界公民教育成功范例的探讨以便为中国当下公民教育实践提供必要的精神资源和更好地进行当下的公民教育问题研究；加强历史上重要思想家、政治家、教育家的公民观念认同和公民教育思想研究；增强中国与世界发达国家尤其是东亚国家和地区公民教育的比较研究；而

---

① 张志明：《公民教育的缺失与呼唤》，《理论学习》，2011年第4期，第41页。

且，还必须重视和开展元公民教育研究。①元公民教育研究就是对公民教育研究本身的研究方法、研究对象、研究范围等问题进行深刻分析与批判性反思，以期拓展和超越原有的研究视野，修正甚至是重建公民教育的研究架构、途径与方式。应该说，目前我国的元公民教育研究是相当缺乏的，这是我国公民教育研究理论滞后的重要原因之一；同时，它的缺乏也直接导致学界在公民教育的理解问题上出现了不少重大差异。

总而言之，尽管20世纪90年代之后，我国公民教育的研究与实践有了一定的发展和进步，但显然还远远不够。我国一直缺少公民社会的传统，公共性普遍缺乏。党的十九大确立了"两个十五年"的奋斗目标，那就是：从2020年到2035年，在全面建成小康社会的基础上，再奋斗十五年，基本实现社会主义现代化；从2035年到21世纪中叶，在基本实现现代化的基础上，再奋斗十五年，把我国建成富强、民主、文明、和谐、美丽的社会主义现代化强国。时代要求我们不得不直面公民及其教育问题。应时代的呼唤培育现代国家公民是一个重大的当代问题，这无疑在很大程度上有赖于公民教育研究的深入以及公民教育实践真正而有成效的实际开展。教育是一个尝试、选择与创造的过程②，当代中国的公民教育实践与公民教育问题的理论研究也需要在尝试、选择与创造中提高和深化。

胡锦涛同志在党的十七大报告中强调：当前，我国要"加强公民意识教育，树立社会主义民主法治、自由平等、公平正义理念"。这对于当代中国的发展具有重大的理论和实践意义。民主法治、自由平等、公平正义，是人类社会的美好追求；而实现民主法治、自由平等、公平正义，显然又是一个发展着的过程。报告明确提出，要树立和实现社会主义民主法治、自由平等、公平正义的理念与目标，必须加强公民意识教育。《国家中长期教育改革与发展规划纲要（2010-2020年）》是根据党的十七大关于"优先发展教育，建设人力资源强国"的战略部署，为促进我国教育事业科学发展、全面提高国民素质、加快社会主义现代化进程而制定的。它指出：百年大计，教育为本；教育是民族振兴、社会进步的基石，是提高国民素质、促进人的全面发展的根本途径，寄托着亿万家庭对美好生活的期

① 王文岚、黄甫全、陈玲辉：《社会观念变迁与公民教育——两岸学者共同研究公民教育问题》，《学术研究》，2011年第3期，第158页。

② 曾水兵：《教育哲学视角下当代教育价值取向的反思——基于"人"存在的非确定性之思考》，《江西师范大学学报》（哲学社会科学版），2011年第2期，第109页。

盼；强国必先强教；优先发展教育，提高教育现代化水平，对实现全面建设小康社会奋斗目标、建设富强民主文明和谐的社会主义现代化国家具有决定性意义。在这一认识基础上，《纲要》把坚持以人为本、全面实施素质教育作为教育改革发展的战略主题，并认为其中的核心是解决好培养什么人、怎样培养人的重大问题。随后明确提出，我国当代教育的改革与发展，必须加强公民意识教育，树立社会主义民主法治、自由平等、公平正义理念，以培养社会主义合格公民。显然，这是对十七大报告精神的直接继承和发展，同时也对当代中国教育提出了实质性要求与方向。党的十八大报告提出了全面提高公民道德素质的要求，并把它看成是社会主义道德建设的基本任务。党的十九大报告更是特别强调，在实现中华民族伟大复兴的征程中必须优先发展教育事业，"要全面贯彻党的教育方针，落实立德树人根本任务，发展素质教育，推进教育公平，培养德智体美全面发展的社会主义建设者和接班人"①。很显然，要全面提高公民道德素质，培养德智体美全面发展的社会主义事业建设者和接班人，就必须加强公民意识教育。这里提到的公民意识教育，其实就是指公民教育。公民教育是当代中国教育和社会的历史性吁请与选择，是社会主义民主政治建设的基础，是当代中国社会现代化的根基。檀传宝先生这样持论：公民教育就其目的性而言，乃是全部现代教育的终极目标②；公民教育意味着当代中国教育和社会的整体转型③。这也就是说，中国教育的当代发展、中国社会的整体性转型和进步有赖于公民教育的实践与推进，只有"当中国社会的绝大多数公民个体，经过公民教育的培育和洗礼成为中国特色社会主义建设事业的合格公民时，中国的社会建设才有希望得到实质性的进步，并由此获得持久的社会发展动力"④。在今天的中国，公民教育已经被提到了一个极为重要的地位，也显得尤为迫切。吁请、邀约、建构、推进公民教育实践、深化公民教育理论研究意义重大，需要全社会共同予以深度关注。

---

① 习近平：《决胜全面建成小康社会 夺取新时代中国特色社会主义伟大胜利——在中国共产党第十九次全国代表大会上的报告》，《人民日报》，2017 年 10 月 28 日，第 1 版。
② 檀传宝：《论公民教育是全部教育的转型——公民教育意义的现代性视角分析》，《安徽师范大学学报》（人文社会科学版），2010 年第 5 期，第 497 页。
③ 檀传宝：《公民教育：中国教育与社会的整体转型》，《中国德育》，2010 年第 12 期，第 5-9 页。
④ 张志明：《公民教育的缺失与呼唤》，《理论学习》，2011 年第 4 期，第 41 页。

审美文化教育与人的自由全面发展的可能

20 世纪 90 年代以来，审美文化研究渐次成为当代中国美学研究的一个新路向、一个新的具有蓬勃活力的生长点；相应地，审美文化教育得到了高度重视并渐次繁荣起来。审美文化教育其实也就是一种审美教育，而我们明白的是，面对全球性的现代性问题的出现，审美与艺术教育已然成为世界各国文化教育界所共同关注的一个重大课题。审美文化教育、审美教育是教育的一种形式，而教育是育人的，从根本意义上说，教育是要培育自由全面发展的人，那么，审美文化教育与人的自由全面发展之间到底是一种什么样的关系呢？在这里，我们围绕这一教育中的核心问题展开必要的讨论和探索。

一、审美文化的界定与审美文化教育的开展

什么是审美文化？在审美文化研究日益兴盛并成为一门显学以来，学界还没有形成一个精确的、科学的、学人能普遍接受的基本界定，当然，这并不能表明这一问题就不需要追问和研究，更不能说明这一问题是"无解"的。

在此，我们不妨首先梳理和评价一下目前学界存在的几种颇具代表性的对"审美文化"概念的理解和运用状况。文化是区分为层级的，在这一基本的文化思路之下，并结合人类审美状况的当下发展，有论者指出，"审美文化是人类发展到现时代所出现的一种高级形式，或曰人类文化发展的高级阶段，它把艺术与审美诸原则（超越性、愉悦性以及创造与欣赏相统一等）渗透到文化及社会各领域，以丰富人的精神生活，使偏枯乃至异化了的人性得以复归"，"审美文化是现代社会的产物，是文化发展的高级形态，它把艺术审美原则渗透到生活的各个领域，变人生的物质化生存为艺术化生存"。①无疑，这高度肯定了审美文化的当代价值与功能，把它看成是人类文化发展的一种典范形态。应该说，这是一种"精英"文化观，偏向于对"审美文化"进行较为狭义的理解。与此构成对应关系的是，朱立元先生对"审美文

---

① 聂振斌、滕守尧、章建刚：《艺术化生存——中西审美文化比较》，四川人民出版社，1997 年，第1-2 页。

化"的界定相当宽泛，他认为："审美文化"（aesthetical culture）一词是一个"形容词+名词"（偏正结构）组成的合成词。它是以文学艺术为核心的、具有一定审美特性和价值的文化形态或产品。根据这一理解和界定，审美文化概念的使用范围自然比较广，不仅包括当代文化（或大众文化）中的审美部分，也可涵盖中、西乃至全世界古代文化中的有审美价值的部分。[①]笔者以为，这样来理解审美文化不仅在于它更易于被人们接受，而且更表现出了对人类文明进程中历史性的审美事实的应有的尊重和认同。这一观念与叶朗先生主编的《现代美学体系》一书第五章对"审美文化"的界说存在共通之处，只是后者的理解更为宽泛和更具包容性，"审美文化作为审美社会学的核心范畴，是指人类审美活动的物化产品、观念体系和行为方式的总和"，"审美文化的三个基本构成因素是人类审美活动的物化产品、观念体系和行为方式"。[②]当然，在一般性理解的前提下，在今天，也有学者倾向于在"审美文化"前面加上"当代"的时间限定，认为这样更能揭示"审美文化"的特殊内涵。由此，就形成了对于"审美文化"的广义与狭义的两种界定：就其广义而言，审美文化是人类文化在物质、精神、制度等各个层面呈现出来的审美因子，或者说是人们以自觉的审美理想、审美价值观念所创造出的文化事象的总称；就其狭义而言，审美文化特指在当代大众传媒影响下，在社会文化的各个方面所呈现出来的具有审美价值的产品、倾向和行为。审美文化学则是当代美学中以审美文化为研究范围的新兴分支学科。[③]由上，我们可以认识到，尽管当前学界尚未对"审美文化"的界说取得完全一致的意见，但对一些基本问题的共识业已逐步形成。我们是可以在这一共识之下把握审美文化的基本内涵的。就笔者而言，更倾向于对审美文化作广义上的理解，而与此同时更为关注对当代审美文化的研究。对当代审美文化进行研究，有利于从文化的视角更为内在和深层地洞察当代社会的变迁，从而更好地顺应社会现实及其未来发展的需要，推动审美文化教育的开展和深化。

审美文化研究的兴起和推进，首先直接引致的是美学研究的新气象的形成，而这其中就包含着审美文化教育的推动与深入。显然，在今天的教育和社会形势下，我们是尤为需要关注审美文化教育的开展及其发展的，因为它

---

① 朱立元：《"审美文化"概念小议》，《浙江学刊》，1997年第5期，第45-48页。
② 叶朗主编：《现代美学体系》，北京大学出版社，1999年，第243-244页。
③ 张晶：《作为美学新路向的审美文化研究》，《现代传播》，2006年第5期，第27页。

与人的培育尤其是当代人的培育密切相关。

二、新时期以来审美教育的实施、创新发展及其对人的培育作用的明确认定

审美文化教育也就是一种美育、审美教育形式。审美教育对于人的培育产生着极为重要的作用，我们必须高度重视以美育形式加强对于当代人尤其是青少年的培育。

新时期以来，我国的审美教育事业取得了长足进展，这主要表现为我国现代美育的精神传统获得了批判性传承并继而有了一种与时俱进的创新发展面貌。国家教委艺术教育委员会在1986年12月宣告成立，成立会上明确地将审美教育作为"社会主义精神文明建设的重要组成部分"。1989年11月，国家教委颁布了我国教育史上第一个艺术教育发展规划——《全国学校艺术教育总体规划》，这一规划具有重要的历史性的理论与实践价值。1995年国家教委又下达了《全国普通高等学校美育实施方案》，要求各高校广泛、深入实施审美教育以提高育人质量。1999年6月，第三次全国教育工作会议召开，颁布了《中共中央国务院关于深化教育改革全面推进素质教育的决定》（以下简称《决定》）。《决定》站在时代的高度，明确提出了教育的根本目标在于"全面推进素质教育，培养适应21世纪现代化建设需要的社会主义新人"。而在培养"社会主义新人"这一宏大工程中，审美教育是一个极为重要的方面，"实施素质教育，必须把德育、智育、体育、美育等有机地统一在教育活动的各个环节中"，"美育不仅能陶冶情操、提高素养，而且有助于开发智力，对于促进学生全面发展具有不可代替的作用。要尽快改变学校美育的薄弱的状况，将美育融入学校教育全过程"。在这里，美育的功能，美育对于人的培育的价值得到了高度强调，美育是对于人的全面教育，在人的"生成"中，其作用不可替代，而且，它对于提升人的思想道德素质、智力素质、身体素质等都具有重大的促进作用。作为对《决定》精神的贯彻，21世纪伊始，教育部颁布了《全国学校艺术教育发展规划（2001-2010年）》，显然，这样的规划是立足于建设的，而且是立足于较长时期的建设的，它对于21世纪以来的艺术教育发展产生了重大的推动作用。随后，党的十七大报告和《国家中长期教育改革和发展规划纲要（2010-2020年）》都重

申了国家的基本教育方针及其根本目标，即"培养德智体美全面发展的社会主义建设者和接班人"。在这里，我们可以读解出其对于审美教育的特殊性及其育人重大作用的认识的坚持，而且，随着"科学发展观""和谐社会""先进文化""社会主义文化强国"等建设目标的提出其被赋予了更多的新的内涵。党的十八届三中全会做出的《中共中央关于全面深化改革若干重大问题的决定》更是特别要求，在深化教育领域综合改革的过程中，"改进美育教学，提高学生审美和人文素养"。党的十九大报告也再次强调，在中国特色社会主义新时代，要继续贯彻国家的教育方针，追求学生德智体美的全面发展，实现立德树人的根本任务。这充分表明，美育、审美教育、审美文化教育在人的塑造与培养中具有重大的形成性影响，人是教育的产物，审美教育可以构造人。

"人是教育的产物"，是德国哲学家康德晚年提出的一个重要命题，其中充分反映出他的基本的教育思想和对于人的认识。在他看来，人的最高目的是成为"道德-文化的人"，他的重要的美学命题"美是道德的象征"就内在地包含着这一思想，这样，如何改造人的自然本能或使人的生命摆脱其固有的野蛮状态就成了康德所认为的哲学最需要做的启蒙工作。席勒对康德很是敬佩，他毫不遮掩地说，他的最为重要的美学文献《审美教育书简》"大多是以康德的原则为依据"的，然而，针对以上命题，他又走出了康德的理论规定。席勒提出，"人是审美教育的产物"，因为在他看来，只有美的观念才能使人成为一个整体，成为一个完整的人，成为一个具有自由生命的人，它无疑比"道德-文化的人"更为处于人的存在的一种理想状态和应然状态，它是对社会个体在现实生存中的扭曲和异化状态的解除与对抗。[①]当我们在今天能够充分、完整地体会和理解席勒美学的精神实质时，那也就自然会确认审美教育在人的培育中的卓越价值。

基于对审美教育的价值和功能问题的深刻理解，曾繁仁先生曾经指出，审美教育是一个关系到未来人类素质和生存质量的重大课题。[②]这样的认识是足以让人警醒的，我们必须充分考察、深度理解审美教育、审美文化教育与人的塑造和培养之间的关系，并基于此，积极展开对于人的未来发展的考量。

---

① 刘士林：《审美教育迫切的当代意义》，《中国教育报》，2005年4月21日，第6版。

② 曾繁仁：《审美教育：一个关系到未来人类素质和生存质量的重大课题》，《山东大学学报》（哲学社会科学版），2002年第6期，第8-10页。

三、审美文化教育创造人的自由全面发展的可能：基于马克思学说与现时代人的发展状况的考察

　　人的塑造与培养也就是育人问题无疑是教育的核心追求，审美教育、审美文化教育在这个过程中究竟怎样确立其着力点？这关涉到我们对于教育到底应该培养什么样的人这一根本问题的思考与确认。

　　陈家兴先生指出：教育首先应该培养完整的人，其次教育才能培养有用的人，而教育的最终目的应该是培养自由发展的人。"完整的人"和"有用的人"，是人的自由发展的双翼，在此基础上，人生的理想和信念、意义和价值、创造和创新、奋斗和进取，都变得明晰可循，进而通过自由发展的塑造，使个人与国家、民族、人民、社会的利益目标实现统一，在为国家民族奋斗的过程中促进人的自由全面发展，在促进人的自由全面发展过程中实现国家民族的目标，教育唯有在这个层次上，才能培养出大批一流的、杰出的人才。①确实，教育需要致力于全面发展的人的培养，而全面发展是人的自由发展的条件和前提。

　　人的自由全面发展理论是马克思学说中的一个核心问题。可以说，人的自由全面发展是马克思的崇高理想，也是其理论的价值追求。这一理论的思想内涵是丰富的，而且，它在马克思的思想发展进程中还表现出一种一以贯之并持续深化的状态。马克思关于自由问题的理解导源于康德。《1844 年经济学哲学手稿》中的自由思想在根本指向上体现出的是马克思在本体论视野中政治哲学领域的自由观。马克思指出，人是一种自由的有意识的活动的存在物，而建立在资本主义私有财产基础上的异化劳动却彻底否定了人的这种"类自由"。在此前提下，马克思通过对共产主义学说的初步阐发，在感性-对象性活动原则上，论证了共产主义作为异化劳动之积极扬弃、作为实现人的"类自由"的根本出路。《共产党宣言》被誉为工人阶级解放的"圣经"，在这一光辉著作中，马克思和恩格斯更是直接指出："代替那存在着阶级和阶级对立的资产阶级旧社会的，将是这样一个联合体，在那里，每个人的自由发展是一切人的自由发展的条件。"②在这里，在共产主义社会形态

---

　　① 陈家兴：《教育应培养什么样的人？》，人民网，http://opinion.people.com.cn/ GB/12280160.html，2010 年 7 月 29 日。

　　② 马克思、恩格斯：《马克思恩格斯选集》（第 1 卷），人民出版社，1995 年，第 294 页。

里人的自由发展问题得到了相对充分的论述。在唯物史观视野中，基于对人类社会发展规律的宏观考察，在《政治经济学批判（1857-1858 年草稿）》中，马克思创造性地提出了三大社会形态理论："……人的依赖关系（起初完全是自然发生的），是最初的社会形态，在这种形态下，人的生产能力只是在狭窄的范围内和孤立的地点上发展着。以物的依赖性为基础的人的独立性，是第二大形态，在这种形态下，才形成普遍的社会物质变换，全面的关系，多方面的需求以及全面的能力的体系。建立在个人全面发展和他们的共同的社会生产能力成为他们的社会财富这一基础上的自由个性，是第三个阶段。第二个阶段为第三个阶段创造条件。因此，家长制的，古代的（以及封建的）状态随着商业、奢侈、货币、交换价值的发展而没落下去，现代社会则随着这些东西一道发展起来。"[①]对此，笔者在《论人的主体性》一文中曾经这样分析指出，在特定意义上说，这里的三大社会形态理论其实也可以视为人的发展的三大形态或阶段理论，人的自由而全面发展思想正是贯穿于其中的价值理想；马克思认为，人的生产能力和与之相应的社会关系的状况，制约着人的主体性、人的自由发展的现实状况；与一定的社会生产能力相适应，古代社会是建立在人的依赖关系基础上的以人的依赖性为特征的社会形态，现代社会是建立在物的依赖关系基础上的以人的独立性为特征的社会形态，而未来更高阶段的社会则应是建立在个人全面发展和他们的共同的社会生产能力成为他们的社会财富的基础上的以人的自由个性为特征的社会形态。自由全面发展是人的发展的一种理想状态，也是最高目标。[②]

在确立唯物史观之后，马克思的自由学说体现为一种历史实践的自由观。马克思认为，自由表现为人的生存实践发展状态，是在人的历史实践活动中不断生成和发展着的历史过程。自由的内在矛盾正是人的活动的内在矛盾、是实践的内在矛盾。只有在人的历史实践活动及其发展的意义上，才能找到解决这些矛盾的根据，从而真正理解自由的本质。从最为根本的意义上说，自由是在历史实践活动中人的全面性生成，是人的全面需要得到充分发展的状态。这里的"全面性"是一个极其宏大的历史概念。它不仅包括了人与自然、人与社会、人与自身等全部关系合理发展的全面性，而且还包括这种全面性不断生成

---

① 马克思、恩格斯：《马克思恩格斯全集》（第 46 卷上），中共中央马克思恩格斯列宁斯大林著作编译局编译，人民出版社，1979 年，第 104 页。

② 詹艾斌：《论人的主体性——一种马克思哲学视点的考察》，《社会科学研究》，2007 年第 2 期，第 117 页。

的历史性。①然而，进入现代社会以来，人的这种全面性的生成却遭遇到了极大的挑战，现代性与人的全面发展构成了一对深刻的矛盾。

在《审美教育书简》中，尤其是在其中的第六封信中，席勒分析了"现代的人性"的实际状况，认为，进入现代社会以来，人类文明获得了重大进展，但与此同时也带来了人的生存与发展的危机。这具体表现为，在现代文明发展的同时，人性却越来越趋于明确的分裂状态，人失去了其性格的完整性，而沦为一种"碎片式"生存状态，显然，这与他所期望的审美化生存、自由生存构成了严重的冲突。也正因为这样，他竭力提倡审美教育，意图以此规避现代性的自反性，构造、塑造"完整的人""自由的人"。无疑，这一致思倾向是值得我们珍视的。

尽管我们已然明白，曾经推动西方社会文化快速发展的现代性其实是一种双重现象，但对于当下中国而言，现代性追求却是一种历史发展的必然要求。这正如俞吾金先生所指出的："中华民族为了能够在当今世界上生存和发展下去，必须追求现代化和现代性，事实上，当代中国社会的改革开放及从计划经济模式向市场经济模式的转型，表明中国人已经义无反顾地选择了这一条道路。作为当代中国人，我们在探索现代性现象之前，必须深刻地领会自己的生存结构和历史处境。"②事实确实如此，探索问题的基本出发点亦确实需要如此来确定，然而，我们又不能不高度关注现代性的复杂性或双重性，这也就是说，在现阶段，现代性价值的选择是必然的，但我们也必须注意到在现代性价值的追求过程中，人的现时代发展状况出现了严重的问题，它同人的全面发展的要求之间形成了无法回避的重大矛盾。而正是由于现代性与人的全面发展之间矛盾的出现及其激化，在现代社会中，人的自由发展也就自然成为一个严重的必须采取方式予以解决的重要问题。

怎样去解决这个问题？或者也可以说，我们该如何有效地缓解这一现时代的矛盾呢？无可置疑的是，加强审美教育、审美文化教育是一条基本的道路。这涉及我们对于前文提到的审美教育的"不可替代的作用"的具体理解，而这种具体理解显然也是审美教育、审美文化教育的根本性价值指向。在曾繁仁先生看来，审美教育，是使人成为"人"的教育，这是因为它具有

---

① 李德顺：《论"以人的自由全面发展为原则"》，《社会科学战线》，2006 年第 6 期，第 244-246 页。

② 俞吾金等：《现代性现象学——与西方马克思主义者的对话》，上海社会科学院出版社，2002 年，第 38 页。

多重的重大作用，具体表现为：其一，美育具有审美世界观的培养作用；其二，美育具有文化的养成作用；其三，美育对于德智体各育具有独特的渗透协调作用，因而在整个教育体系中都具有特殊的不可替代的作用；其四，美育在现代教育改革中是不可或缺的；其五，美育在当代还成为弘扬人文精神、协调社会和谐发展的重要渠道。这样的理解与我们在上文的相关阐述显然是趋于一致的，用一句话来表述它，那就是，审美教育创造着人的自由全面发展的可能。

四、结语

在新时代建设有中国特色社会主义的各项事业中，在全面深化改革的路途中，倡导努力促进人的自由全面发展具有十分重要的战略意义和现实意义。自由全面发展的人，是现代国家公民培育的根本性要求，当然也是一种理想性要求，其对于中国国家形象的当代建构具有重大意义，我们需要充分发挥审美教育、审美文化教育在这个问题上的重要作用。现时代的审美教育应在充分思考，探索当代人、当代社会、当代文化生态的基础上，把培育当代人尤其是青少年的全面发展、促进中国社会和文化的现代性整合与建构当作自己的使命，应该说，这是审美教育的一种责任伦理的体现。由此，我们可以明白，在日常的教育实践中，必须改进美育教学，强化审美文化教育，以创造人的自由全面发展的可能。

当代教育学者理应成为公共知识分子

一、"专业"的教育学者

《论语·宪问》云："古之学者为己，今之学者为人。"《礼记·学记》又有言："学者有四失，教者必知之。"在这里，"学者"是指较为普泛意义上的求学的人、做学问的人。这一范畴发展到今天，已经成为一个明确的社会学概念。以其广义而言，通称具有一定的专业技能水准、知识思想生产能力，从而能在相关领域提出创见并引领社会文化潮流的人。但更常见的，我们是在狭义上使用这一词语，特指以学术研究为业并在某一学科领域取得较为突出成就的社会个体，而"教育学者"自然就是以教育学术研究为业并在该领域颇有造诣的人。

教育学者首先应当是教育领域的专家，具备高深的专业文化素养和丰富的学识。马克斯·韦伯在《以学术为业》的讲演中这样指出："无论就表面还是本质而言，个人只有通过最彻底的专业化，才有可能具备信心在知识领域取得一些真正完美的成就。"[①]教育学者在其学术生涯中，视野、立场、理念、学术个性等都会也必须经受专业化的洗礼。一个人希望成为专家、学者，专业化道路无疑是必经的一个过程。当今很多所谓的"伪专家"并无真才实学，只是因为诸如媒体邀请，就信口开河，甚至为了使自己显得更像专家，而不惜伪造学历、工作经历等一切可以蒙蔽邀请方和受众的资料。而真正的教育学者应该通过持续的阅读、省察、研究，不断地阔大视野、明晰立场、确立理念、增进知识来丰富和完善自身。专业成就是教育学者的某种文化资本，它能够为他们进入公共领域发言提供足够的资格。如果缺乏明确而合理的学术立场和深厚的专业素养，盲目地参与公共文化讨论，则有可能导致因追求公共性而损害学术性的后果，它只会让言论成为无源之水、无本之木。无疑，这是没有权威性也是不可能让人产生认同感的。然而，不可否认的是，当今也有很多教育学者的教研活动并不是为了相对纯粹的学术研究而进行的，而是带着某种世俗的功利目的，如地位的提升、职称的评定、物质的回报等，因某种狭隘的一己利益而从事教育研究显然是难以确立应然的学术价值观的。在这个意义上，我们不能不对教育学者的"专业化"问题多加考量。"专业"的教育学者是否具备专业素养就足够了呢？我们的态度很明确，教育学者固然需要具备深厚的专业素养，但同时也应该具有关注"万家灯火"的情怀。这是一个专业教育学者基本德性的体现。仅仅读书能文是不能称为文人的，读书能文，而又有文德者，方可谓之文人。这里的"德"在根本意义上体现为一个文人、一个专业的教育学者能够积极选择承担一定的社会责任，能够自觉地以知识分子的身份介入社会公共问题的讨论和解决。

---

① 〔德〕马克斯·韦伯：《学术与政治》，冯克利译，生活·读书·新知三联书店，1998年，第23页。

二、专业性与公共性是相对的

有学者这样持论，教育学之所以还是教育学，教育学者们的学术生活之所以在今天仍然葆有活力，且这种活力有越来越强之势，就在于教育活动以及教育活动的核心问题是永恒的，教育是教与学的活动，而人的发展则是教育关注的永恒主题。所有的教育知识和社会设置包括学校、教育行政机构、教育制度等无一不是围绕着这一核心问题层层展开，并服务于这一主题的。[①]在这里，论者既指出了教育活动与教育学之所以充满生产活力的根本原因，也强调了教育学与教育活动的专业性和公共性的统一问题。如上文所论及的，教育研究无疑首先是专业性的，然而，人的发展作为教育关注的永恒主题也就使其自身因之而具有了鲜明的公共性质。失去了这一公共性品质，教育学与教育活动也就丧失了根本发展方向。

其实，"专业"与"公共"之间或者说"专业性"与"公共性"之间是相对的，二者并不存在必然的冲突和对立。我们需要辩证地学理地看待它们的内在关联。在专业化研究中表现出卓越素养的学者并不必然丧失公共关怀和公共兴趣，而在公共问题上表现较为活跃且具有真正的公共知识分子情怀的学者，未必是专业方面表现薄弱的人。真正的教育学者并不局限于"专业性"，而是自觉地向"公共性"靠拢，始终把两者糅合起来，将"文化研究"与"社会现实"紧密联系起来。最早提出公共知识分子问题的美国学者拉塞尔·雅各比在他的《最后的知识分子》一书中这样批评过于专业化的年轻学者（45 岁上下）的价值取向："他们无一例外都是教授，校园就是他们的家；同事就是他们的听众；专题讨论和专业性期刊就是他们的媒体。"[②]确实，过分专业化的教育研究存在着私人化倾向，它严重制约着教育学者的视野与格局。局限于"专业性"研究的教育学者的成果只能在专业的圈子内被读懂、被评价，不大可能为多数人所理解，其本应具有的公共文化属性被教育研究的专业性所压制。在教育领域需要全面深化改革的当下，真正的教育学者需要谨慎而合理地处理好专业研究和社会关注之间的关联，需要明确地认识到教育专业研究及其学术价值的历史化与社会化建构问题，需要坚定自身作为一个当代学者的历史使命。费希特认为，"学者阶层的真正使命"在

---

① 王东：《论教育学者的立场》，《教育科学》，2006 年第 5 期，第 1 页。
② 〔美〕拉塞尔·雅各比：《最后的知识分子》，洪洁译，江苏人民出版社，2002 年，第 5 页。

于"高度注视人类一般的实际发展进程，并经常促进这种发展进程"①。无疑，这是一种相当深刻的认识。当代教育学者必须具备这一宏阔的思想视野和鲜明的促成人类发展与进步的价值立场。在人类文明进程中的今天，诸多教育问题显然已经超越了专业教育问题的范畴，因为与人的发展这一核心问题相勾连而无可置疑地成为典型的公共问题。这就要求当代教育学者既要进行专业技术问题的研究，又必须关注社会领域中的公共问题；既要孜孜不倦地追求学术，又要常常以公民身份迈入社会；既要做书斋的学人，又要成为对社会有所改变的推动者，把握时代的脉搏，站在学术思想的前沿，置身于社会整体发展的全局高度，超越、扬弃既有的教育学话语架构，提高教育学、教育活动对社会公共问题的因应能力、解决能力。

三、当代教育学者作为公共知识分子

《南方人物周刊》曾经刊载了影响当代中国公共舆论导向的"公共知识分子 50 人名单"，其中，教育学者占据着主导地位，这在一定程度上体现了教育学者在公共领域里的重要性，又提醒着当代教育学者应该将书斋之门向社会敞开，将目光投注于公共领域之中。当代教育学者需要具备公共情怀，铸造公共理性与公共精神，介入社会，成为公共知识分子。

中国思想原典《大学》篇云："自天子以至于庶人，皆以修身为本。"而修身又是指向齐家、治国、平天下的。从某种意义上可以说，这是对传统中国文人、中国知识分子的价值定位，也是一种规范与期盼。与之存在重大关联的是，历代中国知识分子都有"士"的传统，先天下之忧而忧，后天下之乐而乐，以天下为己任。无疑，这是当代教育学者理应承继和发扬的精神文脉。以此而论，在教育改革难题亟待破解的当下，真正的中国教育学者理应成为公共知识分子，并由之明确和坚定个人的身份认同与价值选择。

陈来先生在其《儒家思想传统与公共知识分子——兼论现代中国知识分子的公共性与专业性》一文中曾对"公共知识分子"一词做过这样的界定："所谓公共知识分子，是指知识分子在自己的专业活动之外，同时把专业知识运用于公众活动之中，或者以其专业知识为背景参与公众活动。这些公众活动包括政治、社会、文化等各个方面，而这种运用和参与是以利用现代大

---

① 〔德〕费希特：《论学者的使命　人的使命》，梁志学、沈真译，商务印书馆，1984 年，第 40 页。

众媒介等公共途径发表文字和言论为主要方式。无疑，公共知识分子的观念的提出，是要强调专业化的知识分子在以学术为志业的同时不忘致力于对于公共问题的思考和对解决公共问题的参与。"[1]对知识分子问题研究有素的许纪霖也指出："现代意义的知识分子也就是指那些以独立的身份，借助知识和精神的力量，对社会表现出强烈的公共关怀，体现出一种公共良知、有社会参与意识的一群文化人。这是知识分子词源学上的原意。"[2]在《公共知识分子如何可能》一文中，他又说，为了研究公共知识分子问题，我们首先需要明确，公共知识分子中的"公共"究竟何指？他以为，这一词"其中有三个含义：第一是面向公众发言的；第二是为了公众而思考的，即从公共立场、公共利益而非从私人立场、个人利益出发；第三是所涉及的通常是公共社会中的公共事务或重大问题。公共性所拥有的上述三个内涵，也是与知识分子的自我理解密切相关"[3]。陈、许二人关于公共知识分子的以上表述尽管存在一定的文字差异，但意蕴指向无疑是一致的。很显然，在"知识分子"前面加上"公共"一词，意在特别强调知识者在专业化研究基础上的公共性价值取向。

事实上，在致力于专业研究的同时，确立和形成思想文化上的鲜明而强烈的公共关怀并积极参与社会公共活动是当代教育学者职业道德发展的一个标志，也是教育学者能否合理、长远发展自身的关键。当代教育学者需要成为社会公共事务的介入者和公共利益的"守望人"，站在人类文明发展的前沿，基于"公共"的社会良知，参与到当下社会政治建设之中，这无疑会比过分专业化的知识分子更多地显示出社会介入性与公共影响力。而且，也只有这样，才能在教育研究中把对教育问题的思考始终建立在深刻的人文思想和社会发展的探索的基础之上，从而真正做到把人的发展问题视为教育学、教育活动的永恒问题、根本问题。如是，教育问题也就自然保持着对人的生存意义的恒常关注，对人类命运与自由的持久探索。

胡先骕，中国植物分类学的奠基者，中国近代生物学的开创者，被毛泽东同志称为"生物学界的老祖宗"；同时，他也是"国立中正大学"的首任校长，一位具有鲜明的人文主义思想倾向的教育学家。其秉承的"科学治国、学

---

① 许纪霖主编：《公共性与公共知识分子》，江苏人民出版社，2003年，第10页。
② 许纪霖：《知识分子是否已经死亡？》。见陶东风主编：《知识分子与社会转型》，河南大学出版社，2004年，第29页。
③ 许纪霖：《中国知识分子十论》，复旦大学出版社，2003年，第34页。

以致用、独立创建、不仰外人"的教育思想对后世产生了巨大的影响。胡先骕在彼时提出这样的教育主张，固然存在诸多原因，但显然与他所坚持的公共知识分子立场密切相关。"天下兴亡，匹夫有责"。国难当头，胡先骕没有选择独善其身，躲在书斋之中潜心于专业研究，而是勇敢而坚定地在历史洪流中站立起来，投身于社会公共事务，将一己的教育问题研究与国民的发展、国家的进步进行自觉的现实性对接，从而树立起一个从专业走向公共的教育学者的典范。倘若胡先骕精神在未来能够得以持续的传承和发展，那么，我们完全可以预见，从专业走向公共就不再是存在于观念形态中的理想类型，中国的教育研究者将"承担他们作为公民和学者的责任，采取批判的立场，使他们的工作与更广泛的社会问题联系起来"①，这样，教育学者无疑将逐步以公共知识分子的身份活跃于时代和社会的舞台上。②

---

① 〔美〕亨利·A.吉鲁：《教师作为知识分子》，朱红文译，教育科学出版社，2008 年，"中文版序"第Ⅳ页。

② 这篇文章由詹艾斌根据郭燕萍在修习文学理论课程时撰写的探讨式短文《教育学者成为公共知识分子的必要性》修订而成。